Angie Thomas

Nic Blake – Die Prophezeiung der leuchtenden Welt

ANGIE THOMAS

Die Prophezeiung der leuchtenden Welt

Aus dem amerikanischen Englisch
von Henriette Zeltner-Shane

cbj

Penguin Random House Verlagsgruppe FSC® N001967

Die Arbeit der Übersetzerin an diesem Buch wurde vom Deutschen Übersetzerfonds gefördert.

1. Auflage 2024

Dieses Werk wurde vermittelt durch die
Literarische Agentur Thomas Schlück GmbH, 30161 Hannover.
Die amerikanische Originalausgabe erschien 2023 unter dem Titel
»Nic Blake and the Remarkables – The Manifestor Prophecy«
bei Balzer + Bray, einem Imprint von HarperCollins Publishers, New York

Übersetzung: Henriette Zeltner-Shane
Umschlaggestaltung: Carolin Liepins, München

ah • Herstellung: AJ
Satz: KCFG – Medienagentur, Neuss
Druck: GGP Media GmbH, Pößneck
ISBN 978-3-570-18131-7
Printed in Germany

www.cbj-verlag.de

Zu Ehren von Virginia Hamilton und all den Vorfahren,
die wussten, dass wir fliegen können

Inhalt

1

Höllenhunde und Happy Birthdays

Als mein bester Freund JP zwölf wurde, schenkten seine Eltern ihm ein Handy. Das war eine große Sache, weil JP erstens alles verliert, und zweitens seine Eltern meinen, Handys wären »die direkte Verbindung zum Teufel«. (Ich wusste nicht, dass der ein Telefon hat.)

Alabama McCain, die ein Stück die Straße runter wohnt, bekam zu ihrem zwölften Geburtstag ein Sweatshirt. Das hatte ein Mitglied ihrer liebsten K-Pop-Band einmal getragen. Seltsam. Aber nicht so seltsam wie die Tatsache, Alabama zu heißen, obwohl man aus Mississippi ist.

Sean Cole bekam zu seinem Zwölften einen Quad. Jetzt kurvt er damit durch die Gegend und fährt Mülltonnen um. Seine Mom sagt, er ist eben ein Junge. Ich sage, er ist eben ein Idiot.

Mit meinem Geschenk zum zwölften Geburtstag werde ich alle ausstechen. Dad wird mir beibringen, die Gabe zu nutzen, sodass ich endlich auch eine richtige Manifestorin bin. Aber zuerst muss ich einen Höllenhund fangen.

Auf Zehenspitzen schleiche ich durch den Wald, damit das trockene Laub unter meinen Füßen nicht raschelt. Gestern hat Dad im Homeschooling-Unterricht gesagt, dass Höllenhunde Geräusche auf Hunderte Kilometer Entfernung hören. Ich glaube, dass ich einen Höllenhund auf Hunderte Kilometer Entfernung *riechen* kann. Denn was auch immer das ist – der ganze Wald stinkt davon nach hartgekochten Eiern und Fritos-Chips.

»Denk dran, was ich dir gesagt habe, Nic Nac.« Dads Stimme ist wie aus einer Gegensprechanlage zu hören. »Halt Ausschau nach Hinweisen. Höllenhunde hinterlassen immer eine Spur.«

Was für eine Spur? Eine aus Gestank?

Mit dem Arm wische ich mir über die Stirn. Man könnte meinen, acht Uhr morgens wäre zu früh, um ins Schwitzen zu geraten, aber für Ende Mai in Mississippi ist das ganz normal. Die Sonne brennt durch die Bäume, und die Luft ist schwül und klebrig. Es fühlt sich an, als würde man durch Karamell laufen.

Ich packe den Griff meines Netzes fester. Das Gewebe ist aus Riesenhaar geknüpft, einem der stärksten Materialien der Welt. Bei Dads stundenlangem Vortrag habe ich zwar nicht so richtig zugehört, aber ich habe mir gemerkt, dass Riesenhaar eine der wenigen Sachen ist, die Höllenhunde nicht zerbeißen können. Ich weiß außerdem, dass Höllenhunde Feuer spucken. Also suche ich nach Spuren: verbrannte Blätter, verkohlte Erde …

Rauch. Vor mir steigt eine Rauchsäule in die Luft. Wo's raucht, gibt's auch einen Höllenhund.

Auf Zehenspitzen pirsche ich in diese Richtung, und zack, da steht er auf einer Lichtung: ein Höllenhund mit gesträubtem braunem Fell. Er hat Hörner, was bedeutet, dass es ein Weibchen ist. Es hat ungefähr die Größe eines Tigers und nagt an einem Knochen, der so groß ist wie es selbst. Aber hey, besser der Knochen als ich.

Jetzt heißt es, das Biest zu fangen. Wenn ich nur wüsste, wie man die Gabe nutzt, dann wäre das ein Klacks. Aber neeein. »Du bist noch zu jung, um das zu lernen«, meinte Dad. »Das ist keine Spielerei. Warte, bis du zwölf bist.«

Ich habe gesagt: »Diese Regeln finde ich blöd.« Ein Glück, dass ich ab heute zwölf bin, denn das bedeutet: *Bye-bye, Regeln*. Aber im Moment kommt es nur auf das Netz an. Ich hebe es über meinen Kopf, während ich mich zentimeterweise näher an die Hündin heranbewege. Braves Hündchen. Hab keine Angst vor diesem Drei-Gänge-Menü auf zwei Beinen, das da grade auf dich zu…

Uuund jetzt hat sie mich gesehen. Ich bleibe wie angewurzelt stehen.

»Sie kann Furcht riechen, Nic Nac«, höre ich Dad sagen. »Hab keine Angst.«

Sagt der Typ, der selbst nicht drei Schritte von einem Höllenhund entfernt ist.

Nein, nein, so läuft das nicht. Eine von uns muss als Erste angreifen, und das werde ich sein.

Ich gehe einen Schritt vorwärts.

Sie knurrt und macht das Gleiche.

Ich wage noch einen Schritt.

Sie greift an.

Ich mache mir beinahe in die Hose.

Sie schmeißt mich um.

Hunderte Kilo Höllenhund drücken mich zu Boden. Der Gestank brennt mir in den Augen. Ich werde nie wieder zu Sean sagen, dass er stinkt. Falls ich ihn überhaupt noch mal wiedersehe. Denn wahrscheinlich bin ich nur Sekunden von Engeln und der Himmelspforte entfernt.

Doch auf einmal schrumpft die Hündin. Sie riecht nur noch nach Käse – nicht gerade gut, aber auch nicht schlimm. Und anstatt mir den Kopf abzubeißen, leckt sie mir übers Gesicht. Der Wald verschwindet, der Garten hinter unserem Haus wird sichtbar. Und aus dem feuerspuckenden, gigantischen Höllenhund ist ein schwanzwedelnder Höllenhundwelpe geworden.

Dad steht lachend auf der Terrasse. »Happy Birthday, Nic Nac.« Er macht eine Handbewegung und beseitigt so den Rest der Illusion, die er geschaffen hat. Und er lässt das Tarnungs-Mojo verschwinden, mit dem er vor unseren Nachbarn verborgen hat, dass unser Garten in einen Wald verwandelt war. Dad ist ein ziemlich guter Manifestor. Er hat es geschafft, dieses Fellknäuel zehnmal größer wirken zu lassen, als es ist. In Wirklichkeit ist es nur so klein wie ein Schuhkarton.

Ich wische mir die warme Hundespucke von den Wangen. »Gehört sie mir?«

»Ich will jetzt keine Namen nennen, aber es gibt da eine Person, die mir damit in den Ohren gelegen ist, dass sie einen Höllenhund oder einen Drachen will. Und weil ein Drache nicht in Frage kommt, ist es eben ein Höllenhund geworden.«

Ich grinse. »Siehst du? Wusste ich doch, dass du das checken wirst.«

»Freu dich nicht zu früh, Nic Nac. Denn es gibt Regeln, wenn du diesen Welpen behalten möchtest.«

»Und zwar?«

Dad hebt staunend die Augenbrauen. »Wer bist du und was hast du mit meinem Kind gemacht? Denn die Nichole Blake, die ich kenne, hasst Regeln.«

»Apfel.« Ich zeige auf mich. »Stamm.« Ich zeige auf ihn.

Er lacht. »Eins zu null für dich, Miss Blake. Ei…«

»Was macht ihr denn da?«

Dad und ich zucken zusammen.

»JP«, sagt Dad und atmet tief durch. »Dir auch einen guten Morgen.«

Mein bester Freund späht über den Zaun, der unsere Gärten trennt. JP ist erst der zweite Mensch, mit dem ich in meinem Leben Freundschaft geschlossen habe. Der erste war Rebecca aus meiner Homeschooling-Gruppe in Atlanta. Wir freundeten uns über Oreos, unsere Lieblings-Schokokekse, an. Eigentlich dachte ich, dass ich nie mehr so gut mit jemandem befreundet sein würde. Aber dann kam JP. Als ich ihn das erste Mal sah, trug er ein Hemd und eine Fliege, als hätte er sich für den Kirchenbesuch am Sonntag hergerichtet und nicht für den Unterricht in seiner vierten Klasse an einem Dienstag. Dabei zwang ihn niemand, sich so anzuziehen. JP mag einfach nur Fliegen. Er streckte mir die Hand hin und sagte:

»Ich bin Joshua Paul Williams. Du kannst mich aber Joshua Paul nennen.«

Wir nennen ihn nur JP. Manchmal auch Pastor JP, wegen der Fliegen. Außerdem ist JPs Dad Prediger, und JP hat das gleiche sommersprossige Gesicht, den gleichen runden Bauch und die gleichen kurzen braunen Haare wie er.

Außer mir ist JP das einzige Schwarze Kind in unserer Straße. Aber wir sind nicht deshalb befreundet, sondern weil JP das einzige Kind ist, für das ich nicht das komische Mädchen bin, das zu Hause unterrichtet wird. Ich bin mir übrigens nicht hundertprozentig sicher, ob JP ohne mich überleben könnte. Also nicht, weil er ein Gewöhnlicher ist (das heißt, nicht die Gabe oder irgendwelche anderen übernatürlichen Fähigkeiten besitzt – schließlich sind die meisten Leute hier Gewöhnliche). Sondern weil er ein absoluter Chaot ist.

Gerade zupft er sein Brillenband zurecht. »Entschuldigung, wenn ich euch erschreckt habe. Meine Momma sagt, ich würde schleichen wie eine Schlange in Schlappen.«

»Äh, Schlangen haben aber keine Füße«, sage ich.

»Ich verstehe trotzdem, was sie meint«, mischt Dad sich ein. »Wie lange stehst du denn schon da, junger Mann?«

JP zuckt mit den Schultern. »Nicht so lange.«

Die Sache ist die: Die meisten Gewöhnlichen wissen nichts von der Gabe oder davon, dass es überhaupt Ungewöhnliche gibt. Sie können diese Dinge nicht sehen. Nur Illusionen sind so stark, dass die Gewöhnlichen sie sehen können. Zum Glück hat das Tarnungs-Mojo Dads Illusion vor JP verborgen. Und mein Höllenhundwelpe sollte für ihn wie ein ganz normaler Welpe aussehen. Allerdings besteht die klitzekleine Chance, er könnte *irgendwas* gesehen haben. Gewöhnliche haben manchmal solche Momente. Normalerweise erklären sie sich die dann damit, dass ihre Fantasie ihnen einen Streich gespielt hat.

»Mr. Blake, meine Momma lässt fragen, ob Nic heute Abend mit uns zu der Lesung kommt und ob ich morgen mit Ihnen ins Museum darf«, sagt JP. »Sie hätte ja selbst gefragt, aber sie ist immer so schüchtern, wenn Sie dabei sind. Sie findet Sie nämlich süß. Aber lassen Sie das nicht meinen Daddy hören.«

Iiiiih! »JP, so was sagt man doch nicht weiter!«

»Wenn's aber stimmt!«

Dad schüttelt den Kopf. Wir haben schon in zehn verschiedenen Vierteln gewohnt – wenn ich mich nicht verzählt habe –, und wirklich überall hatte Dad einen richtigen Fanclub. Er ist groß und schlank und kriegt Grübchen, wenn er lächelt, seine Haut ist tiefbraun, er hat schwarze Locs und die Arme voller Tattoos. Könnt ihr euch vorstellen, wie es ist, den süßesten Vater in der ganzen Nachbarschaft zu haben? Wi-der-lich. Cringe-Alarm!

»Es bleibt dabei. Nic kann mitkommen«, sagt Dad. »Und du begleitest uns morgen. Sag deiner Momma, ich bedanke mich dafür, dass ihr Nic heute mitnehmt.«

»Yes, Sir. Ich kann noch gar nicht glauben, dass wir TJ Retro treffen.«

»*Und* er wird unsere Bücher signieren«, füge ich hinzu. JP und ich sollten eigentlich die offiziellen Chefs des TJ-Retro-Fanclubs sein (schließlich sind wir auch schon die offiziellen Autoren seines inoffiziellen Wikis). Wir haben seine *Stevie-James*-Bücher x-mal gelesen. Darin geht es um den Waisenjungen Stevie, der rausfindet, dass er ein Zauberer ist. Zusammen mit seinen besten Freunden Kevin und Chloe besucht er eine magische Schule. Eines Tages wird er gegen Einan, den bösesten Zauberer der Welt, kämpfen müssen.

Die Zauberer und ihre Magie erinnern mich ein bisschen an uns Manifestoren und die Gabe. Wobei die Gabe im echten Leben mächtiger ist als Magie. Ihr müsst wissen, dass die Gabe eine uns Manifestoren angeborene Fähigkeit ist. Magie ist dagegen eine unehrenhaftere Version der Gabe. Schwer zu kontrollieren und extrem zerstörerisch. Außerdem kann man Magie im echten Leben nur mit einem Zauberstab ausüben, und die Kraft von Zauberstäben lässt mit der Zeit nach. Wir Manifestoren brauchen keine Zauberstäbe.

Obwohl die *Stevie*-Bücher also nicht korrekt sind, finden wir sie cool. Der dritte Band ist letzte Woche erschienen, und heute Abend kommt Mr. Retro auf seiner Lesereise nach Jackson. JP und ich haben das neue Buch noch nicht gelesen und versuchen, alle Spoiler zu vermeiden, bis wir unsere Exemplare signiert bekommen haben. Das nennt man Disziplin.

»Der gute alte TJ Retro und seine ungenauen Bücher«, murmelt Dad.

»Wie können Bücher über Zauberei denn ungenau sein, Mr. Blake?«, fragt JP. »Zauberei gibt's doch gar nicht.«

»Ja, Dad, wie können die ungenau sein?«, hake ich nach.

Er wirft mir einen vielsagenden Blick zu, und ich grinse. Dad hasst Bücher über Zauberei. Er nennt sie »aus Gewinnstreben erfundene Geschichten«. Genau genommen stehen ja in allen Unterhaltungsbüchern aus Gewinnstreben erfundene Geschichten, aber ich lasse ihm seine Meinung.

Er räuspert sich. »Sie sind einfach nicht mein Ding, JP.«

»Oder mit anderen Worten: Er hat eben keinen Geschmack«, sage ich.

Dad nimmt mich in einen sanften Schwitzkasten. »Was sagst du da?«

»Lass mich los!«, rufe ich lachend.

Er drückt mir einen feuchten Schmatzer auf die Stirn. »Ich habe Geschmack«, sagt er und lässt mich wieder los. »Den besten sogar. Merk dir das.«

»Das wünschst du dir wohl«, sage ich, während mein Höllenhundwelpe mir am Bein hochspringt. »Schau mal, JP. Ich hab endlich einen Hund bekommen.«

Da JP ein Gewöhnlicher ist, kann er den Rauch nicht sehen, den der Welpe ausstößt, und auch nicht die kleinen Hörner an seinem Kopf. Aber JP beachtet ihn sowieso kaum. »Oooh, ich gehe jetzt mal lieber. Die Ferien-Bibelstunde wartet höchstens auf Jesus. Happy Birthday, Nic!«

Er verschwindet vom Zaun, und ich runzle die Stirn. »Was war das denn gerade?«

»Bei JP kann man nie so genau wissen«, meint Dad. »Jetzt komm, wir müssen mit deinem Unterricht anfangen.«

Für die anderen Kinder in Jackson haben Anfang der Woche die Sommerferien begonnen, aber Dad unterrichtet mich zu Hause das ganze Jahr durch. Heute finde ich das okay. Es ist nämlich Zeit für

Unterricht in der Gabe, Leute. Zeit, eine richtige Manifestorin zu werden.

Denn wisst ihr, obwohl wir Manifestoren alle mit der Gabe geboren sind, müssen wir lernen, sie zu benutzen. Und es gibt eine Menge Möglichkeiten, sie zu benutzen. Am einfachsten geht das mit Mojos und Jujus, die die Elemente kontrollieren. Wir können zum Beispiel Feuer zwischen unseren Händen erzeugen oder Wasser aus der Erde schießen lassen. Tun wir das mit guter Absicht, ist es ein Mojo. Tun wir es mit böser Absicht, ist es ein Juju. Wir können auch unsere Vorstellungskraft verwenden, um Dinge herbeizurufen oder Illusionen zu erzeugen und so weiter. Es kann Jahre dauern, bis man gelernt hat, die Gabe zu meistern, und außerdem entdecken Manifestoren ständig neue Möglichkeiten, sie zu nutzen. Ich muss ja nicht tausend Wege kennen, aber ich wüsste gerne, wie man *irgendwas* damit macht.

Mein Welpe tapst hinter uns ins Haus. Wir wohnen jetzt seit zwei Jahren in Jackson. Davor haben wir in New Orleans gelebt, und davor in Memphis, Atlanta, Charleston, Washington und New York. Man kann also sagen, dass wir schon an ziemlich vielen Orten gewohnt haben. Beim letzten Umzug hat Dad mich die neue Stadt aussuchen lassen, und ich habe Jackson gewählt. Ich kann's auch nicht erklären, aber irgendwie kam es mir so vor, als müssten wir hierher.

Ich finde, das war eine gute Entscheidung. Bisher ist das eines meiner Lieblingshäuser. Es hat einen ersten Stock und einen Keller. Und es liegt in einem Künstlerviertel, das Fondren heißt. Einmal im Monat gibt es ein Fest für die ganze Nachbarschaft, und sonntags gehen Dad und ich immer in einen Diner, der nur ein paar Straßen entfernt ist, um uns Milchshakes und Cheeseburger zu gönnen.

So, wie es aussieht, haben wir hier ein Zuhause gefunden, aber es kann jeden Tag passieren, dass Dad sagt: »Hey, wie wär's mit einem Tapetenwechsel?« Tatsächlich meint er damit: »Hey, jemand von den Gewöhnlichen hat mich dabei erwischt, wie ich die Gabe genutzt habe, also nichts wie weg hier.« Das kommt leider oft vor.

In der Küche lässt ein tiefes Knurren die Tür zum Keller erzittern. Ich setze mich an die Frühstückstheke. »Ist das der Dämon, den du in der Gouverneursvilla gefangen hast?«

Dad macht eine Handbewegung, und im Spalt unter der Kellertür ist auf einmal Licht zu sehen. Der Dämon quiekt. »Yep. Schon der zweite in zwei Wochen. Ich sag's dir, Dämonen können dieses Haus einfach nicht in Ruhe lassen.«

Dad arbeitet hier in Jackson als Handwerker. Gewöhnliche wissen nicht, dass 85 Prozent ihrer Probleme im Haushalt von Gespenstern, Dämonen, Ghulen und anderen Geschöpfen aus der Welt der Ungewöhnlichen verursacht werden. Zwölf Prozent von dem, woran diese Geschöpfe nicht schuld sind, lassen sich locker mit der Gabe beseitigen, und für die restlichen drei Prozent braucht man nichts weiter als einen Schraubenzieher und ein Stoßgebet.

»Na gut, Nic Nac«, sagt Dad. »Schnelles Quiz – wann haben wir Manifestoren erstmals die Gabe erhalten?«

O Mann, jetzt kommt er mir damit. Ich bin bereit für Unterricht in der Gabe, nicht für ein Quiz. Aber was sein muss, muss sein. »Unsere Vorfahren wurden erstmals mit der Gabe gesegnet, als sie versklavt waren. Sie erhielten sie, damit sie in die Freiheit entkommen konnten.«

»Bist du dir da sicher?«, fragt Dad.

Ach, Mist, wenn er schon so fragt, bin ich mir nicht mehr sicher. »Äääh … ich denke schon.«

»Tut mir leid, Baby Girl. Da liegst du falsch. Denk dran, was ich dir immer sage – nichts, was *irgendwelche* Schwarzen Menschen betrifft, hat mit der Sklaverei begonnen. Was uns Manifestoren angeht, so haben unsere Vorfahren in Afrika, die Wallinzi, die Gabe als Erste bekommen. Mit ihnen werden wir uns in deinem heutigen Unterricht beschäftigen.«

»Was? Aber … aber ich dachte, du wolltest mir beibringen, wie ich die Gabe benutze. Heute ist doch der Tag, an dem ich es lernen sollte, weißt du nicht mehr?«

Dad runzelt die Stirn. »Ist das so?«

»Ja! An meinem elften Geburtstag hast du gesagt, ich kann es lernen, wenn ich zwölf bin. Davor hast du an meinem zehnten gesagt, ich könnte es mit elf lernen.«

»Ich erinnere mich nicht mehr …«

»Uuund an meinem neunten Geburtstag hast du gesagt, ich könne es lernen, wenn ich zehn werde.«

»Das ist ja schon eine Weile her. Bist du dir da sicher?«

Ich presse meine Lippen zusammen. »Dad, das ist nicht fair. Du hast mir erzählt, dass du gelernt hast, die Gabe zu nutzen, als du zehn warst.«

»Das stimmt. Früher dachte ich, es wäre eine schnelle Lösung für alles, aber es ist keine …«

»Spielerei«, sage ich.

»Es kann ernste …«

»Folgen haben.«

»Du könntest dich verletzen oder …«

»Jemand anderen«, beende ich auch diesen Satz. All das habe ich schon eine Million Mal gehört. »Ich will einfach nur wissen, wie man die Gabe für einfache Sachen benutzt. Zum Beispiel, um die Illusion zu erzeugen, ich hätte mein Zimmer aufgeräumt. Oder wie man sie gegen einen Gamer Troll einsetzt.«

»Ooooder du räumst dein Zimmer wirklich auf. Bitte mach das. Neulich kam da so ein echt schlimmer Gestank rausgeweht. Und ich bringe dir ganz bestimmt nicht bei, wie du die Gabe gegen einen Gamer Troll einsetzt. Dann würdest du nur Unfug machen und irgendwelchen armen Kindern die Zähne ausfallen lassen.«

Ich mache große Augen. »Das geht mit der Gabe?«

Dad spitzt die Lippen. »Wie ich schon sagte, ist die Gabe keine schnelle Lösung, wenn du in der Klemme steckst, Baby Girl. Außerdem geht nichts über das hier.« Er tippt mir an die Schläfe. »Dein Verstand ist die einzige Gabe, die du brauchst. *Du selber* bist die einzige Gabe, die du brauchst. Alles, was du brauchst, hast du in dir.«

»Tja, und wenn die Gabe schon in mir drin ist, muss ich dann nicht auch wissen, wie man sie benutzt?«

Er grinst. »Du lässt nicht locker. Das muss ich dir lassen. Aber ich denke, wir sollten noch ein Jahr warten, Nic Nac.«

Ich möchte ihm sagen, dass er mir doch eine Chance geben soll. Dass ich vorsichtig sein werde. Großes Ehrenwort. Dass ich nur wissen möchte, dass ich es kann und ich eine richtige Manifestorin bin.

Aber darauf würde Dad nicht hören. Das klappt bei ihm nie. Ich seufze. »Yes, Sir.«

Da gibt er mir einen Kuss auf die Stirn. »Lass uns diese Lektion über die Wallinzi hinter uns bringen, damit wir uns dann auf den Weg zu Ms. Lena machen können.«

Nach ungefähr zwei Stunden Unterricht steigen wir in Dads Pick-up Truck – Dad und ich und mein Höllenhundwelpe. Ich glaube, ich werde sie Cocoa nennen. Ihr Fell hat die Farbe von einer Tasse heißer Schokolade. Der Dämon, den Dad in der Gouverneursvilla gefangen hat, schläft in einem Käfig auf der Ladefläche, und auf dem Rücksitz steht ein Träger mit Flaschen aus blauem Glas, in denen die rauchigen Gestalten von Gespenstern herumwirbeln. Dad hat sie diese Woche in verschiedenen Häusern eingefangen. Als er durch ein Schlagloch auf unserer Straße fährt, klirren die Flaschen aneinander.

»Das soll wohl ein Witz sein«, sagt er. »Schon wieder eins?«

In Jackson gibt es unzählige Schlaglöcher. Manchmal machen die Leute kleine Teiche oder Blumenbeete daraus. Das ist cool, aber gleichzeitig auch traurig.

Ich schaue zu dem zurück, durch das Dad gerade gerumpelt ist. »War das gestern auch schon da?«

»Nein, glaub ich nicht. Die Dinger reißen richtig schnell auf. Ich wette, das hat was mit dem Vulkan unter der Stadt zu tun.«

Die meisten Leute wissen gar nicht, dass Jackson auf einem inaktiven Vulkan errichtet wurde, der nur wenige tausend Meter unter der Stadt liegt. Der Krater soll sich direkt unter dem *Mississippi Coliseum* befinden. Ich bin nur froh, dass er nicht aktiv ist. Denn glaubt mir, wenn er noch aktiv wäre, hätte ich Dad nicht gesagt, dass wir hierherziehen sollen. Obwohl die kulinarischen Spezialitäten von Jackson – Karamellkuchen und Hühnchen am Spieß – das Risiko eines Vulkanausbruchs schon wert wären.

Auf der Fahrt zur Farish Street rumpeln wir noch durch jede Menge anderer Schlaglöcher. Dad hat mir in einer unserer Geschichtsstunden erzählt, dass die Straße früher *der* Ort für Schwarze Menschen in Mississippi war, weil sie hier ausnahmsweise nicht diskriminiert wurden. Im Internet habe ich ein paar alte Fotos gefunden, auf denen man sieht, wie voll die Gehwege vor den Geschäften und Restaurants waren.

Heute sind die meisten Gebäude an der Farish Street verlassen. Auf Gewöhnliche wirkt das Haus von Ms. Lena auch so. Sie wissen ja nicht, dass die zugenagelte Tür nur eine Illusion ist, hinter der sich eine Stahltür mit uralten Zeichen verbirgt.

Als Dad die Tür aufmacht, trägt er den Käfig mit dem Dämon. Blues-Klänge, Stimmengewirr und der Duft von Frittiertem empfangen uns. Heute ist es hier total voll, wie immer am Freitag. Denn da serviert Ms. Lena ihren berühmten frittierten Seewolf mit Cajun Fries, das sind Pommes, wie man sie hier in den Südstaaten zubereitet.

In dem Juke Joint, einer einfachen Kneipe von der Art, wie sie früher hauptsächlich von der Schwarzen Bevölkerung besucht wurde, ist das Licht schummrig, damit man nicht so genau sieht, wie baufällig die Einrichtung schon ist. Aber die Ungewöhnlichen erhellen die Umgebung zum Glück ein bisschen. Jede und jeder Ungewöhnliche ist nämlich von einem Glow, einem bunten Leuchten, umgeben. An dieser Aura kann man erkennen, was für eine Art Ungewöhnlicher jemand ist. Sehen können den Glow nur andere

Ungewöhnliche, aber Dad meint, die Gewöhnlichen könnten ihn spüren. Meist sagen sie dann, jemand hätte »das gewisse Etwas«.

Wir Manifestoren besitzen einen goldenen Schimmer, der ein bisschen heller leuchtet als der Glow der anderen. Wahrscheinlich ist das kein Zufall, weil wir zu den mächtigsten Ungewöhnlichen gehören. Versteht mich nicht falsch, Rougarous, wie man Werwölfe hier im Süden nennt, Vampire, Riesen, Elfen, Angehörige des Meervolks und andere Ungewöhnliche haben auch einiges drauf, aber nur wir verfügen über die Gabe.

Ein paar Manifestoren an der Bar werden von einer kleinen violett schimmernden Aziza mit brauner Haut, glitzernden Flügeln und spitzen Ohren bedient. Das ist Ms. Sadie. Man darf sie nicht »Fee« nennen, sonst erklärt sie einem, dass Feen aus Europa stammen und Azizas aus Afrika, und dass Azizas stärker sind als Feen. Sie können Sachen hochheben, die tausend Mal schwerer sind als sie selbst.

Eine Manifestorin, die in einer Nische sitzt, zeigt einem rot leuchtenden Vampir einen Koffer voller kleiner Lederbeutel. Das ist Mrs. Barbara, die als Vertreterin für *Miss Peachys Phänomenale Mojo- und Juju-Beutel* unterwegs ist. Auf dem Koffer schimmert in Glitzerbuchstaben der Werbeslogan: »Lass dich überraschen!« Ungewöhnliche lieben die Beutel, weil in ihnen die Gabe steckt. Allerdings weiß man vor dem Öffnen nicht, was man bekommt. Es kann ein Mojo-Beutel sein, der es Geld und Gold regnen lässt. Oder es ist ein Juju-Säckchen, das die Schwerkraft in einem Raum außer Kraft setzt oder echten Regen erzeugt. Eigentlich ist es so eine Art Rubbel-Los für Ungewöhnliche. Manche Leute geben ihr ganzes Geld aus, um einen Mojo-Beutel zu erwischen, der Geld oder Gold enthält, dabei sind die meisten nicht mehr als zehn Dollar wert. Selten findet man einen, der einem Millionen einbringt. Dad sagt, damit wird niemand reich – nur Miss Peachy.

Einen Tisch weiter unterhält sich ein Rougarou mit brauner Haut und einem grauen Leuchten mit einer Gestaltwandlerin (orangefarbener Glow) und einem Vampir. Er zeigt ihnen Bilder auf seinem Handy.

»Hey, da ist ja das Geburtstagskind!« Mr. Zeke, der Rougarou, hat uns bemerkt.

Ich grinse, als sich das wie ein Lauffeuer im Lokal rumspricht. Das ist ganz anders als früher. Bevor Dad und ich nach Jackson kamen, hatten wir nie besonders viel mit anderen Ungewöhnlichen zu tun. Und wenn, dann sagte Dad, ich sollte mich nicht mit ihnen unterhalten. Ich finde, er übertreibt ein bisschen damit, dass ich mich vor Fremden in Acht nehmen soll. Als wir noch neu in Jackson waren, lernte er Ms. Lena kennen und begann, gelegentlich ins Lokal zu kommen, um ihr die Kreaturen zu verkaufen, die er bei seiner Arbeit fing. Erst war er total zurückhaltend, aber im Laufe der Zeit sind die Stammgäste hier so was wie unsere Familie geworden.

Deshalb bekomme ich jetzt eine Geburtstagsumarmung nach der anderen. Ms. Sadie verspricht mir einen Root-Beer-Float mit Karamellsoße oben drauf. Mrs. Barbara schenkt mir einen *Miss Peachy's*-Beutel und behauptet, sie hätte das starke Gefühl, dass vielleicht ein Mojo drin wäre, das es Gold regnen lässt. Ich stecke ihn erst mal in meine Tasche. Bei dem Glück, das ich immer habe, würde es mich nicht wundern, wenn es stattdessen ein Juju-Beutel ist, der es Frösche regnen lässt.

Wir gehen zu Mr. Zeke hinüber, und er schließt mich in seine flauschigen Arme. Ich kann mir nur ungefähr vorstellen, wie er bei Vollmond aussehen muss. »Happy Birthday, Nic! Wie geht's dir mit zwölf?«

»Bisher genauso wie mit elf.«

»Warte mal ab, bis du hundert bist«, sagt Mr. Earl, der Vampir. »Fühlt sich keine Spur anders an. Ein ganzes Jahr lang dachte ich, ich wäre noch 110, dabei war ich schon 111.«

»Du bist 114, Earl«, sagt Mr. Zeke.

»Hach, verdammich. Seht ihr, was ich meine?«

»Ich sehe, dass jemand einen Höllenhund bekommen hat«, meint Ms. Casey, die Gestaltwandlerin, und schaut dabei Dad an.

Ich grinse. »Yep! Irgendwann musste er ja mal nachgeben.«

»Yeah, yeah. Dir wird das Grinsen schon noch vergehen, wenn du die ganzen Höllenhundhäufchen einsammeln musst«, sagt Dad. »Wie war deine Reise, Zeke?«

»O Mann, umwerfend ist nicht übertrieben. Gerade habe ich Earl und Casey die Fotos gezeigt. Ich war so nah dran, wie es ging.«

Jedes Jahr reist Mr. Zeke in eine für Ungewöhnliche bedeutende Stadt oder an einen für uns geschichtlich bedeutenden Ort. Dieses Jahr war er in Afrika, um den Garten Eden zu sehen. Also, von außen. Es darf ja niemand rein. Dad hat gesagt, die Wallinzi, von denen wir abstammen, leben in der Stadt, die den Garten umgibt. Mr. Zeke zeigt uns ein Foto von sich, auf dem er vor den Toren des Gartens steht. Die Mauer aus Elfenbein ist Hunderte Meter hoch, und zwei Engel in goldener Rüstung bewachen sie.

»Wie ist die Stadt?«, will Dad wissen. »So schön, wie man hört?«

»Noch schöner«, sagt Mr. Zeke. »Diese Wallinzi allerdings … ein interessantes Völkchen.«

»Lustig, dass ich gerade angefangen habe, Nic etwas über sie beizubringen.«

»Dann solltest du sie auch wissen lassen, dass sie nicht gerade freundlich zu Fremden sind«, fügt Mr. Zeke hinzu. »Vor allem nicht zu uns ›weniger begabten‹ Ungewöhnlichen. Ihr wisst ja, wie manche Manifestoren sein können.«

Mr. Earl und Ms. Casey brummen zustimmend. Einige Manifestoren geben anderen Ungewöhnlichen gerne zu verstehen, dass wir die mächtigsten von ihnen sind. Dad sagt, das ist dumm. Denn als Schwarze Menschen haben wir doch selbst miterlebt, wie Leute wie wir als Menschen zweiter Klasse behandelt werden. Das sollten wir nicht mit anderen machen.

»Tut mir leid, dass du das erleben musstest, Mann«, sagt er zu Mr. Zeke.

»So ist es nun mal, Maxwell. Ich habe über die L.O.R.E. jeden Tag damit zu tun.«

Und schon wird im ganzen Lokal gegrummelt. Im *Ms. Lena's* sollte man die L.O.R.E., was die Abkürzung für die *League of Remarkable Efforts* ist und quasi die Regierung der Ungewöhnlichen bezeichnet, besser nicht erwähnen. Die L.O.R.E. besteht hauptsächlich aus Manifestoren. Und die überwachen uns Ungewöhnliche, damit wir keinen Ärger mit den Gewöhnlichen bekommen. Also keinen richtig großen. Ich meine, als Mr. Earl in die Blutbank von Jackson eingebrochen ist, da musste er selbst mit der Polizei der Gewöhnlichen klarkommen. Aber würde er Randale machen und einen

Haufen Gewöhnliche beißen, dann würde die L.O.R.E. eingreifen. Die L.O.R.E. regiert auch über die geheimen Städte der Ungewöhnlichen in Nordamerika, wie zum Beispiel Uhuru, wo Dad und ich geboren worden sind.

Ich war als Baby zum letzten Mal in einer solchen Stadt. Dad und ich sind Exilanten, weil wir in keiner Ungewöhnlichen-Stadt leben. Genau wie alle anderen im *Ms. Lena's*. Die Hälfte von ihnen hat diese Städte freiwillig verlassen; einige sagen, weil die L.O.R.E. ihnen dort zu viele Vorschriften macht. Die andere Hälfte wurde von dort vertrieben. Dad behauptet, er hätte selbst entschieden, dass wir in der Welt der Gewöhnlichen leben. Aber manchmal frage ich mich, ob er wirklich eine Wahl hatte. Wenn ich daran denke, wie oft wir umgezogen sind und wie sehr Dad früher anderen Ungewöhnlichen aus dem Weg gegangen ist – als hätte er irgendwas zu verheimlichen. Und dann wiederum kann ich mir nicht vorstellen, dass er irgendwas machen würde, wofür man ihn irgendwo rausgeworfen hätte.

»Apropos L.O.R.E., gibt's etwas, das ich wissen muss?«, fragt Dad.

Mr. Zeke sieht mich an – so kurz, dass ich es fast nicht mitkriege – und sagt dann: »Du weißt ja, wie es um diese Zeit des Jahres ist.«

Äh, was soll das jetzt heißen?

Dad nickt. »Danke, Mann.«

Mr. Zeke streckt ihm die Faust hin. »Hey, wir Exilanten müssen doch zusammenhalten.«

Dad schlägt seine Faust gegen Mr. Zekes. »Immer. Komm, Nic Nac.«

Ich folge ihm in den hinteren Teil des Lokals. »Was passiert denn um diese Zeit des Jahres?«

»Angelegenheiten erwachsener Leute«, sagt er. So bezeichnet er auch die Politik und das, was mit Mr. Earl passierte, nachdem er in die Blutbank eingebrochen war.

Dad will gerade an Ms. Lenas Tür klopfen, da schwingt sie auch schon auf. An allen Wänden des Büros stehen Regale. Darin befinden sich Käfige mit Kreaturen und Phiolen mit Flüssigkeiten in allen Farben. Eine ältere Schwarze Frau sitzt in der Mitte an einem Schreibtisch. An ihren Fingern stecken goldene Ringe, und ihre Haut schimmert in einem bronzefarbenen Glow.

Ms. Lena ist eine Visionärin, das heißt, sie kann in die Zukunft sehen. Das ist etwas anderes als eine Prophetin. Propheten erhalten göttliche Botschaften über die Zukunft bestimmter Menschen, und die suchen sie dann auf, um ihnen diese Botschaften mitzuteilen. Prophezeiungen sind nicht besonders genau und können auch missverstanden werden. Visionäre sehen dagegen Sachen aufblitzen, die passieren werden. Das ist ungefähr so, als würde man nur einzelne Puzzleteile sehen, aber nicht das fertige Bild.

»Ah, mein bester Lieferant«, sagt Ms. Lena. Ihr Akzent aus New Orleans lässt mich daran denken, wie es war, mit Dad dort herumzuspazieren. »Ich sehe, du bringst den Höllenhundwelpen zurück. Aber ich hab dir gesagt: Umtausch ausgeschlossen.«

Ich hätte wissen müssen, dass Dad Cocoa bei Ms. Lena gekauft hat. Sie ist die erste Adresse für alles von Höllenhunden über Blitzvögel bis hin zu allen möglichen Elixieren.

»Oh, nein, wir bringen sie nicht zurück«, sagt Dad. »Wir haben sie nur auf die Fahrt mitgenommen.«

»Ah-ha. Und sie spuckt nur Rauch, oder? Ich hab ihr nämlich ein

Mittel gegeben, damit das mit dem Feuer aufhört, aber ich übernehm nicht die Verantwortung, falls sie doch euer Haus abfackelt.«

Ähm, was?

»Nur Rauch«, bestätigt Dad. »Kein Feuer.«

»Ah-ha«, macht Ms. Lena wieder. Ich glaube, das ist ihr Lieblingswort, auch wenn es kein richtiges Wort ist. »Also, dann stiehl mir nicht die Zeit, sondern lass sehen, was du hast.«

Dad stellt den Käfig auf ihren Schreibtisch, während der Dämon sich an die Eisenstangen krallt. Er ist etwa dreißig Zentimeter groß, hat eine rote höckerige Haut und grüne Knopfaugen. Ms. Lena entfernt den Verschluss von einer Phiole und schüttet eine klare Flüssigkeit auf den Dämon. Der heult, als seine Haut zischt wie Wasser in einer heißen Pfanne.

»Weihwasser«, erklärt Ms. Lena. »Wenn er zu wild wird, verpasse ich ihm auch noch ein bisschen Öl.«

Sie spricht das englische Wort »oil« wie »earl« aus. Das machen manche Leute aus New Orleans so. Ms. Lena ist da geboren und aufgewachsen. Doch dann kam der Hurrikan Katrina. Drei Tage verbrachte sie auf einem Hausdach, bis irgendwelche Sumpfbewohner – Verwandte der Angehörigen des Meervolks aus dem Bayou – sie retteten.

»Wie viele Gespenster hast du denn diesmal für mich, Maxwell?«, fragt sie.

»Zehn, und darunter ein richtig wütendes aus Madison.«

»Ooooh, Kinder, Kinder! Ihr habt Ms. Lena den Tag gerettet. Damit werden wir schönes Geld verdienen!«

»Wer kauft denn eigentlich die Gespenster von Ihnen?«, frage ich.

Ms. Lena stützt eine Hand in ihre Hüfte. »Wer will das wissen?«

»Sie meint es nicht bös, Ms. Lena«, sagt Dad schnell.

Da hebt Ms. Lena die Hand. »Gegen ein neugieriges Kind gibt es nichts einzuwenden. Wenn du's genau wissen willst, Miss Naseweis – es gibt hier ein paar reiche Ungewöhnliche, die Gespenster sammeln. Frag mich nicht, was sie mit ihnen machen. Das geht mich nichts an, solange sie gut dafür bezahlen.«

Seltsam. Wenn ich reich wäre, würde ich mir irgendwas Nützliches kaufen. Etwa einen Drachen als Haustier, der darauf trainiert wäre, mich zu beschützen. Praktische Sachen eben.

»Dein Daddy meinte, dieser Höllenhundwelpe wäre dein Geburtstagsgeschenk«, sagt Ms. Lena. »Wie alt bist du jetzt?«

»Zwölf.«

»Oooh.« Sie lässt lächelnd ihre Goldzähne aufblitzen. »Ich erinnere mich noch sehr gut an das Alter. Lass mich mal versuchen, eine Vision für dich einzufangen. Normalerweise tue ich das nicht gratis, aber zu deinem Geburtstag würde ich eine Ausnahme machen.«

»Nein, nicht nötig, Ms. Lena«, sagt Dad. »Wir möchten Ihnen keine Umstände machen.«

»Ach, sei still, Maxwell. Das ist doch gar kein Problem.«

»Nein, wirklich«, sagt Dad. »Lieber nicht.«

Doch Ms. Lena greift schon nach meinen Händen. »Warum nicht? Das dauert nur eine Mi…«

Unsere Fingerspitzen berühren sich kaum.

Ein scharfer Windstoß weht an mir vorbei. Dad, Cocoa und Ms. Lena verschwinden, und ich befinde mich in einem düsteren Tunnel.

Panisch blicke ich mich um. »Was zum …«

Schon blitzt die nächste Vision auf. Ich stehe in einer riesigen Höhle, sehe alles um mich herum aber nur verschwommen. Vor mir ist irgendwas Großes, Dunkles. Ich kann nicht erkennen, was. Plötzlich schreit jemand: »Nic, lauf! Er ist hinter dir!«

Ich will mich gerade umdrehen und nachsehen, aber schon weht wieder dieser scharfe Wind und ich bin zurück in Ms. Lenas Büro.

Sie lässt meine Hände los und ruft: »Wie hast du das gemacht?«

Ich halte mir den pochenden Schädel und blinzle die Sternchen aus meinen Augen. Es dauert einen Moment, bis ich alles wieder scharf sehe. Als es so weit ist, merke ich, dass Ms. Lena mich entsetzt anstarrt.

Ich starre genauso schockiert zurück. Ihr Glow flackert, als würde jemand einen Lichtschalter an- und ausknipsen.

»Was hast du gemacht?«, kreischt sie. »Sag es mir auf der Stelle, Kleines!«

Dad lässt mich nicht antworten. Er packt mich und Cocoa und stürmt mit uns aus dem Lokal.

2

Die Abenteuer des Tyran J. Porter

Dad fährt uns in einem Höllentempo nach Hause und donnert dabei in jedes Schlagloch. »Erzähl mir ganz genau, was passiert ist, Nichole.«

Ich fange am Anfang an. Unsere Finger berührten sich, dann gab es einen Windstoß, danach kamen der Tunnel, die Höhle, die Stimme. »War das eine Vision?«

»Klingt so«, sagt Dad. Dazu macht er ein Gesicht, wie ich es erst ein- oder zweimal gesehen habe. Dad ist geschockt.

Holy Moly, er ist geschockt. Dabei hat Dad vor gar nichts Angst. Wenn er also entsetzt ist, sollte ich wohl schon mal meine Beerdigung planen. »Was hat das zu bedeuten?«

»Immer mit der Ruhe, Baby Girl.«

»Wieso habe ich ihre Vision gesehen?«

»Keine Ahnung.«

»Was *war* das überhaupt für eine Vision?«

»Keine Ahnung.«

Mein Kinn beginnt zu zittern. »Hab ich sie verletzt?«

»Hey, hey, beruhig dich. Du hast nichts falsch gemacht.«

»Aber ihr Schimmer, Dad. Der hat geflackert.«

»Bestimmt gibt es dafür eine Erklärung. Wir wissen zwar einiges über die Gabe, doch es gibt auch so viel, wovon wir *keine* Ahnung haben. Aber ich verspreche dir, dass du nichts falsch gemacht hast, hörst du?«

Während er das sagt, erzählt sein Gesichtsausdruck was ganz anderes. Seit wir Ms. Lenas Lokal verlassen haben, ist seine Stirn sorgenvoll gerunzelt.

Irgendwas stimmt nicht mit mir … Oder noch schlimmer, ich habe was richtig Übles angestellt.

Dad biegt in unsere Einfahrt ab und stellt den Motor aus. Wir sitzen schweigend da, und er streicht mit den Fingern über ein Tattoo auf seinem Unterarm. V.XXVII – die römischen Ziffern für den 27. Mai, meinen Geburtstag. Genau genommen sind es zwei Tattoos übereinander, sodass es fast wie in 3D aussieht.

»Weißt du«, meint er schließlich, »ich glaube, es wäre das Beste, wenn du heute Abend nicht zu der Signierstunde gehst.«

»Aber du hast doch gesagt, dass ich nichts falsch gemacht habe!«

»Hast du auch nicht. Aber du solltest nicht unter so vielen Gewöhnlichen sein.«

In meinen Augen beginnt es zu brennen. »Denkst du, dass ich jemanden verletzen könnte?«

»Nein!«, sagt er schnell. »Nein, Baby Girl.«

»Warum kann ich dann nicht hingehen? Mr. Retro zu treffen, ist doch eins von meinen Geburtstagsgeschenken!«

»Nichole.« Sein Ton klingt so, als sollte ich mit *meinem* vorsichtiger sein. »Hör zu, Mrs. Williams und JP können doch deine Bücher mit signieren lassen. Wir feiern solange hier Geburtstag. Ich habe Kuchen besorgt und hole noch eine Pizza von *Sal and Mookie's*. Dann können wir …«

Ich springe aus dem Wagen und marschiere ins Haus, während ich mir schon die Augen ausweine.

Den Großteil meines Geburtstags verbringe ich mit Cocoa allein in meinem Zimmer.

Irgendwann höre ich Dad mit Mrs. Williams telefonieren und ihr sagen, mir ginge es nicht so gut. Er meint, es wäre nichts Schlimmes, aber er wolle auf Nummer sicher gehen und mich deshalb heute Abend zu Hause behalten. Das bringt mich auf den Gedanken, dass irgendwas richtig Schlimmes mit mir sein muss.

Irgendwo im Zimmer meldet sich mein Tablet mit einem Piepsen. Cocoa hört auf, mit einem Paar Socken zu spielen, und läuft direkt auf einen Haufen schmutziger Klamotten in der Ecke zu. Ich wühle darin herum, bis ich das Tablet ausgegraben habe. Darauf sind drei Nachrichten von JP.

Meine Momma hat's mir schon erzählt!

Nic, es geht um TJ Retro!

Krank kannst du wann anders sein!

Ich lasse mich auf mein Bett fallen. Das Schlimmste daran, mit

Gewöhnlichen befreundet zu sein, ist, dass man ihnen nicht einfach so was sagen kann wie »Ich bin nicht wirklich krank. Aber ich habe heute irgendwas mit einer Visionärin gemacht. Und deshalb hat mein Dad mehr Schiss, als er sich anmerken lassen will.«

Das kommt nicht in die Tüte. Also schreibe ich: Ich wünschte, ich könnte mitkommen. Kannst du meine Bücher für mich signieren lassen?

Na klar, schreibt JP.

Ich werde ein Selfie für dich machen.

Genau genommen wird es für mich sein, weil ich

drauf sein werde, nicht du. Aber ich werde die ganze

Zeit an dich denken!

Mach ich es gerade nur noch schlimmer?

JA, schreibe ich und schmeiße mein Tablet zurück auf den Kleiderhaufen.

Cocoa springt aufs Bett und legt den Kopf auf meinen Bauch. Dann schaut sie mit ihren großen roten Augen zu mir hoch, als wollte sie sagen: »Meisterin, was darf ich für dich tun?«

Ich kraule sie hinter den Ohren. »Immerhin habe ich dich heute bekommen. Das ist wenigstens ein bisschen Geburtstag.«

Es klopft an meiner Tür, und Dad steckt den Kopf ins Zimmer. »Darf ich reinkommen?«

»Ist ja egal, weil du sowieso reinkommst.«

»Stimmt, aber ich glaube, ich habe zwei gute Gründe dafür.«

Ich setze mich auf. Dad trägt zwei kleine Geburtstagskuchen mit dicker hellbrauner Glasur herein. Karamellkuchen. Ich bin verrückt nach Karamell.

Aber anstatt nachzugeben, lasse ich mich rückwärts wieder auf mein Bett fallen.

»Das funktioniert nicht?«, meint Dad. »Na gut, wie wär's dann damit?«

Er stellt die Kuchen auf meinen Nachttisch und reibt die Handflächen aneinander. Mit einer Handbewegung bringt er dann meine Zimmerdecke zum Verschwinden. Ein nächtlicher Sternenhimmel wird sichtbar. Dad erzeugt einen Stern nach dem anderen. Kleine flimmernde, große schimmernde, die an Diamanten erinnern. Sie gleiten zum Himmel hinauf, und ein paar verwandeln sich in Sternschnuppen.

Dad grinst mich an. »Ich hab dir doch gesagt, dass du die Sterne verdienst.«

Ich verschränke die Arme. »Hübsche Illusion, aber nein.«

»Ach, jetzt komm schon, Nic Nac! Wenn du weiter schmollst, singe ich auch noch.«

»Ich schmolle nicht, und du kannst nicht singen.«

»Sicher? Ich hab da so einige Melodien in mir«, sagt er.

»Nein.«

»Ich glaube, da will ein Song aus mir raus.«

»Nein, Dad!«

»Hap-py birth-day to ya!«, schmettert er los. Dazu versucht er auch noch zu tanzen. Cocoa knurrt ihn vom Bett aus an.

Ich muss einfach lachen. »Okay, okay! Bitte hör auf.«

Er kommt zum Nachttisch getanzt und hält mir einen der Kuchen hin. »Wünsch dir was! Und wenn du dir wünschst, dass ich nicht singen und tanzen soll – das zählt nicht.«

»Dafür brauche ich wohl ein Gebet«, sage ich und schließe die Augen. Jedes Jahr wünsche ich mir, dass zu meinem nächsten Geburtstag nicht nur Dad und ich da sind. So gern ich ihn auch habe, wünschte ich, unsere Familie wäre größer. Ich stelle mir vor, da wären eine Mom, Großeltern, Tanten, Onkel, ein Bruder um mich herum. Ich wollte schon immer einen Bruder. Ich kneife die Augen noch fester zusammen und kann sie beinahe sehen. Ihre Gesichter sind verschwommen, aber sie wirken echt.

Schnell wünsche ich sie mir noch mal und puste dann die Kerzen aus.

Dad wirft einen Blick auf den anderen Kuchen. Jedes Jahr gönnt er sich einen eigenen, um zu feiern, dass er ein weiteres Jahr als mein Vater durchgehalten hat. Frech.

»Happy Birthday«, sagt er und klingt ein bisschen traurig. Anschließend bläst er seine Kerzen aus.

Ich lecke die Glasur von einer Kerze. »Was ist denn, alter Mann? Traurig, weil ich groß werde?«

»*Alter Mann*? Kann ich nicht mal kurz nachdenklich sein, ohne dafür kritisiert zu werden?«

»Nope!«

»Hör auf, mich zu haten! Also, was hast du dir gewünscht?«

Meinen Wunsch nach einer Großfamilie verrate ich ihm nie. Er soll nicht denken, er wäre nicht genug. »Dass wir rauskriegen, was mit mir nicht stimmt, damit ich doch noch zu der Signierstunde kann.«

»Oh.« Dad klingt, als hätte er ein schlechtes Gewissen. Das. Sollte. Er. Auch. Haben. Er streicht mir übers Haar. »Was auch immer da vorhin passiert ist, wir finden es raus. Aber was heute Abend angeht – es ist nur zu deinem Besten, Baby Girl.«

»Mir gefällt's trotzdem nicht.«

Dad wagt es, darüber zu lächeln. »Du bist genau wie deine Momma.«

Da meldet sich ein Schmerz tief in meiner Brust. Den spüre ich immer, wenn Dad sie erwähnt. Als würde meinem Herzen ein Stück fehlen. Doch das kommt nicht oft vor, da Dad nur selten von ihr spricht.

Meine Mom ist nicht tot. Ich glaube, sie wollte einfach nicht für mich da sein. Dad sagt, dass »Erwachsene manchmal Entscheidungen treffen, die sie für das Beste halten, auch wenn sie das nicht sind«. Ich traue mich nicht, weiter nachzufragen. Wer möchte denn schon erfahren, dass die eigene Mom keine Mom sein will?

Wenn ich mich wenigstens noch an sie erinnern könnte. Dann wäre sie bei meinen Geburtstagswünschen nicht so verschwommen. Ich meine, mich noch an ihre Augen zu erinnern. Die sehe ich in meinen Träumen. Sie sind groß und dunkelbraun wie meine, und sie schaut damit auf mich herab, während sie Schlaflieder für mich singt.

»Manchmal verstehst du vielleicht nicht, was ich tue. Und was ich getan habe«, sagt Dad. »Aber dich zu beschützen, ist das Wichtigste für mich. Klar?«

Muss das sein? Der Gesang und die albernen Tanzschritte waren schon schlimm genug. Jetzt kommt auch noch das mit dem Beschützen. »Klar.«

»Mein Mädchen.« Er gibt mir einen Kuss auf die Stirn und drückt mich an sich. »Weißt du, ich erinnere mich noch genau daran, wie ich dich zum ersten Mal im Arm hielt.«

»Daaad«, stöhne ich. »Nicht noch mehr Schmalz, bitte.«

»Ich glaube, ich saß stundenlang da und hab dich nur angesehen. Ich war mir nicht sicher, ob ich der Vater sein könnte, den du verdient hast. Bin ich mir bis heute nicht.« Einen Moment lang sitzt er still da, dann springt er plötzlich auf. »Magst du Pizza zum Abendessen?«

»Pizza wäre prima. Bist du okay?«

»Yeah, Baby Girl, mir geht's gut. Wie wär's, wenn wir uns eine bei *Sal and Mookie's* holen? Wenn wir schon dabei sind, könnten wir auch gleich noch Eis besorgen.«

Ich will schon ja sagen, doch da fällt mir etwas ein: Es dauert ungefähr zehn Minuten, um zu *Sal and Mookie's* zu fahren, dann muss man noch auf die Pizza warten. Das wäre mehr Zeit als genug, um …

»Kann ich hierbleiben?«, frage ich. »Irgendwie hab ich keine Lust auf andere Leute.«

»Was immer du möchtest, Baby Girl.«

»Das sollte jeden Tag gelten.«

»Ha! Kommt gar nicht infrage.« Dad pfeift Cocoa zu sich. »Komm, lass uns mal Futter besorgen.«

Sie folgt ihm aus dem Zimmer. Wobei ich denke, dass sie eher dem Kuchen folgt.

Ich warte, bis ich Dads Schritte auf der Treppe höre, bevor ich mir mein Tablet schnappe. Beim Kerzenausblasen habe ich mir noch einen Extra-Wunsch überlegt: TJ Retro treffen. Aber ich brauche dafür gar keinen Wunsch, wenn mein Dad sowieso das Haus verlässt. Das ist die Chance, mich davonzustehlen.

Ich schreibe JP.

Ein Wunder! Mir geht's besser.

Sieht so aus, als würden wir heute Abend doch beide

TJ Retro treffen.

Dad verlässt das Haus ein paar Minuten, bevor Mrs. Williams und JP aus ihrem kommen. Das Timing ist so perfekt, dass ich glaube, es war mir vom Schicksal vorherbestimmt, dass ich mir meine *Stevie*-Bücher schnappe, nach nebenan husche und mit ihnen zu der Signierstunde fahre.

Dad wird es wahrscheinlich anders sehen, aber das Risiko muss ich eingehen.

Auf dem Kleinbus der Williams steht an der Seite »New Life Christian Church«, dazu die Adresse und die Büro-Öffnungszeiten. Außerdem ist dort ein Foto der Familie des Kirchenoberhaupts abgebildet: Pastor Williams, Mrs. Williams, JP und JPs große Schwester Leah. Über sie weiß ich nicht viel. Sie starb, bevor wir hierhergezogen sind, und JP spricht nicht oft von ihr.

»Ich freue mich so, dass es dir besser geht, Nichole«, sagt Mrs. Williams, als sie schließlich am Steuer sitzt. Sie ist eine kleine, rundliche Frau, die ihr Haar lockig trägt. »Als dein Daddy mir vorhin erzählte, dass du krank wärst, hat es mir ja beinahe das Herz gebrochen. Niemand sollte seinen Geburtstag krank verbringen müssen.«

»Yes, Ma'am. Es ist wie ein Wunder!« Keine Ahnung, wie schlimm es ist, die Frau eines Pastors anzulügen, aber in Ordnung ist es bestimmt nicht.

Mrs. Williams wirft kurz die Hände in die Luft. »Hallelujah! Weißt du, Joshua Paul fährt ja diesen Sonntag nach der Kirche mit der Bibelschule zum Camping. Du solltest auch mitkommen. Zwei Wochen in der Wildnis, ohne Handys, Videospiele und Computer. Das würde dir bestimmt gefallen!«

Sie muss mich mit jemandem verwechseln. Für mich klingt das schrecklich.

Lemuria Books befindet sich im ersten Stock eines kleinen Einkaufszentrums an einer der Fernstraßen, die durch Jackson führen. Über dem Eingang der Buchhandlung befindet sich die Statue einer riesigen Hand, die ein aufgeklapptes Buch hält. Im Laden selbst ist es gemütlich, weil er bis in den letzten Winkel mit Büchern vollgestopft ist.

Die lange Schlange der Fans von TJ Retro reicht bis aus dem Geschäft und die Treppe runter. Im Schaufenster lächelt Mr. Retro von einem Plakat. Er ist ein Schwarzer Mann ungefähr in Dads Alter. Seine Haare sind zu Twists gedreht. In der Hand hält er ein Exemplar seines zuletzt erschienenen Buchs: *Stevie James und die Seelensense.* Auf dem Cover sieht man einen Schwarzen Jungen, der mit seinem Zauberstab auf eine Gestalt in einer Kutte mit Kapuze zeigt. Eine Buchhändlerin sagt, Mr. Retro werde bald da sein.

»Joshua Paul, warum läufst du nicht mit Nichole zur Bäckerei und holst uns was zu naschen?«, schlägt Mrs. Williams vor und nimmt uns die Bücher ab. »Ich stelle mich schon für euch an. Hier geht sowieso noch nichts weiter.«

»Yes, Ma'am«, sagt JP. Er ist heute Abend echt still, und glaubt mir, JP und still, das passt eigentlich nicht in ein und denselben Satz. Seit ich ins Auto seiner Mom gestiegen bin, kaut er nervös auf seinen Lippen herum.

Als wir die Treppe runter zur Bäckerei laufen, stupse ich ihn in die Seite. »Hey, du musst keine Angst davor haben, Mr. Retro zu treffen. Solange keiner von uns rülpst, pupst oder hinfällt, ist alles gut.«

»Wow, das hilft mir echt weiter. Aber ich bin nicht nervös, weil ich ihn treffe.«

»Aber warum denn dann? Ist wieder eins von deinen Challenge-Videos nicht viral gegangen?« JP liebt diese seltsamen Challenges im Netz. Etwa wenn man sich selbst dabei filmt, wie man eine aus Milchkisten gebaute Treppe raufsteigt oder eine scharfe Süßigkeit isst. Eben so Sachen, die Gewöhnliche zum Spaß machen.

»Mein letztes Challenge-Video läuft total gut, danke.«

»Okay. Hast du dann vielleicht aus Versehen einen Spoiler über *Stevie James und die Seelensense* gelesen? Alter, das ist nicht schlimm. Ein Spoiler verdirbt noch nicht das ganze Buch.«

»Stevie, Kevin und Chloe nehmen Einan die Seelensense weg.«

Ich schnappe nach Luft. »Was? Das kannst du mir doch nicht so ohne Vorwarnung erzählen!«

Er verschränkt die Arme. »Ich dachte, ein Spoiler verdirbt noch nicht das ganze Buch.«

»Das … das stimmt auch. Ich bin bloß überrascht. Wie schaffen sie das? Und was machen sie dann damit?«

»Mehr Spoiler verrate ich dir nicht. Aber das ist es auch nicht, was mich beschäftigt.«

»Was denn dann?«

»Ich kann's dir nicht sagen. Dann denkst du, ich spinne.«

»Das denke ich sowieso schon. Aber!«, füge ich schnell hinzu, weil er nach Luft schnappt. »Ich spinne auch. Wir passen zusammen wie Erdnussbutter und Kartoffelchips.« Also wie das beste Sandwich, das die Menschheit kennt.

»Nein, ich meine, du wirst denken, ich hätte den Verstand verloren und wäre irgendwo ganz weit weg. Im Weltall, hinter Pluto, in einer anderen Galaxie.« Er senkt den Blick. »Ich darf nicht noch jemanden verlieren.«

Ich streiche ihm über die Schulter. JP redet zwar nicht über seine Schwester, aber es ist sonnenklar, dass er sie echt vermisst. »Mich wirst du nicht verlieren«, sage ich. »Erzähl mir einfach, was los ist.«

»Okay. Heute Morgen, als du mit deinem Dad im Garten hinter eurem Haus warst, da hab ich gesehen …« Irgendwas hinter mir erregt seine Aufmerksamkeit. »Nic, schau! Schau!«

Ich drehe mich um und blicke in Richtung seines ausgestreckten Zeigefingers zum Fenster der Bäckerei. Draußen hält gerade ein schwarzer Geländewagen. Ein Schwarzer Mann in Jeans, T-Shirt und Sneakers steigt hinten aus.

JP zupft an meinem Shirt. »Da … das ist er, Nic! Das ist er!«

Mir fällt die Kinnlade runter. Aber nicht, weil ich endlich den berühmten TJ Retro sehe. Sondern weil TJ Retro einen goldfarbenen Schimmer hat.

Mein Lieblingsautor ist ein Manifestor.

JP packt meine Hand, und zusammen rennen wir zurück nach oben, um uns wieder zu seiner Mom in die Schlange vor dem Buchladen zu stellen. Nur wenige Augenblicke später kommt TJ Retro die Treppe rauf und wird mit Applaus empfangen.

Er lächelt und winkt. Als er mich erblickt, guckt er zweimal hin. Ich bin die einzige andere Person hier mit einem Leuchten, die einzige andere Manifestorin. Auf die kurze Entfernung ist es eindeutig: Seine braune Haut sieht für mich aus wie in goldenes Licht getaucht.

Er will etwas sagen, doch da zieht eine Angestellte der Buchhandlung ihn schon weiter.

»Er hätte beinahe mit uns gesprochen!«, sagt JP. »Meinst du, er kennt uns aus dem Internet? Wir hinterlassen schließlich viele Kommentare und Nachrichten auf seiner Seite.«

JP und ich sind keine fanatischen Fans, wir sind nur ausdauernd. Das ist ein Unterschied.

»Wisst ihr, ich kann zwar nicht genau sagen, was es ist, aber dieser Mann hat das gewisse Etwas«, meint Mrs. Williams.

Typisch Gewöhnliche. Erkennen einen Ungewöhnlichen nicht, selbst wenn er direkt vor ihnen steht.

Aber ich bin auch nicht besser. Unglaublich, dass ich Mr. Retro nicht als Manifestor erkannt habe. Wobei man das Leuchten auf Fotos und Videos der Gewöhnlichen nicht sehen kann. Ich frage mich, was er wohl zu mir sagen wird. Viel *kann* es nicht sein, wenn so viele Gewöhnliche anwesend sind. Aber er könnte so was sagen wie »Lass uns in Verbindung bleiben«. Dann könnten wir uns gegenseitig Nachrichten schreiben, und bestimmt wird er mich so cool finden, dass er mich demnächst in seinen Büchern vorkommen lässt. Stevie könnte noch eine Freundin brauchen.

Okay, vielleicht denke ich schon ein bisschen zu weit … oder auch nicht. Ich werde ja mit ihm reden.

Jetzt bin ich natürlich superaufgeregt, ihn kennenzulernen. Leider rückt die Schlange geradezu lächerlich langsam vor. Ich schätze, dass es dafür einen guten Grund gibt – Mr. Retro nimmt sich Zeit für jedes Kind, das an seinen Tisch kommt. Manche sind als Stevie, Chloe, Kevin oder andere Figuren aus seinen Büchern verkleidet. Ein paar haben ganze Stapel mit fremdsprachigen Ausgaben dabei, und Mr. Retro signiert jedes einzelne Buch.

Schließlich stehen nur noch acht Leute vor uns. Fünf. Drei. Nur noch eine Person trennt uns von TJ Retro.

Ich presse meine Bücher an mich. Komisch, dass niemand mein Herz hämmern hört. »Was sagen wir eigentlich zu ihm?«

»O nein!« JP dreht sich zu seiner Mom um. »Was sollen wir bloß sagen? Ich glaube, ich hab das Sprechen verlernt!«

Mrs. Williams kichert. »Vielleicht wäre es ein guter Anfang, eure Namen zu nennen.«

»Wie heißen wir gleich wieder?«

»Du bist Joshua Paul und das hier ist …«

»Nichole!«

O nein.

Nein, nein, nein, nein, nein.

Dad kommt quer durch die Buchhandlung *Lemuria* direkt auf mich zumarschiert. Seinem wütenden Blick nach zu schließen, kriege ich Hausarrest, bis ich 25 bin.

»Nichole Blake«, knurrt er. »Du hast fünf Sekunden, um …«

»Calvin?«, fragt Mr. Retro.

Dad schaut an mir vorbei. »Ty?«

Calvin? Warum nennt er meinen Dad so? Und wer ist Ty?

Mit zögernden Schritten kommt Mr. Retro auf Dad zu und umarmt ihn dann fest. »Mann, hätte nicht gedacht, dich jemals wiederzusehen!«, sagt er.

Dad legt langsam die Arme um ihn. »*Du* bist TJ Retro?«

Mein Dad umarmt meinen Lieblingsautor. Mein Dad. Umarmt. Meinen. Lieblingsautor.

Mr. Retro weicht wieder ein Stück zurück. Er ist kleiner als Dad, sodass sie sich nicht ganz auf Augenhöhe ansehen. »Ist ein Künstlername. Lange Geschichte. Wo hast du gesteckt?«

Dad blickt sich nervös um. »Hier ist kein guter Ort, um ...«

»Cal, ist schon okay«, sagt Mr. Retro. »Sie sind nicht hier.«

Wer *sie*? Ich bin total verwirrt.

»Wir sollten besser gehen«, meint Dad.

»Aber Nichole hat ihre Bücher noch nicht signiert bekommen«, wirft Mrs. Williams ein. Neben ihr starrt JP Mr. Retro mit großen Augen und offenem Mund an. Ich bin mir nicht sicher, ob er überhaupt atmet.

Erst da bemerkt Mr. Retro mich. »O mein Gott! Ist das ...«

»Nichole? Yeah«, sagt Dad.

Die beiden wechseln einen Blick, als würden sie stumm ein Gespräch führen.

»Wow, Nichole«, sagt Mr. Retro. »Ich hab dich nicht gesehen, seit du zwei warst! Jetzt bist du fast schon so groß wie ich. Was ja keine große Kunst ist, aber ...«

»Sie *kennen* mich?«, frage ich.

»Ich war dabei, als du auf die Welt kamst, und hab dir bei deinen ersten Schritten geholfen. Ich hab auch die ein oder andere Windel gewechselt. Damit bring ich dich jetzt wahrscheinlich in Verlegenheit, aber worauf ich hinauswill: Ich bin dein Patenonkel.«

Pause. Zurückspulen. Noch mal abspielen. »Sie sind mein *was*?«

»Sie wird ihre Bücher ein andermal signieren lassen müssen«, mischt Dad sich ein. »Wir müssen jetzt gehen.«

»Komm schon, Cal. Ich hab euch jahrelang nicht gesehen. Da könnt ihr doch nicht einfach so wieder verschwinden, Mann.«

JP, der anscheinend einen Rückstand von fünf Minuten hat, fragt: »Mr. Blake, Sie kennen TJ Retro?«

»Er war der Bruder, den ich nie hatte«, antwortet Mr. Retro für Dad.

Sekunden vergehen. Schließlich seufzt Dad. »Hast du was zu schreiben und ein Stück Papier?«

»Hat jemand einen Zettel?«, ruft Mr. Retro, und alle fangen an, in ihren Taschen zu suchen. Mrs. Williams holt aus ihrer Handtasche einen dieser langen Kassenzettel, die man im Drogeriemarkt bekommt und auf die hauptsächlich Spar-Coupons gedruckt sind.

Mr. Retro gibt Dad den Zettel und seinen Stift. Rasch kritzelt der unsere Adresse darauf.

»Komm später vorbei«, sagt Dad. »Und sieh zu, dass du allein bist.«

»Großes Banden-Ehrenwort«, meint Mr. Retro mit einem kleinen Lächeln. Dad reagiert nicht darauf. Da räuspert Mr. Retro sich. »Was dagegen, wenn ich die für dich signiere, Nichole?«

»Nein!« Mehr bringe ich nicht raus. Mr. Retro nimmt meine

Bücher und schreibt rasch etwas in jedes davon. Am Ende schnappt er sich das Exemplar des neuesten *Stevie*-Bands und signiert das auch.

Dann gibt er mir die Bücher zurück. »Schau auf die Titelseiten! Bis später, Cal.«

»Bis später«, murmelt Dad. »Und jetzt komm, Nichole.«

Ich folge ihm, werfe aber noch einen letzten Blick auf Mr. Retro. »*Schau in die Bücher*«, formt er geräuschlos mit seinen Lippen.

Ich schlage das oberste auf. Wo vorher »Die Abenteuer des Stevie James von TJ Retro« stand, ist jetzt zu lesen: »Die Abenteuer des Tyran J. Porter von Tyran J. Porter«. Darunter hat er noch ergänzt: *Und seines besten Freunds, Calvin Blake*.

3

Die Menschen können wirklich fliegen

»Du heißt Calvin, nicht Maxwell, du bist Stevie James' bester Freund, und du hast mir nichts davon gesagt?« Ich schreie fast. Nur fast. Das ist ja schließlich mein Dad.

Er lenkt den Wagen geschickt um ein besonders tiefes Schlagloch herum. »Calvin ist mein Vorname und Maxwell mein zweiter Name, aber für dich bin ich Dad. Und ich bin nicht Stevie James' bester Freund, sondern ich war *Tyran Porters* bester Freund. Das ist ein Unterschied.«

»Aber Tyran Porter *ist* Stevie. In meinen Büchern hat er den Namen geändert. Er hat auch aus Kevin Calvin gemacht. O Mann.« Ich stöhne auf, als mir etwas klar wird. »Mein Dad ist Stevies bester Freund, der Feigling.«

Dad sieht mich scharf an. »Moment mal. Er hat mich als Feigling beschrieben?«

»Du hast praktisch Angst vor deinem eigenen Schatten.«

Dad zischt ein Wort, das ich hier nicht wiederholen kann. »So war ich nicht! Die Hälfte der Sachen, die Ty durchgemacht hat, hätte er ohne mich nicht überlebt! Aber das hat er in seinen Büchern wohl nicht erwähnt, was?«

»Was habt ihr denn durchgemacht?«, frage ich. »Seid ihr als Kinder wirklich ins Reich der Schatten gereist? Habt ihr eine Zeitreise in die Vergangenheit unternommen?«

»Das ist nicht so cool, wie es …«

»Gibt es Einan wirklich? Wie habt ihr ihn besiegt? Das müsst ihr doch geschafft haben, weil kein böser Manifestor die Welt zerstört hat.« Ich rede viel zu schnell, aber meine Gedanken überschlagen sich gerade. »Egal, erzähl mir nicht, wie ihr's gemacht habt. Ich will erst die Reihe zu Ende lesen.«

»Nichole. Ich weiß, das klingt aufregend. Aber einige der Sachen, die wir gemacht haben, waren gefährlich. Wir wären fast gestorben. Und zwar mehr als einmal.«

»Wow. Das klang jetzt total nach Kevin.«

»Hey!« Dad klingt richtig beleidigt. »Was soll das denn heißen?«

Ich zeige auf eins der Bücher. »Feiger bester Freund, mehr sage ich dazu nicht. Was du da raushörst, ist deine Sache.«

»TJ Retro«, mokiert Dad sich. »Was für ein lausiger Name ist das überhaupt?«

»Ich glaube, er hat seine echten Anfangsbuchstaben genommen und dann Porter rückwärts buchstabiert. Ohne das P. Genial. Ich kann gar nicht glauben, dass ihr Freunde seid *und* dass er mein Patenonkel ist. *Und* dass du in den Büchern vorkommst!« Ich schlage eine Seite auf. »Wer ist Zoe?« Dad fährt eine scharfe Kurve. »Holla!«

»Tyron hat ihren Namen benutzt?«

»Yeah. Eigentlich stand da Chloe. Sie ist Stevies beste Freundin. Und wer ist sie in Wirklichkeit?«

Er umklammert das Lenkrad sehr fest. »Eine Freundin.«

»Wo ist sie? Bin ich ihr schon mal begegnet?«

»Es ist kompliziert, Nichole.«

»Aber vor allem unglaublich. Ich kann nicht fassen, dass du mal so cool warst.«

»Hey! Ich *bin* cool!«

»Nicht mit diesen kaputten Sneakers. Du hast eben echt deine löchrigen Chucks in der Öffentlichkeit getragen, Dad? Die sollten nur noch für die Gartenarbeit sein, so war's ausgemacht.«

Dad presst die Lippen zusammen. »Ich habe die ersten Schuhe angezogen, die ich finden konnte, als mir klar wurde, dass meine gerade zwölf Jahre alte Tochter nicht mehr zu Hause war, wo ich sie zurückgelassen hatte.«

»Oh.«

»Ja, *oh*. Möchtest du mir das mal erklären?«

»Ähm … es war mein Geburtstagswunsch?«

»Oh, dann hast du dir also Hausarrest gewünscht? Denn den bekommst du jetzt. Wenn wir zu Hause sind, gehst du sofort ins Bett.«

»Aber Mr. Retro … Stevie … Mr. Porter …« Meine Güte, diese Namen sind schwer auf die Reihe zu kriegen. »Er kommt doch vorbei.«

»Hättest du dir überlegen sollen, bevor du ausgebüxt bist.«

Das ergibt überhaupt keinen Sinn! Wie hätte ich denn wissen sollen, dass er der beste Freund meines Lieblingsautors ist? Es ist doch so: Wäre ich nicht ausgebüxt, hätte all das gar nicht stattgefunden.

Unglaublich.

Kaum sind wir zu Hause, sammelt Dad mein Tablet und meinen Laptop ein. Fernsehen oder Videospiele sind auch gestrichen. Die nächsten zwei Wochen lang darf ich nur raus, damit Cocoa ihr Geschäft erledigen kann. Das bedeutet im Grunde genommen, dass ich nur Höllenhund-Kacka einsammeln darf.

Aber das ist noch nicht das Schlimmste. Dad nimmt mir auch meine *Stevie-*, ich meine, meine *Tyran*-Bücher weg. Ich dachte, sie zu lesen, würde die zweiwöchige Strafe schneller rumgehen lassen. Außerdem würde ich sie ja mit ganz anderen Augen lesen. Jetzt, wo ich weiß, dass Dad eine Figur darin ist. Nix da!

»Aber die Bücher sind eine tolle Möglichkeit, dich besser kennenzulernen«, erkläre ich Dad. »Möchtest du etwa nicht, dass deine liebe Tochter mehr darüber erfährt, wie ihr wundervoller Vater war, als der so alt war wie sie jetzt?«

»Gute Nacht, Nichole.« Damit macht er mir die Tür vor der Nase zu.

Na toll. Nun endet mein Geburtstag also auf die gleiche miese Art, wie ich ihn größtenteils verbracht habe – allein in meinem Zimmer. Vorher hat mir wenigstens Cocoa Gesellschaft geleistet. Inzwischen schläft sie auf meinem Bett. An den Haaren um ihre Schnauze klebt noch ein bisschen Karamellglasur, und sie leckt sich die letzten Krümel meines Geburtstagskuchens von den Lefzen.

Ich ziehe einen Pyjama an und setze meine Schlafhaube aus Satin auf. Dann schlüpfe ich zu ihr ins Bett. Auch wenn ich jetzt Hausarrest habe, hat es sich gelohnt, auszubüxen. Sonst würde ich ja jetzt nicht wissen, dass mein Dad Stevie James' bester Freund ist.

Mann. Um ehrlich zu sein, war ich nie ein besonders großer Fan von Kevin. Nichts gegen Dad, aber er ist eben manchmal ein quengeliger kleiner Fratz. Chloe … *Zoe* mag ich am liebsten. Ich frage mich, wer sie in Wirklichkeit ist.

Keine Ahnung, wie viel Zeit schon vergangen ist, als es an der Haustür klingelt.

Ich öffne meine Zimmertür einen Spaltbreit. Sehen kann ich von hier oben nichts, aber ich höre Dad sagen: »Ist dir jemand gefolgt?«

»Niemand hat mich kommen gesehen. Im wahrsten Sinne des Wortes«, sagt Mr. Porter. »Denn ich habe ein Unsichtbarkeits-Tonic …«

»Warte mal kurz«, unterbricht Dad ihn.

Meine Tür fällt ins Schloss, und ich höre ein lautes *Plopp* in meinem Zimmer. Es fühlt sich nun ein bisschen so an, als würde man aus einem Schwimmbecken steigen und hätte noch Wasser in den Ohren. Nur dass mein ganzes Zimmer sich unter Wasser zu befinden scheint. Ich höre nur noch gedämpft.

Dad hat das Zimmer schallisoliert.

»Gute Nacht, Nichole«, erklingt seine Stimme von überall um mich herum.

Einen Erziehungsberechtigten zu haben, der die Gabe besitzt, ist nicht so toll, wie es sich anhört.

Ich wache auf, weil Cocoa an meinem Ohr knabbert.

»Auuuus, Cocoa«, stöhne ich und drehe mich im Bett um. »Ein paar Minuten noch.«

Sie zwickt mich fester.

»Aua!« Ich reibe mir das Ohr. Diese kleinen Reißzähne sind kein Spaß.

Da rennt Cocoa zur Zimmertür und dreht sich davor im Kreis. Dad hat mir gesagt, sie sei stubenrein. Davon, dass sie mir morgens ins Ohr beißt, damit ich aufstehe, hat er nichts erwähnt.

Ich schlüpfe in meine Hausschuhe und drehe am Türknauf. Es ist nicht mehr abgeschlossen. Cocoa schießt davon. Ich tapse müde hinter ihr her den Flur entlang, die Treppe runter, in die Küche und durch die Hintertür nach draußen.

Die Sonne ist gerade erst aufgegangen. Hinter den Fenstern in der Nachbarschaft gehen nacheinander die Lichter an, weil die Leute ihren Tag beginnen. Ich möchte eigentlich schnell wieder ins Bett, aber Cocoa lässt sich alle Zeit der Welt, um den richtigen Platz zum Pipi machen zu erschnüffeln.

Ich strecke mich und gähne. »Es ist überall gleich, Cocoa. Mach schon.«

Sie schnüffelt trotzdem weiter. Aus JPs Haus dröhnt Gospelmusik. Es ist Samstag, bei Familie Williams besser bekannt als »Hausputztag«. JP erzählt immer, dass seine Momma ihn schon im Morgengrauen mit Gospelklängen in voller Lautstärke weckt, damit er aufsteht und beim Saubermachen hilft. Anscheinend möchte Mrs. Williams die ganze Nachbarschaft zum Putzen bringen, so laut wie das ist.

Plötzlich bleibt Cocoa wie angewurzelt stehen und sträubt ihr Fell. Dann beginnt sie, einen Punkt am Himmel anzubellen.

Der sieht aus wie ein … Vogel? Kann nicht sein. Dafür ist er viel zu groß. Er wird immer größer, je näher er kommt und …

Das ist ein Mensch. Ein Schwarzer Mann in Jeans und T-Shirt. Es ist Mr. Retro.

Mir fällt vor Staunen die Kinnlade runter. Dabei habe ich schon Manifestoren fliegen gesehen. Als ich kleiner war, ist Dad sogar manchmal mit mir rumgeflogen. Aber es passiert nicht jeden Tag, dass mein Lieblingsautor zu mir nach Hause geflogen kommt.

Mr. Retro landet sanft im Garten. »Morgen, Nichole! Ich bringe Frühstück für dich und Calvin. Ich wusste nur nicht, ob ihr lieber Biscuits oder English Muffins esst. Deshalb hab ich von beidem ein bisschen besorgt. Und ein paar Würstchen für alle Fälle. Hast du gut geschlafen?«

Cocoa springt an seinem Bein hoch, um an das Essen zu kommen. Ich sollte ihm endlich sagen, wie sehr ich seine Bücher liebe. Und dass Chloe meine Lieblingsfigur ist, weil sie ein Schwarzes Mädchen ist. Genau wie ich. Oder dass seine Bücher es mir leichter machen, anders als alle anderen zu sein.

Aber was sage ich? »Ich iebe Ihre Ücher!«

Ich halte mir die Hand vor den Mund. O nein.

Er grinst. »Du liebst meine Bücher? Wolltest du das gerade sagen?«

Ich nicke.

»Dankeschön. Hattest du schon Gelegenheit, in deine Exemplare zu schauen?«

»Yes, Sir. Ich hab gesehen, dass Sie die Namen geändert haben.«

»Ich finde es toll, wie höflich du bist, aber das mit dem Sir und Mister kannst du lassen. Sonst komme ich mir so alt vor. Nenn mich einfach Uncle Ty. Abgemacht?«

Holy Moly, ich darf ihn Uncle Ty nennen! »Abgemacht! Wie lange kennst du meinen Dad schon?«

Er füttert Cocoa ein Würstchen. »Seit ich so alt war wie du jetzt. Wir waren zusammen auf der Douglass.«

»Wo?«

»Auf einer der Manifestorenakademien in Uhuru. Hat er dir nie davon erzählt?«

»Nein. Dad redet nicht viel über Uhuru.«

»Verstehe«, sagt Uncle Ty. »Dann schätze ich mal, er hat dir auch nichts von den Sachen erzählt, die wir in unserer Jugend gemacht haben.«

»Nope. Ist alles, was in deinen Büchern steht, wahr?«

»So ziemlich. Ein paar Dinge musste ich verändern, sonst hätte ich Ärger mit der L.O.R.E. bekommen.«

»Dann gibt es Einan wirklich?« Ich fühle mich sofort schlecht, weil er darauf erst mal nicht antwortet. »Tut mir leid.«

»Ist schon gut. Er heißt eigentlich Roho. Also, hieß Roho.«

»Du hast ihn besiegt, oder? Das ist so cool.«

»Cool kann man es auch nennen.«

Er ist ziemlich bescheiden, aber egal. »Nein, im Ernst. Du solltest ein Denkmal kriegen. Oder noch besser: einen eigenen Feiertag. Du bist ein wirklicher Superheld.«

»Bin mir nicht sicher, ob die L.O.R.E. da deiner Meinung wäre.«

»Bist du auch im Exil?«

»Ich denke, das könnte man so sagen. Die ersten zehn Jahre meines Lebens habe ich in der Welt der Gewöhnlichen verbracht. In Waisenhäusern. Da wusste ich noch nicht, dass ich ein Manifestor war, und ich wusste auch nichts von der Gabe. Dann begegnete ich eines Tages einem Propheten. Hast du jemals einen getroffen?«

Ich schüttle den Kopf. Wünschen würde ich mir das schon, aber sie gehören zu den seltensten Ungewöhnlichen, die einem über den Weg laufen können. Die meisten von ihnen leben zurückgezogen, bis sie diejenigen aufsuchen, für die sie Prophezeiungen haben. Ich würde mich wahrscheinlich auch zurückziehen, wenn andere mich dauernd bitten würden, sie mit einer Prophezeiung zu segnen. Außerdem sind nicht alle Prophezeiungen gut. Und dann werden die Leute sauer auf die Propheten, als ob die was dafürkönnten. Das muss ganz schön anstrengend sein.

»Die Prophezeiung änderte alles für mich«, sagt Uncle Ty. »Ich werde sie nie vergessen. ›Jemand von den Manifestoren ist auserwählt, eine böse Macht zu bezwingen, die Zerstörung bringt.‹ Aber ich? Ein seltsames, kleines Waisenkind? Die L.O.R.E. erfuhr von der Prophezeiung und holte mich sofort nach Uhuru, um mich darauf vorzubereiten, sie zu erfüllen, aber …«

Er verstummt.

»Aber was?«, frage ich.

»Sagen wir es mal so: Nach allem, was später passiert ist, beschloss ich, dass es für mich am besten wäre, in die Welt der Gewöhnlichen zurückzukehren. In Uhuru war ich seit Jahren nicht mehr.«

»Was ist denn passiert?«

»Genug von mir geredet«, sagt er ein bisschen zu fröhlich. »Ich hab übrigens ein Geburtstagsgeschenk für dich.« Er greift in seine Hosentasche und holt etwas heraus, das wie ein Füller aussieht. »Das ist ein G-Stift mit …«

»Giftech«, flüstere ich. Technologie, die auf der Gabe basiert. So was kann man nur in Ungewöhnlichen-Städten kaufen. Dad hat mich noch nie in eine mitgenommen, deshalb hatte ich noch nie irgendwas mit Giftech. Aber Dad hat mir mal erzählt, dass sie hundertmal weiter entwickelt ist als die Hightech der Gewöhnlichen. »Was kann man damit machen?«

»Damit kannst du an jede Person schreiben, und sie sieht es, egal, wo sie sich gerade befindet.«

»An jede?«

»An jede, die zu den Ungewöhnlichen gehört natürlich«, sagt er. »Du denkst einfach an sie und schreibst dann in die Luft. Nur der Empfänger oder die Empfängerin kann die Nachricht lesen. Schau mal.«

Er schreibt mit dem Stift in die Luft. Die Worte »Happy Birthday, Nic« erscheinen funkelnd und schwebend vor mir, bevor sie sich wieder in Nichts auflösen.

»Wow«, murmele ich.

Lächelnd gibt Uncle Ty mir den Stift. »Mann, es ist kaum zu glauben, dass du schon zwölf bist. Ich erinnere mich noch genau an den

Tag, als du geboren wurdest. Cal ist in Ohnmacht gefallen. Ich musste ihn mit einem Mojo wieder wecken.«

»Heißt das, du kennst meine Mom?« Ich hasse es, wie meine Kehle immer eng wird, wenn ich sie erwähne. Jemand, der mich verlassen hat, sollte mir nicht so viel bedeuten.

»Ich … ich bin nicht derjenige, der mit dir darüber sprechen sollte, Nichole. Tut mir leid.«

Ich schlucke schwer. »Oh, okay.«

Cocoa springt bettelnd an seinen Beinen hoch. Da gibt Uncle Ty ihr noch ein Würstchen. »Braves Hündchen. Ich hab mir früher auch einen Höllenhund gewünscht. Wie lange hast du sie schon?«

»Seit gestern. Sie war mein Geburtstagsgeschenk von Dad. Er wollte mir außerdem beibringen, wie man die Gabe nutzt. Aber dann habe ich doch nur Cocoa bekommen.«

»Du weißt nicht, wie man die Gabe nutzt?«

»Nope. Dad findet, ich wäre noch zu jung, um es zu lernen. Dabei hat er in meinem Alter fliegen gelernt.«

»Tatsächlich hat er es mit zehn gelernt. Er ist immer zur Schule geflogen – aber das hilft dir jetzt gerade auch nicht, oder?«

»Nope.«

»Tut mir leid. Weißt du, ich verstehe dich«, sagt Ty. »Als ich neu nach Uhuru kam, war ich das einzige Kind, das nicht wusste, wie man die Gabe benutzt. Ich dachte, ich würde der mieseste Manifestor aller Zeiten werden.«

»Du hast angefangen, es zu lernen, sobald du dort warst, stimmt's? Dad sagt, ich darf es erst lernen, wenn ich dreizehn bin. Also werde wahrscheinlich *ich* die mieseste Manifestorin aller Zeiten.«

Es ist ganz still, und man hört nur Cocoa an den Tüten mit dem Essen schnüffeln. Uncle Ty schaut mich an, als wäre ich das mitleiderregendste Wesen, das er je gesehen hat.

Dann stellt er einen Fuß auf den Terrassentisch. »Hast du schon mal von der Geschichte ›Die Menschen konnten fliegen‹ gehört?«

»Klar. Vor Hunderten von Jahren wurden unsere Vorfahren in Afrika von Sklavenjägern entführt, die sie mit Magie verfluchten. Dadurch vergaßen sie die Gabe und vergaßen, wer sie waren. Man verschleppte sie nach Amerika, wo der Schmerz und das Leid der Sklaverei sie noch mehr vergessen ließen. Bis eines Tages ein alter Mann namens Toby auf einer Plantage auftauchte. Er war nicht versklavt und niemand wusste, woher er kam. Toby erkannte diejenigen mit der Gabe, die Manifestoren. Denen flüsterte er uralte Worte zu. Dadurch erinnerten sie sich wieder daran, wer sie waren. Dann …«

»Flogen sie wie Vögel in die Freiheit«, beendet Uncle Ty meinen Satz. »Das Schöne an der Gabe ist, dass sie uns hilft, wenn wir sie brauchen. Sie wusste, dass unsere Vorfahren fliegen mussten, und hat ihnen geholfen, genau das zu tun. Heutzutage braucht es etwas mehr Anstrengung, aber die uralten Worte zu hören, hilft dir beim ersten Schritt zum Fliegen. Dem Schweben.«

»Moment, willst du jetzt etwa …«

Uncle Ty greift lächelnd nach meinen Händen. »Kum yali …«

Kaum berühren sich unsere Hände, geht alles blitzschnell. Uncle Tys Schimmer erlischt wie ein Feuer, das man mit Wasser löscht. Durch meine Handflächen geht ein Zucken, und meine eigene Aura erstrahlt so hell, dass ich davon geblendet bin.

Ich schnappe nach Luft und lasse seine Hände los. Genau in dem

Moment, als sein Leuchten wieder normal aussieht, schlägt Uncle Ty mit einem dumpfen Geräusch auf dem Boden auf.

O nein.

Ich habe gerade meinen Lieblingsautor umgebracht.

Uncle Ty liegt auf unserem Sofa im Wohnzimmer und rührt sich nicht. Nachdem er zu Boden gegangen ist, habe ich nach Dad geschrien. Der benutzte die Gabe, um ihn hochzuheben und aufs Sofa schweben zu lassen.

Jetzt knabbere ich an einem Fingernagel und bete stumm zu Gott, Jesus und allen Heiligen, dass er wieder aufwacht. Sollte er tot sein, komme ich ins Gefängnis und mein Leben ist zu Ende. Ich werde für immer als das Mädchen bekannt sein, das Tyran Porter umgebracht hat. »Ist er okay, Dad?«

Dad zieht Uncle Tys Augenlid hoch, und darunter sieht man nur das Weiße. »Er atmet, das ist schon mal gut. Sieht aus, als wäre er von einem Juju getroffen worden, das ihn k. o. geschlagen hat.« Dad sieht mich an. »Was ist passiert?«

Ich weiche zurück und verstecke meine Hände hinter dem Rücken. »Ich – ich weiß nicht. Ich wollte nicht …«

»Hey, hey«, sagt Dad und kommt auf mich zu, aber ich mache noch einen Schritt nach hinten. Ich will ihm nicht auch wehtun. »Immer mit der Ruhe, Baby Girl. Erzähl mir, was passiert ist.«

»Er wollte mir helfen, zu schweben. Dafür hat er meine Hände genommen, und dann …« Meine Stimme bricht. »Sein Leuchten flackerte und dann ist er auf den Boden geknallt. Was hab ich getan, Dad?«

Er geht vor mir in die Hocke. »Das werden wir rausfinden, okay?«

»Was hab ich bloß *getan*?«

Er legt die Hände an meine Wangen. »Ich weiß es nicht, aber ich verspreche dir, dass alles gut wird.«

Da stöhnt Uncle Ty auf dem Sofa. »Cal?«

Er versucht, sich aus eigener Kraft aufzusetzen, aber da ist Dad schon bei ihm und hilft. »Langsam, Mann. Wie fühlst du dich?«

»Als wäre ich von einem Sattelzug überrollt worden und als hätten meine Beine sich in Wackelpudding verwandelt.«

»Mit Worten warst du schon immer gut. Woran erinnerst du dich?«

Bitte erinnere dich nicht daran, dass ich dich beinahe umgebracht hätte. Bitte, bitte nicht.

»Ich bin mit Frühstück hergeflogen«, beginnt Uncle Ty, und mich verlässt der Mut. »Nic und ich standen im Garten, und ich wollte gerade die uralten Worte sprechen, damit sie schweben kann. Ich nahm ihre Hände und dann … dann war's, als hätte ein heftiger Blitz mich getroffen. Ich hab auf einen Schlag meine ganze Energie verloren.«

»Es tut mir leid«, schniefe ich. »Das war keine Absicht.«

»Schon gut, ich weiß ja, dass du das nicht wolltest.« Er hält sich den Kopf. »Aber was hast du getan?«

»Genau das ist unser Problem«, sagt Dad. »Wir wissen es nicht.«

Da klingelt es an der Haustür. Dad hebt die Jalousie vor einem der Fenster an und späht hinaus. »Es ist JP.«

Kaum hat er die Tür geöffnet, spaziert JP herein. Er trägt eine frisch gebügelte Fliege und ein T-Shirt, auf das die Namen von wichtigen Menschen aus der Bürgerrechtsbewegung gedruckt sind. »*Mississippi Civil Rights Museum*, wir kommen!«, tönt er.

»Stimmt«, sagt Dad. »Das Museum.«

Unseren Homeschooling-Ausflug hat er total vergessen. Ich auch, wie ich zugeben muss.

»Danke, dass ich mitkommen darf, Mr. Blake«, sagt JP. »Eigentlich wollte mein Daddy mit mir hingehen, aber er hat mit der Gemeinde alle Hände voll zu tun. Ihr würdet nicht glauben, mit was die Leute zu ihm kommen. Es gibt da ein paar richtig schlimme Sünder in unserer …« Er bemerkt Uncle Ty. »Kirche. Sie sind TJ Retro!«

»Du kannst mich Tyran nennen. Und du bist JP, stimmt's?«

»Erinnern Sie sich von der Signierstunde an mich?«, fragt JP aufgeregt.

»Yeah, und wegen deiner Kommentare und Nachrichten auf der Fanseite.«

Da dreht JP sich zu mir um. »Siehste? Ich hab dir doch gesagt, das funktioniert, Nic!«

Ich bemühe mich um ein Lächeln, aber es gelingt mir nicht. Stattdessen starre ich auf meine Hände.

Was stimmt bloß nicht mit mir?

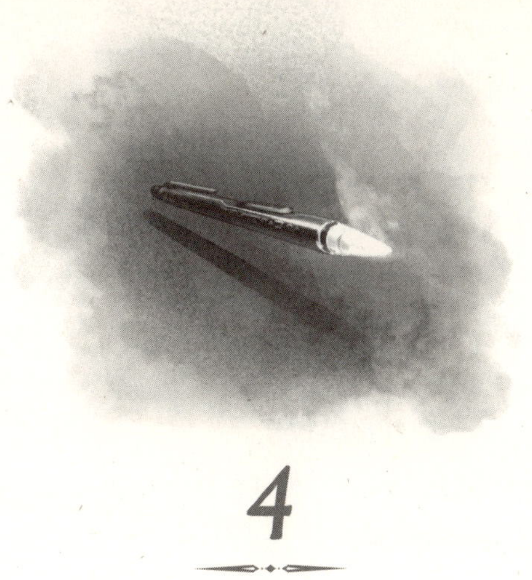

4

Chaos im Museum

Im Museum für Bürgerrechte sind nicht viele Leute. Dad, JP, Uncle Ty und ich haben es praktisch für uns. Dad lässt mich und JP das Museum selbst erkunden, während er und Uncle Ty hinter uns zurückbleiben und sich unterhalten. Ich wette zehn Dollar, dass sie darüber reden, was ich gemacht habe.

Ich schiebe meine Hände tief in meine Taschen.

Das *Mississippi Civil Rights Museum* erzählt die Geschichte der Bürgerrechtsbewegung in diesem Bundesstaat. JP besteht darauf, sich alles in der korrekten zeitlichen Abfolge anzusehen, und marschiert los. Ich gehe lieber herum und schaue mir das an, was ich cool finde. Es gibt lebensgroße Umrisse von Kämpferinnen und Kämpfern der Bewegung, schwarz-weiße Polizeifotos von Menschen, die wegen Protestaktionen verhaftet wurden, den Nachbau einer Gefängniszelle sowie ein Polizeiauto von damals.

Es fällt mir schwer, mich auf die Ausstellung zu konzentrieren. Vor meinem inneren Auge sehe ich Uncle Ty am Boden liegen. Ich denke darüber nach, wie sein Leuchten verblasste und meines intensiver wurde, als hätte ich ihm die Gabe weggenommen. Aber das ist doch nicht möglich … glaube ich.

O Mann, warum passiert das jetzt? Erst bei Ms. Lena, dann bei Uncle Ty. Ich habe doch schon vorher die Hände anderer Ungewöhnlicher berührt und deren Schimmer nie zum Flackern gebracht. Vielleicht hat es was mit der Pubertät zu tun. So wie Pickel und Haare unter den Achseln. Da hätte ich ja noch lieber Pickel.

Ein Stück neben mir sehen sich eine Mutter, ein Vater und zwei Kinder den Nachbau einer alten Schule an. Eine Seite davon sieht aus wie die hübschen Schulen, die weiße Kinder in Mississippi früher besuchten, die andere wie die heruntergekommenen Einrichtungen, die für Schwarze Kinder vorgesehen waren. Die Mutter macht Fotos von ihren Kindern in den Schulbänken und lächelt dabei.

In solchen Momenten wünsche ich mir auch eine Mom. Sie wüsste vielleicht, was mit mir nicht stimmt. Oder sie könnte mich umarmen, wie JPs Mom es mit ihm macht. Das sieht zwar immer aus, als würde sie ihm die Knochen brechen, aber es liegt genau die perfekte Menge Druck darin. Ach, vergesst die Umarmung, ich wäre schon froh, mit ihr zu reden …

Moment mal. Uncle Ty hat doch gesagt, ich kann mit dem G-Stift an *jede* Person schreiben, die zu den Ungewöhnlichen gehört. Ich muss nur an sie denken.

Ich schaue mich um. Dad oder Uncle Ty sind nirgends zu sehen. Also hole ich den Stift aus der Tasche und denke an die Augen meiner Mom, die ich in meinen Träumen sehe. Dann schreibe ich in die Luft: HI, HIER IST NICHOLE, DEINE TOCHTER.

Seufzend stecke ich den Stift wieder ein. Ich bezweifle, dass ich wirklich eine Nachricht an eine völlig Fremde schicken kann. Und selbst wenn sie die Nachricht liest, bedeutet das ja noch nicht, dass sie mit mir reden will. Noch dazu sollte ich mir eigentlich was über das Museum aufschreiben.

Ich spaziere in den großen Ausstellungsraum. Dort hängt eine riesige Skulptur von der Decke, die mich an Fettucini-Nudeln erinnert. Lichter blinken im Rhythmus des Lieds »This Little Light of Mine«, das aus den Lautsprechern tönt. An den Wänden hängen Fotos von führenden Aktivistinnen und Aktivisten der Bürgerrechtsbewegung, darunter stehen Namen von Opfern des Rassismus in Mississippi. Warum haben Manifestoren eigentlich nicht die Gabe benutzt, um ihnen zu helfen?

Im nächsten Raum gibt es noch weitere Fotos, lebensgroße Scherenschnitte und verschiedene Gegenstände. Ein Durchgang führt in einen kleinen Raum, wo ein Video läuft. Über dem Durchgang hängt das große Foto eines Schwarzen Jungen, der nicht viel älter sein dürfte als ich. Er trägt einen Hut mit Krempe und lächelt zaghaft, den Blick in die Ferne gerichtet. Darunter ist ein weiteres Foto dieses Jungen zu sehen, darauf sitzt er lächelnd neben einer Frau, die ihm sehr ähnelt.

Dad tritt hinter mich und drückt meine Schultern. »Das sind Emmett Till und seine Mutter Mamie.«

»Oh.« Dad hat mir schon von Emmett und seiner Mom erzählt. Er stammte aus Chicago und war 1955 in Mississippi zu Besuch. Man warf ihm vor, einer Frau nachgepfiffen zu haben. Ich dachte, das wäre keine so große Sache gewesen, aber Dad sagte, dass einige Leute das damals *durchaus* für eine große Sache hielten, weil Emmett Schwarz und die Frau weiß war. Der Mann und der Schwager dieser Frau entführten Emmett mitten in der Nacht und brachten ihn um. Er war vierzehn. Noch ein Kind, genau wie ich. Nachdem ich das gehört hatte, hatte ich keine Lust mehr, zu pfeifen. Emmetts Mutter wurde nach seinem Tod zur Heldin, weil sie dafür sorgte, dass die Welt erfuhr, was mit ihrem Sohn passiert war.

»Emmetts Tod hat die Bürgerrechtsbewegung, wie wir sie heute kennen, ausgelöst, Baby Girl«, sagt Dad. »Einige Leute waren so empört darüber, dass sie genug hatten. Ein bisschen so, wie wenn heute demonstriert und protestiert wird. Also, was glaubst du, haben Emmett und die ganze Ausstellung hier mit uns Manifestoren zu tun? Warum, glaubst du, wollte ich dir das zeigen?«

»Wegen meines Unterrichts?«

»Es steckt noch ein bisschen mehr dahinter. Die Geschichte zeigt uns, was mit Schwarzen Menschen passiert, wenn man uns als Bedrohung sieht. Das passiert immer noch. Ich möchte nicht, dass du in Angst lebst oder denkst, dass jeder Mensch, der nicht aussieht wie du, dich hasst. Aber es gibt dumme Menschen, die uns nur wegen unserer Hautfarbe Sachen unterstellen. Wenn diese Menschen wüssten, wozu einige von uns in der Lage sind, dann könnte das eine Menge Unschuldiger in Gefahr bringen. Darum müssen wir die Gabe verantwortungsvoll nutzen. Verstehst du?«

Ich verstehe es und verstehe es auch wieder nicht. »Warum können wir denn die Gabe nicht nutzen, um ein paar solcher Sachen zu verhindern? Hätten Manifestoren Emmett nicht retten können? Oder könnten sie nicht den Menschen heutzutage helfen?«

Dad starrt auf das Foto von Emmett und seiner Mutter. »Vor langer Zeit hat die L.O.R.E. entschieden, dass wir uns in Gefahr bringen würden, wenn wir Gewöhnlichen helfen. Ich verstehe das, weil es von ihnen so viel mehr gibt als von uns. Würden nur ein paar von ihnen an Zauberstäbe gelangen, könnten sie damit große Probleme auslösen.«

Zauberstäbe sind gefährlich. Hexen und Hexenmeister benutzen sie, und die gehören zu den wenigen Gewöhnlichen, die etwas von der Gabe wissen. Zauberstäbe sind das, was sich noch am ehesten damit vergleichen lässt, die Gabe zu haben. Damit können sie Dinge aus der Welt der Ungewöhnlichen sehen. Doch wenn die Magie des Zauberstabs aufgebraucht ist, verlieren sie all ihre magischen Fähigkeiten.

»Die Sklavenjäger, die unsere Vorfahren die Gabe vergessen ließen, haben Zauberstäbe benutzt«, fügt Dad hinzu. »Das ist das perfekte Beispiel dafür, welche Art von Problemen uns drohen würde. Die L.O.R.E. findet, dass der Fortbestand von Manifestoren und der Gabe wichtiger ist, als Gewöhnlichen zu helfen.«

Ich betrachte Emmett, der mich ein bisschen an JP erinnert. Ich kann an nichts anderes denken als daran, dass jemand meinem besten Freund antun könnte, was man Emmett angetan hat, und dass die L.O.R.E. nichts dagegen unternehmen würde. Welchen Sinn hat die Gabe denn, wenn wir Menschen, die sie brauchen, nicht helfen können? Warum heißt sie überhaupt »die Gabe«, wenn wir sie nur für uns behalten und nichts davon abgeben?

»Ich hätte ihn gerettet«, sage ich.

Dad legt die Arme um meine Schultern. »Ich auch, Nic Nac.«

Uncle Ty, der gerade in eine Broschüre schaut, kommt zu uns. »Mann, es gibt so viele wichtige Leute und Geschichten, von denen wir bei Weitem nicht genug erfahren.«

»Gut, dass das Museum sie korrekt darstellt«, meint Dad. »Die korrekte Darstellung ist das, worauf es im echten Leben ankommt.«

Oh, ich glaube, jetzt geht's nicht mehr um das Museum.

»Cal, ich hab dir doch gesagt, dass die bei der L.O.R.E. schon sauer waren, weil ich die Bücher schreiben wollte. Deshalb konnte ich nicht alles genau so wiedergeben, wie es passiert ist.«

Puh, eine ganze Regierung war dagegen, dass er seine Lebensgeschichte aufschreibt?

»Hast du eine Schule beschrieben, die große Ähnlichkeit mit unserer hat, Ty?«, fragt Dad.

»Yeah.«

»Und Chloe hat große Ähnlichkeit mit Zoe?«

»Yeah.«

»Und Einan mit Roho?«

Uncle Ty seufzt. »Ja.«

»Dann hättest du auch mich besser wiedergeben können«, sagt Dad. Da meldet sich sein Handy, und er liest die Nachricht. »Mist. Draußen im Bezirk Rankin hat ein Kunde einen Rohrbruch. Ich wette, da steckt ein deprimierter Geist dahinter. Ich vereinbare schnell einen Termin mit diesen Leuten. Bin gleich wieder da.«

»Immerhin ist Kevin bei den Fans total beliebt«, ruft Uncle Ty ihm nach, aber Dad winkt ab.

Jetzt sind wir nur noch zu zweit, und Uncle Ty schlägt vor, dass wir uns die Sonderausstellung zur Underground Railroad ansehen, dem Netzwerk, das Versklavten bei der Flucht aus den Südstaaten in den Norden Amerikas half. An einer Wand hängt eine Karte des Landes mit verschiedenen geheimen Adressen, wo die Menschen sich unterwegs verstecken konnten.

»Super, wenn auch nicht ganz korrekt«, meint Uncle Ty. »Willst du was Cooles sehen?«

Ich zucke mit den Achseln.

Uncle Ty wedelt mit der Hand, und auf der Karte erscheinen neue, glitzernde Linien.

»Es gab zwei Underground Railroads«, erklärt er. »Das Netzwerk, das die Gewöhnlichen zur Flucht nutzten, und eine Untergrund-Eisenbahn für Ungewöhnliche – ein Netz unterirdischer Züge. Beide wurden genutzt, um versklavte Menschen in die Freiheit zu bringen. Ungewöhnliche verwendeten ihre Untergrundbahn noch über das Ende der Sklaverei hinaus, bis Roho …«

Er verstummt.

»Alles in Ordnung?«, frage ich. Er antwortet mir nicht, also zupfe ich an seinem Hemd. »Uncle Ty?«

Er schüttelt kurz den Kopf. »Entschuldige.«

»Geht's dir gut?«

»Yeah. Hast du schon mal von PTBS gehört?«

Ich nicke. Als Dad und ich in Atlanta gewohnt haben, hatten wir eine Nachbarin, die mitangesehen hatte, wie ihr bester Freund erschossen wurde. Bestimmte laute Geräusche erinnerten sie seitdem daran. Dad meinte damals, sie hätte eine Posttraumatische Belastungsstörung oder kurz: PTBS.

»In meinem Fall würde ich von einer A-PTBS sprechen. Einer PTBS für Auserwählte. Es ist nämlich ganz schön schwer, damit fertigzuwerden, dass dir jemand wegen einer Prophezeiung den Tod wünscht. Der Auserwählte zu sein, das ist nicht so toll, wie man meint.«

»Was für ein Auserwählter?«

Er schaut überrascht. »Kennst du die Manifestoren-Prophezeiung nicht?«

Schon wieder eine Prophezeiung? Meine Wangen glühen. Er hätte auch sagen können: *Wow, noch so eine wahnsinnig coole Sache, die du nicht kennst? Wie traurig.*

Ich versuche, mir nichts anmerken zu lassen. »Doch, na klar. Es ist eine Prophezeiung über … über eine Manifestorin oder einen Manifestor. Genau.«

Er verbeißt sich das Lachen. »Ist völlig okay, wenn du nichts darüber weißt, Nic. Ich weiß mehr als die meisten. Manche würden sogar sagen, ich wäre besessen davon.«

Er starrt in die Ferne und wirkt dabei plötzlich viel älter und abgebrühter. Ich glaube, er würde diesen »Jemand« mit bloßen Händen in Stücke reißen, wenn diese Person ihm in die Quere käme.

»Was ist denn das für eine Prophezeiung?«, frage ich.

»Vor Hunderten von Jahren wurde vorhergesagt, dass eines Tages jemand aus der Gruppe der Manifestoren die Welt der Ungewöhnlichen zerstören würde. Diese Person nennt man Manowari.«

Es läuft mir kalt über den Rücken. »Wie würde diese Person unsere Welt denn zerstören?«

»Das weiß niemand und deshalb ist es so beängstigend. Unbekanntes macht einem immer am meisten zu schaffen. Ungewöhnliche versuchen seit Jahrhunderten vorherzusehen, was wann und wie passieren wird. Als Roho sich erhob, hielten ihn alle für den Manowari.«

»War er's nicht?«

»Die L.O.R.E. sagt, ja. Aber ich weiß es besser. Es gibt zwölf Anzeichen für den wahren oder die wahre Manowari, und auf niemanden sind bisher alle zwölf zugetroffen. Noch nicht.«

Von dem »noch nicht« wird mir ein bisschen übel. »Was hat das mit dem Auserwählten zu tun?«

»Tja, in der Prophezeiung heißt es auch, nur jemand aus der Gruppe der Manifestoren könne den oder die Manowari stoppen. Traditionell wird diese Person Mshindi genannt, aber die meisten bezeichnen sie als ›auserwählt‹.«

Ich zähle eins und eins zusammen. »Du bist der Auserwählte«, sage ich. »Wow, du bist *wirklich* ein Superheld.« Als mich die Erkenntnis trifft, bin ich richtig erschrocken. »Ich hätte fast einen Superhelden umgebracht.«

»Du hast mich nicht fast umgebracht. Ich bin mir sicher, es gibt eine Erklärung für das, was passiert ist.«

»Ja, dass ich ein Freak bin«, murmele ich.

»Nein, du bist eine Zwölfjährige, bei der die Gabe sich bemerkbar macht. In deinem Alter kann das auf ganz unterschiedliche Weise passieren. Als ich zehn war, habe ich mich aus Versehen unsichtbar gemacht.«

»Dann *könnte* es was mit der Pubertät zu tun haben?«

»Könnte es. Aber wie auch immer, lass dich davon nicht runterziehen. Mir geht's gut, dir geht's gut.« Er hebt mein Kinn an. »Kopf hoch, Kid.«

Da muss ich einfach lächeln. »Danke, Uncle Ty.«

»Jederzeit.« Sein Handy klingelt, und er fischt es aus seiner Hosentasche. »Das ist meine Buchagentin. Da gehe ich mal besser ran. Bin gleich zurück.« Er hält das Handy an sein Ohr und geht ein paar Schritte weg. »Hey, Molly, was gibt's?«

Ich mache mich auf die Suche nach JP, den ich schon seit einer Weile nicht mehr gesehen habe. Da er in keinem der Ausstellungsräume ist, gehe ich Richtung Café. Es ist schon fast Mittag, und JP sagt immer, dass sein Blutzuckerspiegel dramatisch falle, wenn er nicht um Punkt zwölf was zu essen bekomme.

Ich finde ihn im Restaurantbereich, nur ein paar Schritte vom Café entfernt. Der Duft von Gumbo nach Mississippi-Art, Shrimps, Maisküchlein, Pfirsichkuchen und Zimtschnecken reicht, um mir auch Appetit zu machen. Aber JP scheint sich nicht fürs Essen zu interessieren. Er steht wie angewurzelt da und starrt die einzige Person im Café an.

»Nic«, meint er unsicher, »du siehst das auch, oder?«

Die Angestellte hinter der Kasse ist zu blass, um ein normaler Mensch zu sein. Ihre roten Augen liegen tief in den Höhlen, und ihre Haut … die hängt an den Knochen, als würde sie ihr gar nicht gehören.

Das tut sie auch nicht. »Das ist eine Boo Hag«, flüstere ich.

Dad nennt Boo Hags »entfernte Cousinen der Vampire«. Anstatt von Blut ernähren sie sich von Atem. Sie krabbeln nachts auf ihre Opfer und saugen ihnen den Sauerstoff aus dem Körper. Manchmal klauen sie ihnen auch die Haut. Nur so können sie selbst Sonnenlicht überleben, denn sie besitzen keine eigene Haut. Diese hier hat die einer armen Frau gestohlen und ihren Job im Café gleich mit dazu übernommen. Vielleicht isst die Boo Hag gern Gumbo.

»Was ist eine Boo Hag?«, fragt JP.

»So was wie eine Vampirin, nur …« Ich verstumme. Moment mal. »Du kannst sie sehen?«

»*Du* kannst sie sehen?«, fragt er zurück. »Sonst bin ich immer der Einzige, der das kann!«

»Natürlich kann *ich* sie sehen. Aber *du* solltest sie nicht sehen!«

»Mir doch egal, was ihr alles seht«, sagt eine Stimme mit starkem Südstaatenakzent. »Ich sehe jedenfalls ein paar frische Häute.«

Die Boo Hag kommt hinter der Theke hervor und schleift die gestohlene blasse Haut wie einen zu großen Mantel hinter sich her. »Hab ich ein Glück, hab ich ein Glück«, sagt sie. »Gut, dass ich beschlossen habe, heute das Café zu übernehmen. Jetzt kann ich meine Garderobe erneuern.«

»Bleib, wo du bist!«, rufe ich.

»Sonst was? Wenn ihr wüsstet, wie man die Gabe benutzt, hättet ihr es schon getan und würdet nicht bloß hier rumstehen. Ihr werdet eine hübsche Herbstgarderobe abgeben.« Sie grinst. »Also, wer von euch überlässt Daisy seine Haut zuerst?«

»D-Daisy?«, stottert JP. »Wie Gänseblümchen?«

»Meine Momma hat gesagt, ich wäre so hübsch wie eine Blume. Seht ihr das anders?«

Ja. Ihre Momma hat anscheinend gelogen.

Was hat Dad mir beigebracht? Wogegen sind Boo Hags allergisch? Zucker? Wasser? Salz! Das ist es. Davon schmilzt ihnen die Haut vom Körper und kehrt zu dem Menschen zurück, dem sie eigentlich gehört. So ein Glück, dass auf allen Tischen im Restaurantbereich Salzstreuer stehen.

»JP«, zische ich, »wir brauchen Salz.«

»Wir werden sterben«, jammert er.

Er ist echt keine Hilfe.

Wir weichen bis zu einem der Tische zurück, und die Boo Hag grinst noch breiter. Ich greife hinter mich und taste nach den Salz- und Pfefferstreuern.

»Bleib uns vom Leib!« Ich ziele mit den Streuern auf sie. Boo Hags sind zwar nicht allergisch auf Pfeffer, aber ein bisschen Extra-Schärfe kann nicht schaden. »Noch einen Schritt und ich salz dich ein!«

Jetzt weicht *sie* zurück. »Ich will keinen Ärger!«

Ich gehe auf sie zu und schüttle dabei den Salzstreuer. Die Boo Hag erschauert. Macht über jemanden zu haben, das fühlt sich schon irgendwie gut an. »Ich sag's nur ein einziges Mal: Raus. Aus. Dieser. Haut.«

»Nein!«

Ich verziehe den Mund. »Deine Entscheidung.«

Ich schleudere Salz in ihre Richtung.

Die Boo Hag duckt sich und springt mit allen vieren gegen die Wand. »Du solltest besser zielen.«

Ich fahre zurück, weil ich erwarte, dass sie sich auf mich stürzt. Doch da beginnt der Boden unter uns heftig zu beben. Die Tische und Stühle wackeln so sehr, dass sie anfangen, rumpelnd herumzurutschen.

»Ein Erdbeben!«, schreit JP und kriecht unter einen Tisch.

Seit wann gibt's in Jackson Erdbeben?

Die Boo Hag schaut mich mit Panik in den Augen an. »Was machst du da?«

»Ich mache gar nichts!«

»Lügnerin!«

Sie stürzt sich auf mich.

Ich schütte ihr Salz direkt ins Gesicht. Gewürzte Boo Hag, bitteschön.

Es wirkt sofort. Wie wenn man Salz auf eine Nacktschnecke streut. Die Boo Hag kreischt, als ihre Nase wegschmilzt und darunter rotes Fleisch sichtbar wird.

»Du dummes Ding!«, faucht sie.

Das bisschen Salz wird sie nicht ganz aus der Haut vertreiben. Ich hebe die Hand, um mehr davon auf sie zu schütten, aber da schießt ein gespaltener Schwanz aus ihrer Rückseite und sie schlägt mir damit den Salzstreuer aus der Hand.

Oh-oh.

Ich weiche zurück, während sie auf mich zukommt. Der Boden erzittert, und unter dem Tisch schreit JP nach seiner Momma.

»Jetzt bist du nicht mehr so rotzfrech, was?«, zischt die Boo Hag. »Du wirst einen schönen Herbstpullo…«

Mit einem Knall trifft sie ein weißer Blitz. Aus dem Boden schießt ein Geysir, der die Boo Hag, mich und JP sofort durchnässt. Etwas von dem Wasser gelangt in meinen Mund. Es schmeckt salzig.

»Nichole!«, ruft Dad, der mit Uncle Ty in den Restaurantbereich gelaufen kommt.

Der Boden bewegt sich nicht mehr. Die Boo Hag jault und zuckt, während die Haut auf den Fliesenboden rutscht. Dad hat mir beigebracht, dass sie nun automatisch zu ihrer Besitzerin zurückkehrt, die erschöpft darin aufwachen wird, ohne sich an irgendwas zu erinnern.

Nachdem die Haut abgefallen ist, bleibt ein Wesen mit einem Schwanz zurück, das an die Abbildungen von Muskulatur in einem Biologiebuch erinnert. Es löst sich in einer Pfütze aus Salzwasser auf.

Dad fasst mich an der Schulter. »Bist du okay?«

Ich zittere und bin tropfnass, aber ich habe meine Haut noch. »Yeah, alles in Ordnung.«

»Nic, warst du das oder hat die Boo Hag das Erdbeben ausgelöst?«, fragt Uncle Ty.

Ich blinzle das Salzwasser aus meinen Augen. Woher soll ich wissen, wie man ein Erdbeben auslöst? Ich wusste ja nicht mal, dass das geht. »Ich war das nicht – glaube ich.«

Dad macht eine Handbewegung, und ein warmer Wind beginnt, mich zu trocknen. »Wo ist J…«

»Wie haben Sie das gemacht?«, ruft JP da.

Dad und Uncle Ty drehen sich um, und JP krabbelt unter dem Tisch hervor.

»Wa-was gemacht?«, stammelt Dad.

JP zeigt aufgeregt auf mich. »Sie haben Nics Klamotten getrocknet und Wasser aus dem Boden schießen lassen, um diese Boo Hag-Hexe damit zu treffen!«

»Du hast sie gesehen?«, fragt Uncle Ty.

»Ja!«

Ein roter Lichtstrahl schießt durch den Raum und trifft JP. Er stürzt zu Boden.

»JP!«, schreie ich.

Als Nächstes zuckt ein Blitz auf, der Uncle Ty mit einem lauten Zischen durchdringt, woraufhin er zuckend zusammenbricht. Ein zweiter Blitz erwischt Dad, der ebenfalls zu Boden geht.

Eine Gestalt mit Kapuze und goldenem Leuchten steht am anderen Ende des Raums. Sie kommt langsam, aber zielsicher auf mich zu.

Ich zwinge mich, zurückzuweichen. Als die Gestalt ihre Hände hebt, zieht mein Leben wie im Schnelldurchlauf vor meinem inneren Auge vorbei. So wird es also enden. In einem Museum.

Ein lautes Rauschen erfüllt das Restaurant, und eine Sturmböe holt die Kapuzenperson von den Beinen. Ich sehe Dad taumelnd hochkommen. Er hat ein Wind-Juju benutzt.

Uncle Ty erhebt sich hustend. Die geheimnisvolle Gestalt steht auch bereits wieder.

Dad packt mich an meinem Shirt und zieht mich hinter eine Säule. Blitze zischen durch den Raum, doch der Manifestor weicht jedem Juju aus, das Dad und Uncle Ty in seine Richtung schleudern. Uncle Ty wirft sogar einen Feuerball, aber der Manifestor bringt ihn mit einem Fingerschnippen zum Erlöschen. Dad schüttelt ein Seil aus Licht in seine Hand und schwingt es wie ein Lasso in Richtung des Angreifers. Der packt es und reißt es ihm einfach weg. Dad und Uncle Ty müssen weiter zurückweichen.

»Du Dämon, du Babydieb«, knurrt die Gestalt. »Ich sollte dich hier und jetzt töten!«

Dad und Uncle Ty bleiben wie angewurzelt stehen.

»*Du*?«, fragt Dad.

Die Gestalt streckt ihn mit einem Blitz gegen die Brust nieder und macht dann das Gleiche mit Uncle Ty. Beide brechen wie leblos zusammen.

»Nein!« Ich stürme hinter der Säule hervor und will mich auf den Angreifer stürzen. Aber der bewegt nur die Hand, und schon sind meine Arme und Beine mit Seilen aus Licht gefesselt.

»Mach mich los!«, schreie ich und versuche, mich zu befreien.

»Lass es, Alexis.«

Ich erstarre. Diese Stimme kenne ich. Ich weiß zwar nicht, woher, aber ich kenne sie.

»Wer …« Mein Mund ist ganz trocken. »Wer ist Alexis?«

Da schiebt mein Gegenüber seine Kapuze zurück, und mir stockt der Atem.

Es ist kein Manifestor, sondern eine Manifestorin. Eine Frau mit meinem Gesicht, meinem Teint, der heller ist als Dads, und meinem dichten, lockigen Haar. Es fällt ihr in einem geflochtenen Zopf über die Schulter. Ihre Augen, groß und dunkel wie meine, sind voller Tränen.

»Alexis ist der Name, den ich dir gegeben habe«, sagt sie mit trauriger Stimme. »Ich bin deine Mutter.«

5

Die hässliche Wahrheit

Ich höre meinen Herzschlag in meinen Ohren hämmern. »Sie … meine … aber …«

Langsam kommt sie auf mich zu. »Ich weiß, das ist jetzt viel auf einmal, aber du musst mir vertrauen. Wir müssen hier weg. Sofort.«

Sie hat vielleicht gerade meinen Dad, meinen Patenonkel und meinen besten Freund getötet, und da soll ich ihr *vertrauen*? Weil sie *behauptet*, meine Mutter zu sein? Sie könnte lügen! Sie weiß ja nicht mal meinen Namen! »Ich gehe nirgends mit Ihnen hin!«

»Dann lässt du mir leider keine Wahl«, sagt sie traurig.

Sie macht eine Geste, als würde sie meine Lippen verschließen, und sofort pressen die sich fest aufeinander. Dann lässt sie mich mit einer Handbewegung vom Boden wegschweben.

Ich möchte um mich schlagen und schreien, aber vergeblich. Meine Lippen lassen sich nicht öffnen, meine Arme und Beine rühren sich kein bisschen. Die Frau, wer auch immer sie sein mag, lässt Dad, Uncle Ty und JP, die immer noch bewusstlos sind, strammstehen und wie Soldaten marschieren.

So führt sie uns aus dem Museum.

Polizistinnen und Polizisten, Feuerwehrleute und Sanitätspersonal tummeln sich vor dem Gebäude. Sie sollen sich wohl um die Folgen des Erdbebens kümmern. Sogar der Übertragungswagen eines lokalen Nachrichtensenders ist schon da.

»Was meinen Sie damit, dass das Erdbeben nur genau hier stattgefunden hat?«, höre ich eine der Kuratorinnen des Museums fragen. »Das ist doch unmöglich!«

Obwohl so viele Menschen und Kameras da sind, merkt niemand, dass ich schwebe oder dass Dad, JP und Uncle Ty wie starre Zombies laufen.

Die geheimnisvolle Frau bringt uns hinter das Museumsgebäude zu einem Ding, das aussieht wie eine Mischung aus Raumschiff und gepanzertem Fahrzeug. Die Türen und die obere Hälfte sind aus getöntem Glas, der untere Teil besteht aus mattschwarzem Metall. Wo sich Räder befinden sollten, wirbeln Lichter im Kreis.

Die Türen öffnen sich wie Flügel. Drinnen ist ungefähr so viel Platz wie in einem Kleinbus. Mit einer Handbewegung schubst die Manifestorin Dad und Uncle Ty in den Gepäckbereich. JP und mich platziert sie etwas sanfter auf zwei Sitzen. Automatisch legen sich Gurte eng um uns, und gleichzeitig leuchtet das Armaturenbrett auf.

Das Fahrzeug hebt vom Boden ab, und ich kreische hinter meinen verschlossenen Lippen. Wir steigen höher und höher, lassen das Museum, das Stadtzentrum und die Straßen von Jackson unter uns und gleiten durch den Himmel. Nur ein paar Minuten später landen wir in unserer Einfahrt.

Die geheimnisvolle Frau bringt uns ins Haus. Sie bewegt eine Hand, und Dad und Uncle Ty werden durch die Gegend geschleudert, als wären sie Insekten. Sie landen auf Stühlen im Esszimmer, wo sich Seile aus Licht um sie wickeln und sie darauf festzurren.

»Was für eine Frechheit«, knurrt die Frau.

Ich bin beeindruckt, habe aber auch Angst.

Sie deutet auf das Sofa. JP und ich landen sanft darauf. Ihre Fingerspitzen leuchten wie kleine Glühbirnen, und sie streckt sie nach JP aus. Ich möchte schreien, um sie aufzuhalten, aber meine Lippen sind wie zugeklebt. Dann presst sie die Finger an seine Stirn, und er wird keuchend wach.

»Dein Besuch im Museum war ganz normal«, sagt sie. »Es ist nichts Ungewöhnliches passiert.«

»Mein Besuch im Museum war ganz normal«, wiederholt er roboterhaft. »Es ist nichts Ungewöhnliches passiert.«

»Geh nach Hause«, befiehlt sie ihm.

Sofort steht JP auf und geht.

Als Nächstes wendet sich die geheimnisvolle Frau mir zu. »Ich befreie dich, wenn du versprichst, dass du nicht schreist oder wegläufst.«

Ich wette, sie wird mich wieder fesseln, wenn ich's versuche. Also nicke ich.

Sie kniet sich vor mich und macht die gleiche Handbewegung wie vorher, nur in umgekehrter Richtung. Meine Lippen kleben nicht mehr aufeinander. Ich kann auch meine Arme und Beine wieder bewegen. Aber ich bin so verblüfft, dass ich mich kaum rühre. Sie anzusehen, das ist wirklich, als würde ich mich selbst betrachten.

Sie schlägt eine Hand vor ihren Mund, während Tränen über ihre Wangen laufen.

»Hi. Hi, *Pumpkin.*«

Pumpkin? Warum nennt sie mich Kürbis?

Ich spüre ein Ziehen in der Brust, aber es tut nicht weh. Eigentlich fühlt es sich an, als würde jemand mein Herz umarmen. Ich weiß jetzt, woher ich ihre Stimme kenne. Sie hat mir in meinen Träumen vorgesungen. »M-Mom?«

Sie lächelt unter Tränen. »Yeah, Baby. Ich bin deine Momma.«

Ich kann mich nicht bewegen, aber das hat nichts mit einem Fessel-Juju zu tun.

»O mein Gott, sieh dich bloß an. Wie groß du geworden bist.« Sie legt die Hände an meine Wangen. »Ich kann dir gar nicht sagen, wie sehr ich dich vermisst habe. Es gab keine Sekunde, in der du nicht in meinen Gedanken warst.«

Ein Wirbelsturm aus Gefühlen tobt in mir. Sie *ist* meine Mom, das sagt mir mein Herz. Wenn ich ihr in die Augen schaue, fühlt sich das an, als wäre ich in einem Zuhause, von dem ich nie wusste, dass ich es habe.

Aber eine Sache hindert mich daran, es mir in diesem Zuhause gemütlich zu machen. »Warum hast du mich verlassen?«

Ihre Tränen versiegen. »Was?«

»Dad hat gesagt – er hat gesagt, dass Erwachsene manchmal Entscheidungen treffen, die sie für das Beste halten, auch wenn sie das gar nicht sind. Ich dachte, damit hätte er gemeint, dass du mich verlassen hast.«

Wut blitzt in ihren Augen auf. Sie marschiert zu Dad und Uncle Ty hinüber und schnippt mit den Fingern. »Aufwachen! Alle beide!«

Sie öffnen blinzelnd die Augen. »Zoe?«, murmelt Dad.

Zoe? Sie ist also Chloe aus den *Stevie*-Büchern.

»Was ist passiert?« Uncle Ty stöhnt.

»Ich habe endlich den Kriminellen erwischt, mit dem ich mal zusammen war. Das ist passiert«, sagt Zoe.

Dad blickt über seine Schulter. »Ty! Hast du sie hergerufen?«

»Nein! Calvin, das würde ich dir doch nicht antun!«

»Hättest du mal besser«, zischt sie und wirft ihm einen Blick zu, der mich erschauern lässt. »Ich war zu Hause, als ich eine G-Stift-Nachricht von unserer Tochter bekommen habe.«

»Eine G-Stift-Nachricht? Woher hat sie denn …«

Uncle Ty schließt die Augen. »Ich habe ihr einen zum Geburtstag geschenkt. Ich dachte doch nicht, dass sie den benutzen würde, um Zoe zu kontaktieren.«

»Wie gut, dass sie es getan hat«, sagt Zoe. »Ich habe mich ins Netzwerk der G-Nachrichten gehackt, um rauszufinden, wo der Text herkam. Das hat mich direkt zum Museum geführt, wo ich euch gefunden habe.«

»Du warst schon immer die Schlauste von uns dreien«, meint Uncle Ty.

»Ich weiß«, sagt Zoe. Dann stützt sie die Hände auf die Armlehnen von Dads Stuhl und sieht ihm direkt in die Augen. »Seit zehn

Jahren habe ich auf diesen Tag gewartet, und jetzt muss ich erfahren, dass du Alexis in dem Glauben gelassen hast, ich hätte sie verlassen? Wo du sie in Wahrheit entführt hast?«

Es fühlt sich an, als würde eine Boo Hag den Sauerstoff aus mir saugen. »Was?«

Dad lässt die Schultern hängen. Schlimmer noch: Er sagt nichts.

»Dad«, flehe ich. »Das stimmt doch alles nicht, oder? Ich heiße Nichole, richtig?«

Er senkt den Kopf. »Nichole ist dein zweiter Vorname. Dein erster ist Alexis.«

»Aber … aber …«

»Mit anderen Namen konnten wir uns leichter verstecken«, sagt er. »Deshalb kennen die Leute mich als Maxwell und nicht als Calvin. Manchmal spielte es keine Rolle. Aber manchmal reimten andere Exilanten sich zusammen, wer wir waren, und meldeten uns der L.O.R.E. Wenn ich davon erfuhr, sind wir umgezogen.«

In meinem Kopf dreht sich alles. Die ganzen Städte, in denen wir gewohnt haben. All die Male, die Dad mir sagte, ich solle nicht mit anderen Ungewöhnlichen reden. All die Male, die er behauptete, jemand von den Gewöhnlichen habe ihn etwas Ungewöhnliches machen gesehen und wir müssten deshalb verschwinden. »Wir waren die ganze Zeit auf der Flucht?«

»Yeah«, gibt er zu. »Ich werde seit zehn Jahren gesucht, weil ich dich entführt habe.«

Tränen steigen mir in die Augen. Das darf doch nicht wahr sein. »Aber … warum?«

»Baby Girl, du musst mir vertrauen. Ich habe dir immer gesagt, meine wichtigste Aufgabe ist es, dich zu beschützen. Und das meine ich genau so. Ich wollte dich nie von deiner Mom fernhalten, aber ich verspreche dir, dass ich Gründe für das hatte, was ich getan habe.«

»Was für Gründe?«

»Das ist kompliziert.«

»So kompliziert ist das nicht! Du hast mich angelogen!«

»Er ist immer noch nicht ganz ehrlich«, sagt Zoe. »Wirst du ihr auch erzählen, aus welchen anderen Gründen du noch auf der Flucht bist, oder willst du ihr die weiter verheimlichen?«

Dad runzelt die Stirn. »Wovon redest du?«

»Du weißt genau, wovon ich rede. Wo ist die Msaidizi?«

»Du denkst, *ich* habe sie?«

Sie schnaubt. »Spiel nicht den Unschuldigen. Eine der mächtigsten Waffen der Welt verschwindet in derselben Nacht wie du und Alexis …«

»Sie ist verschwunden?«, fragt Uncle Ty.

»… und ich soll glauben, das wäre Zufall?«, sagt Zoe. »Wo ist sie?«

»Ich weiß es nicht! Ich bin kein Dieb, Zoe!«

»Sagt der Mann, der mir unser Kind gestohlen hat!«

Ihr Geschrei erfüllt das Zimmer. Ich muss hier raus. Auf dem Weg zur Treppe knalle ich gegen irgendwas Unsichtbares.

»Aua!«, sagt es.

Ich schreie auf und plumpse rückwärts auf mein Hinterteil.

Die Luft vor mir schimmert. Zuerst erkennt man lockiges schwarzes Haar, dann eine braune Stirn und geschlossene Augen hinter einer Brille mit holografischen Gläsern.

Der Rest des Jungen wird sichtbar. Er öffnet ein Auge. »Überraschung?«

»Alex!«, schimpft Zoe. Sie hilft mir auf und mustert mich besorgt, bevor sie auf ihn losgeht. »Baby, was machst du hier? Du solltest bei deinem Großvater sein.«

»Ich hab ein Unsichtbarkeits-Tonic getrunken. Das habe ich selbst gebraut, aber es sollte eigentlich kontaktfest sein. Weißt du, was ich falsch gemacht habe?«

Zoes Lippen sind zu einem Strich zusammengepresst. »Das ist keine Antwort auf meine Frage.«

»Okay, okay, ich hab mich in deinem Kofferraum versteckt«, sagt er schuldbewusst. »Wollte sehen, ob du Alexis diesmal findest.« Er schaut mich an. »Wow, du siehst wirklich aus wie Mom. Grandma meinte, das würdest du wahrscheinlich. Ich würde ja gern sagen, nett, dich kennenzulernen, aber es wäre wohl passender, wenn ich sage: dich *wieder* kennenzulernen.«

Er hat Ähnlichkeit mit Dad. Ich habe das Gefühl, ihn zu kennen, dabei habe ich ihn noch nie gesehen. »Kenne ich dich?«

»Ich bin Alex«, sagt er. Und als ich nicht reagiere, fügt er hinzu: »Dein Bruder? Dein Zwilling?«

In meiner Brust wird es ganz eng. »Mein was?« Ich fahre zu Dad herum, kann ihn aber vor lauter Tränen kaum sehen.

»Baby Girl, ich kann es erklären.«

Ich lasse ihm keine Gelegenheit dazu und renne nach oben in mein Zimmer.

Das kann doch nicht wahr sein.

Dann liege ich im Bett, starre an die Zimmerdecke und warte

darauf, endlich aufzuwachen. Es ist einfach unmöglich, dass das stimmt. Mein Name ist nicht Alexis, sondern Nichole. Dad würde mich nicht meiner Mom entführen. Er würde mir nicht verheimlichen, dass ich einen Zwillingsbruder habe. Das muss ein Albtraum sein.

Nur leider fühlt es sich nicht wie einer an. Die Tränen in Zoes Augen, als sie mich angesehen hat, die waren echt. Dieser Alex, mit dem ich zusammengeprallt bin – echt. Das Gefühl, mich gleich übergeben zu müssen – echt. Ich glaube nicht, dass ich so bald aufwache.

Es klopft an meiner Tür. »Nic?«, fragt Uncle Ty. »Kann ich reinkommen?«

Ich murmele »ja« und setze mich auf. Uncle Ty tritt ein und zieht sich den Stuhl vom Schreibtisch an mein Bett. Erst mal schweigt er, als wüsste er nicht, was er sagen soll. Das ist gut so, denn ich weiß es auch nicht.

Schließlich seufzt er. »Tut mir leid, dass du es so erfahren musstest, Nic.«

Ich presse das Kopfkissen an meine Brust. »Das kann nicht wahr sein, Uncle Ty. Dad würde so was nicht machen.«

»Ich wünschte, er hätte es nicht ...«

»Hat er nicht! Sie lügt! Ich heiße nicht Alexis, sondern Nichole, und mein Dad ist kein Kidnapper!«

Uncle Ty sieht mich an, die Augen voller Mitleid, das ich nicht haben will. »Nic, ich weiß, dass du nicht schlecht von Calvin denken willst, aber er hat's getan. Tut mir leid.«

Meine Lippen zittern. »Dann muss irgendwas mit ihr nicht

stimmen. Sie ist ein schrecklicher Mensch, oder? Ich wette, sie wollte mich nicht und hat mich schlecht behandelt. Dad hat gesagt, er hat mich beschützt.«

»Zoe würde dich niemals schlecht behandeln. Sie ist einer der fürsorglichsten und liebevollsten Menschen, die ich kenne. Und sollte es, was höchst unwahrscheinlich ist, so gewesen sein, wieso hätte Calvin dann Alex bei ihr gelassen?«

»Wahrscheinlich hatte sie ihn lieber als mich.«

»Nein, Nic«, sagt Uncle Ty traurig. »Ich weiß, dass du das glauben möchtest, aber es stimmt nicht. Zoe liebt dich unendlich.«

»Warum hat mich Dad ihr dann weggenommen?«

»Keine Ahnung. Ich war genauso geschockt wie alle anderen, als er mit dir abgehauen ist. Und noch geschockter davon, dass er Alex im Stich ließ.«

»So was würde mein Dad einem Kind nicht antun! Er würde nicht …« Meine Stimme bricht. »Er würde nicht verhindern, dass ich eine Familie habe.«

Jetzt weine ich so heftig, dass ich nicht mehr sprechen kann. Es fühlt sich an, als wäre meine Welt aus Sand gebaut gewesen, ohne dass ich es wusste. Und jetzt ist eine Riesenwelle darüber hinweggegangen, hat alles mitgenommen und mich mit etwas zurückgelassen, das nicht mal mehr Ähnlichkeit mit meinem Leben hat. Ich weiß nicht mehr, wer Dad ist oder wer ich bin. Sogar mein Name war eine Lüge.

Cocoa springt auf mein Bett und leckt mir die Wangen. Uncle Ty lächelt. »Ein wirklich gutes Geburtstagsgeschenk hast du da bekommen.«

Ich schniefe und muss daran denken, wie sehr ich mir wieder einmal eine Mom und einen Bruder gewünscht habe, als ich meine Geburtstagskerzen ausgeblasen habe. Jetzt wünschte ich, nichts von alldem wäre passiert. Kein Wunder, dass es heißt, man soll vorsichtig damit sein, was man sich wünscht. »Wie ist sie so?«, frage ich.

»Wer? Deine Mom? Tja, ich kenne sie seit meiner Kindheit und sie ist ohne Witz einer der nettesten Menschen, die ich kenne. Sie ist brillant und stark. Diese letzten zehn Jahre waren hart für sie. Sie hat dich so vermisst.«

Es ist seltsam, das zu hören. Ich dachte, weil sie nicht bei mir sein wollte, wäre sie froh gewesen, keine Mom sein zu müssen. Damit lag ich anscheinend auch falsch.

Diese Sache mit meinem Zwillingsbruder ist aber am schrägsten. Ich wusste, dass ich eine Mom habe, aber dieses andere Kind hat Dad nie erwähnt. Jetzt gibt es da einen fertigen Menschen, der mir ähnlich sieht und auch noch am selben Tag Geburtstag hat. Ich bin zu geschockt, um begeistert zu sein. »Und wie ist Alex?«

»Ich habe ihn nicht viel gesehen, aber er hat große Ähnlichkeit mit Zoe. Ein superschlauer Junge, sehr nett. Ich glaube, ihr zwei werdet gut miteinander auskommen.«

Ich starre auf meine Socken. Das Schwerste an den vielen Umzügen war, dass ich allein zurechtkommen musste. Hätte Dad ihn auch mitgenommen, dann hätte ich einen Zwilling an meiner Seite gehabt.

Warum hat Dad mich mitgenommen und dieses andere Kind zurückgelassen? Er hat gesagt, es wäre kompliziert. Aber was konnte denn so kompliziert gewesen sein, dass er mich von meiner Mom ferngehalten hat? Er hatte doch wissen müssen, dass er eines Tages erwischt werden würde.

Mir wird ganz flau im Magen. Kann doch nicht sein, dass Dad damit durchkommt, dass er mich entführt und diese Waffe mitgenommen hat, die Zoe erwähnte. »Was wird mit Dad passieren, Uncle Ty?«

Er atmet geräuschvoll aus. »Schwer zu sagen. Die Mitglieder der L.O.R.E. halten nichts von Gefängnis, aber wer weiß, was die machen werden, weil sie glauben, dass er die Msaidizi gestohlen hat.«

»Ist das nicht der Manifestor, der die Zerstörergestalt aufhalten kann?«

»Das ist der Mshindi. Ich spreche von der Miss-ai-dii-zii.« Uncle Ty betont die einzelnen Silben. »Das ist das Suaheli-Wort für ›Helfer‹ oder ›Helferin‹. Diese mächtige Waffe kann ihre Gestalt verändern, um zu werden, was immer die Person, die sie benutzt, gerade braucht. Kennst du die Geschichte von John Henry?«

Ich nicke. Das war ein Halbriese, der bei einem Wettbewerb im Felsbohren mit seinem Vorschlaghammer gegen einen dampfbetriebenen Bohrer gewann.

»Sein Vorschlaghammer war die Msaidizi«, sagt Uncle Ty. »Dann gibt es noch John, den Eroberer.«

High John, wie manche Leute ihn auch nannten, war ein Gestaltwandler, der sich in die Tochter des Teufels verliebte. Um von ihrem Vater die Erlaubnis zur Heirat zu bekommen, musste er an einem halben Tag sechzig Morgen Land pflügen und in der zweiten Tageshälfte dort Mais säen und ernten. Ich vermute, der Teufel wollte daraus die größte Schüssel Popcorn der Welt machen. High John benutzte einen besonderen Pflug und eine besondere Sichel, um diese Arbeit zu bewältigen.

»Waren sein Pflug und seine Sichel die Msaidizi?«, frage ich.

»Du hast es erfasst«, sagt Uncle Ty. »Die Halbriesin Annie Christmas benutzte sie als Stakholz für ihr Kielboot. Und vor gar nicht langer Zeit trug Roho sie als Rüstung.«

»Sie hat *Roho* geholfen? Dem Bösen?«

»Die Msaidizi ist der Person zu Diensten, für die sie bestimmt ist, egal, welche Absichten diese Person hat«, sagt Uncle Ty. »Unter allen, denen sie bisher gedient hat, gibt es keine Gemeinsamkeiten. Es beunruhigt mich ein bisschen, dass sie jetzt verschwunden ist.«

»Wusstest du das nicht?«

»Nein. Nachdem Roho besiegt war, verwahrte die L.O.R.E. sie an einem gesicherten Ort. Ich dachte, dort wäre sie noch. Ich verstehe, warum man der Öffentlichkeit nichts von ihrem Verschwinden gesagt hat. Die Leute würden in Panik geraten. Das wäre, als würde in den *Stevie*-Büchern die Seelensense vermisst.«

O Mann. Das ist echt schlimm. Die Seelensense ist diese Waffe, die Einan benutzt, um den Leuten ihre Seelen zu klauen. Sie macht ihn praktisch unbezwingbar. Ich will die Antwort eigentlich gar nicht hören, stelle die Frage aber trotzdem. »Denkst du, Dad hat die Msaidizi gestohlen?«

»Nein. Calvin hatte keinen Grund, sie an sich zu nehmen. Erst recht nicht, wenn das Gerücht stimmt.«

»Was für ein Gerücht?«

»Manche Leute glauben, dass die Msaidizi als Nächstes der oder dem Auserwählten dienen wird. Also mir. Damit ich den wahren

Manowari stoppen kann – oder die wahre Manowari. Wer sie gestohlen hat, würde mich daran hindern wollen, die Prophezeiung zu erfüllen. Calvin ist das genaue Gegenteil. Er würde wollen, dass ich sie besitze.«

»Warum denkt die L.O.R.E. dann, dass er sie genommen hat?«

»Weil sie in der Nacht verschwand, als er mit dir abgehauen ist. Außerdem war er auf der Flucht. Das macht nicht gerade einen unschuldigen Eindruck, Nic.«

Ich muss schwer schlucken. »Oh.«

Dann schweigen wir für eine Weile.

»Wer würde sie wohl stehlen?«, murmelt Uncle Ty, und ich glaube nicht, dass er mit mir redet. »Das könnte doch nicht etwa … oder doch?«

»Könnte was?«

Er springt auf. »Die Zeit spricht nicht dafür – aber was, wenn doch …« Er reißt die Augen auf. »So … so könnte es sein.«

»Uncle Ty?«, frage ich.

»Sorry, ich habe nur gerade eine Idee. Und ich glaube, ich weiß jetzt, was mit der Msaidizi passiert ist, Nic.« Er lächelt. »Aber was noch wichtiger ist: Ich glaube, ich kann beweisen, dass dein Dad unschuldig ist.«

»Aber er hat mich immer noch entführt, oder?«

Das Lächeln verschwindet aus seinem Gesicht. »Yeah.«

»Und er hat mir nichts von meiner Mom und meinem Bruder gesagt?«

»Nein, das hat er nicht.«

»Und du weißt nicht, warum er das getan hat?«

»Nein«, muss er zugeben.

»Nimm's mir nicht übel, Uncle Ty, aber das ist es, was für mich zählt. Nicht irgendeine Waffe.«

Vor meinem Fenster fliegen Vögel vorbei, und auf der Straße brummen Automotoren. Es ist unfair, dass das Leben aller anderen normal weitergeht, während meins gerade auf den Kopf gestellt und von innen nach außen gedreht wurde.

»Ich werde ein paar Antworten für dich finden, Nic«, verspricht Uncle Ty. »Ich weiß noch nicht wie, aber das werde ich.« Er streckt mir seine Faust hin.

Tränen lassen wieder alles um mich herum verschwimmen. Einen Patenonkel hatte ich mir nie gewünscht, aber vielleicht ist er eines der besten Geburtstagsgeschenke, das ich je bekommen habe.

Ich stoße mit meiner Faust gegen seine und hoffe, dass er versteht, dass das zugleich Dankeschön heißen soll, denn sprechen kann ich gerade nicht.

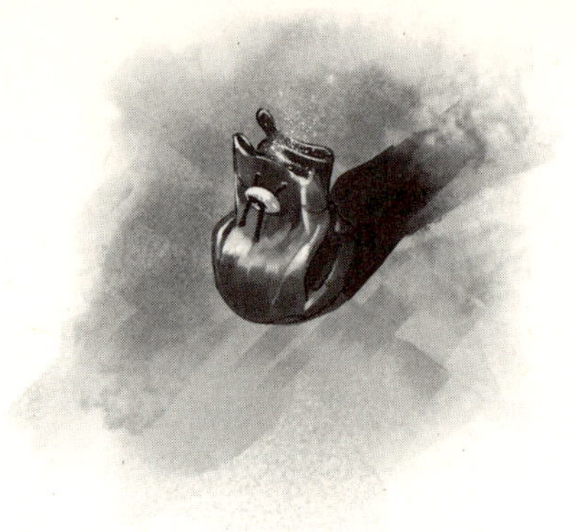

6

Tauziehen

Letzte Nacht habe ich geträumt, dass meine Eltern Tauziehen spielten. Ich war das Seil. Dad hatte einen meiner Arme, Zoe den anderen. Sie versuchten, mich in entgegengesetzte Richtungen zu ziehen. Ich stand in der Mitte und wusste nicht, wem ich nachgeben sollte.

»Vertrau mir, Nic Nac. Bitte!«, sagte Dad.

»Nein, vertrau mir, Alexis!«, rief Zoe.

Ich wollte schreien, sie sollten aufhören, aber meine Lippen waren versiegelt – ich hatte keine Stimme. Und was noch schlimmer war, ich wusste nicht, wem ich trauen sollte. Sie zogen und zerrten immer weiter, und ich spürte, dass sie mich gleich in Stücke reißen würden, wenn sie so weitermachten.

Keuchend wachte ich auf und konnte nicht mehr einschlafen.

Die Sonne ist schon aufgegangen, als ich erneut wegdämmere. Aber ich habe die Augen noch nicht lange wieder geschlossen, da spüre ich, dass jemand mich beobachtet. Ich blinzle mit einem Auge und entdecke Zoe am Fußende meines Betts.

»Hi?« Keine Ahnung, was ich sonst zu ihr sagen soll.

Sie lächelt, als würde ihr das schon genügen. »Hi. Ich hab dich nicht geweckt, oder?«

Ich setze mich auf. »Nein, ich konnte sowieso nicht schlafen.«

»Ich auch nicht«, sagt sie und knetet nervös ihre Hände. »Hast du Hunger? Ich kann Pfannkuchen machen, die hast du früher geliebt. Sorry, das ist schon lange her – da sollte ich nicht erwarten, dass du …«

»Ich mag Pfannkuchen immer noch.«

»Okay, cool.«

Wir schweigen beide, während sie mich ansieht. Soll ich einfach zurückstarren?

»Entschuldige, dass ich dich so anstarre. Als ich dich das letzte Mal gesehen habe, lagst du in einem Gitterbettchen. Seither hat sich viel verändert.«

»Ist schon okay.«

»Ich kann mir vorstellen, wie du dich nach dem gestrigen Tag fühlen musst. Und jetzt mache ich es noch seltsamer, indem ich dich anstarre.« Sie lächelt zaghaft. »Umgang mit Menschen ist nicht gerade meine Stärke.«

»Das ist bei Chloe in den *Stevie*-Büchern auch so«, sage ich.

»Tyran und seine Bücher«, meint sie kopfschüttelnd. »Ich weiß immer noch nicht, wie ich es finden soll, dass er, ohne zu fragen, über mich geschrieben hat.«

»Wenn's dir was nützt: Chloe ist cool. Sie ist meine Lieblingsfigur. Was dann wohl bedeutet, dass ich dich am besten finde. Ohne dich hätten Dad und Uncle Ty nicht überlebt.«

»Das siehst du richtig.«

Wir müssen beide grinsen.

Zoe sieht sich in meinem Zimmer um. Es ist nicht aufgeräumt, aber das scheint sie nicht zu stören. Sie mustert meine Videospiele-Sammlung, meine Sneakers-Sammlung (die es beinahe mit Dads aufnehmen kann) und meine Poster von den amerikanischen Basketballverbänden WNBA und NBA.

»Ich sehe, da ist jemand Basketballfan. Welche Mannschaften magst du am liebsten?«

»Bei den Frauenteams die Las Vegas Aces und die Washington Mystics. In der NBA die Pelicans, aber auch die Hawks. Es ist ein bisschen schwer, nur eine Lieblingsmannschaft zu haben, weil …«

Weil Dad und ich so viel umgezogen sind, weil wir auf der Flucht waren, weil er mich entführt hat. Mein Dad hat mich entführt.

Meine Augen brennen. Ich bin mit meinem Albtraum vorhin besser klargekommen als damit.

Zoe setzt sich neben mich. Ich warte darauf, dass sie mir sagt, dass alles gut wird, oder dass sie mich ermuntert, ihr zu sagen, wie ich mich fühle. Erwachsene reden doch total gern über Gefühle. Aber sie macht nichts davon. Sie streicht nur durch meine Haare. Ich weiß nicht, ob es von der Berührung ihrer Fingernägel auf meiner Kopfhaut kommt, aber plötzlich ist mir nicht mehr zum Weinen zumute.

Ich sehe sie an. »Wendest du gerade die Gabe bei mir an?«

»Nur wenn es ein Teil der Gabe ist, eine Mom zu sein. Das hat immer funktioniert, als du noch klein warst. Wenn du aufgebracht warst, bin ich mit den Fingerspitzen durch deine Haare gefahren. Da hast du dich jedes Mal beruhigt.«

»Daran erinnerst du dich noch?«

»Ich erinnere mich an alles. Erinnerungen waren ja das Einzige, was ich noch hatte.«

Ich weiß nicht, was ich sagen soll. Es ist seltsam, so sehr von jemandem geliebt zu werden, den ich gar nicht kenne.

Irgendwie würde ich gern mehr über sie erfahren. Als ich noch dachte, sie hätte mich nicht haben wollen, war es mir egal, ob wir uns ähnlich sehen. Jetzt fallen mir Sachen ein, die ich mache, Dad aber nicht, Zeug, das ich mag und er nicht. Ich frage mich, ob das von ihr kommt. »Kann ich dir ein paar Fragen stellen?«

»Natürlich«, sagt sie und dreht sich ganz zu mir. »Schieß los, *Pumpkin.*«

»Erstens, warum nennst du mich Kürbis?«

»Das ist leicht beantwortet«, sagt sie und strahlt übers ganze Gesicht. »Du warst als Baby ein kleines Pummelchen. Du hattest diese rundlichen Wangen, auf die ich dich am liebsten den ganzen Tag lang geküsst hätte. Da fand ich es nur passend, dich meinen kleinen Kürbis zu nennen.«

Ich grinse. Das fühlt sich an, als hätte sie mich umarmt, ohne mich zu berühren. »Magst du Basketball? Dad ist nicht so wild darauf wie ich. Er mag eher Football.«

»Ob ich Basketball mag? Als Jugendliche habe ich kein einziges

Spiel der WNBA und der NBA verpasst. Ich wollte immer herausfinden, welche Spieler Ungewöhnliche waren, ohne es selbst zu wissen. Wahrscheinlich steigere ich mich manchmal ein bisschen zu sehr in ein Spiel rein. Das bleibt jetzt unter uns, aber ein paarmal bin ich bei Spielen der RBA fast rausgeflogen.«

»Was ist denn die RBA?«

»Die *Remarkable Baseball Association*, die Baseball-Liga der Ungewöhnlichen. Darin spielen hauptsächlich Riesen und Halbriesen.«

»Was? Und wie sieht dann der Ball aus?«

»Der ist so groß wie ein Felsklotz. Die ganze Arena erzittert, wenn jemand dunkt. Ich habe Saisonkarten am Spielfeldrand für die Spiele der Vipers. Sie sind Titel-Favoriten. Sobald du dich ein bisschen eingewöhnt hast, können wir uns mal ein paar Spiele ansehen.«

»Wo denn eingewöhnt?«

»Oh«, sagt sie und wirkt überrascht. »Hast du nicht … Baby, du wirst ab jetzt bei mir und Alex leben. Wir reisen morgen nach Uhuru.«

Ich richte mich kerzengerade auf. »Was?«

»Ich weiß, das kommt plötzlich, aber Uhuru ist deine Heimat. Du hast dort eine ganze Familie, die dich liebt und vermisst.«

Trotzdem ist es ein weiterer Ort, wo ich »die Neue« sein werde. Wieder einmal. »Ich will nicht umziehen.«

»Ich weiß.«

»Ich mag Jackson. Ich muss hierbleiben.« Das fühle ich ganz tief in meinem Inneren. So, als wäre Jackson ein Teil von mir. Von hier wegzugehen, das käme mir vor, als würde ich ein Stück von mir zurücklassen.

»Alexis …«

»Ich bin nicht Alexis. Ich heiße Nichole!«

Sie blinzelt rasch. »Tut mir leid. *Nichole.* Du kannst hier nicht bleiben, Baby. Du gehörst nach Uhuru. Ungewöhnliche sollten nicht unter Gewöhnlichen leben.«

»Exilanten machen das aber«, sage ich und denke an Ms. Lena und all die Gäste in ihrer Kneipe.

»Das stimmt, aber was für ein Leben ist das denn, wenn du geheimhalten musst, wer du wirklich bist? Ganz zu schweigen von den Horrorgeschichten, die ich über Gewöhnliche gehört habe. Dass sie in den Schulen Kinder umbringen, Frauen in ihren Betten töten, während sie schlafen, und Männer beseitigen, indem sie sich auf der Straße auf ihren Hals knien. Zu wissen, dass Calvin dich an so einen Ort gebracht hat …« Sie schließt die Augen und schüttelt den Kopf. »Du hast Besseres verdient.«

Sie klingt, als gäbe es eine Welt, in der solche Sachen nicht passieren, was mir unmöglich erscheint. »Ist es in Uhuru denn anders?«

Zoe lächelt traurig. »Ich finde es fürchterlich, dass du mich das fragen musst. Solche Vorfälle sollten nicht als normal gelten, Baby. Mir ist egal, wie oft sie passieren. Sie sollten *nicht* Normalität sein.« Sie legt die Hände an meine Wangen. »In Uhuru wirst du in Sicherheit sein. Du wirst frei sein. Und geliebt werden. Das verdienst du. Du und Alex und ich, wir werden ein wunderbares Leben miteinander haben.«

Ich, Alex und sie. »Was ist mit Dad?«

»Was soll mit ihm sein?«

»Was wird mit ihm passieren?«

»Das muss die L.O.R.E. entscheiden.«

»Aber, Zoe …«

»*Mom*«, unterbricht sie mich.

Stille.

Anscheinend wissen wir beide nicht, wie wir uns gegenseitig ansprechen sollen.

Cocoa springt aufs Bett und schmiegt sich an meine Beine. Ich glaube, sie will mir zu verstehen geben, dass sie mal rausmuss. Hundekacke einzusammeln erscheint mir deutlich angenehmer als diese Situation. »Ich muss mit ihr eine Runde drehen.«

»Mach das.«

Wieder verlegenes Schweigen. Zoe sieht aus, als wollte sie gehen, doch dann bleibt sie stehen und schaut mich noch mal an. Ich rechne damit, dass sie etwas sagt, aber das tut sie nicht. Stattdessen verlässt sie das Zimmer.

Meine Gefühle sind das reinste Chaos. Ich weiß nicht, welches das richtige Gefühl ist oder ob es das überhaupt gibt. Also schlüpfe ich in einen Hoodie und ein Paar Shorts, bevor ich mir Cocoa und ihre Leine schnappe.

Als ich die Treppe runterkomme, treffe ich dort auf meinen Dad. Na toll.

Er ist immer noch mit den Seilen aus Licht an seinen Stuhl gefesselt. Eine Schüssel und ein Löffel schweben vor ihm. Der Löffel versucht, ihn zu füttern, aber als Dad mich sieht, dreht er den Kopf vom Essen weg.

»Nic Nac, hey«, sagt er.

»Hi.«

»Hast du einigermaßen gut geschlafen?«

Nein, ich musste mich mit einem Albtraum rumschlagen, in dem ihr mit mir Tauziehen gespielt habt. Aber das sage ich nicht. »Nicht wirklich.«

»Das war eine dumme Frage. Es tut mir so leid, Baby Girl. Ehrlich.«

Immer wenn ich mich entschuldige, sagt Dad zu mir, ich soll erklären, was ich getan habe und warum. Er meint, sonst wäre es bloß eine leere Entschuldigung. Das sollte für ihn auch gelten. »Warum hast du das getan?«

»Ich kann es dir nicht sagen. Du musst mir vertrauen, Nic Nac. Eines Tages wirst du verstehen ...«

»Ich werde nie verstehen, warum du mich meiner Mom weggenommen hast!«, schreie ich. Dad zuckt zusammen, als hätte ich ihn geschlagen. »Du hast mich glauben lassen, dass sie nicht für mich da sein wollte.«

»Baby Girl, es tut mir leid. Ich weiß, das reicht nicht, aber bitte ...«

Ich stürme mit Cocoa aus dem Haus, weil ich keine weiteren leeren Entschuldigungen mehr hören will.

Heute Morgen steht keine einzige Wolke am Himmel. Vögel zwitschern fröhlich, und goldene Sonnenstrahlen bringen Tautropfen zum Glitzern. Ein so schrecklicher Tag sollte nicht wunderschön sein.

Ich lasse Cocoa die Richtung bestimmen. Im Zickzack läuft sie von einem Vorgarten zum nächsten, schnüffelt und markiert ihr

Territorium. Ich wünschte, auch meine einzige Sorge wäre, ob ein Grasbüschel es verdient, dass ich draufpiesle.

Zoe möchte, dass ich sie Mom nenne, aber es käme mir seltsam vor, eine fremde Person so zu nennen. Dad will, dass ich ihm vertraue, aber wie kann ich das? Jetzt verstehe ich, warum ich geträumt habe, dass sie mit mir Tauziehen spielen.

»Warte mal!«, ruft jemand. Ich drehe mich um und sehe Alex den Gehweg entlang auf mich zujoggen. Als er mich eingeholt hat, meint er: »Mom hat mich losgeschickt, um dich zu begleiten. Sie möchte nicht, dass du allein bist.«

Und wer fragt, was ich möchte? Ich will allein sein. »Du musst nicht mitkommen.«

Oder mit anderen Worten: Bitte lass mich in Ruhe. Doch Alex versteht den Wink nicht. »Ich komme gerne mit. Ich bin schon total neugierig darauf, Gewöhnliche aus der Nähe zu sehen.«

Ich bin kurz davor, ihm zu sagen, dass sie nicht so spannend sind. Das, was von ihren Sachen der Gabe noch am nächsten kommt, sind frittierte Jahrmarktsleckereien. Aber ich will ihm den Spaß nicht verderben. »Wenn du meinst.«

Wir folgen Cocoa den Gehweg entlang. Ich weiß echt nicht, worüber ich mit Alex reden soll. Vor 24 Stunden wusste ich noch nicht mal, dass es ihn gibt. Und er ist nicht nur mein Bruder, sondern mein Zwilling.

Was sagt man da? »Schön, nicht mehr im Bauch zu sein, was?« Oder: »Magst du eigentlich noch Milch?« Ich kann peinlich sein, aber so peinlich dann auch wieder nicht.

»Also, wie soll ich dich nennen?«, fragt Alex. »Ich hab dich mein ganzes Leben lang als Alexis gekannt. Ist dir Nichole lieber oder Nic?«

»Nic passt.«

»Cool.«

Ein Auto fährt vorbei, und Alex tippt an seine Brille. Die Gläser sind holografisch und sie geben ein Geräusch von sich wie eine Kamera beim Fotografieren. Eine G-Brille. Auch so ein Giftech-Ding, von dem ich schon gehört, das ich aber noch nie gesehen habe. Man kann sie als Sehhilfe benutzen oder auch nur als modisches Tech-Spielzeug.

»Wow, die Autos bleiben am Boden«, sagt Alex. »Sind die Behausungen der Gewöhnlichen auch alle am Boden?«

»Wo sollen sie denn sonst sein?«

»Am Himmel, unter Wasser, in Bäumen«, sagt Alex, als wäre das selbstverständlich. »Oder unterirdisch wie in N'okpuru. Obwohl ich vermute, dass Gewöhnliche gar nicht die hoch entwickelte Technologie haben, die es für solche Lebensräume braucht – wenn ich mir die einfache Umgebung hier so anschaue. Was für Zahlungsmittel benutzen sie? Gibt es noch Bargeld, oder ist alles schon vollelektronisch?«

Er klingt wie ein vierzigjähriger Professor im Körper eines Zwölfjährigen. »Sie benutzen beides.«

»Faszinierend. Die L.O.R.E. hat schon vor Jahrzehnten auf elektronische Währung umgestellt. Ich kann mir die unzähligen Bakterien und Krankheiten, die man mit Bargeld überträgt, nicht mal vorstellen.«

Ich dagegen küsse jeden Dollar, den ich finde. Noch nie habe ich mich so anders wie ein anderes Kind gefühlt. »Jaaaa. Bakterien. Gruselig.«

Alex tippt wieder an seine G-Brille. »Meine Lehrer werden meinen Aufsatz über die Gewöhnlichen lieben.«

»Hast du nicht schon Sommerferien?«

»Hab ich, aber es ist nie zu früh, um sich auf das nächste Schuljahr vorzubereiten. Für einen Bericht über Gewöhnliche in ihrer natürlichen Umgebung kriege ich garantiert eine Eins.«

»Bei dir klingt das, als wären sie Zootiere.«

»Wenn man sie mit Grootslangs vergleicht, sind Gewöhnliche viel spannender.«

»Groot-was?«

»Sie sind halb Elefant, halb Anakonda«, sagt er in einem Ton, als sollte ich das wissen. »Haben Gewöhnliche die nicht in ihren Zoos?«

»Nein! Da gibt es nur normale Elefanten und Schlangen.«

»Oje. Was ist mit Drachen?«

Vor Staunen steht mir der Mund offen. »Ihr habt Drachen bei euch im Zoo?«

»Genau genommen nicht in Zoos, sondern auf Farmen. Im Kindergarten haben wir die Farm mit den Babydrachen besucht und durften auf ihnen reiten.«

Soll das heißen, während ich im Streichelzoo Zwergziegen gefüttert habe, hätte ich auf Drachen reiten können? »Ich hab mir immer einen Drachen gewünscht«, sage ich.

»Warum? Wenn die nicht richtig ausgebildet sind, machen sie superviel kaputt.«

»Ich würde ihn darauf trainieren, meine Feinde anzugreifen.«

»Hast du Feinde?«, fragt er.

»Noch nicht, aber für den Fall, dass sich das ändert: Drache.«

»Interessant«, sagt er, als würde ihm das alles über mich verraten, was er wissen muss. Ich bin mir nicht sicher, ob mir das gefällt. »Meinst du nicht, wir sollten zurückgehen? Wir sind schon viel zu weit weg. So ohne erwachsene Begleitung.«

»Bro, wir sind gerade einmal um die Ecke gebogen.«

»Ohne Bodyguard ist das schon zu weit.«

»Du hast einen *Bodyguard*?«

»Na klar. Mom wurde eines ihrer Kinder von diesem Kriminellen entführt.« Als er »Kriminellen« sagt, zucke ich zusammen. »Sie wollte nicht riskieren, dass das noch mal passiert. Außerdem ist Grandma die Präsidentin …«

»Präsidentin von was?«, frage ich.

»Oh boy Du Bois! Hat er's dir nicht gesagt? Moms Mom ist die Präsidentin der L.O.R.E.«

What? »Echt jetzt?«

»Ja! Warum glaubst du denn, war deine Entführung so eine große Sache? Klar, jede Entführung wäre eine große Sache, aber deine war eine Riesen-Riesen-Sache. Du wurdest in der Nacht entführt, als sie die Wahl gewann.«

Ich höre zwar, was er sagt, aber mein Verstand kann es nicht verarbeiten. »Wirklich?«

Alex tippt ein paarmal an seine Brille, und schon schwebt zwischen uns das Mini-Hologramm eines Manifestors, der Nachrichtensprecher zu sein scheint.

»Was als Siegesfeier begann, endete in einer Tragödie«, sagt der

Mann. »Während gestern Abend die neu gewählte Präsidentin Natalie DuForte mit Familie und Freunden ihren Sieg feierte, wurde ihre zweijährige Enkelin Alexis Blake anscheinend von ihrem Vater Calvin Blake entführt. Unsere Reporterin Donna Lazer von LWTV weiß mehr.«

Das Hologramm verwandelt sich und wird zu einer Manifestorin vor einer Villa. »Das ist richtig, Adam«, sagt sie. »Offiziellen Angaben zufolge fand Zoe DuForte die Babysitterin von einem K. O.-Juju bewusstlos vor, als sie von der Feier ihrer Mutter nach Hause zurückkehrte. Im Zimmer ihrer Zwillinge befand sich ihr Sohn Alexander. Er war unverletzt, doch ihre Tochter Alexis war verschwunden. Mehrere Zeugen haben Calvin Blake mit dem Kleinkind das Haus verlassen gesehen. Wir konnten in Erfahrung bringen, dass die kürzlich geschiedenen Eheleute Ms. DuForte und Mr. Blake einen hässlichen Sorgerechtsstreit hinter sich haben, der mit der Entführung heute Abend einen vorläufigen Höhepunkt erreicht haben dürfte. Obwohl die Wachtruppe seine Verfolgung aufnahm, gelang es Blake, aus Uhuru zu fliehen. Vorhin konnte ich mit der verzweifelten Mutter sprechen.«

Das Hologramm verwandelt sich in Zoe. Sie ist zwar jünger, sieht wegen der dunklen Ringe unter ihren verweinten Augen aber älter aus als jetzt.

»Ich will nur mein Baby zurück.« Sie weint. »Bitte, Calvin, bring sie zurück.«

Ich spüre einen Kloß im Hals. Das ist schon heftig.

Alex tippt erneut an seine Brille, und ein Plakat erscheint zwischen uns. Auf der einen Hälfte sieht man ein lächelndes Kleinkind, auf der anderen eine Zeichnung, die große Ähnlichkeit mit meinem jetzigen Aussehen hat. Darüber steht: »Vermisstes Kind: Alexis Nichole Blake, Enkelin von Präsidentin Natalie DuForte. Belohnung: 5 Millionen Ben-E. Sollten Sie sie sehen, verständigen Sie sofort die L.O.R.E.«

Das Bild verblasst und verwandelt sich in einen Steckbrief zu meinem Dad. Er sieht darauf jünger aus, hat kurze Haare und glatt rasierte Wangen. Außerdem trägt er eine Brille. Auf seine Ergreifung sind auch 5 Millionen Ben-E ausgesetzt.

»Die findet man überall im G-Net«, sagt Alex. »Es gibt auch jedes Jahr eine Sondersendung im Fernsehen. Zum Jahrestag deines Verschwindens.«

Ich hocke mich auf den Bordstein. Eine Grandma, die Präsidentin ist, Millionen als Belohnung, Sondersendungen. Anscheinend war nichts in meinem bisherigen Leben die Wahrheit.

Alex schaltet das Hologramm aus und setzt sich neben mich. »Tut mir leid, wenn ich dich damit überfordert habe.«

»Du bist nicht der Erste«, murmele ich, während Cocoa ihren Kopf in meinen Schoß legt. Ich kraule ihr den Rücken. »Bis gestern wusste ich überhaupt nichts.«

»Hat unser Vater dir nicht mal von mir erzählt?«

»Nein«, sage ich und fühle mich mies dabei. Es ist zwar nicht meine Schuld, aber es ist bestimmt nicht leicht, zu erfahren, dass dein Dad nicht über dich gesprochen hat.

»Oh«, sagt er nur. Ich fühle mich noch schlechter. »Ich wusste immer von dir. An Feiertagen hat Mom jedes Mal einen Teller am Tisch für dich mitgedeckt. Und zu Weihnachten und an unserem

Geburtstag hatte sie auch Geschenke, auf denen dein Name stand. Sie hat versucht, ihre Traurigkeit vor mir zu verstecken, aber ich wusste immer, dass sie um dich weint, wenn sie in ihr Zimmer verschwand.«

»Ist das oft passiert?«

»Öfter als mir lieb war. Ich hab mir gewünscht, dass sie fröhlich ist, aber das war sie nie wirklich … weil du gefehlt hast.«

So habe ich mir das nie vorgestellt. Ehrlich gesagt hat ein Teil von mir meine Mom sogar gehasst, weil sie nicht da war. Sie hatte mich nicht bei sich haben wollen? Na schön, dann brauchte ich sie auch nicht. Ihre Schuld, wenn sie alles verpasste.

Jetzt zu erfahren, dass sie um mich geweint hat … Das fühlt sich an, als hätte Alex meine Gefühle in einen Mixer geworfen und sie dann auf der höchsten Stufe püriert.

»Ich bin froh, dass es jetzt vorbei ist. Ihretwegen«, sagt er. »Ich bin mir sicher, dass Grandma schon eine große Feier zu deiner Rückkehr plant. Eine Parade. Eine Party. Vielleicht führt sie sogar einen Feiertag ein.« Er verdreht die Augen. »Ich dagegen kann perfekte Noten schreiben und alles, was ich kriege, ist ein bisschen mehr Taschengeld.«

Er klingt nicht so, als würde er sich besonders darüber freuen, dass sie mich gefunden haben. Vielleicht hätte ich mir einen Bruder wünschen sollen, der auch eine Schwester will, und nicht nur einfach einen Bruder. »Sorry? Glaub mir, auf die Aufmerksamkeit könnte ich verzichten.«

Irgendwas am Himmel lenkt ihn ab. »Mach dich besser schon mal drauf gefasst. Da kommt die L.O.R.E.«

Ich schaue in die gleiche Richtung wie er. »Wo? Ich sehe nichts.«

Er nimmt das Ding von seinem Ohr, das wie ein kabelloser Kopfhörer aussieht. Sofort verschwindet seine holografische Brille. Er gibt mir das Ding.

Ich befestige es an meinem Ohr. Schon erscheint die G-Brille vor meinen Augen. Icons schweben um mich herum. Als würde ich mich in einem Handybildschirm befinden. Manche Icons stehen für normales Zeug wie Notizen oder Kamera. Andere heißen *1001 Mojos* oder *Tonic Direct*. Das Icon *Röntgen-Modus* blinkt grün. Ich betrachte die Bäume und Häuser und kann durch sie hindurchsehen. Als ich Alex anblicke, schaue ich auf seine Knochen. Dann richte ich meine Augen nach oben.

Ein goldfarbenes V-förmiges Flugobjekt rast über den Himmel. Dem Aussehen nach könnte es ein Raumschiff sein, der Geschwindigkeit nach eine Rakete. Ich bin es gewohnt, Fluglärm zu hören, aber dieses Ding bewegt sich geräuschlos. An sein Heck ist eine rot-schwarz-grüne Flagge gemalt, in deren Mitte ein goldener Löwe prangt. Auf dem Rumpf steht »Wachtruppe«.

»Was ist die Wachtruppe?«, frage ich Alex.

»Die Polizei der L.O.R.E. Die kommt, um unseren Vater zu verhaften.«

7

Die Wachtruppe

Ich kann gar nicht schnell genug nach Hause laufen.

Cocoa und ich stürmen den Gehweg hinunter. Ohne Alex' G-Brille kann ich den L.O.R.E.-Jet nicht sehen, aber ich wette, dass er inzwischen schon bei mir zu Hause ist. Vielleicht verhaften sie Dad genau in diesem Moment.

Alex ist nicht weit hinter mir. »Was machst du denn?«

Keine Ahnung, aber ich renne einfach.

Weit komme ich allerdings nicht. Schon als ich noch einen Block von unserem Haus entfernt bin, sehe ich ein Dutzend Manifestoren mit golden glänzenden Masken und in weißen Lederanzügen unser Haus stürmen.

Alex hat mich eingeholt. »Du kannst absolut nichts tun.«

Wahrscheinlich hat er recht, aber ich kann doch nicht einfach nur dastehen. »Ich muss mich von hinten reinschleichen.«

»Was?«, fragt Alex, aber da bin ich mit Cocoa schon weitergerannt.

Ich sprinte durch die Einfahrt von Mr. und Mrs. Green, weiter durch das Tor in den Garten hinter ihrem Haus. Die Greens sind ein wirklich nettes Paar. Sie verschenken zu besonderen Anlässen Kekse an alle in der Nachbarschaft. Es wird ihnen bestimmt nichts ausmachen, dass ich durch ihren Garten renne und mit meinem Höllenhundwelpen und meinem Bruder über ihren Zaun klettere.

Mr. Ingram, der neben ihnen wohnt, wird es dagegen vermutlich nicht gefallen, dass ich durch seinen Garten sprinte und seine alte Bulldogge aufrege. Die knurrt und bellt Cocoa durch ein Fenster an. Ich schnappe mir Cocoa und klettere mit ihr über den nächsten Zaun weiter zu den McCollums, bevor Mr. Ingram nachsehen kommt, was da los ist.

»Das ist widerrechtliches Betreten eines fremden Grundstücks!«, keucht Alex auf dem Weg durch den Garten der McCollums.

»Nur, wenn wir erwischt werden.«

»So funktionieren Gesetze nicht!«

Heute schon. Jetzt klettern wir in JPs Garten. Weil Sonntag ist, sind er und seine Eltern noch in der Kirche und werden die nächsten Stunden nicht nach Hause kommen. Pastor Williams predigt lange. Nachdem ich ihren Garten durchquert habe, klettere ich in unseren.

Außer Atem lässt Alex sich hinter mir auf die andere Seite des Zauns plumpsen. »So früh wollte ich heute eigentlich nicht ins Schwitzen kommen. Und jetzt?«

»Ich muss wissen, was da drinnen los ist.«

»Dafür hab ich eine Lösung.«

Alex kriecht auf unser Haus zu, ich folge ihm. Schließlich kauern wir, die Rücken an der Wand, unter dem Küchenfenster.

Alex tippt an das Gestell seiner G-Brille. »Geteiltes Bild«, sagt er.

Ich schreie leise auf, als der Garten verschwindet und wir uns plötzlich auf dem Fußboden in der Küche befinden.

»Vierdimensionale holografische Projektion«, erklärt Alex. »Körperlich sind wir draußen, aber damit können wir beobachten, was im Haus passiert. Und keine Sorge, die können uns nicht sehen.«

»Die«, das sind ein Dutzend Wachen, die sich in meinem Haus zu schaffen machen. Die Onyx-Markierungen auf ihren Masken stellen verschiedene Tiere und andere Geschöpfe dar. Jede davon ist einzigartig. Zwei Wachen stehen neben Dad, Zoe und Uncle Ty, die mit Seilen aus Licht an Stühle gefesselt sind.

Alex runzelt die Stirn. »Warum ist Mom gefesselt?«

Um Dad sind mehr Seile geschlungen als um die anderen beiden. Ein Teil von mir ruft: »Ja! Bestraft ihn!«. Doch der Teil, der diesen Kerl mit seinem albernen Tanzstil liebt, kann es kaum ertragen, ihn so zu sehen.

Eine kleine, schlanke Frau mit brauner Haut, die einen goldfarbenen Jumpsuit trägt, marschiert vor ihnen auf und ab. In ihrem Dutt aus naturschwarzem Haar glitzern Spuren von Gold.

»Das ist Generalin Sharpe, die den Befehl über die Wachtruppe hat«, flüstert Alex. »Sie ist mit unseren Eltern und Mr. Porter zur Schule gegangen. Hab gehört, sie soll damals eine Petze gewesen sein. Heutzutage gibt es kaum noch Ungewöhnliche, die keine Angst vor ihr haben.«

»Althea«, sagt Zoe, »würdest du bitte mal erklären, warum deine Leute *mich* gefesselt haben?«

»Es heißt Generalin Sharpe, nicht Althea, und wir sind hier nicht mehr an der Douglass Academy, *Ms. DuForte*. Dass du mächtige Eltern hast, bedeutet nicht mehr, dass du über dem Gesetz stehst.« Verächtlich starrt sie Uncle Ty an. »Und das gilt auch für den Nicht-ganz-so-Auserwählten.«

Uncle Ty beißt grimmig die Zähne zusammen, als ein paar der Wachen kichern. Was meint sie wohl damit?

»Tyran hat mehr als jeder und jede andere von uns dafür getan, Roho zu stoppen!«, sagt Zoe.

»Red dir das ruhig ein.« Generalin Sharpe macht einen Schritt auf Dad zu. Sie packt ihn am Kinn, wobei ihre langen goldfarben lackierten Nägel sich in seine Haut bohren. »Calvin Blake, ich habe Jahre darauf gewartet, das zu sagen: Du bist verhaftet wegen Entführung und des Diebstahls …«

Eine Wache räuspert sich.

»Des *Verdachts*, die Msaidizi gestohlen zu haben«, sagt Generalin Sharpe. »Du wirst nach Uhuru gebracht und vor dem Ältestenrat angeklagt. Hast du irgendwas dazu zu sagen?«

Ich wünsche mir, dass er sich für seine Tat entschuldigt, irgendeine Erklärung liefert, aber er senkt nur den Kopf.

»Das hab ich mir gedacht«, sagt Generalin Sharpe selbstgefällig. Dann sieht sie Zoe und Uncle Ty an. »Und nun zu euch beiden. Ihr habt es unterlassen, die L.O.R.E. in dem Moment über den Verbleib von Calvin Blake zu informieren, als ihr ihn gefunden habt. Auch ihr werdet euch vor dem Rat verantworten müssen.«

»Was?«, piepst Alex.

Generalin Sharpe dreht den Kopf ruckartig Richtung Küchenfenster. »Was war das?«

Ich presse meine Hand auf Alex' Mund. Bitte lass die Wachen nicht draußen nachsehen …

Dad schaut ebenfalls in unsere Richtung, und seine Augen werden eine Spur größer. Kann doch nicht sein, dass er uns sieht, oder?

Er blickt Generalin Sharpe an. »Wow, Althea. Leise Geräusche machen dich schon nervös? Schätze, du bist noch derselbe Angsthase wie früher.«

Ihre Nasenflügel beben. »Zu schade, dass du und deine Freunde nicht die ›Helden‹ seid, für die alle euch gehalten haben. Tja, alle außer mir. Ich wusste schon immer, dass ihr drei zu nichts taugt.«

Eine Wache mit Tigermaske kommt auf sie zu. »Madam? Es gibt keine Spur von der Msaidizi oder den Zwillingen. Wir haben alles abgesucht.«

Das müssen sie gemacht haben, bevor wir zurückgekommen sind.

Generalin Sharpe hebt amüsiert eine Augenbraue. »Oh? Das hätte ich mir denken können. Bin mir sicher, dass diese drei Niederträchtigen hier die Kinder mit der Waffe weggeschickt haben. Alles nur, um euer Ziel zu erreichen, stimmt's?«

»Was? Nein!«, sagt Zoe.

»Warum sollten wir das machen?«, fragt Dad. »Warum sollte *ich* die Msaidizi genommen haben?«

»Vielleicht wolltest du sie für dich«, sagt Sharpe. »Oder du wolltest sie verkaufen. Ich wette, die anderen beiden hier haben dir irgendwie geholfen. Ich habe dazu verschiedene Theorien. Aber es bleibt eine Tatsache, dass sie in derselben Nacht aus Uhuru verschwunden ist wie du. Und das ist mehr als ein Zufall.«

»Schau, Althea, Cal hat die Msaidizi nicht gestohlen«, sagt Uncle Ty. »Ich glaube, ich weiß, was passiert ist. Wenn du mich freilässt, kann ich mich auf die Suche …«

»Ha! Ich wäre die Lachnummer der L.O.R.E., wenn ich *dich* die Msaidizi suchen lassen würde.«

»Du verstehst es nicht! Bitte …«

Generalin Sharpe macht eine Handbewegung, als würde sie einen Reißverschluss zuziehen, und schon pressen sich Uncle Tys Lippen fest aufeinander. »Schon besser. Lasst uns ins Raumschiff zurückkehren und Suchtrupps bilden. Diese Zwillinge können noch nicht weit sein. Wo auch immer sie sich aufhalten – dort ist auch die Msaidizi. Jede Wette.«

Zoe versucht, sich zu befreien. »Rührt meine Kinder nicht an!«

Generalin Sharpe verschließt auch ihr den Mund. Dann hebt sie die Hand, und meine Eltern und Uncle Ty heben von ihren Stühlen ab.

Die Generalin marschiert zur Haustür, und die drei schweben hinter ihr her, gefolgt von den Wachen.

Dad wirft einen Blick zurück in Richtung des Küchenfensters, und es scheint, als würde er Alex und mich direkt ansehen. Mit den Lippen formt er stumm zwei Worte: *»Findet sie.«*

Keine zwei Minuten nachdem die Wachtruppe mit unseren Eltern und Uncle Ty verschwunden ist, verliert Alex die Nerven.

»Wir sind Flüchtlinge!«, jammert er an unserem Küchentisch.

Ich sitze wie benommen da. Nie hätte ich gedacht, dass Dad ein gesuchter Krimineller wäre oder meine Mom, die ich gerade erst kennengelernt habe, verhaftet würde. Kaum zu glauben, dass das mein Leben ist.

Und das ist alles nur Dads Schuld. Beziehungsweise die Schuld von dem Fremden, der sich mein Dad nennt. Denn der, den ich als Dad kannte, war nicht echt.

Nach fünf Minuten reiße ich mich zusammen und fordere Alex auf, unsere Grandma anzurufen. Sie ist verdammt noch mal die Präsidentin, da muss sie doch irgendwas tun können. Aber Alex sagt, die Wachen würden den Anruf vielleicht abhören. Ich hole meinen G-Stift heraus und schlage vor, den zu benutzen.

»Geht nicht. Damit können sie unseren Aufenthaltsort rauskriegen. So wie Mom dich gefunden hat«, erklärt Alex. Das verstehe ich. Doch dann schlägt er vor: »Wir sollten die Polizei der Gewöhnlichen einschalten.«

Ich sehe ihn an, als wäre ihm ein zweiter Kopf gewachsen. »Warum um alles in der Welt sollten wir das machen?«

»Weil wir Minderjährige ohne eine erwachsene Aufsichtsperson sind. Können die uns kein Essen bringen und uns jemanden schicken, der für Unterhaltung sorgt, bis Mom zurückkommt? Das würde die Wachtruppe machen, wenn wir nicht als flüchtig gelten würden.«

»Nein! Willst du ernsthaft Gewöhnlichen erzählen, dass unsere Eltern von einer geheimen Polizeieinheit verhaftet worden sind, weil sie angeblich eine mächtige Waffe gestohlen haben? Und dass alle in einem unsichtbaren Jet davongeflogen sind?«

»Da hast du recht«, gibt Alex zu. »Also warten wir auf Mom. Die werden sie nicht lange festhalten. Und sie wird uns holen kommen, sobald sie wieder frei ist.«

Nach dreißig Minuten lässt Zoe sich allerdings noch nicht blicken.

Nach 45 Minuten: Nichts.

Nach einer Stunde beschleicht mich der beängstigende Gedanke, dass die Wachen zurückkehren könnten. Ich komme zu dem Schluss, dass wir hier wegmüssen. Also renne ich nach oben und stopfe ein paar wichtige Sachen, unter anderem auch den Beutel von *Miss Peachy*, den ich zum Geburtstag geschenkt bekommen habe, in meinen Rucksack. Wer weiß, vielleicht nützt er uns. Dann erkläre ich Alex, dass wir verschwinden sollten, aber er hyperventiliert schon bei dem Gedanken, ohne erwachsene Begleitung irgendwohin zu gehen. Lieber würde er sich von den Wachen schnappen lassen, sagt er. So hatte ich mir das nicht vorgestellt, als ich mir einen Bruder gewünscht habe.

Inzwischen sind zwei Stunden vergangen, und wir können uns immer noch nicht darauf einigen, was zu tun ist.

Ich hocke mich auf den Boden und füttere Cocoa ein paar Hundekuchen. Alex trommelt nervös mit den Fingern auf den Küchentisch, die Augen auf die Haustür gerichtet. »Mom wird jeden Augenblick wieder da sein«, behauptet er.

Daran glaube ich schon seit einer Stunde nicht mehr. »Ich denke nicht, dass sie noch kommt, Alex.«

»Doch, das wird sie! Sie ist unschuldig! Sie hat das nicht verdient!« Er wendet schnell den Blick ab, aber nicht rasch genug, sodass ich die Tränen in seinen Augen sehe.

Ich gebe ihm ein Papiertuch. Ich darf jetzt nicht auch anfangen zu weinen. Denn sonst kann ich vielleicht nicht mehr aufhören.

Alex wischt sich mit dem Tuch übers Gesicht. »Danke.«

Einen Moment sagen wir nichts. So muss das sein, wenn man einen Zwilling hat. Dass man einander einfach so versteht.

»Ich kann nicht glauben, dass Generalin Sharpe denkt, Mom würde mit dem unter einer Decke stecken. Mit diesem gemeinen Schurken, diesem dreckigen …«

Uuund schon ist der Moment vorbei. »Hey, pass auf, was du sagst.«

»Du verteidigst ihn? Er hat dich dein ganzes Leben lang angelogen!«

Das weiß ich, aber er ist – ich kann nicht sagen, ein guter Typ, weil gute Typen nicht eins ihrer Kinder entführen und das andere im Stich lassen. Trotzdem habe ich … ihn immer noch lieb? Aber kenne ich ihn überhaupt? Ich würde gern Nein sagen, aber …

Tief in meinem Inneren versichert eine leise Stimme mir, dass Dad mich liebhat, dass ich ihm vertrauen soll und er mich aus einem guten Grund mitgenommen hat. Es ist dieselbe Stimme, die mir damals geraten hat, nach Jackson zu ziehen. Und jetzt erinnert sie mich daran, was Dad gesagt hat, bevor die Wachtruppe ihn verschleppte.

Er hat gesagt, ich soll sie finden.

»Als sie Dad mitgenommen haben, da schien es, als würde er uns ansehen, oder?«, frage ich Alex.

Er verzieht das Gesicht, als hätte er in eine Zitrone gebissen. »Das ist unmöglich und unlogisch. Er kann nicht durch Wände gucken.«

»Irgendwie hat er das aber getan, Alex. Und er hat uns gesagt, wir sollen sie finden. Meinte er die Ms…«

Cocoas Knurren unterbricht mich. Ich folge ihrem Blick, und die Tüte mit den Hundekuchen fällt mir aus der Hand.

Drei Männer tauchen im Garten hinter unserem Haus auf.

Alex sieht sie auch. »Versteck dich!«

Ich schnappe mir meinen Rucksack, und wir rennen in die Speisekammer. Cocoa beobachtet uns mit schräg gelegtem Kopf. Ich zische sie an, zu mir zu kommen, aber das macht sie erst, als ich ihr eine neue Packung Hundekuchen zeige.

Wir ziehen die Tür zur Speisekammer in dem Moment zu, als Glas splittert.

»Sieht aus, als wäre die Luft rein«, brummt eine tiefe Stimme. Knirschende Schritte auf Glasscherben. »Bist du dir sicher, dass die Wachen Blake geschnappt haben?«

»Absolut, Boss«, sagt eine höhere Stimme. »Mein Informant meinte, wir würden hier alle möglichen guten Sachen finden.«

Eine weitere, ruhigere Stimme meint: »Wer hätte gedacht, dass eine Wache Plünderern hilft?«

Ich habe schon von Plünderern gehört. Das sind Exilanten, die Ungewöhnlichen-Sachen klauen. Sie schrecken vor nichts zurück, um zu kriegen, was sie wollen, und das Letzte, was man selbst will, ist, ihnen zu begegnen … oder sich im selben Haus mit ihnen zu befinden.

»Snoop, du nimmst dir den Keller vor«, sagt die brummige Stimme. »Rock, nach oben. Ich seh mir als Erstes das Erdgeschoss an.«

Ich öffne die Tür einen Spaltbreit. Die Anweisungen gibt ein haariger Schwarzer Mann mit Locs und Ziegenbart. Sein graues Leuchten verrät mir, dass er ein Rougarou ist. Dazu passt auch sein Geruch nach nassem Hund. Igitt. Ein Mann mit brauner Haut und rotem Leuchten geht in den Keller – ein Vampir. Der dritte Mann hat tiefbraune Haut, ist dünn, trägt ein Durag-Kopftuch und leuchtet orangefarben. Anscheinend ein Gestaltwandler. Er geht nach oben.

Der Rougarou reißt unsere Küchenschränke auf und wirft Geschirr und Gläser raus. Alles zerspringt in tausend Scherben. Auch den Becher, den ich Dad zum Vatertag geschenkt habe, schmeißt er runter. So wie es klingt, verwüsten seine Kumpel auch den Keller und die obere Etage.

»Es tut mir leid, Nic«, flüstert Alex.

Ich balle die Hände zu Fäusten und wünsche mir, ich könnte raus und mich auf diese Kerle stürzen …

»Hey, Boss!«, ruft der Gestaltwandler. »Ich hab hier oben was Interessantes gefunden.«

»Na hoffentlich«, brummt der Rougarou und trampelt die Treppe rauf.

»Wir müssen verschwinden«, zische ich Alex zu und stecke Cocoa in den Rucksack, sodass nur ihr Kopf oben herausschaut. »Wir sollten nicht im Haus sein, solange die hier sind.«

»Nein!«, flüstert Alex aufgebracht. »Wir warten, bis sie verschwinden. Mom …«

»Sie kommt nicht, Alex! Diese Typen sind gefährlich. Wir müssen verschwinden. Jetzt.« Als er darauf nicht antwortet, sage ich: »Ich weiß, dass wir uns praktisch nicht kennen, aber du musst mir vertrauen. Bitte!«

Ich kann beinahe hören, wie es in seinem Kopf rattert, und sehen, wie er sich entscheidet, mir eine Chance zu geben.

Alex öffnet vorsichtig die Tür der Speisekammer.

Ich werfe mir den Rucksack über die Schulter. Gerade als wir nach draußen laufen wollen, kommt JP in den Garten spaziert. Er trägt ein rotes T-Shirt mit dem Aufdruck »Ferienbibelcamp« und eine Bauchtasche.

»Hey, Nic!«, ruft er laut. Da entdeckt er Alex. »Hi, Junge, den ich nicht kenne. Ich wollte mich nur verabschieden, bevor ich zu meinem Campingausflug aufbreche.«

Mist, Mist, Mist! Alex und ich fuchteln wie wild mit den Armen, um ihn zum Schweigen zu bringen.

»Was denn?«, ruft JP noch lauter. »Alles okay bei euch?«

Schon kommt der Rougarou die Treppe runtergestürmt und erblickt uns. »Hey!«

Alex und ich stürzen durch die Hintertür. Ich packe JP bei der Hand, und wir rennen zu dritt los.

Leider sind Rougarous sehr schnell. Ich meine, so schnell wie Leichtathletik-Stars. Wir rasen den Gehweg entlang, und obwohl wir einen kleinen Vorsprung hatten, knurrt der Rougarou schon ein paar Schritte hinter uns. Er schnappt nach uns, und sein Gestank nach nassem Hund lässt meine Augen tränen. Sein Kumpel, der Gestaltwandler, versucht auch, uns einzuholen, und hält dabei seltsamerweise sein Handy in die Höhe. Cocoa verbellt sie aus meinem Rucksack und stößt Rauchwolken aus.

Auf dem Gehweg rennen wir an Gewöhnlichen vorbei. Keine Ahnung, was sie sehen, aber niemanden scheint es zu kümmern, dass drei Kinder und ein Hundewelpe von einem Rougarou und einem Gestaltwandler gejagt werden.

Vor uns liegt nun eine Kreuzung mit viel Verkehr. Wir können da nicht anhalten. Zehn Sekunden würden dem Rougarou genügen, um uns einzuholen.

»In welche Richtung?«, keucht JP.

»Links«, rufe ich, »Rechts!«, schreit Alex.

»Leute! Wohin?«

»Links!«, wiederhole ich.

Und Alex ruft noch mal: »Rechts!«

»Leute!«, schimpft JP.

Der Rougarou kommt näher. Jeden Moment kann er über uns herfallen …

Da hält ein altes pinkfarbenes Cabrio mit quietschenden Reifen am Stoppschild. Hinterm Steuer erkenne ich ein bekanntes Gesicht.

»Steigt ein!«, sagt Ms. Lena.

Wo …? Wie …? Egal. Ich springe mit einem Satz in den Wagen, Alex und JP folgen mir. Ms. Lena tritt aufs Gas, sodass der Rougarou bald nur noch ein haariger Punkt in der Ferne ist.

8

JP sieht alles

Ms. Lena fährt uns zu ihrer Kneipe. Dort sitzen nur ein paar Gäste und die Aziza Ms. Sadie herum.

»Schließ die Türen ab«, befiehlt Ms. Lena ihr. »Und falls Plünderer auftauchen sollten, mach sie fertig.«

Ms. Sadie nickt. Ein paar Gäste starren JP an, weil er kein Leuchten besitzt. JP starrt genauso zurück.

»Das ist eine Fee!«, sagt er und zeigt auf Ms. Sadie. Die runzelt die Stirn. Man sollte sie *niemals* als Fee bezeichnen. »Redet sie da etwa gerade mit einem Werwolf?«

Ms. Lena scheucht ihn weiter. »Die korrekten Bezeichnungen sind Aziza und Rougarou. Weniger reden, mehr laufen, Junge.«

Sie bringt uns in ihr Büro, schließt die Tür und lässt uns auf dem ramponierten Sofa Platz nehmen, während sie zu ihrem Mini-Kühlschrank geht.

Schwitzend und keuchend plumpsen wir auf die Polster. Cocoa klettert von einem Schoß zum anderen und leckt uns die Gesichter, als wollte sie sagen: »Gut gemacht, wie ihr diesen Plünderern entkommen seid.«

Ich spüre einen Stich in der Brust. Mein Zuhause wird nie mehr so aussehen wie früher. Dafür haben die Plünderer gesorgt.

JP blickt sich ehrfürchtig im Büro um. »Wo sind wir hier?«

Winzige schwarz-weiße Blitzvögel zwitschern in Käfigen, Phiolen mit verschiedenen bunten Elixieren leuchten im Sonnenlicht. Ein Dämon, nicht größer als Cocoa, schlummert in der Ecke eines Käfigs, und blaue Glasfläschchen, in denen Geister stecken, klirren in einem Regal ganz hinten.

Ms. Lena bringt uns ein paar Wasserflaschen. »Ich bin Lena, und das ist mein Lokal. Da du Sadies wahre Gestalt erkannt hast, bist du ein Seher. Ein Gewöhnlicher, der Ungewöhnliche sehen kann.«

Holy Moly! Das erklärt einiges.

»Heyyy!«, beschwert JP sich. »Ich bin vielleicht nicht der Schlaueste, aber deshalb muss man mich nicht gleich gewöhnlich nennen!«

»Hast du keine anderen Sorgen?«, meint Alex.

JP dreht den Kopf zu ihm. »Wer bist du überhaupt?«

Wegen der ganzen Enthüllungen, dass ich entführt worden bin, mein Dad vielleicht ein Krimineller ist und ich eine Mom sowie einen Zwillingsbruder habe, hatte ich keine Gelegenheit, JP zu erzählen, was los ist. »Das ist Alex, mein Zwillingsbruder. Lange Geschichte. Alex, das ist JP, mein bester Freund.«

»Du bist mit einem Gewöhnlichen befreundet?« Alex sagt das, als hätte das Wort einen schlechten Geschmack. »Puuh, Mom hätte dich schon viel früher retten sollen.«

JPs Augen werden schmal. »Ich weiß nicht, was das bedeuten soll, aber es kränkt mich.«

»Das sollte es anscheinend«, stimmt Ms. Lena ihm mit einem strengen Blick auf Alex zu. »Dabei ist es nichts Schlechtes, ein Gewöhnlicher zu sein. Man hat dann nur nicht die Fähigkeiten eines Ungewöhnlichen. Und ohne einen Zauberstab können Gewöhnliche das Ungewöhnliche nur selten erkennen. Aber ich wette, du siehst schon dein ganzes Leben lang seltsame Dinge, oder?«

»Stimmt!«, antwortet JP. »Mit drei hab ich im Garten von meinem Grandpa eine Fee gesehen. Mein Dad meinte, das wäre bloß eine Kakerlake. Total beleidigend für die Fee, wenn ich so drüber nachdenke. In der dritten Klasse habe ich allen gesagt, dass meine Lehrerin eine Vampirin ist, aber da hieß es nur: ›JP hat zu viel Fantasie.‹ In der Fünften …«

»JP«, unterbreche ich ihn, bevor er uns seine ganze Lebensgeschichte erzählt. »Wir checken es schon.«

»Dann ist also alles, was ich gesehen habe, echt? Ich hab mir das nicht eingebildet?«

»Es ist sehr echt«, sagt Ms. Lena. »Du kannst also auch erkennen, wer alles zu den Ungewöhnlichen gehört. Wir haben so ein Leuchten um uns, stimmt's?«

»Genau! Ich dachte, das käme einfach nur von guter Hautpflege.«

Ms. Lena kichert. »Ich behandle meine Haut mit Engelsurin, aber was du siehst, ist das Leuchten.«

Igitt! Nein, danke. Da hab ich doch lieber Pickel.

»Seher wie du sind selten«, fährt Ms. Lena fort. »Höchstwahrscheinlich stammst du von einem Blindgänger ab.«

»Sind das nicht Feuerwerkskörper, die nicht explodieren?«, fragt JP.

»Ja, aber so nennen wir auch Leute, die eigentlich Ungewöhnliche sein sollten, aber keine geworden sind«, sagt Ms. Lena. »Einer deiner Vorfahren hätte wohl ein Manifestor oder eine Manifestorin sein sollen. Das sind Menschen, die den Hexenmeistern und Hexen ähneln, die du aus Büchern und Filmen kennst. Nur mächtiger. Die beiden hier sind Manifestoren.«

JP schnappt nach Luft. »Nic, du bist eine Hexe? Hast du auch einen Zauberstab?«

Alex schnappt noch lauter nach Luft. »Wie kannst du es wagen …«

»Manifestoren brauchen keine Zauberstäbe«, mischt Ms. Lena sich ein. »Hexenmeister und Magie sind ein heikles Thema, das wir besser ausklammern sollten.«

»Wir sollten das alles ausklammern!«, ruft Alex empört. »Nach den Gesetzen von …«

Ms. Lena unterbricht ihn mit einer Handbewegung. »Die Gesetze können mich mal. Der Junge muss die Wahrheit wissen. Ich hab so das Gefühl, dass ihr ihn noch brauchen werdet, um aus diesem Schlamassel wieder rauszukommen.«

»Sie wissen, was passiert ist?«, frage ich.

»Ich hatte eine Vision, in der dein Dad gefesselt war. Wusste nicht, was das zu bedeuten hat. Meine Vision hat nicht alles verraten, aber das tun sie ja nie. Also, was ist passiert, Kleines?«

Ich beginne am Anfang, bei dem Teil mit »Dad hat mich entführt«, dann geht es weiter mit der Msaidizi und der Wachtruppe, und zum Schluss erwähne ich die Plünderer. Wir geben JP eine kurze Einführung zur L.O.R.E. und zu der Msaidizi. Er fragt, ob die sich auch in eine frische Unterhose verwandeln könne – schließlich könnte es ja sein, dass jemand die so dringend braucht wie der legendäre John Henry einen Hammer. Ich frage mich wirklich, was manchmal in JPs Kopf los ist.

»Du meine Güte, ich hatte das Gerücht gehört, die Msaidizi wäre verschwunden«, sagt Ms. Lena. »Wundert mich nicht wirklich, dass es stimmt. Ich kann nur nicht glauben, dass die L.O.R.E. Calvin verdächtigt. Ich wusste, dass er gesucht wird, weil er dich mitgenommen hat, aber ihm diesen Diebstahl vorzuwerfen, ist lächerlich.«

»Moment mal, Sie wussten, dass er mich entführt hat? Und Sie wussten, dass er eigentlich Calvin heißt?«

»Ich hab es mir irgendwann zusammengereimt«, sagt Ms. Lena. »Ihr wart ja alle mal in den Schlagzeilen. Ich erinnere mich, eure Momma weinend im Fernsehen gesehen zu haben. Brach mir fast das Herz. Vor ein paar Jahren bat mich dann einer meiner Gestaltwandlerkontakte aus New Orleans, einen Bekannten anzustellen, der gerade nach Jackson gezogen war. Sagte, er wäre gut im Fangen von Kreaturen. Erzählte mir nicht, dass das ein Flüchtling war, aber wir Exilanten reden auch nicht gern über so was. Jede und jeder von uns hat seine eigenen Probleme mit der L.O.R.E. Ich will euch nicht anlügen – als ich euren Daddy sah und erkannte, wer er war, da hätte ich ihn beinahe gemeldet. Aber mein Bauchgefühl sagte mir, ich sollte es nicht tun. Und es hat mich noch nie getäuscht. Er wirkte auf mich nicht wie der Mann, als der er dargestellt wurde. Deshalb kam ich zu dem Schluss, dass er einen guten Grund für das haben musste, was er getan hatte. Also stellte ich ihn ein. Er ist nicht der erste Flüchtling, der ins *Lena's* gekommen ist. Viele treten durch diese Tür. Sie wissen, dass hier ein sicherer Ort ist. Es hilft, dass ich jemanden von meinen Manifestorenfreunden gebeten habe, das Lokal mit einem Juju zu versehen, das Geheimnisse bewahrt. Man kann also mit einem Geheimnis herkommen, es jeder Person hier erzählen, und keine davon könnte später draußen wiederholen, was sie gehört hat. Niemand könnte hier in dem Wissen weggehen, wer Calvin ist, und ihn verraten.«

»Im Grunde genommen helfen Sie also Kriminellen«, sagt Alex.

»Ich lebe selbst in einem Glashaus, also werfe ich nie mit Steinen«, erwidert Ms. Lena. »Und ich würde mein Leben darauf verwetten, dass euer Daddy die Msaidizi nicht gestohlen hat. Wenn ich nur daran denke, wie oft Geister vor seinen Augen Toiletten haben explodieren lassen. Da hätte er doch die Msaidizi als Hilfe benutzt. Jemand anders muss sie genommen haben.«

Ich denke daran, wie Dad uns angesehen und was er gesagt hat, bevor er verschwunden ist. »Warum würde er wollen, dass wir sie finden?«

»Was meinst du damit, Mädchen?«, fragt Ms. Lena.

»Dad hat es irgendwie geschafft, uns anzusehen, bevor die Wachen ihn mitgenommen haben …«

»Das glaubt sie«, unterbricht Alex mich. »Aber es ist unmöglich.«

»Ich weiß, was ich gesehen habe. Er hat gesagt, wir sollen sie finden. Ich glaube, damit hat er die Msaidizi gemeint.«

»Höchstwahrscheinlich hat er euch gesehen«, sagt Ms. Lena. »Er trägt Giftech-Kontaktlinsen. Mit denen kann er durch Wände schauen.«

»Was?« Noch eine Sache, die ich nicht wusste.

Ms. Lena nickt. »Mmmhmmm. Bei seiner Arbeit sind die praktisch. Vermutlich möchte er, dass ihr die Msaidizi findet, weil die ihre eigene Geschichte erzählen kann. Sie kann den Mitgliedern der L.O.R.E. berichten, wie sie verschwunden ist, und ihn entlasten. Er braucht dich, Kindchen.«

Er braucht mich.

Er braucht *mich*?

Ich springe auf und laufe hin und her. Auf keinen Fall. Auf keinen verdammten Fall.

»Das zu hören, ist wahrscheinlich nicht leicht«, sagt Ms. Lena.

Ich drehe mich ruckartig zu ihr um. »Meinen Sie? Ich habe gerade erst erfahren, dass mein Leben wegen ihm eine einzige fette Lüge war. Und jetzt soll ich ihm *helfen*? Er wollte mir nicht mal sagen, warum er mich entführt hat!«

»Er ist immer noch dein Dad, Nic«, sagt JP leise.

Ich verschränke die Arme. »Na und? Ich will ihm aber nicht helfen.«

»Da sind wir schon zwei«, sagt Alex. »Er verdient unsere Hilfe nicht.«

»Tut er wirklich nicht«, stimmt Ms. Lena zu. »Ihr habt jedes Recht, sauer auf ihn zu sein. Stinksauer, wenn ihr mich fragt. Aber hier geht's nicht nur darum, ihm zu helfen. Es geht auch darum, eurer Momma und Tyran zu helfen.«

»Die sind unschuldig«, sagt Alex.

»Ich kenne Althea Sharpe und weiß, dass sie alles dafür tun wird, damit es den beiden auch an den Kragen geht. Deshalb brauchen sie so viel Hilfe, wie sie kriegen können. Hier geht's auch darum, euch selbst zu helfen.«

Ihr Ton ist so grimmig, dass ich wie angewurzelt stehen bleibe. »Warum sagen Sie das?«

»Die L.O.R.E. könnte Calvin für den Diebstahl der Msaidizi die Höchststrafe verpassen. Vielleicht nehmen sie ihm die Gabe weg oder … sie löschen sein Gedächtnis.«

Ich lasse die Arme sinken. »Was?«

»Die L.O.R.E. hält nichts von Gefängnissen. Aus gutem Grund. Das ist eine moderne Form der Sklaverei. Aber ich will jetzt gar nicht vom Gefängnissystem der Gewöhnlichen anfangen. Die L.O.R.E. glaubt stattdessen an Wiedereingliederung in die Gesellschaft. Wenn ein Vergehen schlimm genug ist, nimmt sie dem Täter oder der Täterin die Ungewöhnlichen-Fähigkeiten weg, bis die Person sich gebessert hat. Manchmal gibt sie sie ihr auch nie zurück. Bei ganz schlimmen Verbrechen löscht die L.O.R.E. das Gedächtnis des oder der Kriminellen, damit die Person von vorne beginnen kann.«

»Aber dann würde Dad sich nicht mehr an mich erinnern«, sage ich.

»Er würde auch nicht mehr erklären können, warum er dich mitgenommen und ihn zurückgelassen hat«, sagt Ms Lena und zeigt dabei auf Alex. »Die L.O.R.E. wird ihm nicht das Gedächtnis löschen, weil er dich entführt hat. Aber ich würde denen zutrauen, es wegen der Msaidizi zu tun. Als abschreckendes Beispiel. Ihr müsst also seine Unschuld beweisen, um ein paar Antworten zu kriegen. Und das könnt ihr nur, indem ihr die Msaidizi und den wahren Dieb oder die wahre Diebin findet.«

Ich lasse mich wieder auf die Couch fallen. Dad soll bekommen, was er verdient. Ich will mir keine Gedanken darüber machen, was mit ihm passiert, und trotzdem … ach verdammt, mache ich mir Gedanken. Obwohl er mich verletzt hat, weiß ich, dass er mich liebhat. Und ich habe ihn auch lieb.

Bäh, ich hasse es, so sentimental zu sein.

Außerdem soll Dad nicht für etwas bestraft werden, das er nicht getan hat. Ms. Lena und Uncle Ty glauben nicht, dass er die Msaidizi gestohlen hat. Und auch ich habe ihn nie irgendeine mächtige Waffe benutzen gesehen. Deshalb wäre es nicht fair, wenn er dafür sein Gedächtnis oder die Gabe verlieren würde. Das große Problem an der Sache? Dad bittet mich, etwas Unmögliches zu tun. »Wie sollen wir die Msaidizi finden, Ms. Lena? Die L.O.R.E. hat es nicht geschafft, und das ist die Regierung. Wir sind bloß Kinder.«

»Ich schätze mal, dass die L.O.R.E. sich mehr darauf konzentriert hat, Calvin zu suchen, und weniger auf die Msaidizi an sich. Das hat es dem wahren Dieb oder der wahren Diebin ermöglicht, damit zu entwischen. Und dass ihr bloß Kinder seid, was soll das heißen? Als eure Eltern und Tyran Kinder waren, da haben sie Zeitreisen unternommen und andere Reiche besucht …«

»Whoa! Zeit aus!«, sagt JP.

»Meinst du Auszeit?«, frage ich.

»Egal«, meint JP. »Was meinen Sie mit Zeitreisen und anderen Reichen? Das klingt ja wie das, was in den *Stevie*-Büchern passiert.«

Ich erkläre ihm, dass Mr. Porter der echte Stevie ist und meine Eltern Kevin und Chloe sind.

»Holy Baloney Tony!«, ruft er. So was kann nur von JP kommen.

»Mmmhmmm, und auch wenn die Bücher nicht hundertprozentig korrekt sind, stimmt vieles haargenau«, sagt Ms. Lena. »Kinder zu sein, das konnte sie nicht aufhalten. Warum sollte es dann euch aufhalten?«

Ich könnte ihr da eine lange Liste machen, angefangen bei der wichtigsten Sache: Sie wussten, wie man die Gabe nutzt, ich weiß das nicht. Außerdem ... »Wir wissen gar nicht, wo wir anfangen sollen«, sage ich.

»Oder wonach wir suchen«, fügt Alex hinzu. »Die Msaidizi verändert ihre Form. Sie könnte praktisch alles sein.«

»Zum Beispiel Unterwäsche«, sagt JP.

»Sucht danach.« Ms. Lena zieht eine Halskette unter ihrer Bluse hervor und zeigt uns den baumförmigen Anhänger, der daran befestigt ist. Rubine glitzern an den Ästen. »Wir nennen es das Zeichen des Garten Eden. Es ist ein uraltes Symbol, das sich auch auf der Msaidizi befindet.«

Ich habe dieses Zeichen noch nie gesehen. Aber schon den Anhänger nur anzuschauen, sorgt dafür, dass sich die Härchen an meinen Armen sträuben. Alles an ihm drückt *Macht* aus. Ich wette, das ist bei der Msaidizi genauso. »Ähm, Ms. Lena? Die Msaidizi ist doch ziemlich mächtig, oder? Wäre es da nicht gefährlich, jemanden zu suchen, der sie gestohlen hat?«

»Danke!«, meint Alex. »Die Person könnte sie gegen uns verwenden.«

»Ich sage ja nicht, dass ihr den Dieb oder die Diebin überwältigen sollt. Findet die Msaidizi und lasst die L.O.R.E. wissen, wer sie hat und wo sie ist. Meine Güte, Girl, sei schlau, aber nicht lebensmüde!«

Schlau wäre es, zu alldem Nein zu sagen. Weil es unmöglich ist. »Ich glaube nicht, dass ich sie finden kann.«

»Doch, das kannst du«, sagt Ms. Lena. »Dein Daddy glaubt an dich. Du musst es tun.«

Ich hasse es, dass ihre Worte bei mir die Vorstellung wecken, ich könnte es schaffen. Die Erwähnung von Dad hat immer noch diese Wirkung auf mich. »Wo sollen wir überhaupt anfangen zu suchen, Ms. Lena?«

Sie lehnt sich zurück und verschränkt die Arme. »Jetzt wird's langsam interessant. Ich habe euch ja schon erzählt, dass ich nur Gerüchte darüber gehört habe, dass die Msaidizi weg ist. Und ich habe auch gehört, dass sie in meiner Heimatstadt aufgetaucht sein soll.«

»In New Orleans?«, frage ich.

Sie nickt. »Würde mich nicht wundern, wenn der Dieb oder die Diebin sich dorthin abgesetzt hätte. New Orleans ist unter den Städten der Gewöhnlichen weltweit die ungewöhnlichste. Sowohl High John als auch Annie Christmas haben die Msaidizi dort benutzt. Die Gabe hat an diesem Ort ihre Spuren hinterlassen.«

»Ich gehe bestimmt nicht in eine Stadt, die ich nicht kenne, um diesem Entführer zu helfen«, sagt Alex. »So wichtig ist es mir dann doch nicht, Antworten zu bekommen.«

»Bist du dir da sicher?«, fragt Ms. Lena. »Denn die Wachen sind schon auf dem Weg hierher.«

»Hatten Sie eine Vision?«, frage ich.

»Nein. Aber ich höre ihren Funkverkehr ab.« Sie zeigt auf etwas, das ich für einen silbernen Ohrring gehalten habe. »Muss auf dem Laufenden darüber bleiben, was die tun. Schließlich kommen ein paar ›fragwürdige‹ Gäste zu mir ins Lokal. Gerade habe ich gehört, dass die Kommandanten den Befehl gegeben haben.«

»Wir müssen nach New Orleans«, sage ich.

»Und dann?«, fragt Alex. »Suchen wir die ganze Stadt nach einer Waffe ab, die ihr Aussehen ändert?«

»Ich kann meinem Gestaltwandlerkontakt dort eine Nachricht zukommen lassen, damit der euch bei der Suche hilft«, sagt Ms. Lena. »Etwas, das so mächtig ist, muss irgendwelche Spuren hinterlassen.«

Alex verschränkt die Arme. »Ich reise nicht in eine Stadt, in der ich noch nie war. Mom würde sich zu Tode sorgen, wenn sie das herausbekäme! Das können wir ihr nicht antun.«

»Alex, bitte!«

»Nein, Nic. Du hast sie nie weinen gehört, ich schon. Es hat ihr so zu schaffen gemacht, dass du nicht da warst. Ob ich Antworten von ihm bekomme, ist mir egal. Nichts, was er mir erzählen würde, könnte das, was er ihr angetan hat, besser aussehen lassen.«

Ich höre, was er sagt, und ich verstehe ihn auch. Ich schwanke selber hin und her zwischen dem Wunsch, Dad zu helfen, und der Ansicht, dass er alleine sehen muss, wie er da wieder rauskommt.

Aber ich will Antworten. Die verdiene ich. Wenn ich diese Msaidizi finde und Dad rette, wird ihm nichts anderes übrig bleiben, als mir in die Augen zu sehen und zu erklären, warum genau er mich entführt und angelogen hat. Und das ist der Grund, warum ich es tun werde.

Irgendwie muss ich Alex' Meinung ändern. Ich wette, er weiß, wie man die Gabe nutzt. Wahrscheinlich beherrscht er nur ein paar einfache Jujus, wie die meisten Manifestoren in unserem Alter, aber das ist schon mehr, als ich kann. Ohne ihn habe ich keine Chance. »Bitte, Alex! Offensichtlich haben sie Zoe nicht freigelassen, denn sonst wäre sie doch inzwischen schon hier, um uns zu holen, oder?«

Langsam löst er seine verschränkten Arme. »Wahrscheinlich.«

»Dann hat Ms. Lena recht – wir müssen die Msaidizi für sie finden. Damit die Waffe vor der L.O.R.E. bestätigen kann, dass Zoe uns nicht aufgetragen hat, mit ihr abzuhauen. Zoe braucht uns.«

Der letzte Satz scheint zu wirken. »Solange es darum geht, Mom zu helfen und nicht ihm, bin ich dabei.«

»Ich auch«, sagt JP. »Meine Eltern glauben sowieso, ich wäre im Bibelcamp. Und ich liebe Beignets und Poor-boy-Sandwiches und Gumbo und Pralinés. Nur keine Krebse. Ich kann nichts essen, was Augen hat.«

Ich muss lächeln. Auf JP kann ich immer zählen. Ich sehe Ms. Lena an. »Wie kommen wir denn nach New Orleans?«

»Über eine Mitfahragentur«, schlägt JP vor.

Ms. Lena stützt die Hände in die Hüften. »Habt ihr Geld für so was?«

Ich schon mal nicht. Ich habe nur das Geld, das ich zu meinem Geburtstag bekommen habe. Und das reicht nicht für eine dreistündige Autofahrt nach New Orleans. »Wie sollen wir dann dorthin kommen?«

Ms. Lena lächelt zuversichtlich. »Ich weiß schon, wie.«

9

Die Underground Railroad

Ms. Lena geht zu dem Regal, in dem die Käfige mit den Blitzvögeln stehen. Die Vögel zwitschern und schlagen mit den Flügeln, sodass um sie herum kleine Blitze entstehen.

»Öffne dich«, sagt sie.

Das Regal schwingt auf wie eine Tür, und dahinter wird eine Treppe sichtbar, die abwärts führt. Ms. Lena summt vor sich hin, während sie ein paar Stufen hinuntersteigt. Dann bleibt sie stehen und sieht uns an. »Nun? Wollt ihr warten, bis die Wachen vor der Tür stehen oder was?«

Äh, okay. Ich hebe Cocoa wieder in den Rucksack, setze ihn auf und folge Ms. Lena.

Die Holzstufen knarzen unter unserem Gewicht, und ich wische mir Spinnweben aus dem Gesicht. Eine dicke Staubschicht bedeckt die Stufen, und je weiter wir hinuntersteigen, desto stickiger wird die Luft.

»*Ain't gonna let no-body turn me around*«, singt Ms. Lena, »*turn me around, turn me around. Ain't gonna let no-body turn me around ...*«

Im Bürgerrechtsmuseum habe ich Videos von Demonstrationen gesehen, wo Leute diesen Song gesungen haben. Aber während Ms. Lena singt, gehen flackernd Lampen an und mit jedem Wort erscheint eine neue Stufe. Im Ernst jetzt, in einer Sekunde ist da nichts, und in der nächsten ist da eine Stufe.

»*I'm gonna keep on walking, keep on talking, marching into freedom land.*«

Ihre Stimme hallt von den Steinmauern wider. Das klingt, als würden andere mit in den Gesang einstimmen. Volle, aber flüsternde Stimmen. Die Lampen leuchten heller. Es wird wärmer, und es kommt mir vor, als würde Ms. Lenas Stimme den Ort zum Leben erwecken.

Ein schwaches Dröhnen lässt die Decke erzittern und Erde auf uns rieseln.

»Was war das?«, piepst Alex.

»Ah, klingt, als wären die Wachen aufgekreuzt«, sagt Ms. Lena. »Sadie, mein Mädchen, muss ihre Azizakräfte gegen sie eingesetzt haben. Wahrscheinlich hat sie eine Wache quer durchs Lokal geschleudert. Azizas werden immer unterschätzt.«

»Wird sie deshalb keine Schwierigkeiten bekommen?«, frage ich.

»Das wäre nichts Neues. Sadie hat eine Vorgeschichte, die länger ist als der Arm eines Riesen. Aber ich kann mich hundertprozentig auf sie verlassen.«

Wow.

Ms. Lena betritt einen Treppenabsatz, und mehrere Lampen flammen gleichzeitig auf. Wir befinden uns in einem riesigen gemauerten Raum. Mehrere Tunnel mit Gleisen führen von hier weg. In der Mitte, wo die Schienen sich treffen, steht ein seltsames Gefährt. Es ist silbrig glänzend und ähnelt einem großen Wohnmobil – mit einer Tür und großen Fenstern an den Seiten. Aber es hat auch einen Schornstein und riesige Räder mit Kolben wie eine altmodische Lokomotive.

»Willkommen in der Underground Railroad«, sagt Ms. Lena.

Mir steht vor Staunen der Mund offen. »Ich dachte, die wurde stillgelegt?«

»Wurde sie auch!« Alex wendet sich aufgebracht an Ms. Lena. »Die L.O.R.E. hat sie während des Kampfs gegen Roho stillgelegt. Eigentlich sollte sie niemand mehr benutzen dürfen!«

Ms. Lena mustert ihn von oben bis unten. »Seit wann sind Exilanten der L.O.R.E. Rechenschaft schuldig? Es wurden ja nur die Strecken geschlossen, die zu den Städten der Ungewöhnlichen führen. Einige von uns Exilanten nutzen die Tunnel, um in Städte der Gewöhnlichen zu kommen. Die alte Bertha hier und ich haben schon viele Reisen zusammen gemacht.«

»Ist die Underground Railroad ein echtes Eisenbahnnetz?«, fragt JP. »In der Schule hieß es, das wäre nur ein Netz aus Wegen und sicheren Unterschlupfen gewesen, das die Leute Underground Railroad nannten.«

»Das stimmt für die Underground Railroad der Gewöhnlichen, aber der Name kommt eigentlich von dieser hier«, sagt Ms. Lena. »Sie wurde auch genutzt, um versklavten Menschen zu helfen. Wisst ihr, damals war es die Hauptaufgabe der L.O.R.E., versklavte Ungewöhnliche aufzuspüren und ihnen in die Freiheit zu helfen. Sie schickten Spione auf die Plantagen, um die Leute zu finden, die das Leuchten besaßen. Zu denen sprachen die Spione die uralten Formeln, um ihre Gabe wieder zu aktivieren. Doch weil es unmöglich war, diejenigen ohne die Gabe zurückzulassen, verhalf man auch ihnen zur Flucht. Nachdem die Sklaverei beendet war, wurden Schwarze Menschen aber immer noch terrorisiert und unmenschlich behandelt. Mein Granddaddy hat oft erzählt, die L.O.R.E. hätte geplant, eine Armee aufzustellen, um sie zu befreien.«

»Und was hat sie daran gehindert?«, frage ich.

»Da können wir nur raten. Aber jedenfalls haben viele diesen Zug hier genutzt. Das ist ein heiliger Ort, Kinder.«

Ich kann die Familien beinahe vor mir sehen, ängstlich, aber auch voller Vorfreude. Hoffnungsvoll, aber erschöpft. Ich will mir nicht vorstellen, was sie durchmachen mussten, um bis hierher zu kommen, aber ich bin froh, dass sie es geschafft haben.

Wir folgen Ms. Lena in den Zug, der innen viel größer ist als er von außen wirkt.

Im vorderen Teil ähnelt die Einrichtung einem Wohnzimmer, mit einer Couch, Sesseln und einem Fernseher. Dahinter gibt es eine Küche mit einer Nische unter dem Fenster. Ms. Lena führt uns bis ganz nach hinten. Dort befinden sich vier Stockbetten mit Vorhängen, zwei auf jeder Seite.

»Zum Badezimmer geht es da lang.« Sie zeigt auf eine Tür. »Irgendwo müssten noch Waschzeug und ein paar Lebensmittel von meiner letzten Reise sein. Haltet alles in Ordnung. Denn wenn ihr mir Bertha in schlechtem Zustand zurückbringt, dann gibt's Ärger. Noch Fragen?«

Alex hebt die Hand. »Mir ist nicht nur die Vorstellung unangenehm, ohne eine erwachsene Begleitperson unterwegs zu sein, ich habe auch keine Ahnung, wie man einen Zug steuert. Nic und JP wissen es wahrscheinlich auch nicht.«

JP und ich schütteln die Köpfe. Es zählt wohl nicht, einen Zug in einem Videospiel lenken zu können. Und selbst da haben wir schon unzählige Charaktere totgefahren, die keine aktiven Spielfiguren waren.

»Ihr müsst auch nicht selber steuern«, erklärt Ms. Lena. »Ihr sagt Bertha, wohin ihr wollt, und sie bringt euch hin. Je präziser eure Anweisung ist, desto besser. Ist sie zu ungenau, kann es sein, dass sie mit euch einfach irgendwohin fährt.«

»Und das ist alles?«, frage ich.

Ms. Lena wirft mir einen Messingschlüssel zu. »Das ist alles. Oh, und lasst die Tür geschlossen. Im Untergrund lauern alle möglichen Kreaturen.«

»Kreaturen?«, fragt Alex und reißt erschrocken die Augen auf.

»Oh, was für welche denn?«, will JP wissen.

»Welche, denen ihr nicht begegnen wollt«, warnt Ms. Lena finster. »Viel Glück! Wenn ihr in New Orleans angekommen seid, folgt den Schildern Richtung Ausgang. Ich werde meinem Kontakt sagen, dass er euch dort erwarten soll. Hoffe, ihr kommt im Ganzen wieder zurück. Und wenn nicht, dann wenigstens so, dass man euch wieder zusammensetzen kann.«

Ich will jetzt nicht wie ein Feigling rüberkommen, aber das nenne ich mal einen beunruhigenden Abschied.

Als sie aus dem Zug steigt, muss ich an meine letzte Begegnung mit Ms. Lena denken. Als sie meine Hände ergriffen hat, ich ihre Vision sah, sie ausflippte und ihre Aura zu flackern begann.

Schnell setze ich Cocoa auf den Boden und laufe Ms. Lena nach. Sie ist die Treppe schon wieder bis zur Hälfte hinaufgestiegen, als ich ansetze …

»Nein, Girl, ich kann nicht erklären, was damals passiert ist«, sagt sie.

Dabei habe ich noch kein Wort gesagt! »Hatten Sie gerade die Vision, dass ich Ihnen folge?«

»Wer braucht eine Vision, wenn du so trampelst?« Mit strengem Blick dreht sie sich zu mir um. »Lern gefälligst, leiser zu gehen.«

»Sorry.«

»Mmmhmmm. Und ich brauche auch keine Vision, um zu wissen, dass du fragen willst, was da an deinem Geburtstag passiert ist.«

Was auch immer das war. »Es tut mir leid, was ich getan habe. Ich wollte das nicht.«

»Ich weiß. Du hast meine Vision gesehen, stimmt's?«

Ich umklammere die Träger meines Rucksacks und werfe einen Blick zurück auf den Zug. JP und Alex sollen davon nichts erfahren, aber sie sind außer Hörweite. »Yes, Ma'am.«

»Mmmhmm«, macht Ms. Lena wieder. Ihr Blick wiegt so viel wie ein Felsblock. »Wie schon gesagt, kann ich es mir auch nicht erklären. Weder die Vision noch warum *du* sie gesehen hast. Es hat mich noch nie jemand berührt und dann selbst eine gesehen.«

»Wirklich nicht?«

»Nein. Aber eines weiß ich.« Ms. Lena beugt sich dicht zu mir. »Du bist viel mächtiger, als du glaubst, Nichole Blake. Viel mächtiger.« Sie zwinkert mir zu und wendet sich zum Gehen.

Ich bleibe wie angewurzelt stehen. Ich und mächtig? Das erscheint mir so unmöglich wie ein Vampir, der kein Blut mag. Außerdem ist mir das bisher ja nur zweimal passiert. Wahrscheinlich hat es mit der Pubertät zu tun, wie Uncle Ty meinte.

Yeah.

Das sage ich mir auf dem Weg zurück zum Zug immer wieder.

Alex, JP und ich sehen uns an. Jetzt gibt es nur noch uns, Cocoa und Bertha.

Ich räuspere mich. »Ms. Bertha?« Ich vermute mal, dass ihr diese Anrede lieber ist als Mrs. Denn Züge heiraten ja wahrscheinlich nicht. »Können Sie uns nach New Orleans bringen?«

Zuerst passiert gar nichts.

Dann gehen die Lichter des Zugs an, und die Dampfmaschine erwacht zum Leben. Bertha setzt sich mit einem Ruck in Bewegung, sodass Alex, JP und ich durcheinanderpurzeln.

New Orleans, wir kommen.

Die Tunnel der Underground Railroad fliegen an den Fenstern vorbei. Alex rechnet aus, dass Bertha mit mehr als zweihundert Meilen pro Stunde unterwegs sein muss. Das wäre »noch deutlich unter der

Durchschnittsgeschwindigkeit von öffentlichen Verkehrsmitteln in Uhuru«, behauptet er. Das kann ich nicht beurteilen. Ich merke nur, dass ich ein paarmal fast auf meinem Hintern lande.

Trotzdem mache ich Sandwiches für uns drei. Ms. Lena meinte ja, dass noch Lebensmittel von ihrer letzten Reise da sein müssten. Tatsächlich gibt es Aufschnitt, Brot, Trockenfleisch, Ramennudeln, Haferflocken, Dosensuppe und Trockenobst. Essen, wie alte Leute es mögen. Aber meinem Magen ist das egal. Es schmeckt in der Situation wie ein Festmahl.

JP sitzt in der Küchen-Nische. »Ja, Mom, ich bin im Bus zum Ferienbibelcamp. Ich …« Er knistert mit einem Stück Papier vor seinem Telefon. »Sorry, dass ich mich nicht verabschiedet … kein Signal hier in den Wäldern …« Er knistert weiter. »Wir sehen uns, wenn ich wiederkomme!« Dann legt er auf. »Ich glaube, sie hat's mir abgenommen.«

Ich stelle den Teller mit den Sandwiches auf den Tisch und setze mich neben ihn. »Wow. Du hast deine Mom angeschwindelt.«

»Irgendwann musste ich ja meinen sündhaften menschlichen Schwächen nachgeben. Zwei der zehn Gebote auf einmal zu brechen, das ist schon irgendwie krass.« Er legt den Kopf schräg. »Bedeutet das, dass ich jetzt in meiner rebellischen Phase bin?«

»Nein, es bedeutet, dass du ein großartiger Freund bist. Ich hoffe, dieser Trip ist es wert, dass du deine Mom angeschwindelt hast.«

»Warum sagst du das?«, fragt JP zwischen zwei Bissen in sein Sandwich.

»Mein Dad ist ein Krimineller, JP. Er hat mich belogen. Nichole ist nicht mal mein richtiger Name!«

»Ist er nicht?«, fragt JP.

»Nein, ich heiße Alexis. Was, wenn mein Dad jetzt wieder lügt? Wenn er die Msaidizi doch gestohlen und in New Orleans versteckt hat? Wenn ich ihm nun helfen soll, sie zu holen, damit er einen bösen Plan umsetzen und an die Weltherrschaft gelangen kann? Wenn ich so zu seiner Komplizin werde und mir nie verzeihen kann, dass ich ihm geholfen habe, ein Herrscher zu werden?«

»Äh, Nic? Du schaust zu viele Filme.«

»Aber möglich wäre es! Wie kann ich ihm vertrauen?«

»Das kannst du nicht«, meint JP. »Aber du kannst deinem eigenen Bauchgefühl vertrauen. Was sagt dir das denn?«

Ich verdrücke ein Sandwich quasi auf einen Bissen, weil das Lauteste, was mein Bauch schreit, »Ich hab Hunger!« ist. Mein Bauchgefühl sagt mir aber auch, dass Dad in Sachen Msaidizi unschuldig ist, dass er mich liebhat und ich ihm vertrauen muss. Gleichzeitig behauptet mein Bauch allerdings auch, ich könnte einen ganzen Karamellkuchen auf einmal essen, also ist er nicht gerade die zuverlässigste Auskunftsquelle. »Ich habe keine Ahnung. Aber ich bezweifle, dass wir das hier hinkriegen.«

»Doch, das werden wir. Wenn irgendwer sie finden kann, dann du, Nic.«

JP sieht immer das Gute an einer Sache. Dad meinte einmal, er wäre ein ewiger Optimist. Ich habe ihn gefragt, was er damit sagen will. »Wenn draußen pechschwarze Nacht herrschen würde, dann wäre JP in der Lage, den einzigen Stern am Himmel zu entdecken. Du hast Glück, ihn zum Freund zu haben, Baby Girl.« In dem Punkt hat er nicht gelogen.

»Ich hoffe, du hast recht«, sage ich jetzt zu JP.

»Ich weiß es. Wir sind wie Stevie, Kevin und Chloe. Und bei den dreien geht immer alles gut aus, selbst wenn die Lage so aussichtslos ist wie in Band drei.« Er hebt fragend die Augenbrauen. »Du hast Band drei doch gelesen, oder?«

»Bro. Hatte in letzter Zeit ein bisschen viel um die Ohren.«

»Keine Ausreden, Nic! Die Fans warten doch drauf, dass wir das Wiki updaten! Ich sitze schon an der Inhaltsangabe für das neue Buch und hoffe, dass ich sie nächste Woche hochladen kann. Was werden die Leute denken, wenn dann die Lebensläufe der Figuren nicht auch aktualisiert sind? Das ist dein Job!«

»Was sollen sie schon machen, wenn wir das Wiki nicht updaten, JP? Uns trollen?«

»Schlimmer. Die Webseite boykottieren, sodass wir in den Suchmaschinen auf die zweite Seite der Treffer rutschen. Niemand klickt auf die zweite Seite.« Er schnippt mit den Fingern. »Hey, meinst du, die Bücher könnten uns bei der Suche nach der Msaidizi helfen?«

Alex gesellt sich zu uns. »Welche hilfreiche Information sollte denn in Büchern über einen Möchtegern-Auserwählten stecken, der kein Wort mehr rausbringt, als es an der Zeit ist, den Bösewicht zu stoppen?«

JP schnappt nach Luft. »Du hast die Reihe gespoilert!«

Ich werfe Alex einen finsteren Blick zu. »So werden die Bücher möglicherweise nicht weitergehen.«

Er setzt sich uns gegenüber. »Wenn sie auf der Lebensgeschichte von Mr. Porter basieren, dann ganz bestimmt.«

»Was redest du denn da? Uncle Ty hat Roho besiegt.«

»Das hat er dir erzählt?«

Wenn ich jetzt so darüber nachdenke, hat Uncle Ty nie gesagt, er hätte Roho besiegt. »Ich dachte, weil er der Auserwählte …«

»Er *denkt*, er wäre der Auserwählte. Aber das ist unmöglich. Der wahre Auserwählte hat die Manifestoren-Prophezeiung schon erfüllt.«

Er tippt an seine G-Brille, und das Hologramm einer Zeitung schwebt über dem Tisch. Ich sehe das Foto eines schmalen Schwarzen Jungen mit getwisteten Haaren. Er dürfte etwa sechzehn sein und schaut mit großen, staunenden Augen in die Kamera, als hätte er nicht damit gerechnet, fotografiert zu werden. Über ihm steht als Schlagzeile: »Auserwählter? Eher nicht! Tyran Porter gelingt es nicht, die Manifestoren-Prophezeiung zu erfüllen«.

Unter dem ersten Foto befindet sich das eines älteren Schwarzen Mannes um die fünfzig. Er ist lässig in Jeans und Karohemd gekleidet, dazu trägt er eine Baseballcap. Darunter steht: »Der wahre Auserwählte! Wie Dr. Blake den mächtigsten Manifestor der Welt besiegte«.

»Dr. Blake?«, frage ich. »Wer ist das?«

»Oh boy Du Bois! Du kennst Grandpa Doc nicht? Er ist der Vater unseres Vaters und einer der brillantesten Manifestoren der Welt.«

Seltsam, dass Dad ihn nie erwähnt hat. »Das klingt nach Dr. Lake in den Büchern. Er ist dieser Zauberer, der Stevies Ausbildung betreut.«

»Dr. Lake, Dr. Blake. Wow, Kreativität ist nicht gerade Mr. Porters größte Stärke«, sagt Alex. »Keine Ahnung, wie er Roho in den Büchern beschreibt, aber der echte hätte die L.O.R.E. beinahe komplett zerstört. Genau wie die Manifestoren-Prophezeiung es vorhersagte.«

»Was besagt sie denn?«, fragt JP.

Ich erkläre ihm, was Uncle Ty mir über die Prophezeiung erzählt hat: Dass jemand aus der Gruppe der Manifestoren die Welt der Ungewöhnlichen, wie wir sie kennen, zerstören wird, und nur eine Person das verhindern kann – der oder die Auserwählte.

»Mr. Porter denkt, die Prophezeiung hätte sich noch nicht erfüllt, aber das hat sie«, sagt Alex. »Roho war der Manowari. Er hat die Welt der Ungewöhnlichen, wie wir sie kennen, tatsächlich zerstört. Früher gab es mal zwölf L.O.R.E.-Städte, jetzt existieren wegen ihm nur noch sechs. Die übrigen hat er ausradiert.«

»Das ist ja furchtbar!«, rufe ich.

»Mom sagt, es wäre eine schreckliche Zeit gewesen. Sobald Roho in den Besitz der Msaidizi gekommen war, schien ihn nichts mehr aufhalten zu können. Mr. Porter hätte ihn besiegen sollen. Er war von einigen der weltbesten Manifestoren darauf trainiert worden. Den Großteil seines Lebens hatte er sich auf diesen Moment vorbereitet.«

»Aber?«, sagt JP, der nur noch auf der Kante seines Stuhls hockt. Ich glaube, jetzt stört es ihn nicht mehr, dass Alex die Bücher spoilert.

»Als er und Roho einander schließlich von Angesicht zu Angesicht gegenüberstanden, da erstarrte Mr. Porter.«

»Ausgeschlossen«, sage ich.

»Eben nicht. Grandpa Doc kam ihm zu Hilfe. Er kämpfte gegen Roho und gewann. Danach war allen klar, dass Grandpa der Auserwählte war, nicht Mr. Porter. Wobei Mr. Porter das entschieden bestreitet. Er macht kein Geheimnis aus seiner Überzeugung, dass der oder die ›wahre‹ Manowari eines Tages noch auftauchen und er die böse Macht dann besiegen wird.« Alex schnaubt. »Vergesst es. Generalin Sharpe hat ihn aus gutem Grund den Nicht-ganz-so-Auserwählten genannt.«

Puuh, armer Uncle Ty. Ich kann mir gar nicht vorstellen, wie das sein muss, wenn man erst denkt, man wäre Teil einer Prophezeiung, und dann zusehen muss, wie jemand anders sie erfüllt. »Mir hat er erzählt, dass die Msaidizi als Nächstes ihm gehorchen und ihm helfen wird, den oder die Manowari zu stoppen.«

»Das ist eine Verschwörungstheorie«, sagt Alex. »Im G-Net gibt es holografische Chatrooms voll mit Ungewöhnlichen, die glauben, der oder die wahre Manowari würde bald kommen. Traurig, dass Mr. Porter darauf reinfällt.«

»Ich hoffe, Stevie wird nicht so«, sagt JP. »Die Fangemeinde im Internet wäre am Boden zerstört. Das Wiki könnte sogar crashen.«

Alex schnappt sich ein Sandwich, und Cocoa springt auf seinen Schoß. Ganz offensichtlich möchte sie was von seinem Essen. Lächelnd gibt er ihr ein Stückchen Aufschnitt. »Was ist ein Wiki?«

»Ein Online-Lexikon. JP und ich betreiben ein inoffizielles für die *Stevie-James*-Reihe.«

»Das machen wir erst seit einem Jahr, aber wir sind schon die wichtigste Quelle für alles rund um Stevie James«, erklärt JP stolz. »Nic und ich stecken eine Menge Zeit da rein.«

»Interessante Art, eure Zeit zu verbringen«, meint Alex.

Ich lasse die Schultern hängen. Das klingt, als würde er es albern finden.

»Wir finden es cool. Und das zählt«, sagt JP, was mich wieder zum Lächeln bringt. Er lässt fiese Bemerkungen nie an sich ran. »Was machen du und dein bester Freund denn so, um Spaß zu haben?«

»Ich hab keinen besten Freund. Auch keine beste Freundin. Außer wenn du Mom mitzählst«, sagt Alex. »Wenn deine Grandma die Präsidentin ist, wollen andere aus den falschen Gründen mit dir befreundet sein.«

»Klingt übel«, meint JP mitfühlend.

Alex schaut konzentriert auf sein Sandwich. »Ist okay. Ich brauche keine Freunde.«

Ich erkenne eine Lüge, wenn ich sie höre.

Da wird Bertha langsamer. Wir fahren an einem alten Holzschild vorbei. Es ist ganz staubig, aber ich kann die Worte darauf noch entziffern.

WILLKOMMEN IN NEW ORLEANS:
DER UNGEWÖHNLICHSTEN GEWÖHNLICHEN-STADT
DER WELT

Ich setze Cocoa wieder in meinen Rucksack. JP schnallt sich seine Bauchtasche um. Alex braucht nicht mehr als seine G-Brille. Dann schließen wir Bertha ab und marschieren los.

Über uns sind leise die Geräusche von New Orleans zu hören: Motorendröhnen und Autohupen, Blechbläser von Jazzbands und anderer verschwommener Lärm. Wir müssen uns direkt unter einem Touristenviertel befinden.

Alex tippt an seine G-Brille, und helles Licht strahlt aus den Gläsern heraus. »Ach, Mann, ich werde das Sonntagsessen verpassen. Da bringt Aunt Alice immer ihren gestürzten Ananaskuchen mit.«

»Wer ist das?«, frage ich.

»Grandmas Tante«, sagt Alex. »Sie ist schon über neunzig, aber backt die besten Kuchen. Jeden Sonntag kommt sie zum Abendessen zu Grandma, zusammen mit Grandmas Geschwistern, deren Kindern und Enkeln. Alle bringen was zu essen mit. Moms Spezialität sind mit Käse überbackene Makkaroni. Sie passt immer auf, dass ich ein Eckstück bekomme. Das mag ich am liebsten. Wir verbringen alle den ganzen Tag zusammen. Wir schauen Filme oder spielen miteinander. Es ist so eine Art wöchentliches Familientreffen.«

Während ich jedes Jahr meine Geburtstagskerzen ausgeblasen und mir eine Familie gewünscht habe, hatte ich schon eine, die großartiger klingt als alles, was ich mir je erträumt habe.

Das tut weh. Alex hatte das, was ich mir gewünscht habe. Warum war ich diejenige, die ohne Familie und ein festes Zuhause auf der Flucht gelebt hat?

Der Wunsch nach Antworten auf diese Fragen ist der einzige Grund, warum ich nicht zurück in den Zug steige und wieder nach Jackson fahre. Warum ich nicht sage, *vergiss es*. Dad schuldet mir was.

»Bei meiner Familie gibt es auch Sonntagsessen«, sagt JP. »Alle treffen sich im Haus meiner Großeltern. Nach dem Tod meiner Schwester sind meine Eltern und ich eine Weile nicht mehr hingegangen. Aber vor Kurzem haben wir wieder damit angefangen.«

»Das mit deiner Schwester tut mir leid«, sagt Alex.

JP schiebt die Hände in seine Hosentaschen. »Danke. Inzwischen bin ich nicht mehr so schrecklich traurig. Früher habe ich jeden Tag geweint. Deshalb haben die Kinder aus der Nachbarschaft mich Heulsuse genannt. Bis Nic hergezogen ist und ihnen Ohrfeigen angedroht hat.«

»Jeden Tag und so viele sie wollen, wenn's sein muss«, bestätige ich.

»Es ist in Ordnung, wenn man weint, weißt du?«, sagt Alex. »Bei mir zu Hause sagen die Ältesten, dass die Tränen der Trauer die Blumen im Himmel gießen. Ich glaube, das bedeutet, unsere Verstorbenen finden es schön, wenn wir um sie weinen. Weil es sie dran erinnert, dass wir sie liebhaben.«

JP schafft es zu lächeln. »Das gefällt mir.«

Alex lächelt zurück.

Mein Bruder ist zu meinem besten Freund cooler als zu mir. Aber ich bin nicht neidisch. Echt nicht. »Wo ist dieser Kontakt, von dem Ms. Lena gesprochen hat?«, frage ich.

»Sie meinte doch, wir sollen den Schildern Richtung Ausgang folgen und ihn draußen treffen«, meint JP.

Nur dass die Schilder uns in eine Sackgasse führen. Ein Schild mit der Aufschrift »Ausgang« hängt über einer massiven Steinmauer. Weit und breit keine Tür.

»Und jetzt?«, frage ich.

Alex tippt an seine Brille und scannt die Mauer mit grünem Licht. »Keine Illusion und keine versteckte Tür. Es muss woanders nach draußen gehen.«

»Immer langsam«, sagt da eine scharfe Stimme hinter uns. »Ihr seid hier goldrichtig.«

Wir drehen uns alle drei um.

Der bleiche Mann puhlt zwischen seinen Zähnen, während er uns mustert. Sein Bauch hängt über den Bund seiner Jeans, und scharfe Reißzähne ragen ihm über die Unterlippe. Strubbeliges blondes Haar fällt ihm in die Augen, die so rot sind wie sein Leuchten.

Der Vampir holt tief Luft. »Mmmmm, Manifestoren! Eine meiner Lieblingsdelikatessen.« Er spricht mit einem so starken Cajun-Akzent, als käme er direkt aus dem Bayou. »Die Gabe, die ihr im Blut habt, schmeckt wirklich köstlich. Und dann gönn ich mir auch noch einen Gewöhnlichen und ein Häppchen Höllenhund! Schmackofatz! Der alte Mack liebt gutes Essen, das kann ich euch flüstern.«

»Sch-schmecken Meeresfrüchte nicht besser?«, stammele ich. »Ich kenne da ein paar sehr gute Lokale in der Stadt.«

»Girl, willst du meine Zeit verschwenden? Eine Mahlzeit ist direkt in meine bescheidene Behausung spaziert.« Er grinst gefährlich. »Und je fürchterer, desto schmackhafter.«

»Fürchterer ist kein Wort«, murmelt Alex. Ich verpasse ihm einen Rippenstoß.

Aber Mack lacht so laut, dass sein Bauch wackelt. »Ihr seid lustig. Und lustiges Blut mag ich besonders. Also, wen soll ich als Erstes vernaschen?«

Cocoa knurrt in meinem Rucksack und füllt den Tunnel mit Rauch.

»Ich glaube, ich nehm den Höllenhund als Appetithappen. Dann ist auch Schluss mit dem Gekläff. Die Manifestoren gibt's als Hauptspeise und der Gewöhnliche wird mir zum Nachtisch schmecken.«

»Nein, das werde ich nicht!«, widerspricht JP. »Mein Blut

schmeckt schrecklich. Ich hab schon an genug Schnittwunden geleckt, um das zu wissen!«

Ich finde es ja super, Zeit zu schinden, aber so? Igitt!

»Mack!«, schreit da jemand. »Wo steckst du?«

Der Vampir stampft mit dem Fuß auf. »Verdammtes Weib! Lass mich in Ruhe essen!«

Als sie um die Ecke in den Tunnel biegt, fällt mir als Erstes ihre Kette aus Knoblauchknollen auf, dann ihr Leuchten. Es ist rabenschwarz. Noch nie habe ich eine Ungewöhnliche mit so einem Leuchten gesehen. Sie ist von Kopf bis Fuß in Schwarz gekleidet – schwarze Jeans, schwarze Bluse, schwarze Schuhe mit hohen Absätzen. Ihre braune Haut ist faltenlos, und in ihrem dunklen Haar gibt es keine Spur von Grau. Trotzdem wirken ihre Augen schon richtig alt.

»Du lässt gefälligst diese Kinder in Ruhe, Mack. Ich sage dir das nur ein einziges Mal.«

Mack macht einen Schmollmund. »Ach, Dee Dee! Komm schon. Ich hatte seit Wochen kein frisches Blut mehr.«

»Ist mir egal. Bring mich nicht dazu, meinen Daddy auf dich zu hetzen.«

Da wird Mack starr wie ein Brett. »Nein, Ma'am, das wird nicht nötig sein. Bin schon weg!« Und damit verschwindet er. Man hört seine schweren Schritte auf dem Beton noch eine Weile.

Ich lehne mich erleichtert an die Wand. »Dankeschön.«

Sie winkt uns. »Kommt.«

»Warten Sie!«, rufe ich, doch sie verschwindet schon in einem anderen Tunnel. Cocoa springt aus meinem Rucksack und rennt ihr nach. Wir müssen joggen, um sie einzuholen. »Sind Sie die Freundin von Ms. Lena?«

Liebevoll krault sie Cocoa. »Ich heiße Dee Dee und kann euch helfen, die Msaidizi zu finden.«

Meine Frage hat sie nicht beantwortet, was mich überlegen lässt, ob sie vielleicht doch nicht die Kontaktperson von Ms. Lena ist. »Woher wissen Sie, dass wir deswegen hier sind?«

Dee Dee marschiert einfach weiter. »Für jemanden, der gerade beinahe eine Hauptspeise geworden wäre, stellst du ganz schön viele Fragen. Also wenn ihr nicht hier bei Mack bleiben wollt, schlage ich vor, dass ihr mal einen Zahn zulegt. Eure Entscheidung.«

Schon verschwindet sie im nächsten Tunnel.

Wahrscheinlich ist es nicht besonders schlau, einer fremden Lady mit einem merkwürdigen Leuchten zu folgen. Aber als ihre Schritte immer leiser werden, schrumpft auch unsere Chance, auf eigene Faust hier rauszufinden.

Also rennen wir hinter Dee Dee her.

10

Hairy Man Junior

Wir steigen zwischen dem *Superdome* und dem *Smoothie King Center* aus einem Gully. Wenn ein Spiel ansteht, egal ob tagsüber oder am Abend, dann drängeln sich auf dieser Straße die Fans der Saints und der Pelicans. Heute fährt nur hin und wieder ein Auto vorbei. Niemanden kümmert es, dass drei Kinder, ein Höllenhundwelpe und eine Lady mitten auf der Straße aus einem Kanalschacht klettern.

Wir steigen in Dee Dees Pick-up, und sie fährt mit uns ins French Quarter.

Dort parkt sie vor einem zweistöckigen Haus mit schmiedeeisernem Balkon und hohen Fenstern. Die anderen Häuser in diesem Viertel haben alle bunte Fensterläden und Eingangstüren, nur dieses eine ist pechschwarz. Ich würde mal schwer vermuten, dass es Dee Dee gehört.

Als wir auf das Haus zugehen, schwingt die Tür von allein auf. Erst nachdem wir eingetreten sind, bemerke ich die rauchartigen Umrisse eines Mannes, der die Tür aufhält.

Alex fährt vor Schreck zusammen. »Ein Gespenst!«

Dee Dee streift ihre Knoblauchkette ab. Eine andere Gestalt mit rauchigen Umrissen erscheint und nimmt sie entgegen. »Er hat es lieber, wenn man ihn bei seinem Namen nennt: Walter. Und das hier ist Darcy. Soll Eileen euch was zum Trinken bringen?«

Schon erscheint ein weiteres Gespenst. Diesmal ist es eine Frau in einer altmodischen Dienstmädchen-Uniform mit Häubchen.

Ich habe schon Gespenster gesehen, als ich Dad bei der Arbeit geholfen habe, aber irgendwie sind sie immer unheimlich. Man kann zwar Gesichtszüge erkennen, aber ihre Augenhöhlen sind leer und ihre Mienen immer ausdruckslos. Das gibt einem das Gefühl, ins Nichts zu starren. Und als würde das Nichts zurückstarren.

JP schluckt. »Sie haben Gespenster als Dienstboten?«

Dee Dee schnippt mit den Fingern, und Eileen verschwindet. »Genau genommen arbeiten sie für meinen Daddy. Setzt euch.«

Drei Stühle rutschen über den Boden und treffen uns so in den Kniekehlen, dass wir uns hinsetzen müssen.

Alex jammert. »Wer … was … wie …«

»Keine der Antworten darauf ist von Bedeutung«, sagt Dee Dee. Inzwischen rutscht ein vierter Stuhl herbei und berührt sanft ihre Beine. Warum waren unsere nicht auch so nett? Kaum hat Dee Dee sich gesetzt, rollt Cocoa sich auf ihrem Schoß zu einem Knäuel zusammen. Wisst ihr, Leute, hätte ich einen Drachen als Haustier, würde der mich nicht so im Stich lassen.

Ich blicke mich um. Die Wände, die Möbel und die Blumen sind schwarz. Ich frage mich, ob Dee Dee überhaupt weiß, dass es auch andere Farben gibt. Das Hellste in diesem Haus ist der Bereich rund um die Stahltür unter der Treppe, wo ein rötlicher Lichtschein durch den Türschlitz am Boden fällt.

»Der Keller«, erklärt Dee Dee, obwohl ich gar nichts gefragt habe. »Da wollt ihr nicht runter. Außer ihr möchtet nicht wieder raufkommen.«

Klingt einladend. »Ich will nicht unhöflich sein, aber was für eine Art Ungewöhnliche sind Sie?«

Das Gespenst Eileen erscheint wieder und hält eine von Kälte beschlagene Flasche Rootbeer in der Hand. Also, eigentlich hält sie die Flasche nicht wirklich, weil Gespenster ja nichts tragen können. Sie schwebt einfach da, wo sonst ihre Hand wäre.

Dee Dee nimmt einen Schluck aus der Flasche. »Ich bin mächtig. Das ist alles, was ihr wissen müsst.«

Ein kalter Schauer läuft mir über den Rücken. JP und Alex muss es ähnlich gehen, denn sie zucken zusammen. Ein weiteres Gespenst, ein Teenager in einem Overall und mit Schiebermütze, ist einfach durch uns durchgeschwebt.

»Jesus!«, ruft JP erschrocken.

Da hält Dee Dee mitten im Trinken inne. Der Junge und die anderen Gespenster starren JP an.

»Weißt du nicht«, schnarrt Dee Dee, »dass man mit bestimmten Namen nicht um sich werfen soll?«

JP schluckt schwer. »Mein Daddy sagt, dass man den Namen des Herrn nicht missbrauchen soll, aber ich finde, das war gerade ein guter Grund, ihn zu verwenden.«

»Und mein Daddy würde sagen, das war es nicht«, erwidert Dee Dee schnippisch. Dann lehnt sie sich zurück, und der Junge zieht ihr vorsichtig die hohen Schuhe aus, bevor er damit beginnt, sie zu putzen. »Und jetzt zur Sache. Ihr wollt die Msaidizi finden, um eure Namen reinzuwaschen, stimmt's?«

»Wer hat Ihnen das gesagt?«

»Es ist in den Nachrichten.«

Auf der anderen Seite des Zimmers schaltet sich ein Fernseher ein, und ein Manifestor in Hemd und Krawatte erscheint auf dem Bildschirm. Hinter ihm ist eine Glaskuppel zu sehen, die höher ist, als die beiden Sportstadien in New Orleans übereinander wären.

»Die Nachricht, dass die Msaidizi seit zehn Jahren verschwunden ist, hat Furcht, Wut und Panik in Ungewöhnlichen-Städten auf der ganzen Welt ausgelöst«, sagt der Mann. »Der mutmaßliche Msaidizi-Dieb und Entführer Calvin Blake wurde kürzlich verhaftet. LWTV war vor Ort.«

Ich rutsche auf die vordere Kante meines Stuhls. Dad ist von Wachen umgeben, während winzige Drohnen um ihn herumschwirren. Stimmen, die aus den Drohnen kommen, bombardieren ihn mit Fragen, als die Wachen ihn abführen.

»Wo haben Sie die Msaidizi versteckt?«, fragt ein Reporter aus einer der Drohnen.

»Was hatten Sie damit vor?«, ertönt eine Frauenstimme.

»Haben Sie sie wegen einer Verschwörungstheorie gestohlen?«

Dad hält den Kopf die ganze Zeit über gesenkt. Auch wenn er so groß ist wie immer, wirkt er klein auf mich. Ihn so zu sehen, schmerzt mich mehr, als ich dachte.

»Die Präsidentinnentochter Zoe DuForte und der angebliche Auserwählte Tyran Porter wurden ebenfalls festgenommen. Ihnen wird vorgeworfen, Mr. Blake geholfen zu haben«, vermeldet der Moderator.

Alex beugt sich vor, als auf dem Video Zoe und Uncle Tyran hinter Dad auftauchen. Zoe reckt das Kinn in die Höhe, und Uncle Ty sieht aus, als würde er jeden Augenblick explodieren.

»Mr. Porter, haben Sie Ihren Freund dazu gebracht, die Msaidizi zu stehlen?«, fragt ein Reporter.

»Wir sind unschuldig! Wer auch immer sie gestohlen hat, läuft noch frei da draußen herum«, sagt Uncle Ty. »Diese Person will nicht, dass ich in den Besitz der Msaidizi komme und den wahren Manowari – oder die wahre Manowari – zur Strecke bringe!«

Alex schnaubt, aber mir tut Uncle Ty leid. Es sieht nicht gut für ihn aus.

»Ms. DuForte, warum haben Sie Calvin Blake bei dem Diebstahl geholfen?«, will eine Reporterin wissen.

»Mir das zu unterstellen, ist lächerlich«, sagt Zoe. »Ich will nur zurück zu meinen Kindern. Ich habe meine Tochter schon einmal verloren, und wegen Althea Sharpe bin ich jetzt wieder von ihr getrennt – und von meinem Sohn.« Sie blickt direkt in die Kamera. »Alex und Alexis, wo auch immer ihr seid: Ich habe euch lieb. Und wir werden bald wieder zusammen sein, das verspreche ich euch.«

Ich beiße mir auf die Innenseite meiner Wange. Dass ich eine

Mom habe, die mich liebt, daran muss ich mich erst noch gewöhnen.

»Ms. DuForte und Mr. Porter bleiben für ein Verhör im Gewahrsam der Wachtruppe«, sagt die Reporterin von LWTV. »Unsere Kollegin Mary Pender hat mit Generalin Althea Sharpe über die Situation gesprochen.«

Eine selbstgefällige Althea Sharpe ist nun vor dem Gebäude zu sehen. »Ich bin stolz, endlich das Ende der zehnjährigen Jagd auf Calvin Blake verkünden zu können. Unsere Suche nach der Msaidizi geht allerdings weiter. Wir haben Bildmaterial von drei barmherzigen Samaritern bekommen. Dieses bestätigt den Verdacht, dass sie sich im Besitz der Blake-Zwillinge befindet.«

»Was für barmherzige Samariter?«, fragt Alex.

In der Nachrichtensendung sind jetzt eine Reporterin und die drei Plünderer zu sehen, die unser Haus verwüstet haben. Sie stehen direkt davor. Der Rougarou grinst und winkt in die Kamera. Seine beiden Kumpel hinter ihm winken auch aufgeregt und machen so was wie Bandenzeichen.

»Meine gesetzestreuen Freunde und ich waren auf einem wunderbaren Morgenspaziergang«, erzählt der Rougarou. »Da hörten wir seltsame Geräusche aus diesem Haus dringen. Und als die mutigen Männer, die wir sind, gingen wir nachsehen. Wir stießen auf zwei Kinder, die die Räume plünderten. Es war unfassbar! Sie flohen und nahmen diesen armen Gewöhnlichen-Jungen als Geisel.«

»Das stimmt überhaupt nicht!«, rufe ich.

»Ich kann mir vorstellen, warum die das dachten. Ich bin sehr leicht zu entführen«, meint JP. »Mein Großonkel Benjamin Lee hat immer gesagt«, er spricht jetzt mit verstellter tiefer Stimme: »›Junge, du bist so naiv, wenn dich jemand schnappen würde, würdest du nichts dagegen tun.‹«

Und wisst ihr was, in diesem Punkt würde ich seinem Großonkel zustimmen.

»Hatten die Zwillinge die Msaidizi?«, fragt die Reporterin Mary Pender.

»Natürlich«, sagt der Rougarou. »Ich habe das Zeichen des Garten Eden darauf gesehen. Daran habe ich sie erkannt. Ich konnte nicht erkennen, welche Form sie angenommen hat, aber sie sah gefährlich aus. Mein Freund hier …« Er zeigt auf den Gestaltwandler, der wieder winkt. »Der hat sie mit seinem Handy gefilmt. Wir haben das Bildmaterial gerne an die Wachtruppe weitergegeben und sind so dankbar für die große Belohnung, die man uns dafür bezahlt hat.«

Dann wird ein Video abgespielt, auf dem man Alex, JP und mich den Gehweg in Jackson entlangrennen sieht. Aus meinem Rucksack strahlt ein grelles Licht.

»Das ist nicht die Msaidizi, sondern Cocoa!«, sage ich. »Die haben das Video gefälscht!«

»Die Blake-Zwillinge Alexander und Alexis, die sich inzwischen Nichole nennt, gelten momentan als flüchtig«, hört man den Hauptmoderator sagen. »Die Wachtruppe fordert alle, die über Informationen verfügen, auf, sie unverzüglich zu kontaktieren.«

Das mit einem Computerprogramm bearbeitete Foto von mir, das auch auf der Vermisstenanzeige war, erscheint neben Alex' Schulfoto. Darüber steht in fetten Buchstaben GESUCHT.

Dee Dee macht den Fernseher aus. »Wollt ihr meine Hilfe noch?«

Ich umklammere die Armlehnen meines Stuhls. Es gibt nicht viel, das mich mehr aufregt, als zu Unrecht für etwas beschuldigt zu werden. »Wissen Sie, wer die Msaidizi wirklich gestohlen hat?«

Sie schlägt die Beine übereinander, und der Gespensterjunge massiert ihr die Füße. »Nein, weiß ich nicht. Aber vielleicht weiß es ein Freund. Ihr nennt ihn High John.«

»Ist der nicht schon tot?«, fragt JP. Da dreht der Gespensterjunge sich zu ihm um. »Oh, verstehe. Er ist ein Gespenst.«

»John ist kein Gespenst. Gespenster haben noch nicht auf die andere Seite gewechselt. John dagegen ...« Dee Dee seufzt wehmütig. »Er wollte wissen, wie es auf der anderen Seite aussieht. Er ist zum Licht gegangen und wurde ein Geist, aber er hatte eine enge Verbindung zur Msaidizi.«

»Was für eine Verbindung?«, frage ich.

»Habt ihr schon mal davon gehört, dass man den Besitz einer verstorbenen Person nicht behalten soll? Nachdem ein Mensch gestorben ist, kann er immer noch an einem Objekt hängen. Deshalb spukt es in manchen Häusern – weil Gespenster gerne bei ihren Sachen bleiben. Geister können auch an was hängen, aber sie bleiben nicht vor Ort wie Gespenster. Es kann höchstens mal passieren, dass sie vorbeikommen, um nach ihrem Zeug zu sehen, aber danach kehren sie dann wieder auf die andere Seite zurück. John könnte die Msaidizi finden, doch damit ihr mit seinem Geist sprechen könnt, müsste ich ihn heraufbeschwören. Dafür bräuchte ich meine Beschwörungswurzel, nur hat Hairy Man Junior mir die gestohlen.«

»Hairy Man?«, frage ich und versuche, den Namen einzuordnen.

»War das nicht ein Rougarou, der von irgendeinem Kind ausgetrickst worden ist?« In der Geschichte hat ein Junge namens Wiley nach dicken Ästen gesucht, um einen Hühnerstall zu bauen. Der Hairy Man griff ihn an, aber Wileys Hunde vertrieben ihn.

»Das war der Daddy. Ich rede von seinem Sohn, Junior. Sie sind halb Rougarou, halb Gestaltwandler und ganz Schlimme. Der Senior ist vor ein paar Jahren gestorben. Aber nach der Sache mit diesem Wiley und seinen Hunden draußen in den Sümpfen war er nie wieder wie vorher.« Dee Dee krault Cocoa. »Junior hat genauso Angst vor Hunden wie sein Daddy. Deshalb sollte es mit deinem Höllenhund funktionieren.«

»Ich dachte, das mit dem Hairy Man wäre nur ein Märchen«, sagt JP.

»Ihr ungläubigen Gewöhnlichen«, regt Dee Dee sich auf. »Wundert mich, dass ihr an die Existenz von Sauerstoff glaubt, obwohl ihr den auch nicht sehen könnt. Der Hairy Man war echt und sein Sohn ist es auch. Und der dreckige Mistkerl hat mir meine Wurzel gestohlen. Jetzt brauche ich eure Hilfe, um sie zurückzubekommen.«

»Warum können Sie sie nicht selbst holen?«, fragt Alex.

Dee Dee massiert sich den Nacken. »Junior hat gewisse … *Barrieren* errichtet, sodass ich sein Anwesen nicht betreten kann. Ihr drei und der Höllenhund solltet damit keine Schwierigkeiten haben.«

»Solltet«, nicht »werdet«. Das ist mir nicht entgangen.

Alex hebt eine Hand. »Können wir das kurz besprechen? Unter uns?«

Dee Dee wedelt mit der Hand, und unsere Stühle zischen auf

die andere Seite des Zimmers – während wir immer noch auf ihnen sitzen. Eine Vorwarnung wäre nett gewesen. Oder ein Sicherheitsgurt.

Alex umklammert die Sitzfläche seines Stuhls. »Mir gefällt das nicht.«

JP umarmt sich selbst. »Mir auch nicht. Dieses Haus ist gruseliger als das Bestattungsinstitut von meinem Onkel Willie. Lukratives Geschäft, immer genug Nachfrage, aber gruselig.«

»Das liegt an den Gespenstern«, sage ich und hoffe, die Gänsehaut irgendwie loszuwerden. Aber vergeblich. Der kleine Gespensterjunge ist wieder einfach durch uns durchgelaufen. »Dee Dee könnte uns vielleicht wirklich helfen.«

»Wir wissen nicht mal, was für eine Art Ungewöhnliche sie überhaupt ist«, flüstert Alex eindringlich. Er blickt zu Dee Dee rüber, die sich gerade die Nägel feilt. Natürlich sind die schwarz lackiert. »Ich habe kein gutes Gefühl bei dieser Sache.«

»Ich hatte ein noch schlechteres, als ich die Lügen gehört habe, die die Plünderer über uns verbreiten. Du nicht? Wir brauchen jetzt die Msaidizi, um unsere Unschuld zu beweisen. High John kann uns helfen, sie zu finden.«

Alex schaut wieder zu Dee Dee, und ich merke ihm an, dass er weiß, ich habe recht. Er seufzt. »Na gut.«

Gespenster können also Boote steuern.

Die Sonne beginnt gerade unterzugehen, als Dee Dee uns, Cocoa und das Gespenst Walter zu einem Dock im Sumpfgebiet fährt. Bei Tageslicht ist es schwer, Walter im Auge zu behalten. Seine rauchigen Umrisse sind nur manchmal zu sehen. Wie Spinnweben in der Sonne.

Wir steigen nach ihm ins Boot. Walter starrt auf die Schwimmwesten und rührt sich nicht, bis wir sie angezogen haben. Ich wusste gar nicht, dass Tote so auf Sicherheit achten. Kaum setzen die Propeller des Sumpfboots sich in Bewegung, gleiten wir über das trübe Gewässer.

Hier in Louisiana ist die Luft dicker und klebriger als in Mississippi. Louisianamoos hängt tief von den Bäumen, und wir müssen es wie Vorhänge beiseiteschieben. Ein paar Alligatoren lassen sich an der Wasseroberfläche treiben. Ich halte Cocoa von der Reling fern. Als Dad und ich noch in New Orleans gewohnt haben, sind wir zum Angeln in die Sümpfe gefahren. Die Alligatoren haben uns wenig Probleme gemacht, aber manchmal, wenn sie die Elritzen rochen, die wir als Köderfische benutzten, dann kamen sie nah an unser Boot und versuchten, einen Snack zu erbeuten. Ich möchte nicht, dass sie denken, Cocoa wäre ihr Abendessen.

Diese Angelausflüge gehören zu meinen schönsten Erinnerungen. Dad packte immer Sandwiches ein, von denen er behauptete, er hätte sie selbst gemacht. Dabei erkenne ich die von *Subway* auf den ersten Blick. Während wir darauf warteten, dass ein Fisch anbiss, erfand er alberne Raps, und wenn die Sonne unterging, fuhren wir noch tiefer in die Sümpfe, um den Jazzkonzerten zuzuhören, die Angehörige des Sumpfvolks veranstalteten. Das sind besondere Ungewöhnliche, die im Sumpf leben. Meist schlief ich dann mit dem Kopf auf Dads Schoß ein, während er im Rhythmus mitsummte.

Ich wische mir über die Augen. Wenn du rausfindest, dass jemand dich dein Leben lang angelogen hat, dann kommt dir plötzlich alles wie eine Lüge vor. Bis hin zu deinen Erinnerungen. Ich hasse das.

»Alles okay mit dir?«, fragt Alex.

»Yeah«, lüge ich. »Denke nur gerade nach.«

»Verstehe. Ich habe auch an Mom gedacht. Hoffentlich weiß sie irgendwie, dass es uns gut geht. Sie hat schon genug durchgemacht.«

»Yeah«, murmele ich. Da vermisse ich tatsächlich die schönen Zeiten mit Dad, während ich eine Mom hatte, die um mich weinte. Das ist alles so kompliziert.

JP putzt seine beschlagene Brille. Alex hat das Problem mit seiner holografischen nicht.

»Sag mal, Walter, wie lange bist du schon tot?«, fragt JP.

O mein Gott, er redet mit einem Gespenst. »JP, ich glaube, Gespenster können nicht …«

Walter hält erst einen Finger in die Höhe und formt dann zwei Nullen. Also schön.

»Wow, hundert Jahre«, sagt JP. »Seit damals hat sich die Welt ganz schön verändert. Gefällt dir das?«

Walter macht eine Handbewegung, die wohl »mal so, mal so« heißen soll.

»Verstehe. Vor hundert Jahren, da war es hier ja wie auf einem anderen Planeten. Und du kannst nun nicht mal die Fortschritte genießen. Harte Sache.«

Wow, jetzt hat er mich dazu gebracht, Mitleid mit einem Gespenst zu haben.

»Und wie bist du gestorben?«, fragt JP weiter, als würde er sich erkundigen, was Walter zu Abend gegessen hat.

»Meinst du nicht, dass das eine sehr persönliche Frage ist?«, sagt Alex. Und dann fügt er hinzu: »Ich kann nicht glauben, dass ich für ein Gespenst spreche.«

Aber Walter zeigt auf einen Baum, lässt den Kopf nach vorne hängen und hält seine Hand hoch, als wäre sie ein Seil.

»Oh«, murmelt JP. »Du wurdest gelyncht.«

Ich habe schon von dieser Todesart gehört. Dad sagte, das hätte man früher oft mit Schwarzen Menschen gemacht. Wenn sie irgendwas Verbotenes getan hatten, wie etwa aus dem falschen Trinkbrunnen zu trinken, dann konnte es ihnen passieren, dass eine wütende Menge Weißer sie an einem Baum aufhängte.

»Das tut mir leid«, meint JP zu Walter. »Wurden die Leute zur Rechenschaft gezogen, die dir das angetan haben?«

Walter schüttelt den Kopf.

»Die haben dich umgebracht!«, sagt Alex. »Wie konnte das nicht bestraft werden?«

»So war das für Schwarze Menschen damals«, erkläre ich ihm. »Manchmal kommen auch heute noch Leute straflos mit so was davon. Wenn das passiert, demonstrieren und protestieren die Gewöhnlichen, aber …«

»Demonstrieren und – Moment mal.« Alex schüttelt den Kopf, als hätte er die Orientierung verloren. »Warum ist so was Schwarzen Menschen passiert? Warum passiert es *immer noch*? Kann das niemand verhindern?«

»Ungewöhnliche könnten das schon. Manifestoren hätten Walter helfen können, wenn es ihnen erlaubt gewesen wäre.«

»Ich … oder wie die L.O.R.E. immer sagt: wir … Wir müssen die

Gabe geheimhalten«, meint Alex. »Wir können sie nicht nutzen, um Gewöhnlichen zu helfen.«

»Warum nicht?«, fragt JP.

Darauf hat Alex keine Antwort.

Ich auch nicht. Ich hätte die Gabe genutzt, um Walter zu helfen. Ich hätte Emmett Till geholfen. Ich hätte den Jugendlichen mit der Wasserpistole im Park mit einem Mojo beschützt. Genau wie die Frau, die einfach in ihrem Bett schlief. Ich hätte ein Unsichtbarkeits-Tonic benutzt, damit der Junge mit dem Tee und der Mann, der beim Joggen war, sicher nach Hause gekommen wären. Gegen den Kerl, der mit einer Waffe in die Schule gekommen ist, hätte ich ein Juju angewendet, das ihn umgehauen hätte. Wenn ich erst einmal weiß, wie man die Gabe benutzt, dann werde ich Gewöhnlichen damit helfen. Ganz egal, was die L.O.R.E. davon hält.

Wir gleiten mit unserem Boot tiefer in die Sümpfe. Bäume schirmen die heiße Sonne ab und sorgen für ein bisschen Abkühlung. JP schnappt nach Luft, als eine Gruppe von Angehörigen des Sumpfvolks vorbeischwimmt. Sie haben Schwänze, die an die von Alligatoren erinnern, aber nicht so breit sind wie die vom Meervolk. Diese Gruppe sieht wie eine Schulklasse aus. Ein älterer Sumpfmann hält ein Buch in der Hand, und mehrere Sumpfkinder versuchen, mit seinem Tempo mitzuhalten. Sie winken uns zu.

Zögernd winkt JP zurück. »Ein Seher zu sein, das ist wirklich unglaublich.«

»Warte, bis du welche vom Meervolk siehst«, meint Alex. »Die haben Juwelen an ihren Schwänzen. Die meisten leben in den Außenbezirken von New Atlantis.«

JP kommt aus dem Staunen nicht mehr raus. »Es gibt ein neues Atlantis?«

»Klar, im Bermuda-Dreieck«, sagt Alex. »Da gibt es einen Wasserpark mit der größten Unterwasser-Achterbahn der Welt. Wenn ich eine Pille gegen Seekrankheit einwerfe, kann ich das Ding stundenlang fahren.«

»Ich nehme auch solche Pillen und liebe Achterbahnen!«, antwortet JP. »Du solltest mal mit uns nach Florida kommen. Mein Dad bekommt Gratis-Eintrittskarten für alle Vergnügungsparks dort. Dann können wir den ganzen Tag lang Achterbahn fahren, wenn wir wollen. Natürlich nur, wenn wir nicht gerade Nachos essen.«

»Solange die Nachos mit Jalapeños sind, bin ich dabei«, sagt Alex.

»Alter, kann man Nachos überhaupt anders essen?«, fragt JP. »Dann wären es ja ›Not Yos‹.«

Alex prustet los. Wow. JP hat endlich jemanden gefunden, der über seinen »Not Yo«-Scherz lacht.

»Äh, JP, wenn das hier vorbei ist, könnten wir Uncle Ty für das Wiki interviewen«, melde ich mich zu Wort. Ist das ein komischer Anfang für ein Gespräch? Ja. Habe ich ein seltsames Gefühl wegen Alex und JP? Natürlich nicht. Ich möchte JP nur dran erinnern, dass wir auch ein gemeinsames Ding haben, versteht ihr? Genau.

»Ein Interview wäre fantastisch!«, sagt er und sieht dann gleich wieder Alex an. »Du solltest den *Stevie*-Büchern wirklich eine Chance geben. Wenn du möchtest, lese ich sie mit dir zusammen. Jeder liest ein Kapitel, und dann reden wir darüber, bevor wir uns das nächste vornehmen.«

Alex lächelt. »Das klingt cool.«

Wie bitte? Zusammen lesen, das ist *unser* Ding.

»Ich versprech dir, du wirst sie lieben«, sagt JP. »Mein Lieblingsbuch bisher ist Band drei. Stevie und seine Freunde sollen die Seelensense stehlen, mit der Einan den Leuten ihre Seelen wegnimmt. Echt heftig, aber Mannomann, es lohnt sich.«

Alex beißt sich auf die Unterlippe. »In dem Buch wollen sie eine mächtige Waffe stehlen, und im echten Leben wirft man unserem Vater vor, er hätte eine mächtige Waffe gestohlen.«

»Was willst du damit sagen?«, frage ich.

»Nur, dass es interessant ist.«

Sein Gesichtsausdruck sagt, dass er es mehr als nur interessant findet. Ein Teil von mir fragt sich, ob mehr dahintersteckt.

Da taucht in der Ferne eine schäbige Hütte auf Stelzen auf. Das an der Seite aufgemalte Kreuz lässt mich an eine Kirche denken. Aber Walter zeigt darauf.

»Wohnt Hairy Junior dort?«, frage ich.

Er nickt.

»Wir ziehen das wirklich durch, ja?«, fragt Alex.

»Yep. Wie Dee Dee gesagt hat, fürchtet Hairy Junior sich vor Hunden. Ein Höllenhund sollte dafür sorgen, dass er sich in die Hose macht.«

»*Dieser* Höllenhund?« Alex zeigt auf Cocoa, die in meinem Schoß schlummert. JP kichert.

»Sie ruht sich aus, bevor sie angreift.«

»Klaaar«, sagen Alex und JP gleichzeitig. Dann zeigen sie aufeinander, rufen »Jinx!« und lachen beide los.

Ich weiß nicht, ob ich diese neue Verbindung toll finde.

Walter schaltet den Propeller aus, und wir treiben das restliche Stück übers Wasser. Am Geländer der Veranda hängen Kreuze. Noch mehr davon sind in verschiedenen Farben und Größen auf die Fensterscheiben gemalt. Ich hätte nie gedacht, dass Hairy Man so fromm ist. Die Stelzen, auf denen die Hütte steht, sehen vermodert aus. Keine Ahnung, wie sie das Ding noch über Wasser halten können.

Walter bringt uns bis an die Stufen. Ich schlüpfe aus meiner Schwimmweste und stecke Cocoa in den Rucksack. Weil das Boot leicht schaukelt, muss ich erst mein Gleichgewicht finden, aber schließlich schaffe ich es, von Bord zu klettern. JP folgt mir.

»Ich ein Einbrecher«, murmelt Alex, »wie konnte es mit mir bloß so weit kommen?«

Vor sich hin jammernd steigt er aus dem Boot, und wir schleichen die Stufen hinauf. Ich will schon nach der Türklinke greifen, aber da hält Alex meinen Arm fest. Dann tippt er an seine Brille. Ein grüner Lichtstrahl erscheint, und er scannt damit die Hütte ab. Die Umrisse der Möbel werden sichtbar.

»Ich sehe Hairy Junior nicht«, sagt Alex. Er tippt noch ein paarmal an die Brille. Der Lichtstrahl zoomt an etwas heran, das wie ein Marmeladenglas auf einem Tisch aussieht. »Die Beschwörungswurzel ist in der Küche.«

Wie gut, dass es Giftech gibt. Ich rüttle am Türgriff, aber es ist abgeschlossen. Als Nächstes versuche ich, ein Fenster hochzuschieben, und das klappt tatsächlich.

Ich klettere hinein, und Holy Moly, sieht es da drinnen heilig aus! An den Wänden hängen noch mehr Kreuze, und in jeder Ecke stehen Figuren von Schutzengeln. Hier gibt es mehr Kirchensachen als in jeder Kirche, die ich bisher besucht habe.

Erst klettert JP mir hinterher, dann Alex. »Was ist denn das für eine Deko?«, fragt Alex.

Ich zucke mit den Achseln. »Er hat zu Jesus gefunden, würde ich sagen.«

»Jesus hat ihn gefunden«, verbessert JP. Wir sehen ihn an. »Was? Mein Daddy sagt immer, nicht Jesus sei verloren, sondern alle anderen.«

»Okay, Pastor JP, lasst uns jetzt diese Wurzel holen«, sage ich.

Im Flur kommen wir an einer Fotowand vorbei. Von den Bildern lächelt ein kleiner Junge, der von Kopf bis Fuß behaart ist, und neben ihm steht ein Mann, der größer und noch haariger ist. Auf einem der Fotos sind die beiden an einem See, und Hairy Junior hält stolz einen Fisch in die Höhe, den er gefangen hat. Sein Dad trägt ein Hemd mit schwarz-goldenen Sonnenbrillen als Muster. Nicht gerade ein Angel-Outfit, aber hübsch. Ein anderes Bild zeigt die beiden bei irgendeinem feierlichen Anlass, und Hairy Senior trägt einen Glitzeranzug mit Weste. Auf dem daneben grillen sie Marshmallows im Wald – Hairy Senior in einem violetten Leinenhemd mit passender Hose und breitkrempigem Hut. Bisher habe ich keinen Modefan im Kopf gehabt, wenn ich an Hairy Man dachte, aber so kann man sich täuschen.

Neben den Fotos hängt eine große Landkarte an der Wand. Ich hätte sie fast gar nicht weiter beachtet, doch dann sehe ich, was oben aufgedruckt steht: Jackson, Mississippi. Seltsam.

Um die Küche betreten zu können, müssen wir durch knöchelhohen Müll waten. Irgendwo da drin piepst eine Maus, und es liegen große Knochen herum.

»Sind das Menschenknochen?«, fragt JP.

Ich hoffe, nicht. Allerdings liegt auf der Arbeitsplatte in der Küche ein großer Jutesack. Es heißt, dass Hairy Senior Menschen gefangen hat, sie in seinen Sack stopfte und niemand sie je wiedergesehen hat. Das soll auch mit dem Vater von diesem Jungen namens Wiley passiert sein.

Gut, dass wir nicht lange nach der Beschwörungswurzel suchen müssen. Das Marmeladenglas steht auf dem Tisch. Die Wurzeln darin erinnern an verschrumpelte Kartoffeln, und sie schwimmen in irgendeiner rötlichen Flüssigkeit.

Ich kenne mich mit Wurzeln und Beschwörungen nicht aus. Das Einzige, was ich weiß, ist, dass man die Toten nicht stören sollte. Aber so genau will ich gar nicht darüber nachdenken. Ich brauche Dee Dees Hilfe.

Schnell stopfe ich das Glas in meinen Rucksack. »Das war einfach«, sage ich.

Aber Cocoa springt aus dem Rucksack und knurrt mit gesträubtem Fell. Sie schleicht um eine Ecke herum zu einer kleinen Ratte, die wie wild quiekt.

»Leute«, sagt JP. »Bilde ich mir das ein oder hat die Ratte ein Leuchten?«

Oh-oh. Dee Dee meinte ja, dass der Hairy Man und sein Sohn halb Gestaltwandler und halb Rougarous wären. Diese Ratte hat ein goldbraunes Leuchten, als wäre das Orange eines Gestaltwandlers mit dem Grau eines Rougarou gemischt worden. Jetzt stellt sie sich auf zwei Beine und quiekt, während sie immer größer und breiter wird.

Hairy Man Junior steht vor uns. Er ist kleiner, als ich dachte, hat rote Augen, statt Füßen die Klauen einer Kuh und struppiges schwarzes Haar am ganzen Körper – wie sein Vater in der Geschichte. Er trägt das orangefarbene Seidenhemd, das sein Dad auf einem der Fotos anhatte. Nur ist es ihm ein paar Nummern zu groß. Die Ärmel reichen ihm bis über die Hände. Er starrt Cocoa an, und seine Unterlippe zittert.

»Was macht ihr in meinem Zuhause?«, fragt er.

Alex bewegt stumm die Lippen, JP ist wie erstarrt. Mein Herz hämmert. Hairy Junior hat Angst vor Cocoa, aber das lässt ihn selber nicht weniger unheimlich aussehen.

»Oh wow! Das ist dein Zuhause?«, sage ich. »Wir haben uns verirrt und sind dann einfach hier rein…«

»Du lügst! Ich hab gesehen, wie du meine Wurzel geklaut hast. Dee Dee schickt euch, stimmt's? Ihr könnt ihr ausrichten, dass die Wurzel mir gehört! Ich benutze sie schon seit Jahren, um mit meinem Daddy zu reden. Sie gehört mir!«

»So funktioniert das mit Eigentum aber nicht«, presst Alex hervor.

Junior bleckt seine Zähne. »Nach meinen Regeln schon.«

Cocoa macht einen Satz auf ihn zu, und Junior jault auf. Ich packe ihre Leine, sodass sie ein paar Fingerbreit von ihm entfernt gehalten wird.

Dann grinse ich. »Was hast du gerade gesagt?«

»Hört mal, hört mal, so muss es ja nicht sein«, stottert er. »Was hat Dee Dee euch versprochen, damit ihr mich hier aufstöbert? Ich wette, ich kann euch was Besseres geben. Wollt ihr Geld? Davon hab ich reichlich. Oder Wertsachen? Kann ich euch auch bieten.«

JP wirft einen Blick auf den Müll. »Du hast Wertsachen?«

»Ja! Wollt ihr Klamotten? Ich habe die Garderobe von meinem Daddy geerbt …« Er breitet die Arme aus, damit wir das zu große Seidenhemd besser sehen können. »Er hatte ein paar Sachen aus den feinsten Stoffen, die man im Sumpfland findet. Ich kann euch Anzüge geben, die mehr wert sind als diese Wurzel.«

Ich bezweifle, dass die auffällige Garderobe seines Dads so wertvoll ist. »Nein, danke, wir nehmen die Wurzel.« Ich sehe JP und Alex an. »Kommt.«

»Wartet!«, schreit Hairy Junior uns nach. »Wie wär's mit der Gabe?«

Ich bleibe stehen und drehe mich um. »Was soll mit ihr sein?«

»Ich kann euch ein paar coole Anwendungen beibringen.«

»Unmöglich«, sagt Alex. »Dafür müsstest du ein …«

»Manifestor sein?«, unterbricht Hairy Junior ihn. »Die Momma von meinem Daddy war eine Manifestorin. Seht ihr nicht, dass mein Leuchten ein kleines bisschen goldfarben schimmert? Mein Daddy hat die Gabe erlernt und er hat mich unterrichtet. So jung, wie ihr alle noch seid, wisst ihr wahrscheinlich nicht viel darüber. Wollt ihr ein paar Sachen lernen?«

»Nein«, sage ich.

»Du lügst. Das sehe ich in deinen Augen. Ich kann euch ein paar coole Dinge beibringen, die man auf den Manifestorenschulen nicht lernt. Was wollt ihr wissen?«

Ich umklammere die Träger meines Rucksacks. Ich meine … wenn es einen Weg gäbe, die Msaidizi zu uns zu holen, dann würden wir High John nicht brauchen. »Weißt du, wie man die Gabe nutzt, um verlorene Dinge wiederzufinden?«

»Nic«, zischt Alex.

»Moment mal, Junge. Das Mädchen hat eine gute Frage gestellt«, sagt Hairy Junior. »Ich kenne tatsächlich ein Mojo, um verlorene Sachen wiederzufinden. Es ist kompliziert, aber ich kann das.«

»Das bezweifle ich! Dieses Mojo ist sogar für geübte Manifestoren zu kompliziert«, sagt Alex. »Nicht mal alle Ältesten beherrschen es. Außerdem würde ich wetten, dass die L.O.R.E. das schon versucht hat.«

Hairy Junior zieht seine buschigen Augenbrauen hoch. »Die L.O.R.E.? Da müsst ihr ja nach was richtig Wichtigem suchen. Ich sag euch was: Gebt mir meine Wurzel zurück, und ich helfe euch zu finden, was immer ihr sucht.«

Alex lässt mir keine Gelegenheit zum Überlegen. Er dreht mich einfach zur Tür. »Nein, danke. Schönen Tag noch!«, erklärt er Junior. Dann flüstert er mir zu: »Wir müssen hier weg. Jetzt!«

In dem Moment knallt die Küchentür ins Schloss.

»Seht euch das an!«, sagt Junior. »Ich schließe Türen, ohne sie auch nur zu berühren.«

»Lass uns raus«, sage ich, »sonst hetze ich meinen Hund auf dich.«

»Das ist bloß ein Höllenhundwelpe. Der wird nicht viel tun. Außerdem habe ich mit meinem Therapeuten an meiner Hundephobie gearbeitet. Und diese Entspannungstechniken bringen echt was.«

Therapie ist zwar eine gute Sache, aber … »*Du* bist in Therapie?«, frage ich.

»Na klar! Ich breche generationenübergreifende Traumata auf. Mein Daddy hatte Angst vor Hunden. Ich weigere mich, das gleiche Schicksal zu erleiden.«

»Gut für dich … würde ich sagen«, meint JP.

»Aber schlecht für euch«, sagt Junior. »Letzte Woche wollten wir uns eigentlich mit meinem Zwang beschäftigen, Leute aufzuessen. Aber dann ist die ganze Stunde für meine Hundephobie draufgegangen. Und Junge, Junge, ich sterbe gleich vor Hunger.«

Er schnappt sich seinen Jutesack. Ich weiß nicht, was er damit vorhat, aber ich will's auch gar nicht wissen.

Denk nach, Nic, denk nach! Wiley hat nicht nur seine Hunde eingesetzt, um Hairy Man abzuschrecken. Er hat ihn auch reingelegt. Wiley hat Hairy Man überredet, sich nacheinander in drei verschiedene Tiere zu verwandeln – ein großes, ein nicht ganz so großes und ein kleines, ein Opossum. Der Hairy Man hat gern damit angegeben, was er konnte. Aber die Verwandlung in diese Tiere kostete ihn viel Energie. Nachdem er sich in das Opossum verwandelt hatte, war er so müde, dass Wiley ihn in einen Sack stopfen konnte, den er in den Fluss warf. Ob das mit Junior auch funktionieren könnte?

»Beweis es!«, sage ich.

»Was soll ich beweisen?«, fragt er.

»Beweis, dass du über die Gabe verfügst.«

»Ich hab die Tür abgeschlossen, reicht das nicht?«

»Es könnte eine Giftech-Tür sein«, sage ich. »Zeig uns was Besseres.«

Er wedelt mit der Hand, und die Küchentür springt wieder auf. »Da! Ich hab sie entriegelt.«

»Könnte, wie gesagt, Giftech sein. Ich glaube nicht, dass du wirklich zum Teil Manifestor bist. Oder besonders viel von einem Gestaltwandler in dir hast.«

»Was?«, schreit er. »Ich hab mich in eine Ratte verwandelt, oder etwa nicht?«

»Yeah, aber das ist leicht. Ratten sind klein. Das ist was für Anfänger. Ich habe gehört, dass dein Daddy sich in viel beeindruckendere Tiere verwandeln konnte.«

Alex sieht verwirrt aus, doch dann kann ich beinahe hören, wie er stumm »Aaaah« macht, als er kapiert, worauf ich hinauswill. »Y-yeah. 'Ne Ratte? Keine große Sache. Niemand hat Angst vor einer Ratte. Ich hab nie wegen einer geschrien und bin noch vor keiner weggelaufen. Kein einziges Mal.«

Ich möchte wetten, dass er genau das gemacht hat.

»Konnte dein Dad sich nicht in ein Opossum verwandeln?«, frage ich Hairy Junior. »Das ist viel unheimlicher.«

»Oh ja«, schaltet JP sich ein. »Ich weiß, wovon ich spreche. Mein Onkel Troy hatte auf einem zweispurigen Highway mal eine hässliche Begegnung mit einem Opossum. Er ist danach nie wieder der Alte geworden.«

Das klingt seltsam detailliert, aber egal. »Dein Dad hat sich in eine Giraffe und in einen Alligator verwandelt. Sogar in den Wind! Und du gibst damit an, dass du eine Ratte sein kannst? Also wirklich, *Mann*.«

Wütend fegt er einen Teller vom Tisch. »Ich hab es satt, in seinem

Schatten zu stehen! ›Junior ist nicht so groß und kräftig wie sein Daddy. Junior ist nicht so unheimlich wie sein Daddy. Junior zieht sich nicht so schick an wie sein Daddy.‹ Ich bin mächtiger, als er es war! Sagt mir irgendwas, in das ich mich verwandeln soll, und ich wette, ich schaffe es!«

»Nope. Glaube ich dir nicht«, sage ich.

»Nenn mir sofort was! Los! Ich kann mich in alles verwandeln, ich bekomme sogar das passende Leuchten hin, wenn es ein Ungewöhnlicher oder eine Ungewöhnliche ist. Passt mal auf!«

Er schließt die Augen und wird ungefähr einen Kopf kleiner. Das struppige Haar verschwindet, und seine Haut wird eine Spur heller. Auf seinem Kopf erscheinen Locken, auf seiner Nase eine G-Brille und er nimmt ein goldenes Leuchten an. Er ist Alex.

Alex runzelt die Stirn. »Hat mein Kopf so eine komische Form?«

»Yep«, meint JP und nickt.

Ich kichere, als Alex ihm einen finsteren Blick zuwirft. »Cool, aber nicht beeindruckend«, sage ich zu Junior. »Kannst du dich auch in einen Bären verwandeln?«

»Das ist doch gar nichts«, sagt er. Dann schließt er die Augen, sein Haar wird dicker und braun. Seine Nase und sein Mund bilden eine Schnauze, die Augen nehmen eine Knopfform an. Innerhalb von Sekunden ist er zu einem ausgewachsenen Bären geworden.

»Nicht schlecht«, sage ich und bemühe mich, keine Angst zu kriegen, weil da ein verdammter Bär direkt vor mir steht. »Ich wäre noch mehr beeindruckt, wenn du dich auch in was Kleineres verwandeln könntest. Sagen wir, ein Schaf.«

»Wenn du es sagst«, meint er lässig.

Schon schrumpft der Bär um die Hälfte, und weiß gelockte Wolle verdrängt das braune Fell. Der Abstand zwischen den Augen wird breiter, die Ohren werden kleiner und rücken nach außen. Er ist ein Schaf.

»Määäh!«, blökt er. »Hab ich dir doch gesagt!«

Ich tippe mir nachdenklich ans Kinn. »Das ist ziemlich cool, aber Bären und Schafe sind Säugetiere. Alex genauso. Und du bist in deiner eigentlichen Gestalt auch ein Säugetier. Das ist nicht so eindrucksvoll.«

»Dann nenn mir irgendwas anderes«, sagt Junior. »Einen Vogel! Ein Reptil! Einen Fisch!«

»Ein Fisch wäre definitiv eindrucksvoller.«

»Määäh! Was für einer soll es sein? Wels, Forelle, Barsch? Nenn mir einen und ich werde zu ihm!« Als eine Art Zwischenstation nimmt er aber erst mal wieder seine ursprüngliche Gestalt an.

»Wie wär's mit was winzig Kleinem? Wie …« Ich tippe mir wieder ans Kinn, als würde ich scharf nachdenken. Dann schnippe ich mit den Fingern. »… einer Elritze?«

Hairy Junior kneift die Augen fest zu, und seine Arme verschwinden. Genau wie die Haare. Stattdessen tauchen überall an seinem Körper graue Schuppen auf. Dann ist er in einem Sekundenbruchteil verschwunden, und nur ein Haufen Kleider bleibt zurück.

Ich durchwühle Seidenhemd und Hose, bis ich die winzige Elritze auf dem Holzboden zappeln sehe.

Ich nehme sie in die hohle Hand. »Du meine Güte, Junior. Ich wette, du brauchst Wasser, stimmt's?« Sein Zappeln nehme ich mal als Ja.

»Okay, ich kenne die Geschichte von Wiley«, sagt JP. »Meine Grandma hat sie mir erzählt. Aber warum hast du Junior gesagt, er soll sich in einen Fisch verwandeln?«

»Eine Freundin von Dad ist eine Gestaltwandlerin«, sage ich. »Sie wird müde, wenn sie sich oft verwandelt, und sie braucht viel Kraft, um ihre normale Gestalt wieder anzunehmen. Junior sollte vom Wechsel zwischen den verschiedenen Tieren müde werden, außerdem ist ein Fisch außerhalb des Wassers nicht stark. Er kann jetzt praktisch nichts machen.«

»Und je kleiner eine Kreatur, desto mehr Kraft kostet es, sich wieder in sich selbst zurückzuverwandeln«, fügt Alex hinzu. »Schlau.«

»Danke«, antworte ich. Das war, glaube ich, das erste Mal, dass er was Nettes zu mir gesagt hat.

JP nimmt Cocoa auf den Arm, und wir laufen aus der Hütte. Die Elritzen-Version von Junior zappelt zwischen meinen gewölbten Händen. Ich halte ihn fest, bis wir wieder bei Walter im Boot sind. Der wirft den Propeller an, und wir gleiten los, weg von der Hütte.

Erst da senke ich meine Hände Richtung Wasser. »War nett, dich kennenzulernen, Junior. Und danke für die Wurzel.«

Sobald ich die Hände auseinandernehme, springt er ins Wasser, und es schlägt Wellen, als er zu seiner Hütte zurückschwimmt. Doch nicht weit entfernt ragen die Köpfe von drei großen Alligatoren gerade so über die Wasseroberfläche des Sumpfs.

Das Wasser spritzt, als sie durch das trübe Wasser hinter Elritzen-Junior herjagen. Er erreicht seine Hütte, bevor sie ihn erwischen. Als er aus dem Wasser und auf die Stufen springt, hat er zwar seine normale Größe wieder, aber sein Körper ist noch von grauen Schuppen bedeckt.

»Ich kriege euch!«, brüllt er uns nach und japst zwischen den Worten immer wieder nach Luft. »Ihr habt euch mit dem Falschen … Aaah!«

Einer der Alligatoren schnappt nach ihm, wie er da so auf den Stufen steht. Die beiden anderen stoßen mit ihren Schädeln gegen die morschen Stelzen seiner Hütte. Wahrscheinlich riecht er für sie wie eine Riesen-Elritze, und dieses Festmahl wollen sie sich nicht entgehen lassen.

»Verschwindet!«, schnauzt er sie an, aber die Alligatoren rammen weiter die Stelzen. Der bei den Stufen beginnt damit, zu ihm hochzuklettern. »Hau ab!«

Knack!

Alex, JP und ich zucken von dem Geräusch zusammen.

Eine der Stelzen ist in der Mitte zersplittert, und die eine Ecke der Hütte senkt sich. Das genügt, damit auch alle anderen Stelzen nachgeben. Und dann stürzt die schäbige Behausung mit lautem Poltern und einem gigantischen Platsch ins Wasser. Hairy Junior wird einfach mitgerissen.

11

High John de Conqueror

»Denkt ihr, er ist heil davongekommen?«, fragt JP.

Das Boot ist inzwischen schon ein ganzes Stück von der Hütte entfernt, und es ist das Erste, was einer von uns sagt, seit Junior im Wasser verschwunden ist.

Ich fühle mich schrecklich. Einerseits wollte der Typ uns zum Abendessen verspeisen. Andererseits könnte es sein, dass er jetzt das Abendessen für die Alligatoren ist. Aber ich darf mir keine Gedanken um ihn machen. Das geht einfach nicht. »Wir müssen uns darauf konzentrieren, die Msaidizi zu finden«, antworte ich.

»Er könnte verletzt sein«, sagt Alex, und JP nickt dazu. »Sollten wir nicht zurückfahren und nachsehen?«

»Er wollte uns essen! Wir haben einen Auftrag! Schon vergessen?«

Die beiden wechseln einen Blick, der mir das Gefühl gibt, nicht dazuzugehören. Aber keiner von ihnen sagt noch ein weiteres Wort.

Ich versuche, es nicht an mich ranzulassen. Sobald ich die Msaidizi gefunden habe, wird alles wieder besser werden.

Dee Dee holt uns am Dock ab. Ich warte, bis wir wieder bei ihr zu Hause sind, bevor ich ihr die Wurzel gebe.

Ihre Augen leuchten, als sie sie sieht. »Ihr habt sie wirklich geholt.«

»Yeah«, murmele ich und bemühe mich, nicht daran zu denken, um welchen Preis. »Die Wurzel gehört dir, aber als Erstes musst du damit High John für uns heraufbeschwören.«

Es ist ein Wunder, dass sie irgendwas von dem, was ich sage, mitbekommt, solange sie auf die Wurzel starrt. »Ich werde meinen John heraufbeschwören, aber jetzt gib mir die Wurzel.«

Ich halte ihr das Glas hin, und Dee Dee, in deren Augen Flammen tanzen, nimmt es aus meinen Händen.

Flammen.

Tanzen.

In ihren Augen.

»Mein John, mein John«, sagt sie. »Endlich ist es so weit.«

Alex weicht ein Stück zurück. »Woher kennen Sie High John noch mal?«

Das schwarze Leuchten um Dee Dee wird noch dunkler. Sie leckt sich die Lippen, und dabei schießt eine gespaltene Zunge aus ihrem Mund. Die hatte sie vorher *definitiv* noch nicht.

»Wir kennen uns schon ewig. Sagt man das nicht heutzutage so?«, fragt sie. »Ich kann mir die Redewendungen, die ihr Menschen im Laufe der Jahrhunderte gerne benutzt habt, nicht alle merken.«

Ihr Menschen?

JP und ich weichen bis auf Alex' Höhe zurück. »Antworten Sie meinem Bruder!«

Dee Dee verzieht die Lippen zu einem Grinsen. Die sehen jetzt ledrig aus, wie die Haut einer Eidechse. »Ich habe versucht rauszukriegen, ob ihr mutig oder einfach nur dumm seid. Mut habt ihr auf jeden Fall, aber ihr habt auch eure Dummheit bewiesen, indem ihr gefragt habt, wer ich bin – obwohl die Antwort doch offensichtlich ist.«

Sie schnippt mit den Fingern. Schon fliegt die Stahltür unter der Treppe auf, und Flammen schlagen heraus. Unzählige Stimmen heulen, während in der Ferne schrilles Lachen widerhallt. Es klingt so böse, als käme es vom Teufel höchstpersönlich.

Was daran liegt, dass es der Teufel höchstpersönlich *ist*, der da lacht.

Ihr Name ist nicht Dee Dee.

Sie heißt DD. Die Abkürzung für Devil's Daughter.

»Sie sind die Tochter des Teufels«, sage ich. »Diejenige, in die High John sich verliebt hat.«

DD schnippt erneut mit den Fingern, und das Tor zur Hölle schließt sich wieder. »Das hat ja lange gedauert. Normalerweise macht die Hölle in meinem Keller es offensichtlich. Aber keine Sorge, Manifestorin. Du hast mir meine geliebte Wurzel zurückgebracht. Also werde ich meinen Teil der Abmachung erfüllen und euch vor der Zeremonie mit meinem John sprechen lassen.«

JP zittert bis in die Zehenspitzen. »Was für eine Zeremonie?«

Die Flammen in DDs Augen lodern wild. »Das werdet ihr schon sehen.«

Ein Tisch quillt nun von brennenden Kerzen fast über. In seiner Mitte steht das gerahmte Schwarz-Weiß-Foto eines Schwarzen Mannes, der eine juwelenbesetzte Krone trägt.

In der Geschichte, die Dad mir erzählt hat, war High John ein afrikanischer Prinz, den man entführt und nach Amerika in die Sklaverei verkauft hat. Er nutzte seine Fähigkeiten als Gestaltwandler und Prophet, um anderen versklavten Menschen mit seinen Prophezeiungen von Freiheit und Berichten von den legendären Streichen, die er den Sklavenhaltern spielte, Hoffnung zu schenken. Erzählungen über seine Streiche verbreiteten sich von einer Plantage zur anderen. Seine legendärste Aktion war, dass er den Teufel austrickste, um dessen Tochter heiraten zu können.

Von heute an wird man sich Geschichten darüber erzählen, wie die Tochter des Teufels uns dazu brachte, ihre Beschwörungswurzel zu stehlen, damit sie mit High John sprechen konnte.

DD nimmt die Wurzel aus dem Glas. Ich kann nicht sehen, was sie damit macht, weil sie uns den Rücken zudreht, aber sie beginnt, in einer Sprache zu singen, die ich noch nie gehört habe. Der Fußboden bebt, und im ganzen Haus flackern die Lichter. Eine Kälte, als wären Hunderte Gespenster reingekommen, erfüllt den Raum. DD singt lauter. Ein Wirbel aus weißem Rauch erscheint über dem Tisch. Daraus werden tiefbraune Arme, dann folgen Beine, ein Rumpf, ein Hals und ein Kopf mit lockigem Haar.

Anders als Gespenster haben Geister Augen. High John schlägt seine auf. Man könnte ihn leicht für einen lebendigen Menschen halten, wenn er nicht durchsichtig wäre. »Wo bin ich?«, fragt er. Seine Stimme ist so leise, als würde er aus großer Entfernung zu uns sprechen. »Wer hat mich hergerufen?«

DD tritt vor. »Baby, das war ich!«

»DD!« Er streckt die Hand nach ihrer Wange aus, gleitet aber einfach durch sie durch. »Warum hast du mich so lange nicht mehr heraufbeschworen, Sweetheart?«

»Dieser Bengel, Hairy Junior, hatte mir die Wurzel gestohlen! Die Kinder hier haben sie für mich zurückgeholt.«

High John mustert uns. »Diese Kinder haben es mit Hairy Junior aufgenommen?«

So, wie wir gerade zittern und schlottern, verstehe ich, dass er Zweifel daran hat.

»Ja, Sir, das haben wir«, sage ich.

High John kichert. »Boy o Boy, mich hat schon ewig niemand mehr Sir genannt. Da drüben auf der anderen Seite gibt's so was wie Respekt vor Leuten nicht. Ich bin High John de Conqueror. Mit wem habe ich das Vergnügen?«

»Wir …«, presst Alex hervor, aber das war es dann. Kein weiteres Wort kommt ihm über die Lippen.

»Nett, dich kennenzulernen, Wir«, sagt High John. »Ganz schön mutig von euch, dass ihr es mit Hairy Junior aufgenommen habt. Wie kann ich mich bei euch dafür revanchieren, dass ihr meiner Herzensdame geholfen habt?«

Ich zwinge mich, John anzusehen. Geister sind genauso unheimlich wie Gespenster. »Wir brauchen Ihre Hilfe, Sir. Wir suchen die Msaidizi.«

»Ah, den Helfer oder die Helferin selbst. Wozu braucht ihr Kinder sie denn?«

»Meine Eltern und ihr bester Freund wurden angeklagt, sie gestohlen zu haben. Wir müssen die Msaidizi finden, um ihre Unschuld zu beweisen«, sage ich. »Man hat uns gesagt, sie sei hier in New Orleans gesehen worden. DD meinte, Sie hätten eine Verbindung zu ihr und könnten uns sagen, wo sie ist.«

»Tut mir leid, Kind. Das weiß ich nicht. Meine Verbindung zu ihr ist abgerissen. Sie ist an einem Ort, wo ich sie nicht finden und an den ich nicht gelangen kann.«

»Wie ist das möglich?«, meldet Alex sich zu Wort. »Sie sind ein Geist. Können Sie nicht überallhin, wo Sie wollen?«

»Normalerweise schon, das ist eine meiner Lieblingsfähigkeiten als Geist. Vor allem gehe ich gern aufs Coachella-Festival. Ihr habt da heutzutage ein paar richtig gute Unterhaltungskünstler. Diese Beyoncé? Ooowee! Die Dame versteht sich aufs Showgeschäft! Als sie vor ein paar Jahren groß rauskam, da war ich auf einem ihrer Konzerte und hab gesungen und getanzt …«

»Also, die Msaidizi?«, lenke ich ihn wieder zum Thema zurück.

»Tut mir sehr leid, kleine Lady. Das letzte Mal hab ich sie vor ungefähr zehn Jahren gesehen, wenn mein Gedächtnis mich nicht täuscht. Und zwar bei einer Person, die hier in New Orleans in einen Bus gestiegen ist. Ich hatte den Eindruck, als wäre sie auf der Flucht und wollte sich verstecken.«

»Das kann dann eigentlich nur die Person gewesen sein, die sie gestohlen hat.« Hunderte Fragen kommen mir auf einmal in den Sinn. »Wie sah sie aus?«

»Klein und dick, mit einem Baum-Tattoo auf der Hand. Ich glaube, man nennt es das Zeichen des Garten Eden.«

»Das ist das Symbol, das sich auch auf der Msaidizi befindet, oder?«, frage ich.

»Ja, Ma'am, so ist es. Die Person trug es auf dem Handrücken. Ihr Gesicht konnte ich nicht erkennen, weil sie eine Maske aufhatte.«

»Hatte sie …« Ich fürchte mich beinahe, es auszusprechen. »Hatte sie ein Kleinkind bei sich?«

»Nein, kein kleines Kind. Daran würde ich mich erinnern. Die Person war allein.«

Ich bin total erleichtert. Das war nicht Dad. Erstens ist er groß und schlank, nicht klein und dick. Zweitens hat er das Zeichen des Garten Eden nicht auf seine Hand tätowiert. Drittens hätte er mich bei sich gehabt, als er New Orleans verließ. Die leise Stimme in meinem Kopf, die mir gesagt hat, dass er nicht der Dieb ist, hatte recht.

Das bedeutet aber auch, dass der wahre Dieb oder die wahre Diebin noch frei herumläuft und Dad den Kopf für jemand anders hinhält. »Hat die Person mit Ihnen gesprochen?«, frage ich High John. »Hat sie gesagt, warum sie sie bei sich hatte?«

»Sie meinte, sie hätte den Befehl, sie bis zum ›richtigen Moment‹ zu verstecken. Nachdem sie die Stadt verlassen hatte, riss meine Verbindung zur Msaidizi ab. Wo auch immer sie hingebracht worden ist, sie scheint dort von einem Juju geschützt zu sein, das stark genug ist, um Geister fernzuhalten.«

»Wer hat wohl den Befehl gegeben, sie zu verstecken?«, frage ich. »Und was ist der richtige Moment?«

»Leider«, sagt DD und tritt zwischen uns, »sind das alle Fragen gewesen, die ihr heute stellen könnt. Wir haben Dringenderes zu erledigen.«

Ihr gieriger Blick lässt mich einen Schritt zurückweichen. »Wovon reden Sie?«

Sie kommt näher. »Ich habe meinen Teil der Abmachung eingehalten und euch erlaubt, mit meinem John zu sprechen. Aber weiter reicht meine Gutmütigkeit nicht. Wisst ihr, ich will meinen Schatz ins Leben zurückholen, und dafür brauche ich eine junge Seele. Zum Glück habe ich gleich drei zur Auswahl. Aber weil ich fair bin, werde ich euch alle drei töten.«

JP zieht eine Kette unter seinem T-Shirt mit dem Aufdruck *Ferienbibelcamp* hervor, an der ein Kreuzanhänger baumelt. »Bleiben Sie weg!«

DD macht einen Satz rückwärts. »Du Rotzbengel! Wie kannst du es wagen, das in mein Haus zu bringen?«

»Mein Daddy hat gesagt, ich soll Jesus überallhin mitnehmen! Ich bin froh, dass ich auf ihn gehört habe!«

DD zuckt zusammen. »Wenn ich mit euch fertig bin, wirst du das anders sehen.«

Jetzt wird ihre ganze Haut ledrig und blutrot. Aus ihren Schuhen wachsen Klauen, und zwischen ihren Haaren schießen Hörner hervor. Schwarze Flügel zerreißen ihre Bluse. Sie schlägt damit und hebt vom Boden ab.

JP rutscht sein Kreuz aus den Fingern. »Holy …«

»Baby!«, ruft der Geist von High John. »Beruhig dich!«

»Nein!«, schreit DD. »Ich habe schon genug Zeit verschwendet!«

Sie will sich auf uns stürzen. Cocoa springt schützend dazwischen, doch ein Blick von DD genügt, damit sie jaulend zusammenbricht.

»Cocoa!«, brülle ich.

»Du Winzling«, schnauzt DD. »Deine Vorfahren wurden im Reich meines Vaters geboren. In diesem Haus gehorchst du nur mir!« Sie wedelt mit der Hand, und schon rollt Cocoa willenlos zur Seite.

Mir meine Seele zu nehmen, das ist eine Sache, aber niemand, wirklich *niemand*, vergreift sich an meiner Hündin. Also packe ich das Erste, was ich zu fassen kriege – eine nicht angezündete Kerze – und schleudere sie in DDs Richtung.

Sie weicht aus, und das Feuer in ihren Augen lodert noch wütender. »So willst du spielen, Nichole? Okay, dann lass uns ein bisschen Spaß haben.«

Sie öffnet ihren Mund weit, und eine Feuersäule schießt heraus. Direkt auf mich, Alex und JP zu. Ich ducke mich in die eine Richtung, Alex und JP in die andere.

Dabei lande ich neben Cocoa auf dem Boden. Fröhlich springt sie um mich herum und leckt mir übers Gesicht.

Ich setze mich auf und schnappe sie mir. Dichter schwarzer Rauch füllt das Zimmer. Es ist unmöglich, noch irgendwas zu sehen. Keine Spur von Alex, JP oder DD.

»Jungs!«, brülle ich.

»Nic!«, ruft Alex, und es klingt, als wäre er im ersten Stock.

»Leute, wo seid ihr?«, meldet sich JP. Seine Stimme scheint auch von oben zu kommen. Wie sind die beiden so schnell da hingekommen?

Mir bleibt keine Zeit, darüber nachzudenken. Ich schaffe es,

Cocoa wieder in meinen Rucksack zu stecken. Trotz der Dunkelheit kann ich die Stahltür erkennen. Das hilft mir, zur Treppe zu gelangen. Ich muss JP und Alex finden.

Der Qualm hat den ersten Stock noch nicht erreicht, aber die Wände und der Fußboden des Flurs sehen dort aus wie flüssige Lava. Ein feuriger Schimmer pulsiert dahinter. Der Flur ist unendlich lang. Unter Hunderten Stahltüren schlagen Flammen hervor.

So groß kann dieses Haus nicht sein. »Das ist nur eine Illusion«, murmele ich.

Ich mache einen Schritt, und der Boden vor mir explodiert. Ich taumele zurück.

DD lacht dreckig. »Du bist in *meinem* Haus. Hier mache ich die Regeln. Es gibt kein Entrinnen, Kleine. Du, dein Bruder und euer Freund, ihr gehört mir. Aber vielleicht …«

»Aber vielleicht was?«, erwidere ich schnippisch.

»Ts-ts-ts«, macht DD. »Du bist nicht in der Position, Forderungen zu stellen, Nichole. Du solltest lieber nett zu derjenigen sein, die dein Schicksal kennt.«

Ich lasse die Rucksackträger los, die ich bisher umklammert hatte. »W-was?«

DD wird sichtbar. Sie lächelt. »Jetzt habe ich deine Aufmerksamkeit! Deine Eltern haben dir was verheimlicht, Nichole. Sie haben dir nicht gesagt, wer du wirklich bist.«

»Sie lügen!«

DD wackelt mit ihren Fingerspitzen. »Tue ich das? Fragst du dich nicht, warum dein Vater mit dir abgehauen ist? Die Antwort steckt in der Prophezeiung, mein Kind.«

»Es gibt eine Prophezeiung über … über mich?«

»Ja, und das ist keine gewöhnliche Prophezeiung, weil du kein gewöhnliches Kind bist.«

»Bist du nicht!«, sagt eine Stimme.

»Hör auf sie!«, sagt eine andere.

Die Stimmen sind nicht nur in meinem Kopf, dafür höre ich sie zu laut. Das ist ein Dämonentrick. Ich halte mir die Ohren zu. »Das glaube ich Ihnen nicht.«

DD zieht mir behutsam meine Hände von den Ohren. »Liebes Kind, du und Tyran Porter, ihr seid euch sehr ähnlich. Man könnte sogar sagen, ihr seid zwei Seiten derselben Münze. Sein Scheitern wird dein Erfolg sein.«

Moment, was redet sie da … »Was haben Sie gesagt?«

»Überlass mir die Seelen von deinem Bruder und deinem Freund, dann werde ich dir jede Frage beantworten, die du hast.«

»Sag ja!«, rät mir die laute Stimme.

»Tu es!«, fügt die andere hinzu.

DD sieht mich aus ihren flammengefüllten Augen voller Mitgefühl an. »Willst du nicht die Wahrheit erfahren? Du bist so viel belogen worden. Lass mich dir die Antworten geben, nach denen du suchst. Du musst nur ja sagen.«

Nichts außer den Flammen in ihren Augen spielt mehr eine Rolle. Sie flackern so warm und einladend. Diese nette Lady will mir helfen. Ich sollte es zulassen.

»Ein Ja genügt«, flötet DD. »Sag ja, Nichole.«

Ich weiß nicht mehr, wozu ich ja sagen soll, aber es muss etwas Gutes sein, wenn es von ihr kommt. »J-aua!«

Spitze Höllenhund-Reißzähne bohren sich in meinen Nacken. Der Rauch löst sich auf, die Illusion verschwindet.

Höllenhund-Gift. Ungewöhnliche nennen es Wahrheitsserum, weil es eins von wenigen Mitteln ist, das Illusionen durchbrechen kann. Jetzt sehe ich, dass der Flur eine normale Länge hat und nur vier Türen davon abgehen. Und DD ist eine verschrumpelte grauhaarige Frau mit papierdünnen Flügeln und zerbröselnden Hörnern. Auch ihre Erscheinung war vorher nur eine Illusion. Das kann man ihr nicht verübeln, wenn sie in Wirklichkeit so aussieht.

»Höllenhund, ich habe dich gewarnt!«, faucht sie.

Sie will Cocoa packen, und da tue ich etwas, wofür ich lebenslang Hausarrest bekommen würde, wenn sie eine normale alte Frau wäre: Ich schubse DD so heftig, dass sie auf ihren Hintern fällt. Keine besondere Aktion, aber sie gibt mir die Chance, wegzulaufen.

Ich renne in eines der Zimmer. Die Wände flackern zwischen Lava-Illusion und schwarzer Tapete hin und her. Weil Cocoa noch ein Welpe ist, wirkt ihr Gift wahrscheinlich nicht besonders lange. »Alex! JP!«

»Nic!«, ruft Alex von weiter hinten im Flur.

»JP! Wo bist du?«

»Aaaah!«, schreit Alex. Dann prallt er mit mir und Cocoa zusammen.

Er packt mich an den Schultern. »Nic! Da war Rauch, und dann habe ich dich und JP hier oben gehört und bin die Treppe raufgerannt, die plötzlich erschienen ist, und jetzt finde ich nicht mehr raus! Wir werden hier nie mehr wegkommen! Da sind so viele Türen! Wir …«

Ich greife nach seiner Hand und halte sie vor Cocoas Schnauze. Sie schlägt ihre Zähne hinein.

Er jault auf und blickt um sich. »Oh boy Du Bois! Es war nur eine Illusion.«

»Yeah, und jetzt müssen wir JP finden und von hier verschwinden!«

»Das ist praktisch unmöglich. Sie ist die Tochter des Teufels. Ich hab gehört, dass sie genauso mächtig ist wie Manifestoren. Wir müssten sie neutralisieren, um die Flüche zu brechen, mit denen sie uns hier drin festhält.«

»Du willst sie *umbringen*?«

»Unmöglich. Aber wir sollten sie mit einem Fessel-Juju fixieren und dann losrennen.«

Schrilles Gelächter ertönt. »Niedlicher Plan«, sagt DD. »Schade, dass er nicht funktionieren wird.« Die Tür fliegt auf, und sie stürzt in den Raum. Dort, wo ihre Augen sein sollten, sind nur Flammen.

»Genug von euren Spielchen«, knurrt sie. »Es ist an der Zeit, einen von euch für John zu opfern!«

Sie stürmt auf uns zu, aber Alex wirft ein Seil aus Licht um einen ihrer Knöchel. DD reißt ihr Bein zurück, sodass sie Alex an dem Seil quer durchs Zimmer zu sich zieht.

»Nic, Hilfe!«, ruft er.

»Süßer, unschuldiger Junge«, flötet DD. »Schau mir in die Augen.«

Er tut es, und sein Blick wird so leer, als hätte man das Licht in seinen Augen ausgeknipst.

»Willst du nicht hier bei mir bleiben?«, fragt DD. »Warum solltest du raus in die gefährliche Welt der Gewöhnlichen gehen? Da willst du doch gar nicht sein, oder?«

»Will ich nicht«, antwortet er wie ein Roboter.

»Alex!«, rufe ich. »Raus aus der Starre!«

DD wedelt mit der Hand, und eine unsichtbare Kraft wirft mich zu Boden. Cocoa purzelt aus dem Rucksack. Ich versuche, wieder aufzustehen, aber durch die Holzdielen des Fußbodens brechen Skelethände und halten mich und Cocoa fest.

»Darf ich dir ein paar meiner Freunde vorstellen, Nichole?«, sagt DD. »Sie wollen dich mitnehmen, damit du Daddy kennenlernst. Der liebt Gäste. So sehr, dass er sie nie wieder gehen lässt!«

Cocoa bellt die Hände an. Ich versuche, eine von meinem Knöchel zu lösen, aber da brechen schon zwei weitere durch den Boden und grapschen nach meinem Fuß. Sie ziehen mich von Alex und DD weg und in Richtung eines klaffenden Lochs, aus dem Flammen schlagen. Von unten hört man den Teufel hämisch lachen.

»Alex!«, schreie ich. Ein langer skelettierter Arm schlingt sich um meine Taille. Eine Hand hält Cocoa die Schnauze zu. »Alex, fessel sie!«

»Warum sollte er das tun, wo er doch mein Opfer sein wird?«

»Opfer«, wiederholt Alex mechanisch.

»Ja, Schätzchen. Du wirst es lieben. Und du musst auch gar nicht lange im Jenseits bleiben, weil du als Lebensquelle für meinen John zurückkommen wirst. Klingt das nicht schön?«

Ich packe den Arm, der sich um meine Hüfte windet, und versuche, mich aus seinem Griff zu lösen. Aber schon bricht eine weitere Hand durch den Boden und umklammert mein Handgelenk. »Alex, hör nicht auf sie!«

»Nein, Alex, hör nicht auf dieses schreckliche Mädchen«, sagt

DD. »Du bist ihr genauso egal wie deine Mutter. Ihr geht's nur darum, ihren Dad, diesen Versager, zu retten.«

»Das stimmt nicht!«, schreie ich.

»Armer Junge. Dieser schreckliche Mann hat dich im Stich gelassen, deiner Mutter wehgetan. Und jetzt erwartet deine lange verschollene Schwester, dass du ihm hilfst. Sie schert sich einen Dreck um deine Gefühle.«

»Alex, du bist mir nicht egal!«

Er dreht den Kopf ruckartig zu mir, und ich erschrecke. Wo seine Augen sein sollten, sind jetzt auch nur noch Flammen. »Lügnerin!«

DD strahlt. »Gib's ihr, Sweetheart.«

»Ich lüge nicht!«

»Warum benutzt sie dann nicht die Gabe, um dich zu retten, Alex? Hmm? Oh, ich vergaß.« DD wirft einen Blick auf mich. »Sie weiß ja nicht, wie das geht. Sie ist gar keine richtige Manifestorin.«

Ich höre auf, gegen die Knochenhände zu kämpfen. »Doch, das bin ich.«

»Dann benutz doch die Gabe, um mich aufzuhalten! Na los, nutze sie!«

»Halt die Klappe!«, schreie ich mit zitternder Stimme.

»Du bist nicht gut genug! Du wirst nie gut genug sein! Du wirst nie eine richtige …«

Draußen auf dem Flur brüllt JP: »Jeee-suuus!« Er kommt durch die Tür gestürmt und hält ein Kreuz, das aus Gabeln, Löffeln und Gummibändern besteht, wie einen Schild vor sich. Er streckt es in DDs Richtung. »Jeee-suuus!«

Die skelettierten Hände zerfallen explosionsartig zu Staub. Cocoa und ich sind frei – und DD kreischt und bibbert. Schließlich stürzt sie auf den Boden, hält sich die Ohren zu und kneift die Augen zusammen.

»Aufhören!«, ruft sie. Weil sie sich so auf JP konzentriert, scheint sie die Kontrolle über Alex' Gedanken zu verlieren. Ruckartig erwacht er aus seiner Trance. Er schaut sich um, und es sieht so aus, als würde er sich wieder daran erinnern, wo er ist. Schon schwingt er ein neues Seil aus Licht in seiner Hand. Er wirft es wie ein Lasso um DDs Beine und fesselt sie damit.

JP kommt ihr mit seinem Kreuz noch näher. »Jesus!«

»Aufhören!«, brüllt sie.

Sie will die Hand nach JP ausstrecken, doch da lässt Alex schon ein weiteres Seil entstehen, das sich um ihre Arme schlingt.

»Nic, mach was!«, ruft Alex. »Hilf mir, sie zu fesseln! Das ist vielleicht die einzige Chance für uns, hier rauszukommen!«

Ich … ich weiß nicht, wie man so ein Seil erzeugt. Ist es ein Mojo oder ein Juju? Muss ich mir das Licht vorstellen, und dann erscheint es? Und gibt es bestimmte Worte, die ich denken, oder ein Bild, das ich vor Augen haben muss …

»Nic! Hilf uns!«, ruft Alex.

Ich muss irgendwas tun. Also bewege ich mein Handgelenk, wie Alex es gemacht hat. Nichts.

Nein, nein, nein. Bitte, bitte, lass mich helfen können.

Ich schüttle wieder und wieder meine Hand. Alex ruft nach meiner Hilfe, und DD lacht gehässig.

»Sie ist gar keine richtige Manifestorin! Sie ist nutzlos!«

»Nein!«, schreie ich. Heiße Tränen laufen mir über die Wangen, während ich weiter meine Hände schüttle. Aber nicht mal ein Funken Licht erscheint.

Alex schnaubt frustriert, was mir verdeutlicht, wie nutzlos ich bin. Er erzeugt noch ein Seil und bindet DDs Arme und Beine zusammen, während JP mit dem Kreuz in der Hand immer noch pausenlos »Jesus!« ruft. Ich kann nur danebenstehen und zusehen.

DD wirft sich herum, aber es sind zu viele Seile, als dass sie etwas dagegen ausrichten könnte. Walter und die anderen Gespenster kommen in den Raum geschwebt. Mit ihren leeren Augenhöhlen beobachten sie, was da mit ihrer Herrin passiert. Anscheinend hat sie sie nicht gut behandelt, denn keines von ihnen versucht, ihr zu helfen.

»Ihr habt euer Schicksal und das eures Vaters besiegelt!«, knurrt DD. »Mein Daddy wird euch für das büßen lassen, was ihr mir angetan habt!«

Mehr kann sie nicht sagen, weil sich nun auch noch ein Seil über ihren Mund legt. Fest verschnürt windet sie sich am Boden.

Alex ist ganz außer Atem. Er streckt JP eine Hand zum Abklatschen hin. »Gute Arbeit.«

JP schlägt ein. »Du auch.«

Es ist, als würde ich gar nicht existieren. Und wenn ich bedenke, dass ich überhaupt nicht helfen konnte, wäre es auch tatsächlich egal, wenn ich unsichtbar wäre.

Da ertönt ein Wutschrei, und mir rutscht das Herz in die Hose.

DDs Daddy.

Das ganze Haus erzittert, als wäre er bereit, es zu zerstören, nur um uns auszulöschen. Mein Verstand sagt: Lauf, als wäre im wahrsten

Sinne des Wortes der Teufel hinter dir her! Aber meine Füße sind wie angewachsen.

Bilder fallen von den Wänden und schlagen krachend auf dem Boden auf. Endlich setzt mein Instinkt sich durch. Ich schnappe mir Cocoa und rase zusammen mit Alex und JP aus dem Zimmer. Walter und die anderen Gespenster umringen uns dabei aufgeregt. Sie feiern.

»Als ich sie gefesselt habe, hat das ihre Macht über die Gespenster gebrochen«, erklärt Alex keuchend. »Sie sind frei.«

Der junge Schuhputzer und Eileen haken sich unter und tanzen. Darcy bewegt die Lippen, als würde er immer wieder »Danke« sagen. Walter konzentriert sich darauf, uns rauszubringen. Er führt uns die Treppe nach unten.

Gerade noch rechtzeitig springen wir von der letzten Stufe, denn genau in dem Moment fliegt die Stahltür unter der Treppe auf und Flammen schlagen heraus. Wir sprinten zur Haustür hinaus.

Draußen ist es inzwischen stockdunkel. Walter und die anderen Gespenster verschwinden in die Nacht. Alex, JP und ich rennen durch das French Quarter, während hinter uns das Haus der Teufelstochter in Flammen aufgeht.

12

Irgendwo in Sicherheit

JP ist derjenige, der es entdeckt. Wir rennen gerade am *Smoothie King Center* vorbei, als er wie angewurzelt stehen bleibt. »Was ist das?«

Er zeigt zum Himmel, wo ich nur Sterne und Wolken sehe. Alex tippt an seine G-Brille und schnappt nach Luft. Erst als er sie mir gibt, erkenne ich im Röntgenmodus auch das goldfarbene V-förmige Luftschiff, das am Nachthimmel schwebt. Mit Laserstrahlen tastet es die Straßen hier unten ab.

Die Wachen sind in New Orleans, und sie suchen uns.

Wir klettern wieder in den Kanalschacht, durch den DD uns geführt hatte, und hasten zu Bertha zurück. Ich bitte den Zug, uns wegzubringen. Egal, wohin. Hauptsache, wir sind irgendwo in Sicherheit.

Alex streckt sich auf dem schon etwas schäbigen Wohnzimmersofa aus und kaut Trockenfleisch. JP hat sich mit einer Handvoll Trockenobst in den Sessel fallen lassen. Ich hocke mit Cocoa auf dem Schoß am Boden. Ich knabbere auch ein bisschen Trockenfleisch und breche ihr immer mal wieder ein Stück davon ab.

Ich weiß, dass ich mir die Dinge, die DD gesagt hat, nicht zu Herzen nehmen sollte – du meine Güte, sie ist schließlich die Tochter des Teufels –, aber ich habe trotzdem Angst, dass sie recht hat und ich keine richtige Manifestorin bin. Als Alex und JP mich am dringendsten gebraucht haben, konnte ich absolut nichts tun. Ich hab nur dagestanden wie ein Fels. Nein, streicht das. Ein Fels hätte wenigstens auf DD stürzen können, aber ich konnte nicht mal das.

Ich möchte mich ganz klein zusammenrollen und verschwinden. Man sollte mich nicht Manifestorin nennen.

Da richtet Alex sich kerzengerade auf. »Wartet mal.« Er dreht sich zu JP. »Wie konntest du das Luftschiff der Wachen ohne den Röntgenblick sehen? Es ist unsichtbar.«

»Es war nicht unsichtbar. Es war einfach da.«

Alex schwingt die Beine über die Sofalehne. »Und als wir bei DD im Haus waren: Wie sah da der Flur für dich aus?«

»Wie ein normaler Flur?«, sagt JP fragend. »Wie hätte er denn aussehen sollen?«

»Augenblick mal.« Jetzt bin *ich* verwirrt. »Du hast keine Lava gesehen? Oder Feuer, das unter den Türen rauskam? Oder Hunderte von Türen?«

»Nein?«

»Wie hat DD für dich ausgesehen?«, fragt Alex weiter. »Wie eine junge oder wie eine alte Frau?«

»Ganz ehrlich, sie hat mich an eine Rosine erinnert, aber ich wollte nichts sagen. Hat sie für euch nicht so ausgesehen?«

»Der Segen des Sehers«, murmelt Alex. »Es gibt ihn wirklich.«

»Den was?«, frage ich.

»Ich habe mal ein bisschen leichte Lektüre zur Alten Geschichte der Ungewöhnlichen gelesen …«

So was nennt er leichte Lektüre?

»Unsere Vorfahren in Afrika glaubten, dass Seher gesegnet wären«, sagt er. »Und zwar nicht nur, weil sie Ungewöhnliche sehen. Sie glaubten, dass außerdem Illusionen und Unsichtbarkeit bei ihnen nicht wirken. Sieht aus, als hätten sie recht gehabt. JP ist mächtiger, als wir dachten.«

JP zeigt auf sich selbst. »Ich und mächtig? Nic, ich bin mächtig!«

»Das ist toll.« Ich bemühe mich zu lächeln, aber es fällt mir schwer. Mein Gewöhnlichen-Freund ist mächtiger als ich.

»Was ist denn?«, fragt JP.

»Nichts. Ich wünschte nur, wir hätten aus High John mehr über die Person rausgekriegt, die die Msaidizi wirklich gestohlen hat.«

»Tja, immerhin wissen wir jetzt, dass es nicht Mr. Blake war«, sagt JP.

»Es ist auf jeden Fall weniger wahrscheinlich«, meint Alex. Wundert mich, dass er das zugibt, wo er Dad doch so hasst. »Aber wer hat sie dann gestohlen?«

»Uncle Ty glaubt, dass jemand die Msaidizi von ihm fernhalten will«, überlege ich.

Alex schnaubt. »Nic, fall nicht auf diese Verschwörungstheorie rein.«

»Lass es uns nur mal einen Moment für möglich halten, ja? Und selbst wenn sich dann rausstellt, dass es nicht stimmt, könnte jemand da draußen unterwegs sein, der daran glaubt und die Msaidizi gestohlen hat, um sie von Uncle Ty fernzuhalten.«

»Einan würde Stevie das antun«, meint JP. »Könnte es der echte Einan gewesen sein?«

»Unmöglich«, sagt Alex. »Die L.O.R.E. hat schon Jahre, bevor die Msaidizi verschwunden ist, dafür gesorgt, dass Roho das Gedächtnis gelöscht und die Gabe entzogen wurde. Er lebt jetzt in der Welt der Gewöhnlichen und erinnert sich nicht mehr an sein früheres Leben.«

JP schaut entsetzt. »Er lebt in der Welt der Gewöhnlichen?«

»Er ist keine Bedrohung mehr«, sagt Alex. »Die L.O.R.E. hat ihm eine neue Identität gegeben. Das Letzte, was ich über ihn gehört habe, war, dass sein Beruf mit etwas zu tun hat, das man Telefonwerbung nennt.«

Er verdient sein Geld damit, dass er am Telefon Leute nervt? Was für ein Albtraum. »Wer könnte sie dann gestohlen haben?«, frage ich.

Alex will gerade etwas sagen, als seine G-Brille rot aufleuchtet. »Oh-oh.«

»Was ist los?«, will JP wissen.

»Ich habe meine Brille so eingestellt, dass sie Alarm schlägt, wenn wir in den Medien sind. Wir müssen also schon wieder in den Nachrichten aufgetaucht sein.«

Er tippt ans Brillengestell, und das Mini-Hologramm eines Manifestors in einem Nachrichtenstudio erscheint. Es ist der Gleiche, den wir bei DD im Fernsehen gesehen haben. Hinter ihm sieht man DDs Haus lodern.

»In New Orleans ist kürzlich der berüchtigte Wohnsitz der Tochter des Teufels in Flammen aufgegangen. Die Behörden der Gewöhnlichen gehen davon aus, dass ein Leck in der Gasleitung die Ursache war«, sagt er. »Unsere Wachen, die sich als Feuerwehrleute tarnten, fanden die jahrhundertealte Teufelstochter gefesselt in einem der oberen Räume. Nachdem man sie befreit hatte, behauptete sie, das Feuer sei von Alexander und Alexis Nichole Blake gelegt worden – den Enkelkindern von Präsidentin Natalie DuForte, die sich mit der Msaidizi auf der Flucht befinden.«

Ich blinzle. Nein, das ist kein Traum. »Sie hat uns angegriffen! Und dann hat ihr Dad alles in Brand gesteckt! Was soll das?«

»LWTV hat exklusiv mit Präsidentin DuForte über die jüngsten Ereignisse gesprochen«, kündigt der Moderator an.

Dann verschwindet er, und das Hologramm einer älteren Schwarzen Frau taucht auf. Wenn Zoe aussieht wie ich in älter, dann stellt diese Frau die nächste Altersstufe dar. Wir sind ihr wie aus dem Gesicht geschnitten, sie hat nur ein paar Falten mehr und einige graue Strähnen in ihren fest getwisteten natürlichen Locken. Präsidentin DuForte ist eindeutig meine Grandma.

»Uns allen ist bewusst, dass die Teufelstochter gern lügt«, sagt sie. »Außerdem steht sie unter Überwachung, seit sie sich 1921 mit Terroristen verschwor, um die ursprünglich Schwarze Wall Street zu zerstören. Mich persönlich würde interessieren, wie es überhaupt zu dieser Begegnung mit den Kindern kommen konnte – wo sie ja eigentlich ständig überwacht werden sollte. Ich freue mich schon darauf, das mit Generalin Sharpe persönlich zu besprechen.«

Meine Großmutter verschwindet, und Althea Sharpe erscheint an ihrer Stelle.

»Wir untersuchen die Lücke in der Überwachung«, sagt sie. »Allerdings ändert das nichts daran, was in New Orleans passiert ist. Diese fehlgeleiteten Kinder handeln eindeutig nach Anweisung ihrer Eltern und ihres Patenonkels. Mich überrascht das nicht. Ich wusste schon immer, dass …«

Eine Wache tritt zu Generalin Sharpe und flüstert ihr etwas ins Ohr.

»Entlassen?«, brüllt sie.

Das Hologramm zeigt nun schnell wieder den Moderator. »Gerade erreicht uns die Meldung, dass Zoe DuForte und Tyran Porter aus dem Gewahrsam der Wachtruppen entlassen worden sind.«

»Gott sei Dank«, seufzt Alex.

»Die Anschuldigungen gegen Ms. DuForte wurden fallen gelassen. Gegen Mr. Porter wird allerdings weiter ermittelt. Calvin Blake bleibt in Untersuchungshaft«, sagt der Moderator. »Eben haben wir mit Aloysius Evergreen, der Mitglied des Ältestenrats ist, noch über den mutmaßlichen Dieb und Entführer gesprochen.«

Das Hologramm eines älteren, glatzköpfigen Schwarzen Mannes mit Kinnbart erscheint.

»Wir beobachten die Situation in New Orleans genau«, sagt er mit rauer Stimme. »Was Calvin Blake angeht …« Er stockt kurz und runzelt verwirrt die Stirn. »Blake hat definitiv die Msaidizi gestohlen.

Das liegt auf der Hand! Wir werden ihm die Gabe entziehen und sein Gedächtnis löschen. Die Kinder sind auch schuldig. Sie müssen unverzüglich festgenommen werden.«

»Was?«, schreien Alex und ich gleichzeitig.

»Leute, Leute, wartet mal«, sagt JP. »Habt ihr das gesehen? Alex, spul das Hologramm zurück.«

Alex macht eine Handbewegung, als würde er eine Seite in einem Buch umblättern, und schon läuft Aloysius Evergreens Beitrag rückwärts.

»Genau da!«, ruft JP, und Alex tippt auf das Hologramm.

»Wir beobachten die Situation in New Orleans genau. Was Calvin Blake angeht …«

»Da!«, wiederholt JP. »Auf seiner Schulter. Seht ihr das nicht?«

Ich kneife die Augen zusammen, aber da ist nichts. »Was sollen wir denn sehen?«

»Dieses kleine rote Wesen!«

»Röntgen-Modus«, befiehlt Alex seiner Brille.

Aloysius Evergreen wird durchsichtig, und auf seiner Schulter ist nun eine kleine Kreatur mit roter Haut und gelblichen schlitzförmigen Augen erkennbar. Die flüstert ihm zahnlos grinsend etwas ins Ohr.

»Ein Dämon«, murmele ich. »Warum sollte ein Dämon …«

DDs Stimme hallt in meinem Kopf wider. *»Ihr habt euer Schicksal und das eures Vaters besiegelt! Mein Daddy wird euch für das büßen lassen, was ihr mir angetan habt!«*

Alex und ich sehen uns an. »DD«, sagen wir gleichzeitig. Wir haben also nicht nur die Wachtruppe gegen uns, sondern auch noch den Teufel höchstpersönlich.

Alex lässt sich aufs Sofa sinken. »Wir sind verloren. Absolut unausweichlich verloren. Unser Leben ist zu Ende. Unsere Zukunft ruiniert. Wir werden in Uhuru nur noch Jobs der Stufe eins bekommen.«

Ich weiß nicht mal, was das bedeutet. »Unser Leben ist nicht zu Ende«, behaupte ich. »Wir müssen nur die Msaidizi und die Person finden, die sie wirklich gestohlen hat.«

Alex zeigt auf das Hologramm. »Nic, es ist buchstäblich der Teufel los! Da haben wir keine Chance!«

Ich starre den grinsenden Dämon auf Aloysius Evergreens Schulter an und balle die Hände zu Fäusten. Vermutlich sollte ich bei dem Anblick Angst kriegen, aber stattdessen möchte ich der Kreatur am liebsten das Grinsen aus ihrer hässlichen Fratze schlagen.

»So einfach lassen wir uns nicht fertigmachen«, schwöre ich. »Mir ist egal, was wir dafür tun müssen, aber wir werden uns und Dad retten.«

Berthas Bremsen quietschen, und sie wird langsamer. Ich werfe einen Blick aus dem Fenster. Die Tunnelwände sind jetzt aus weißen Ziegeln. Im Vorbeifahren leuchten Kerzen auf. Ein Holzschild heißt uns willkommen an einem Ort namens …

»›Irgendwo in Sicherheit‹?«, lese ich laut vor.

JP und Alex geben erstaunte Laute von sich, und ich drehe mich um.

Das flackernde Hologramm einer Schwarzen Frau ist aufgetaucht. Sie hat kurze Locs und trägt ein schlichtes schwarzes Kleid, bei dem auf Brusthöhe das Logo der L.O.R.E. eingestickt ist. Ich kann nicht genau sagen, warum, aber irgendwie unterscheidet sie sich von den anderen Hologrammen. Die wirkten so real, dass man kaum glauben konnte, keine echten Personen vor sich zu haben. Dieses hier kommt mir eher vor wie das Hologramm einer Schaufensterpuppe.

»Willkommen, Reisende«, sagt sie. »Sie sind in Irgendwo in Sicherheit angekommen. An einem der originalen geheimen Zufluchtsorte der Underground Railroad. Sie werden hier eine Menge Geschichte vorfinden, die diesen wunderbaren Platz feiert, an den viele Ungewöhnliche und Gewöhnliche gelangten, als sie nach Freiheit und Sicherheit strebten. Auf dem Weg nach Uhuru oder in eine andere Ungewöhnlichen-Stadt laden wir Sie ein, sich die Zeit zu nehmen, diesen Ort zu erkunden, der ebenso Ungewöhnlich ist.«

»Ist das so eine Art Sehenswürdigkeit, wie man sie manchmal im Vorbeifahren an der Strecke entdeckt?«, frage ich.

Alex sieht sich das Hologramm näher an. »Die L.O.R.E. nennt so was autarkes Museum. Es gibt mehrere davon. Das hier ist eine ältere Version einer virtuellen Assistentin. Sie funktioniert mit einem Projektionsprozessor und nicht mit einem integrierten Prozessor.«

»Und das bedeutet?«, frage ich.

»Dass sie als Hologramm erscheint. Wir haben daheim auch eine virtuelle Assistentin, aber die ist einfach Teil unseres Hauses. Man sagt dem Haus, dass es Dinge tun soll, und die erledigt sie dann. Die L.O.R.E. verwendet diese Art von Giftech seit über zehn Jahren nicht mehr für Museen. Ich schätze, man hat diese Sehenswürdigkeit aufgegeben, als die Underground Railroad geschlossen wurde.«

»Ist es dann ungefährlich, die Nacht hier zu verbringen?«, fragt JP.

»Ich glaube schon. Ich mache nur rasch einen Scan mit meiner G-Brille, um sicherzugehen, dass wir alleine sind.«

Mein Magen knurrt laut, und Cocoa knurrt sofort zurück. Das Trockenfleisch war wohl noch nicht genug. Alex geht sich um den Scan kümmern, während JP und ich beschließen, irgendwas zum Abendessen zu machen. JP kocht liebend gern und bietet an, das zu übernehmen. Ich setze mich in die Nische, und Cocoa kuschelt sich neben mich. JP schneidet das restliche Trockenfleisch klein und würzt es mit den Gewürzmischungspäckchen von den Nudeln. Er sagt, das wäre seine Interpretation von Ramen mit Rindfleisch.

»Ich bin froh, dass du da bist«, sage ich zu ihm. »Ohne dich könnte ich das alles nicht.«

»Doch, das könntest du. Ist schließlich keine große Sache. Du wirst ja nur vom Teufel verfolgt und bist eine gesuchte Kriminelle. Das schaffst du schon.«

Aus JPs Sicht war das ein hilfreicher Kommentar. »Wie machst du das?«

»Wie mache ich was?«

»Dass du so optimistisch bleibst.«

JP schaut auf die Schüssel mit den Ramennudeln, die sich in der Mikrowelle drehen. »Meine Schwester Leah hatte Leukämie. An manchen Tagen konnte sie nicht mal aus dem Bett aufstehen. Aber sie hat trotzdem nie aufgehört, daran zu glauben, dass es ihr irgendwann wieder besser gehen wird.« Er schlägt die Augen nieder. »Ich habe es nicht geglaubt, obwohl ich das ihr zuliebe hätte tun sollen.«

»Du darfst dir deshalb keine Vorwürfe machen.«

»Tue ich nicht. Aber kurz bevor Leah starb, haben uns die Ärzte gesagt, dass sie nicht mehr lange zu leben hätte. Das hat mich superwütend gemacht. Es war nicht fair. Sie hat so fest daran geglaubt, aber es hat nicht funktioniert. Sie hat zu mir gesagt: ›Es läuft nicht immer so, wie wir es uns erhoffen, kleiner Bruder, aber irgendwie geht am Ende alles auf.‹ Ich denke, dass sie jetzt an einem besseren Ort ist. Genau, wie sie es geglaubt hat. Weil ich das erlebt habe, kann ich bei irgendwelchen anderen Sachen nicht einfach aufgeben.«

Meine Probleme kommen mir albern vor, wenn ich sie damit vergleiche, dass JP seine Schwester hat sterben sehen. »Es klingt, als wäre Leah eine tolle Schwester.«

»Dein Bruder ist auch nicht schlecht.«

»Bin froh, dass du das so siehst«, sage ich, während Cocoa sich schläfrig auf den Rücken dreht. Ich kraule ihr den Bauch. »Aber er mag mich nicht, JP.«

So, jetzt habe ich es ausgesprochen. Aber ganz ehrlich, es ist ja sowieso nicht zu übersehen. Alex tut so, als wäre es meine Schuld, dass alle so viel über mich geredet haben.

»Er kennt dich nicht, Nic«, meint JP. »Wie kann er dich da nicht mögen?«

»Keine Ahnung, aber es ist so! Dich mag er viel lieber.«

»Bist du etwa eifersüchtig?« JP klingt überrascht.

»Nein! Natürlich nicht. Es ist nur zum Kotzen, dass ich mir immer einen Bruder gewünscht und jetzt einen bekommen habe, der mich nicht ausstehen kann.«

»Tja«, sagt JP zögernd, »du bist vielleicht auch nicht, was er sich gewünscht hat.«

»Entschuldige mal! Ich bin toll.«

»Das ist deine Meinung, keine Tatsache. Eine Meinung, der ich zustimme«, fügt er schnell hinzu, als ich ihn böse anstarre. »Aber trotzdem eine Meinung. Vielleicht hat er sich eine Schwester gewünscht, die geduldig ist, überlegt handelt und Schokolade mag wie jeder normale Mensch …«

»Jeder Mensch mit Verstand weiß, dass Karamell die bessere Süßigkeit ist. Und wie soll mir diese Kritik helfen, mich besser zu fühlen?«

»Hab gar nicht behauptet, dass sie das würde. Aber weißt du, ihr beiden erinnert mich an Porkchop und mich.«

»An den schielenden Kater deiner Mom?«

»Genau genommen ist er mein Kater. Ich habe meine Eltern angebettelt, mir eine Katze zu erlauben. Ich dachte, sie würden mir ein süßes Katzenbaby besorgen, mit dem ich kuscheln und Filme anschauen könnte. Aber neeein. Sie sind ins Tierheim gegangen und haben mir meinen Erzfeind mit nach Hause gebracht.«

Die Auseinandersetzungen zwischen JP und Porkchop sind inzwischen schon legendär. »Aber dieser Kater verfolgt dich nicht, JP.«

»Er hat mein *Stevie-James*-Kostüm zerrissen. Das ist purer Hass, Nic!« Er schnaubt. »Aber egal. Mom behauptet jedenfalls, ich würde Porkchop nicht mögen, weil er nicht das ist, was ich mir gewünscht habe – und das wäre nicht fair. Sie sagt, dass niemand meinen Erwartungen entsprechen muss, aber dass ich die Freiheit hätte zu entscheiden, ob ich jemanden so mag, wie die Person eben ist.«

»Und jetzt magst du Porkchop?«

»Ich werde dieses dämonische Biest nie mögen. Du und Alex erinnert mich nur an uns beide. Das ist alles.«

JP nimmt die Schüssel mit den Nudeln aus der Mikrowelle und

gibt das Trockenfleisch hinein. So langsam verstehe ich immer besser, warum Dad meinte, JP könne den einen Stern an einem pechschwarzen Himmel finden.

»JP?«

»Yeah?«

»Manchmal bist du zu gut.«

Er schenkt mir ein kleines Lächeln. »Ich hab dich auch lieb, Nic.«

13

Das Vermächtnis der L.O.R.E.

Letzte Nacht habe ich geträumt, Dad hätte an einen Stuhl gefesselt in einem abgedunkelten Raum gesessen, umgeben von Manifestoren in Kutten. Irgendwie wusste ich, dass sie mit der L.O.R.E. zu tun hatten.

»Du hast die Msaidizi gestohlen, Calvin Blake«, sagte einer von ihnen. »Jetzt musst du dafür büßen.«

Sie legten die Hände auf Dads Kopf. Langsam begann sein Leuchten zu verblassen. Sie nahmen ihm die Gabe. Seine Augäpfel verdrehten sich nach hinten, als sie auch noch sein Gedächtnis löschten.

Ich wachte mit Schweiß auf der Stirn und tränennassen Wangen auf.

Heute Morgen hängt der Albtraum noch wie Nebel in meinem

Kopf. Alex' Scan hat ergeben, dass sich außer uns niemand in Irgendwo in Sicherheit befindet. Er und JP wollen sich jetzt hier umsehen. Beide lieben Museen, und damit steht es praktisch zwei zu eins. Mir bleibt also nichts anderes übrig, als mitzukommen.

Es ist völlig in Ordnung, dass mein bester Freund viele Gemeinsamkeiten mit meinem Bruder hat. Yep.

Ich nehme Cocoa an die Leine und folge den beiden aus dem Zug. Mehrere Gleise verlaufen neben einem längst aufgegebenen Bahnsteig. Eine dicke Staubschicht hat sich auf alles gelegt. Cocoa verbellt ein paar Ratten, die herumlaufen. Eine Kuppel aus buntem Glas ragt über uns auf. Darauf ist ein Dutzend verschiedener Schwarzer Menschen abgebildet. Einige von ihnen fliegen, manche haben Kugeln aus Licht in der Hand, wieder andere lassen Wasser aus der Erde schießen. Lauter Manifestoren.

Alex schnappt leise nach Luft. »Das sind die Zwölf.«

»Wer?«, frage ich.

»Die zwölf ursprünglichen Wachen. Der eine dort«, er zeigt auf einen großen, lächelnden Mann, »ist General Wesley Blake, unser Ururururgroßvater. Links von ihm steht Sarah, unsere Ururururgroßmutter mütterlicherseits. Sie war die erste Manifestorin, die in Amerika in die Freiheit geflogen ist.«

Ich erinnere mich an ihre Geschichte. Sie hat, ihr Baby auf den Rücken gebunden, auf dem Feld gearbeitet, doch das Baby wollte nicht aufhören zu weinen. Der grausame Aufseher schlug mit der Peitsche nach ihr und dem Baby. Daraufhin bat sie den alten Toby, sie zu befreien. Er sprach die uralten Worte, die die Gabe in ihr aktivierten, und so flog sie in die Freiheit davon.

»Ich wusste nicht, dass sie eine Wächterin war«, sage ich.

»Nicht nur irgendeine Wächterin. Sie und die anderen elf gründeten Uhuru und befreiten Hunderte Ungewöhnliche und Gewöhnliche aus der Sklaverei. Sie ist eine Legende.«

Ich beiße mir auf die Lippen. Berühmte Eltern, berühmte Großeltern, und jetzt sogar noch Sarah und General Blake. Ich stamme von brillanten, machtvollen Manifestoren ab. Verglichen mit ihnen … ich kann mich gar nicht mit ihnen vergleichen.

Während wir weitergehen, versuche ich, das abzuschütteln. Irgendwo in Sicherheit erinnert mich an ein Kunstmuseum. Direkt neben dem Bahnhof befinden sich drei riesige Marmorhallen mit Ausstellungsobjekten. Ich verstehe, warum die L.O.R.E. das nicht als eine Attraktion bezeichnet hat, die man im Vorbeifahren am Straßenrand entdeckt. Sogar mit der dicken Staubschicht ist es viel schöner als alle Museen, die Dad und ich je besichtigt haben. Er hat immer die seltsamsten Sehenswürdigkeiten gefunden. So was wie das Yeti-Museum in Georgia.

Ich glaube, genau das macht es so schwer für mich. Ich hatte nie das Gefühl, Dad und ich wären auf der Flucht oder ich wäre entführt worden. Ich habe einfach eine gute Zeit mit meinem Turnschuh-verrückten, schief singenden, schrulligen Dad verbracht.

Und jetzt muss ich alle davon überzeugen, dass er genau das ist. Auch Alex. Von uns dreien interessiert er sich am meisten für die Ausstellungsstücke. Wir sehen uns Liegen an, auf denen laut der erklärenden Schilder entflohene Ungewöhnliche und Gewöhnliche geschlafen haben. Auf einem der Schilder steht, dass man den Gewöhnlichen die Erinnerungen löschte, wenn sie von hier wieder aufbrachen. Außerdem gibt es Fotos von Wachen, die Geflohene durch Wälder führen.

Wir gehen in die nächste Halle, wo mehrere Statuen stehen. Darunter ist auch die einer Frau, die ein Gewehr und eine Lampe trägt. Ihr Haar ist von einer Haube bedeckt, und über ihrer Schulter baumelt eine Umhängetasche. Ein Schild verrät uns, dass sie »die berühmte Seherin Harriet Tubman« ist.

»Harriet Tubman war eine Seherin?«, sagt JP aufgeregt.

»Yeah«, meint Alex. »Es gibt eine Ungewöhnlichen-Schule, die nach ihr benannt ist.«

Gleich in der Nähe befindet sich eine Statue des Manifestors Nat Turner, der die Gabe nutzte, um einen Aufstand versklavter Menschen anzuführen. Auch von Booker Bailey gibt es eine. Er war ein Manifestor, der mit Jujus Hunderte Lynchmorde verhinderte. Alex sagt, dass auch nach Nat Turner eine Schule benannt sei und nach Booker Bailey eine Bibliothek.

Für genau solche Dinge sollten wir unsere Gabe nutzen. Offenbar hat man bei der L.O.R.E. auch mal so gedacht – schließlich haben ihre Mitglieder diese Statuen errichtet und Einrichtungen nach diesen Menschen benannt. Warum haben sie dann irgendwann entschieden, es wäre besser, nichts zu tun?

»Schaut mal, Leute«, sagt JP. Er zeigt auf die Bronzefigur eines muskulösen Mannes mit einem Vorschlaghammer – John Henry.

Wenn das eine korrekte Darstellung von ihm ist, dann war er für einen Halbriesen schon relativ klein. Er sieht jedenfalls nicht so aus, als könnte er mit bloßen Händen einen Baumstamm durchbrechen wie einige andere seiner Art. Aber vielleicht einen dicken Ast.

Ich betrachte eine Bronzenachbildung von genau der Sache, die wir suchen: der Msaidizi. Sogar als Statue sieht sie besonders aus. An ihrem Sockel befindet sich eine Inschrift. Ich bücke mich, um sie zu lesen.

»Der Halbriese John Henry machte sich einen Namen, als er entlang der Bahnlinien in verschiedenen Städten der USA mithilfe der Msaidizi gegen dampfbetriebene Gesteinsbohrmaschinen antrat«, lese ich laut vor. »Er hat es mehr als einmal getan?«

»Mindestens zehnmal«, sagt Alex. »Das war seine Art, den Gewöhnlichen Hoffnung zu geben.«

JP bückt sich ebenfalls und liest den Rest vor. »John Henry pflegte eine besondere Beziehung zu der Waffe. Sie blieb bis zu seinem Tod bei ihm.«

Ich verschränke die Arme auf meinem Kopf. High John meinte, er hätte seine Verbindung zur Msaidizi verloren, vielleicht war sie also von Anfang an nicht stark genug, um unsere Suche damit zu beginnen. »Was, wenn der Geist von John Henry weiß …«

Große, glitzernde Buchstaben tauchen vor mir auf. Ich schreie vor Schreck.

»Nic! Was ist denn?«, fragt JP.

Ich hole tief Luft und lese die Worte:

NIC! ICH BIN'S, TYRAN.

ICH HAB NICHT VIEL ZEIT.

DIE WACHEN KONTROLLIEREN ALLES, WAS ICH TUE.

Die Nachrichten verblassen wieder. Dann erscheinen drei riesige Worte:

SCHREIB NICHT ZURÜCK.

»Uncle Ty schickt mir G-Stift-Nachrichten«, sage ich zu Alex und JP. »Aber er meint, ich soll nicht zurückschreiben.«

»G-Stifte lassen sich sofort orten, wenn du mit ihnen schreibst«, erklärt Alex. »Wenn du ihm eine Nachricht schickst, können die Wachen uns in Sekundenschnelle lokalisieren.«

Der Rest der Nachricht erscheint vor mir. »›Ich hoffe, ihr drei seid okay‹«, lese ich laut vor. »›Zoe ist krank vor Sorge.‹«

Alex verzieht das Gesicht. »Arme Mom.«

Weitere Wörter in Uncle Tys Handschrift tauchen auf. »›Calvin hat nicht mehr viel Zeit. Die werden ihn …‹« Mein Herz bleibt fast stehen. »›Die werden ihn in zwei Tagen bestrafen.‹ Was?«

»So schnell?«, fragt JP.

»Zu schnell«, sage ich. »Gibt es keine Gerichtsverhandlung?«

Weitere glitzernde Wörter erscheinen.

»›Ich weiß nicht, was da los ist‹«, lese ich. »›Aber der Ältestenrat ist auch ohne Beweis davon überzeugt, dass er schuldig ist. So etwas habe ich noch nie erlebt.‹«

»Das passiert, wenn echte Dämonen im Spiel sind«, meint Alex.

Mein Magen zieht sich zu einem Riesenknoten zusammen. »Was sollen wir machen?«

Als könnte Uncle Ty mich hören, erscheint sofort die Antwort. »›Ihr müsst die Msaidizi in den nächsten zwei Tagen finden. Nur so kann er gerettet werden.‹«

Zwei Tage.

Ich habe auf weitere Nachrichten von Uncle Ty gewartet, wie etwa einen Hinweis darauf, wo wir suchen sollen, aber es kam nichts mehr. Er hatte ja geschrieben, dass die Wachen ihn kontrollierten, also fürchtete er sich vielleicht, mehr zu sagen. Vielleicht haben sie ihm aber auch seinen G-Stift weggenommen.

Wir sind zu Bertha zurückgekehrt, und seither hocke ich auf dem Sofa im Wohnbereich. Uncle Tys Warnung springt wie ein Tischtennisball in meinem Kopf herum.

Wir haben zwei Tage, um die Msaidizi zu finden, sonst sind Dad und Uncle Ty geliefert.

Ich könnte kotzen.

JP sitzt neben mir und hat seinen Arm in einer Art Umarmung um meine Schultern gelegt. Normalerweise würde mir schon eine halbe Umarmung von JP helfen, mich besser zu fühlen, aber ich bin wie betäubt. Wahrscheinlich würde ich es nicht mal spüren, wenn ein Meteorit vom Himmel fallen und auf mir landen würde.

»Immer wenn ich den Mut verloren habe, hat Leah mich an ihr Motto erinnert«, sagt er. »Nichts ist unmöglich. Im Englischen sagt es das Wort ›impossible‹ ja sogar selbst. In ihm steckt ›I'm possible‹, also ›ich bin möglich‹. Wir müssen einfach daran glauben, dass alles irgendwie aufgeht.«

Ich schüttle seinen Arm ab. »Das Motto deiner Schwester wird meinen Dad und meinen Patenonkel nicht retten, JP.« Er macht ein trauriges Gesicht, und am liebsten würde ich meine Worte wieder zurücknehmen. »Tut mir leid.«

»Ist schon okay«, sagt er leise. »Du hast im Moment viele Baustellen.«

Das ist untertrieben. Manchmal hat Dad Hausmeisterjobs in einem Altenheim in Jackson angenommen. Ich habe ihn gerne dorthin begleitet, weil das Pflegepersonal mir immer Becher mit abgepacktem Schokopudding schenkte. Die Bewohner dort habe ich aber nicht gern getroffen. Viele von ihnen kannten ihre eigenen Namen oder ihre Angehörigen nicht mehr. Einmal hat ein alter Mann Besuch von seiner Tochter bekommen und sie für eine Fremde gehalten. Im Gebäude ist sie tapfer damit umgegangen, aber später habe ich sie auf dem Parkplatz schluchzen gehört.

Mir kommen die Tränen. So wird es vielleicht zwischen Dad und mir sein, nachdem die L.O.R.E. sein Gedächtnis gelöscht hat. Dann werde ich für den Menschen eine Fremde sein, den ich am liebsten mag. »Wo sollen wir nach dem Ding suchen?«

JP antwortet nicht. Alex schaut stumm durch seine G-Brille.

Ich blicke aus dem Zugfenster und denke an die Statuen von Harriet, Nat und den anderen, an die Fotos der Wachen, die Geflüchteten helfen. Ich denke auch an General Blake und Sarah, die Hunderte Menschen befreit haben. Früher einmal hat die L.O.R.E. denjenigen geholfen, die in Not waren, und diejenigen gefeiert, die das auch machten. Ich kann nicht tatenlos zusehen, wenn sie Dad für ein Verbrechen bestrafen, das er nicht begangen hat. Die damalige Besetzung der L.O.R.E. würde auch nicht so handeln.

Es muss so sein, wie Dad gesagt hat: »›Du kannst nicht darauf warten, dass andere dir sagen, was richtig ist, Nic Nac. Du musst es selbst rausfinden.‹«

Diesen Mann muss ich retten. Moment, Korrektur. Diesen Mann *werde* ich retten.

Ich springe auf und beginne, hin und her zu laufen. »Okay, John Henry ist vielleicht unsere größte Chance. Wir müssen mit ihm sprechen und dazu entweder sein Gespenst suchen oder seinen Geist heraufbeschwören.«

»Hey, hey, immer langsam«, sagt Alex. »Man soll die Toten nicht stören.«

»Ist mir egal.«

»Hörst du dir selbst zu? Weißt du, bis jetzt war ich bereit, nach der Msaidizi zu suchen, aber nun denke ich, wir sollten Mom anrufen. Sie kann uns holen kommen und dann wird Grandma Natalie uns aus diesem Schlamassel befreien.«

»Nein! Was wird dann aus Dad?«

»Er sollte für das büßen, was er getan hat.«

»Indem er die Gabe und sein Gedächtnis verliert?«

Alex verschränkt die Arme. »Gestern war dir noch egal, was aus ihm wird. Was hat sich denn inzwischen geändert?«

Ich schüttle den Kopf. »Du verstehst das nicht.«

»Was gibt's da zu verstehen?«

»Er ist mein Dad! Ich kann meine Liebe zu ihm nicht abschalten!«

Schweigen.

»Du hast recht. Ich verstehe das nicht«, sagt Alex barsch. »Für mich war er nie ein Dad.«

Damit verschlägt er mir den Atem. »Alex …«

»Ich brauche keinen Dämon für die Erkenntnis, dass dieser miese Dreckskerl verdient, was immer ihm als Strafe verpasst wird.«

Ich mache einen Schritt auf ihn zu. »Hey! So nennst du ihn nicht!«

JP stellt sich zwischen uns. »Hey, hey, Nic. Chill mal!«

Alex springt auf und hält seine G-Brille in die Höhe. »Komm

noch einen Schritt näher und ich schicke der Wachtruppe sofort unseren Standort!«

»Wenn du das machst, dann schwör ich dir, dass ich …«

»Dass du was? Ein Juju gegen mich benutzt?«, spottet Alex. »Ja, klar. Dabei wirst du genauso versagen wie bei DD!«

Nein.

Das.

Hat.

Er.

Nicht.

Gesagt.

»Aaaah!«, schreie ich und will mich auf ihn stürzen.

Alex kreischt.

JP hält mich zurück. »Nic! Nein!«

»Lass mich los!«

»Ich sag's Mom!«, ruft Alex.

»Sag's ihr doch. Ist mir egal! Ich wünschte, sie hätte mich nie gefunden!«

Der letzte Satz rutscht mir raus, bevor ich mich zurückhalten kann. Aber wisst ihr was? Warum soll ich es für mich behalten? Er stimmt. Mein Leben war schön, bevor Zoe und Alex aufgetaucht sind. Dad war kein Krimineller, ich war nicht zur Fahndung ausgeschrieben und ich musste keine blöde Waffe suchen. Alex und Zoe haben alles in ein Riesenschlamassel verwandelt.

»Komm schon, Nic. Das hast du nicht so gemeint«, sagt JP.

»Doch, hab ich! Ich wünschte, sie und dein neuer bester Freund wären nie aufgetaucht!«

»Mein was?«

Ich reiße mich aus JPs Griff los und tue so, als würde ich seinen verletzten Gesichtsausdruck nicht sehen. »Nichts. Vergiss es.«

Er will eine Diskussion anfangen, doch da kommt Cocoa ins Wohnzimmer getrottet, und ihre Schnauze ist voller Krümel. Sie leckt sich über die Nase, springt aufs Sofa und fängt an, auch ihre Pfoten zu lecken.

JP wirft einen Blick Richtung Küche, von wo sie gekommen ist. »Oh, ich glaube, wir haben ein Problem.«

Alex und ich wollen nachsehen gehen, müssen aber nicht weit laufen. Papier und leere Verpackungen liegen auf dem Küchenboden verstreut. Unsere Vorräte sind weg.

»Danke, Cocoa«, murmele ich.

»Ich weiß, dass du unsere nächste Aktion planen möchtest, aber als Erstes brauchen wir was zu essen, Nic«, meint JP. »Ich hab dich schon hungrig erlebt, und nichts gegen dich, aber das war nicht schön.«

»Sie kann sich noch schlimmer aufführen?«, fragt Alex, und ich werfe ihm einen finsteren Blick zu. »Aber es lohnt sich nicht, Essen zu besorgen. Ich rufe Mom an. Sie wird in Nullkommanichts hier sein.«

»Na schön!« Ich stampfe zur Tür und reiße sie für ihn auf. »Ich hoffe, die Dämonen haben sie nicht auch gegen uns aufgebracht. DD hat gedroht, uns büßen zu lassen. Ich bin mir sicher, sie hat sich auch was für denjenigen ausgedacht, der sie gefesselt hat.«

Alex schluckt hörbar. »Mom würde auf Dämonentricksereien nicht reinfallen.«

»Ich würde meinen, dass es ein paar Grad schlimmer ausfällt als normale, altbekannte Dämonentricksereien, wenn der verdammte Teufel hinter einem her ist. Aber das ist nur meine Meinung. Viel Glück!«

Alex starrt auf die Tür, tappt nervös mit einer Fußspitze und kaut auf seiner Lippe. Ich kenne seine Antwort schon, bevor er sie ausspricht.

»Lasst uns was zu essen besorgen«, sagt er.

Alex' G-Brille verrät uns, dass es nur ein paar Minuten entfernt einen Laden gibt. Ich nehme ein bisschen Bargeld aus meinem Rucksack, lasse das Gepäck selbst aber im Zug. Für Kinder wie mich ist es schlauer, nicht mit einem Rucksack in einen Laden zu gehen. Manche Erwachsene könnten uns für Diebe halten. Wir leinen Cocoa an und marschieren zum Ausgang aus dem Untergrund. Der ist in der Säule einer Brücke, die über einen zweispurigen Highway führt. Nachdem wir die Tür hinter uns zugemacht haben, ist sie in der Säule praktisch nicht mehr zu erkennen.

Steingraue Wolken hängen über uns, und in der Ferne grollt Donner. Winzige Regentropfen kitzeln meine Arme. Es ist später Nachmittag, und soweit ich das erkennen kann, befinden wir uns mitten im Nirgendwo. Rundherum sind nur Weiden. Und Kühe. Viele Kühe.

Alex benutzt seine Brille, um uns am Randstreifen der Straße entlang in die richtige Richtung zu führen. Ein Sattelzug fährt vorbei und scheint weit und breit das einzige Fahrzeug zu sein. Gut so. Wir haben nämlich keine Zeit, uns mit irgendwelchen besorgten Erwachsenen herumzuschlagen, die wissen wollen, was wir allein neben einem Highway machen.

JP holt mich ein und läuft neben mir. »Ich will das jetzt wissen, Nic«, sagt er so leise, dass Alex, der ein paar Schritte vor uns geht, es nicht hört. »Was hast du vorhin im Zug gemeint?«

Ich hatte gehofft, er würde nicht noch mal davon anfangen. »Gar nichts, JP. Vergiss es.«

»Nur weil ich gut mit Alex klarkomme, heißt das doch nicht, dass du nicht mehr meine beste Freundin bist. Das weißt du, oder?«

Nein, ich weiß nicht, wie diese Sache mit der Freundschaft funktioniert. Ich weiß nur, dass Gutes bei mir nie von Dauer ist. Ob es ein Zuhause ist, das ich liebe, oder eine Stadt, in der ich bleiben möchte – jedes Mal, wenn mir irgendwas viel bedeutet, verliere ich es. Während Alex alles bekommt, was ich mir für mich gewünscht habe. Es wäre dumm von mir, zu glauben, dass es mit JP anders läuft.

»Wie auch immer. Mir geht's gut«, behaupte ich.

»Nein, geht's dir nicht. Du bist eifersüchtig. Das zeigt mir zwar, wie viel dir an mir liegt, ist für dich aber nicht schön, Nic.« Er klopft mir auf die Schulter. »Gar nicht schön.«

Ich wünschte, ich wäre bloß eifersüchtig. Denn ich hasse es, Angst zu haben.

Vor uns kommt eine Tankstelle in Sicht. Eine von der Sorte, an der die Leute normalerweise vorbeifahren, weil sie so klein und schäbig ist und man nicht sieht, ob sie überhaupt offen hat. Auf einem Neonschild steht der Name: *The Nearest Store*. Der nächste Laden.

Wir überqueren den Parkplatz. Alex schaltet seine Brille auf Unsichtbarkeitsmodus um und will auf die Tür zugehen. Da halte ich ihn an der Schulter fest.

»Nimm die Hände aus den Taschen«, sage ich.

»Warum?«

»Kinder wie wir sollten nicht mit den Händen in den Taschen in einen Laden kommen. Manche Leute könnten dann denken, dass wir was klauen wollen. Nimm auch nichts in die Hand, was du nicht wirklich kaufen willst.«

»Und sei höflich«, fügt JP hinzu. »Das hilft.«

»Was ist denn so anders an uns, dass wir das alles machen müssen?«

»Mach's einfach, okay?«, sage ich.

Er hebt beschwichtigend die Hände. »Na schön. Ist es eine so große Sache?«

Er hat keine Ahnung. Wir betreten den Laden, und eine Glocke ertönt, um die Verkäuferin wissen zu lassen, dass wir da sind. Sie schaut hinter dem Tresen von ihrem Handy auf.

»Willkommen«, sagt sie, aber ihr Gesichtsausdruck sagt was anderes.

»Dankeschön«, sage ich und nehme Cocoa auf den Arm. Ich würde gerne denken, dass die Verkäuferin einfach keine Hunde mag, aber ich kenne diesen Blick. Er sagt, dass wir hier nicht hingehören. Ich hasse es, wie klein er mich sich fühlen lässt.

Wir laufen einen Gang entlang und packen Süßigkeiten von Marken ein, die wir nicht kennen: Sour Patch Adults, Chocolate Sandwich Cookies mit Sahnecreme, regenbogenbunte Kaubonbons und meine Lieblingsentdeckung – Schokoriegel mit Erdnüssen und

Karamell. Für Cocoa nehme ich noch Trockenfleisch mit. Weil ich das Gefühl habe, beobachtet zu werden, schaue ich zum Tresen. Die Verkäuferin reckt den Hals, um uns im Auge zu behalten.

»Warum beobachtet die uns so scharf?«, fragt Alex leise.

Ich werfe JP eine große Tüte Doritos – ach nein, hier nennt man sie Cheesy Tortilla-Dreiecke – zu. »Ich hab dir doch gesagt, dass manche Leute glauben, Kinder wie wir würden klauen.«

»Kinder wie wir?«

»Schwarze«, sagt JP.

»Nur weil wir Schwarz sind, verhalten sich manche Gewöhnliche so wie …« Alex deutet mit dem Kopf in Richtung der Verkäuferin.

»Yep«, sage ich. »Manche, nicht alle. Dad nennt sie ignorante Iggys. Aber frag mich nicht, was ein Iggy ist. Ich bin mir sicher, dass du diese Probleme in Uhuru nicht hast, Mr. Präsidentinnenenkel.«

»*Niemand* in Uhuru hat solche Probleme. Das wäre ja, als würde man deiner Familie das Schlechteste zutrauen.«

Ich sehe ihn eindringlich an. »Du traust Dad auch das Schlechteste zu!«

»Das ist was anderes. Aber warum will man in der Welt der Gewöhnlichen leben und sich mit so was herumschlagen?«

»Keine Ahnung. Warum macht es dir nichts aus, dass die L.O.R.E. nichts dagegen tut?«

Wie ich mir schon dachte, fällt ihm dazu nichts ein.

»Egal.« Ich gehe zur Kasse. Mit ihm und mit der L.O.R.E. bin ich fertig.

Alex und JP bringen ihre Sachen auch zum Tresen. Die Verkäuferin lässt uns nicht aus dem Blick, während sie alles abscannt.

»*Der nächste Laden* ist ein interessanter Name«, sagt JP auf seine freundliche JP-Art. »Gibt es dazu eine Geschichte?«

»Wenn man das Navi nach dem nächsten Laden fragt, führt es einen hierher«, brummt die Verkäuferin.

»Schlau! Wie lange gibt es …«

»Das macht 35,73«, schneidet sie ihm das Wort ab. Da hat wohl jemand schlechte Laune.

Alex reißt die Augen auf. »Ich habe kein Gewöhnlichen-Geld.«

Ich stoße ihn mit dem Ellbogen an. »Sei still, Smart Alex!«

Die Verkäuferin zieht die Augenbrauen hoch. »Was war das gerade?«

»Nichts«, sage ich und wühle in meiner Hosentasche nach dem Geld. JP hat auch etwas in seiner Bauchtasche. Zusammen haben wir genug Geld, um alles zu bezahlen.

Die Verkäuferin packt die Sachen in eine Tüte. Ich atme erst wieder frei, nachdem wir den Laden verlassen haben.

Donner kracht. Die Wolken sehen jetzt dunkler und schwerer aus, wie nasse Steine. Ich laufe zügig am Rand des Highways entlang und reiße eine Packung Trockenfleisch auf. Ms. Lena ist schuld daran, dass ich jetzt auf diesen Snack stehe.

Alex überholt mich und versperrt mir den Weg. »Hey! Ich mag diesen Spitznamen nicht.«

»Ich finde ihn witzig. Aus Klugscheißer wird Smart Alex!«

Er macht einen Schritt auf mich zu. »Ich hab gesagt, ich mag ihn nicht. Er ist eine Beleidigung.«

»Leute, hört auf«, bittet JP uns. »Nic, entschuldige dich.«

»Bist du jetzt auf seiner Seite?«, schreie ich.

»Ich bin auf gar keiner Seite, aber es war gemein, Alex mit diesem berüchtigten Kriminellen aus dem New York des 19. Jahrhunderts zu vergleichen.«

»Du hast recht, ich sollte ihn nicht so nennen«, sage ich und starre Alex dabei finster an. »Gewöhnlichen-Geld vor einer Gewöhnlichen zu erwähnen war nämlich nicht smart, sondern absolut bescheuert!«

Wuuuup, wuuuup!

Als ich mich mit einer bösen Vorahnung nach dem Sirenenton umdrehe, sind da auch noch diese typischen rot-blauen Lichter, die auf einem schwarzen Geländewagen aufleuchten. Ich erstarre.

Dad hat mir genau erklärt, was ich zu tun habe, sollte ich von der Polizei angehalten werden. Er sagte, dass nicht alle Cops böse wären, so wie auch nicht alle Menschen böse sind. Und dass ich keine Angst haben müsste. Ich sollte mich nur klug und respektvoll verhalten. Er sagte, pass auf, dass deine Hände immer zu sehen sind. Also stecke ich das Trockenfleisch schnell in meine Hosentasche und lasse die Einkaufstüten fallen.

Der Geländewagen des Sheriffs von Giles County hält an, und der Hilfssheriff steigt aus. In seiner Sonnenbrille sehe ich mein Spiegelbild. Er ist klein und um die Mitte sehr rundlich. Sein Gesicht und seine Arme sind gebräunt, aber der Hals ist blass mit großen roten Flecken. Das sieht aus, als wäre er mit einem Rollkragenpullover am Strand gewesen.

Cocoa knurrt und jedes Haar an ihrem Körper sträubt sich.

»Können wir Ihnen helfen?«, fragt Alex.

»Lula aus dem Laden hat mich angerufen. Sie meinte, drei Kinder ohne Aufsichtsperson wären bei ihr gewesen«, sagt der Sheriff. Sein

Südstaatenakzent lässt ihn klingen, als hätte er den Mund voller Ahornsirup. »Was treibt ihr denn hier draußen so alleine?«

»Wir haben uns was zu essen gekauft«, erwidert Alex ein bisschen pampig.

»Sir«, fügt JP schnell hinzu.

Der Sheriff lacht in sich hinein. »Ihr seid alle nicht von hier, was?«

»Nein … Sir«, sagt Alex.

»Das merkt man.« Er spuckt irgendwas Schwarzes, Matschiges auf die Wiese und wischt sich mit dem Handrücken über den Mund. »Was war mit dem Gewöhnlichen-Geld gemeint, von dem Lula euch reden gehört hat?«

Ich schließe kurz die Augen. Alex' große Klappe. »Gar nichts, Sir.«

»Naa, da war schon was, verstanden?«

Er greift nach seinem Holster, und mir stockt der Atem. Doch dann zieht er einen hölzernen Zauberstab heraus, die Lieblingswaffe jedes Hexenmeisters.

Der Sheriff zeigt damit auf uns. »Steigt in den Wagen. Sofort.«

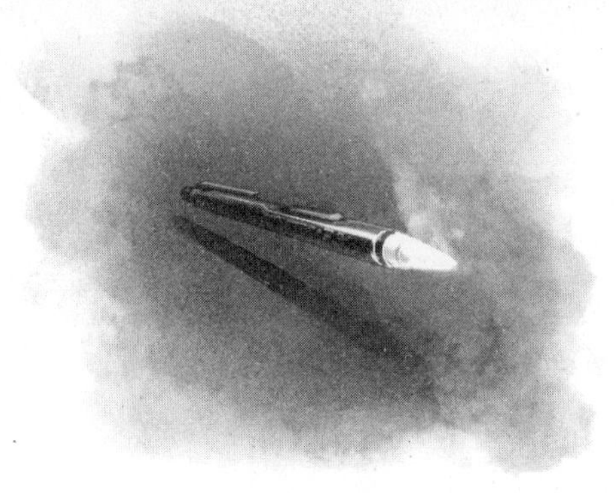

14

Die Großen Hexenmeister von Giles County

Der Hexenmeister fährt über einen unbefestigten Weg in einen Wald.

JP, Alex und ich hocken auf der Rückbank. Auf meinem Schoß knurrt Cocoa ununterbrochen. Der Hexenmeister lenkt mit einer Hand den Wagen und hält mit der anderen den Zauberstab ständig auf uns gerichtet.

Ich kann nicht aufhören zu zittern. Wenn er nur eine falsche Bewegung mit dem Zauberstab macht, könnte es mit uns aus sein. Zauberstäbe erzeugen Magie. Und Magie ist nicht nur eine unehrenhafte Form der Gabe, sondern auch schwerer zu kontrollieren. Vor allem für Gewöhnliche. Hexenmeister und Hexen sind Gewöhnliche. Wenn sie einen Zauberstab benutzen, können sie jemandem aus Versehen Arme und Beine weghexen oder einen Hurrikan erzeugen.

»Wohin bringen Sie uns?«, frage ich.

»Zu ein paar Freunden«, sagt der Sheriff. »Die werden sich richtig freuen, euch alle zu sehen.«

»Es ist verboten, einen Zauberstab zu besitzen!«, meint Alex. »Was für ein Polizist sind Sie überhaupt?«

Der Sheriff kichert wieder. »Die Gesetze der L.O.R.E. gelten hier nicht, Junge. Ihr seid jetzt im Hexenmeister-Land.«

Die Bäume machen einer großen Lichtung Platz, auf der Holzhütten wie auf einer Art Campinggelände stehen. Der Sheriff parkt neben einem Lagerfeuer in der Mitte. Dann öffnet er die hintere Autotür und zeigt dabei weiter mit dem Zauberstab auf uns.

»Aussteigen. Und keine Mätzchen, sonst bin ich gezwungen, dieses Ding hier zu benutzen.«

Wir steigen aus und behalten den Zauberstab im Blick. Donner grollt in der Ferne, und Gewöhnliche in Tarnanzügen kommen auf uns zu. Die meisten von ihnen tragen Zauberstäbe an der Hüfte. Ich bleibe nah bei JP – und mehr oder weniger auch bei Alex – und drücke Cocoa an meine Brust.

»Platz da!«, dröhnt jemand mit extremem Südstaatenakzent, und die Menge teilt sich. Ein sommersprossiger rothaariger Mann in Tarnkleidung geht zwischen den anderen durch. Im Bund seiner Cargo-Shorts steckt seitlich ein besonders langer Zauberstab. Auf seiner Truckerkappe steht »Große Hexenmeister, gegr. 1855«.

JP schnappt nach Luft. »Große Hexenmeister? Mein Granddaddy hat gesagt, so haben sich die Leute vom Ku-Klux-Klan gena…«

Der Mann stöhnt laut auf. »Teufel noch mal! Wir sind nicht *diese* Großen Hexenmeister. Ich sag euch doch ständig, wir müssen den gottverdammten Namen ändern. Ich bin's leid, dass wir mit diesen Verrückten in einen Topf geworfen werden.«

»Ach, sei still, Ralphie«, sagt der Sheriff. »Ist doch nur ein Name.«

»Es ist schlecht für die Werbung, Bobby! Würde Große Zauberstäbler nicht besser klingen?«

»Zauberstäbler?«, frage ich nach.

»Yeah. Kann man sich doch gut auf T-Shirts und Kaffeebechern vorstellen! Von unserer aktuellen Kollektion krieg ich gar nichts verkauft.«

»Ralphie!«, sagt Sheriff Bobby. »Vergiss es! Wir haben Wichtigeres zu tun. Ich glaube, das hier sind die Kinder, nach denen die Wachtruppe sucht.«

Jetzt hat er Ralphies volle Aufmerksamkeit. »Wie kommst du denn darauf?«

»Lula hat die über Gewöhnlichen-Geld reden gehört. Die Exilanten haben uns von drei Kindern erzählt. Zwei Manifestoren und ein Gewöhnlicher. Ich glaube, das sind sie.«

Unter den Versammelten erhebt sich Gemurmel.

Dann tritt Ralphie einen Schritt vor und nimmt seinen Zauberstab zur Hand. »Zeig die Wahrheit«, befiehlt er ihm.

Die Spitze des Zauberstabs leuchtet auf, und ich erinnere mich daran, was Dad mir beigebracht hat: Zauberstäbe können den Glow für Gewöhnliche sichtbar machen. Ralphie zeigt mit seinem auf JP, und nichts passiert. Dann deutet er auf mich und danach auf Alex. Das Licht wird heller. Die Menge schnappt im Chor nach Luft.

»Sie leuchten!«, sagt jemand.

»Das ist die Gabe in ihnen«, sagt Ralphie mit einem wissenden Grinsen. »Wir haben also Manifestoren erwischt.«

Man könnte meinen, er hätte gesagt, Geflüchtete erwischt (denn genau genommen sind wir das ja, aber es interessiert anscheinend niemanden). Alle Zauberstäbe in dem Camp sind auf uns gerichtet.

Ich drücke Cocoa noch fester an mich. »Wir sind bloß Kinder.«

»Von wegen!«, meint Bobby, der Sheriff. »Ihr habt in New Orleans das Haus der Teufelstochter angezündet!«

»Wer sagt das?«, frage ich.

»Ein paar der Exilanten«, meint Ralphie. »Es gibt auch Gerüchte, dass die Wachtruppe bereit ist, richtig viel Geld für euch zu zahlen. Viele Exilanten wollen euch für die Belohnung ausliefern.«

»Die sollten lieber *Sie* an die L.O.R.E. ausliefern!«, regt Alex sich auf. »Zauberstäbe sind verboten!«

Ralphie verdreht die Augen. »Ihr Manifestoren mit euren Gesetzen. Wie kommt ihr eigentlich drauf, dass ihr entscheiden dürft, wer Magie haben darf? Wenn ihr mich fragt, sollte jeder irgendeine Gabe kriegen.«

Ein paar murmeln: »Weiter so, Ralphie!« Andere aus der Menge rufen: »Sehr richtig!« Sie putschen Ralphie auf.

»Ich komme aus einer Familie von Hexenmeistern, die seit über hundert Jahren Magie und Zauberstäbe studiert. Wir halten es für einen Segen, dass die Zauberstäbe uns Gewöhnlichen erlauben, Ungewöhnlichen-Sachen zu sehen. Man muss uns nicht im Dunkeln halten!«

»Das muss man nicht!«, ruft eine Frau. »Raus mit der Wahrheit!«

»Raus mit der Wahrheit!«, echot die Menge.

»Ganz recht!«, sagt Ralphie. »Wir glauben, dass jeder sehen soll, was Ungewöhnlich ist. Wir haben es uns zur Pflicht gemacht, andere über Magie und die Gabe aufzuklären. Die meisten Leute glauben, wir würden nur Unsinn reden, bis wir ihnen einen Zauberstab geben, der ihnen Dinge zeigt, die sie noch nie gesehen haben. Dann fangen sie an, uns zu glauben, und wir holen sie her, um ihnen beizubringen, wie man Magie kontrolliert. Unser Ziel ist es, an so viele Gewöhnliche wie möglich Zauberstäbe auszugeben. Denn merkt euch meine Worte: Es wird der Tag kommen, an dem wir die Magie brauchen werden, um uns vor euch Manifestoren schützen zu können.«

»Jawohl!«, schreit ein zahnloser Mann, während die anderen klatschen und jubeln.

»Sie brauchen keinen Schutz vor uns«, sage ich. »Manifestoren haben Ihnen noch nie etwas getan!«

»Ha! Ich sage nur einen Namen: Roho«, meint Ralphie. »Der hat sich auch mit Gewöhnlichen angelegt. Wir müssten ja schön dumm sein, zu glauben, dass nicht noch andere Manifestoren wie er aufkreuzen werden. Sogar einige Manifestoren glauben, dass das Schlimmste noch bevorsteht. Und ich tendiere dazu, ihnen zuzustimmen. Also nutzen wir mal besser Magie, um uns zu schützen! Tja, wir werden wohl weiterhin daran arbeiten, sie kontrollieren zu lernen!«

»Sie haben damit gerade selbst gesagt, dass Sie sie nicht völlig im Griff haben«, ruft Alex. »Das ist gefährlich!«

»Na und? Wir machen, was wir wollen«, sagt Ralphie. »Genau dieses Recht ist wahre Freiheit.«

Er fuchtelt mit seinem Zauberstab. Ich habe keine Ahnung, was er erwartet, das passieren soll. Aber ich glaube nicht, dass er mit den Funken und dem Rauch gerechnet hat, die daraus hervordringen.

»Verdammich!«, schreit Ralphie und schmeißt seinen Zauberstab auf den Boden. »Ihm ist die Magie ausgegangen!«

»Hauptsache Freiheit«, murmele ich.

Ralphie wirft mir einen wütenden Blick zu. »RJ!«, schreit er dann. »Bring mir meinen anderen Zauberstab hierher!«

Ein Teenager, der Ralphie ziemlich ähnlich sieht, kommt aus einer der Hütten. In einer Hand hält er einen Zauberstab, mit der anderen führt er einen riesigen Höllenhund an der Kette. Dessen Hörner zeigen an, dass es ein Weibchen ist, auch wenn sie zersplittert und schmutzverkrustet sind. Verglichen mit dem Geruch, den diese Hündin verbreitet, duftet Cocoa nach Parfüm.

Cocoa zappelt auf meinem Arm. Die Hündin blickt auf und zieht den Jungen praktisch hinter sich her zu uns. Schließlich springt Cocoa aus meinen Armen und jault ganz ausgelassen. Die ältere Hündin stupst sie liebevoll mit der Schnauze an.

Da begreife ich, wer sie ist. »Das ist Cocoas Mom.«

»Ah, sieh mal einer an. Eine kleine Familienzusammenführung«, sagt Ralphie. »Ich hab mir schon gedacht, dass dein Hund wie meine Cleo aussieht.«

»Warum sehen ihre Hörner so aus?«, fragt JP.

»Stimmt mit denen was nicht? Mist, ich vergess immer, dass sie Hörner hat«, sagt Ralphie. »Sehe sie nur, wenn ich sie mit meinem Zauberstab scanne.«

»Sie haben ein Biest aus der Hölle als Haustier und können seine wahre Gestalt nur mit einem Zauberstab sehen«, stelle ich fest. »Wissen Sie eigentlich, wie verkorkst das ist?«

Ralphie zuckt mit den Achseln. »Ist doch egal. Hund ist Hund.«

Bobby klopft Ralphie immer wieder auf den Arm. »Moment mal. Dein Zauberstab hat nicht angezeigt, dass der hier das Leuchten hat. Wie kann er da ohne einen eigenen Zauberstab sehen, dass Cleo Hörner hat?«

Die anderen Hexenmeister murmeln durcheinander.

»Ich – ich seh sie nicht«, stottert JP. »Ich sehe gar nichts.«

Ralphie macht einen Schritt auf JP zu. »Das riecht mir doch nach einer Lüge.«

Ich stelle mich rasch zwischen die beiden. »Lassen Sie ihn in Ruhe.«

»Ts, ts, ts.« Ralphie wedelt mit dem Zeigefinger. »Noch eine Bewegung, Mädchen, und alle Zauberstäbe in diesem Camp werden dich gemeinsam zum Glühen bringen.«

Die anderen Hexenmeister recken ihre Zauberstäbe noch weiter in die Höhe, um seine Drohung zu unterstreichen.

»Ist mir gleich. Ich hab gesagt, lassen Sie ihn in … hey!«

Eine muskulöse Frau packt meine Arme und dreht sie nach hinten, bevor sie mich einfach aus dem Weg schiebt. Ich zapple, aber ihr Griff ist zu fest. Noch dazu riecht sie wie eine riesige ungewaschene Achsel. Igitt.

Ralphie geht noch näher an JP heran. Er nimmt dem Jungen seinen Ersatzstab aus der Hand und deutet damit zwischen JPs Augen.

»Kann er sehen?«, fragt er.

Die Spitze des Zauberstabs leuchtet grün. Einige der anderen lassen vor Schreck ihre Stäbe fallen.

In Ralphies Augen beginnt es, vor Aufregung zu glitzern. »Da brat mir doch einer ’nen Storch! Wir haben endlich wieder einen Seher, Leute!«

Die Menge jubelt. Zauberstäbe und Truckerkappen werden in die Luft geworfen.

Sheriff Bobby schiebt seine Sonnenbrille hoch und starrt JP an. »Hätte nicht gedacht, dass ich das noch erleben würde.«

»Ich schon!«, sagt Ralphie. »Junge, wir haben über zwanzig Jahre auf dich gewartet.«

»Auf mich?« JP zeigt auf sich selbst. »Ich bin ein Niemand.«

»Du bist ein Seher! Ihr Seher könnt Zauberstabholz richtig leicht finden«, erklärt Ralphie. »Wir finden es nur, indem wir die Bäume einzeln abscannen, um herauszufinden, ob sie die Gabe in sich tragen. Das dauert in einem großen alten Wald ewig. Ganz zu schweigen davon, dass unseren Zauberstäben nach einer Weile die Magie ausgeht, sodass wir damit gar nichts mehr scannen können. Der letzte Seher, den wir gefangen haben, hat genug Zauberstabholz für ein paar Jahre gefunden.«

»Der letzte Seher, den Sie *gefangen* haben?«, hake ich nach.

Ein bösartiges Grinsen erscheint auf Ralphies Gesicht. »Packt sie.«

Es geht alles ganz schnell. Schon haben zwei Hexenmeister Alex und JP im gleichen Griff wie die kräftige Frau mich.

»Sie misshandeln die Enkel von Präsidentin DuForte!«, ruft Alex. »Sie wird sich persönlich darum kümmern, dass Sie bestraft werden!«

»Aha!« Sheriff Bobby zeigt auf Alex. »Ihr seid es *doch*! Die Exilanten haben uns erzählt, dass die Gesuchten die Enkel der Präsidentin sind!«

»Alex!«, zische ich.

»Danke, dass du das für uns geklärt hast, Junge.« Ralphie nimmt Cocoa auf den Arm und tut so, als wolle er sie küssen. Sie schnappt mit ihren Reißzähnen nach ihm, was Ralphie nur zum Lachen bringt. »Sperrt die Manifestoren und die Köter in mein Büro.« Er wirft Cocoa einem der anderen Hexenmeister zu. »Und was den Seher angeht …« Das Glitzern in seinen Augen wird noch stärker. »Es gibt da ein bisschen Zauberstabholz, das du für uns suchen kannst.«

Es donnert ganz in der Nähe. Der Mann, der JP festhält, hebt ihn in die Luft.

»Nein!«, schreit JP. »Nic, Alex, helft mir!«

»JP!«, schreie ich, während auch Alex und ich hochgehoben werden. Wir kreischen und strampeln, als sie uns wegtragen. JP wird in den Wald verschleppt.

Die Hexenmeister stoßen mich, Alex und die Höllenhunde in ein kleines, fensterloses Büro. An einer Wand hängen das Horn eines Einhorns und der Schwanz eines Meermenschen an Trophäenhaltern, so wie Jäger ein Hirschgeweih aufhängen würden. In einer Ecke brummt eine riesige Tiefkühltruhe. Auf dem Schreibtisch stapeln sich Papiere, und überall stehen Kartons voll mit Kaffeebechern, Mützen und T-Shirts, auf die *Große Hexenmeister* aufgedruckt ist.

Ein alter Hexenmeister in Tarnkleidung mit dreckigem Bart und ungekämmten Haaren holt einen Zauberstab hervor. Er sieht aus wie die hinterwäldlerische Version eines weisen Zauberers, wie man ihn aus Kinderfilmen kennt. Mit dem Zauberstab zeigt er auf mich.

Ein roter Lichtstrahl trifft mich am Hals und löst einen so brennenden Schmerz aus, als würden Flammen an meiner Haut züngeln. Schreiend falle ich auf die Knie. Alex brüllt, als das rote Licht auch ihn trifft, und ich bemerke ein rotes X, das wie ein Brandmal in seinem Nacken erscheint.

»Was haben Sie mit uns gemacht?«, schreie ich.

Zwei andere Hexenmeister zerren uns in eine sitzende Position und fesseln unsere Hände mit schwarzen Seilen hinter unseren Rücken. Der eine will auch unsere Beine zusammenbinden, aber der andere sagt, dafür hätten sie nicht genug Seil.

Schließlich nimmt der alte Hexenmeister Alex noch seine G-Brille weg.

»Geben Sie die sofort zurück!«, schimpft Alex.

»Nee, ich glaube, die behalten wir. Für den Fall, dass du auf den dummen Gedanken kommst, damit Hilfe zu rufen«, meint der Alte und reibt sich die Hände. »Die Belohnung wird bestimmt nicht zu knapp sein.«

Er und seine Kumpel prusten los und verschwinden dann. Schlüssel klimpern, und beide Schlösser an der Tür werden von außen verriegelt.

Ich beiße die Zähne zusammen, weil der brennende Schmerz an meinem Hals schlimmer wird. Schließlich lässt er aber doch wieder nach. »Was haben die mit uns gemacht?«

»Das ist ein Bann gegen die Gabe. Den haben auch Sklavenfänger benutzt«, sagt Alex. »Deshalb können wir die Gabe jetzt nicht nutzen, um zu fliehen.«

In meinem Kopf hämmert es. Der gleiche Bann, mit dem meine Vorfahren gepeinigt wurden, hat gerade mich getroffen.

Ich zerre an meinen Fesseln, aber das Seil um meine Handgelenke wird davon nur enger. »Wir müssen hier raus!«

»Hör auf, dich zu wehren!«, sagt Alex. »Das Seil ist aus Riesenhaar gemacht. Das zieht sich zusammen, wenn du Widerstand dagegen leistest.«

O nein. Ich erinnere mich, im Homeschooling-Unterricht gelernt zu haben, dass Riesenhaar eines der stärksten Materialien überhaupt ist. »Was sollen wir dann tun?«

Alex macht den Mund auf und wieder zu. »Ich … ich weiß es nicht, Nic. Es sieht nicht so aus, als ob wir viel tun könnten. Wenn ich die Gabe benutzen könnte, dann wäre ich vielleicht in der Lage, uns hier rauszuholen, aber ohne sie … müssen wir vielleicht einfach warten, dass die Wachen uns holen kommen.«

»Nein! Wenn die uns verhaften, können wir nicht mehr nach der Msaidizi suchen und Dad hat keine Chance!« Ich trete gegen die Wand, wie ich gerne die Hexenmeister treten würde. Autsch! Schlechte Idee.

Cocoa kommt herüber und leckt mir übers Gesicht. Dann läuft sie zu ihrer Momma, um mit ihr zu spielen. Das wäre süß, wenn wir nicht eingesperrt wären.

Regen hämmert aufs Dach, als hätte der Himmel alle Schleusen geöffnet. JP ist mit einem Haufen bösartiger Hexenmeister, die ihm vielleicht wehtun, in dem Gewitter da draußen und ich kann ihm kein bisschen helfen.

»JP wird schon klarkommen«, meint Alex.

»Woher weißt du, dass ich gerade an ihn gedacht habe?«

»Zwillings-Intuition, schätze ich. Aber ich mache mir auch Sorgen um ihn. Wobei ich bezweifle, dass sie ihm was antun. Sie brauchen ihn ja, um das Zauberstabholz zu finden.«

Dieses Holz stammt von heiligen Bäumen, die die Gabe in sich tragen. Es ist verboten, sie zu fällen. Deshalb ist Magie unehrenhaft.

»Solange sie Magie benutzen, sind sie gefährlich«, antworte ich. Cleo und Cocoa kommen zu mir getrottet. Cleo schnüffelt an meiner Tasche, und da fällt mir ein kleines rotes Kreuz auf, das in ihr Fell gebrannt ist. Die haben auch sie mit einem Bann belegt. Kein Wunder also, dass sie dieses Camp noch nicht niedergebrannt hat. Sie kann es nicht.

»Bösartige, Zauberstab-tragende Fieslinge«, knurre ich, während Cleo das Trockenfleisch aus meiner Tasche zieht. Sie legt es vor sich auf den Boden und teilt es mit Cocoa. »Ich hätte JP in Jackson lassen sollen. Eigentlich hätte ich nicht mal selbst zu dieser Reise aufbrechen sollen.«

»Das hast jetzt du gesagt, nicht ich«, meint Alex. »Dieses ganze Drama ist es nicht wert.«

Mit anderen Worten: Dad ist es nicht wert. Ich seufze. »Du hasst Dad. Das hab ich schon verstanden, okay? Du musst es mir nicht dauernd unter die Nase reiben. Aber warum du mich hasst, kapier ich nicht.«

»Ich habe nie gesagt, dass ich dich hasse. Du bist diejenige, die mich hasst. Du bist sauer, weil ich mich mit JP angefreundet habe.«

»Weil du schon alles andere hast! Ein Zuhause und eine Familie. Du …« Mir schnürt sich der Hals zu. »Du hast alles, was ich mir immer gewünscht habe. Ein perfektes Leben.«

»Yeah, mein Leben ist so perfekt«, sagt Alex sarkastisch. »Mir folgen Leibwächter überallhin, weil Mom Angst hat, mich auch noch zu verlieren. Keine Freunde zu haben, ist auch toll. Und dass mein Dad mich im Stich gelassen hat? Wunderbar. Nicht zu vergessen, dass ich dauernd in deinem Schatten stehe.«

»Bro, du tust so, als wäre das meine Schuld! Meinst du, ich wollte entführt werden und immer auf der Flucht sein? Nein! Okay, ja, es ist mies von mir, auf dich und JP eifersüchtig zu sein, aber ich habe außer ihm nicht viel. Deshalb will ich ihn nicht auch noch verlieren.«

»Du meinst, so, wie ich Mom an dich verlieren werde?«, fragt er leise.

»Was?«

Seine Augen glitzern feucht. »Ich hab mich immer davor gefürchtet, dass du zurückkommst. Weil es jetzt sein wird, als gäbe es mich nicht. Du denkst, ich hatte alles? Du hattest unseren Dad und jetzt wirst du auch unsere Mom haben. Ich hatte nie einen Dad. Du bist der Glückspilz, wenn du mich fragst.«

Oh.

So habe ich das noch nie gesehen.

»Willst du wissen, was bescheuert ist?«, fragt er. »Es wäre leichter, wenn er ein schrecklicher Dad wäre. Aber so … Weil du ihn unbedingt retten willst, muss er ein ziemlich guter sein. Aus irgendeinem Grund hat er sich für dich und gegen mich entschieden. Und er hat dir nicht gesagt, dass es mich gibt. Weißt du, wie sich das anfühlt?«

Ich starre auf die dicke Staubschicht am Boden. Irgendwie weiß ich es. So lange hatte ich gedacht, Zoe hätte mich im Stich gelassen. Und mich gefragt, warum ich ihr nicht gut genug gewesen war. Hätte ich gewusst, dass ich einen Zwilling habe und sie ihn statt mir behalten hat, dann wäre ich stinksauer gewesen. Und wahrscheinlich hätte ich den dann so behandelt wie Alex mich.

»Ich kapier's«, sage ich. »So ungefähr. Ich dachte lange, unsere Mom hätte mich verlassen.«

Alex sieht mich erstaunt an. »Echt?«

»Yeah. Ich hab sie gehasst. Und wenn ich gewusst hätte, dass es dich gibt, dann hätte ich dich genauso gehasst wie du mich jetzt.«

»Nur damit das klar ist, ich hasse dich nicht«, sagt Alex. »Ich habe es gehasst, wie traurig Mom wegen dir war. Dich zu verlieren, das hat sie am Boden zerstört. Sie konnte meinen Geburtstag nicht feiern, ohne zu trauern.«

Ich beobachte, wie Cocoa sich an ihre Momma kuschelt. Obwohl ich nicht mehr weiß, wie es sich angefühlt hat, mit Zoe zu kuscheln, habe ich es trotzdem vermisst. Es kommt mir vor, als wären die entsprechenden Gefühle wie Spuren in mein Herz gezeichnet und würden darauf warten, gefüllt zu werden. Oder als würden dem Puzzle, das mich zu mir macht, große Teile fehlen.

»Ich dachte, mein Geburtstag wäre ihr egal«, murmele ich.

»Nein, aber unserem Vater war es egal, dass es auch meiner war. Ich wette, er hat keine Geschenke für mich besorgt, so wie Mom jedes Jahr für dich.«

»Nein, aber …« Da fällt es mir ein. »Die Kuchen! Alex, Dad hat an unserem Geburtstag immer zwei Kuchen gekauft. Einen für mich, einen für dich. Und unser Geburtsdatum! Das hat er zweimal auf seinen Arm tätowieren lassen. Ich dachte, das hätte er getan, weil es so schöner aussieht. Aber nein, eines davon ist für dich.«

»Soll ich mich deshalb jetzt besser fühlen?«

»Nein. Aber er war an unserem Geburtstag auch immer niedergeschlagen. Wenn ich ihn gefragt habe, was los ist, hat er gemeint, er wäre nur in Erinnerungen versunken oder irgend so einen kitschigen Mist. Ich glaube – nein, ich *weiß*, dass er dich vermisst hat.«

Auch Alex beobachtet Cocoa und ihre Mom. Für eine Weile ist nur der Regen auf dem Dach der Holzhütte und gelegentlicher Donner zu hören.

Ich seufze. »Tut mir leid, dass ich dich Smart Alex genannt habe.«

»Und mir tut's leid, dass ich deshalb auf dich losgegangen bin«, sagt er. »Es ist bloß … manche Kinder in Uhuru nennen mich auch so. Und es ist nicht nett gemeint. Präsidentinnenenkel werden auch manchmal gemobbt.«

»Oh. Das tut mir leid.«

»Ist schon okay. Mir tut es leid, dass ich bei DD gesagt habe, du wüsstest nicht, wie du deine Gabe benutzen kannst. Das war gemein.«

»Es stimmt aber trotzdem. Und bei dem Tempo werde ich es wahrscheinlich nie lernen.«

»Das bezweifle ich. Du wirst es lernen, sobald du in Uhuru bist. Da gibt es die Manifestoren-Schule und Tutoren für die Gabe. Und wenn du dich richtig schwertun solltest, kann Mom mit dir in das Forschungszentrum für die Gabe gehen. Da können sie dann einen Weg finden, es dir leichter zu machen.«

»Es gibt ein Forschungszentrum dafür?«, frage ich.

»Na klar! Uhuru gilt ja nicht umsonst als die Welthauptstadt der Gabe. Dort gibt es alles, was du brauchst, um zu lernen, wie du mit ihr umgehst.«

Mein Leben lang habe ich von Uhuru gehört und immer versucht, mir vorzustellen, wie es dort ist. Aber ich wusste nie, ob meine Fantasie auch nur annähernd etwas mit der Wirklichkeit zu tun hatte. »Wie ist es da so?«

Alex' Gesicht leuchtet auf, wie es nur passiert, wenn man über etwas redet, das man liebt. »Es ist schwer zu beschreiben, weil jeder Bezirk anders ist. Es gibt fünf davon. Mom und ich wohnen im Tech-Bezirk. Da gibt es hauptsächlich Hochhäuser aus Glas. Grandma wohnt im Regierungsbezirk. Das sind die beiden Bereiche, wo am meisten los ist. Sogar noch mehr als im Handelsbezirk, wo es Unmengen von Geschäften gibt. Im landwirtschaftlichen Bezirk ist es viel ruhiger, denn da gibt es hauptsächlich Felder. Grandpa Blake wohnt im Familienanwesen im Gartenbezirk. Mom hätte dort gern ein Sommerhaus, weil die Blumen da das ganze Jahr über blühen.«

Jetzt sind die Bilder in meinem Kopf schon klarer. »Benutzen alle in Uhuru fliegende Autos?«

»Die meisten. Manche Manifestoren, Azizas und Vampire fliegen ohne Hilfsmittel, aber die meisten nehmen lieber Autos, weil selber Fliegen sehr anstrengend sein kann. Außerdem gibt es noch die New Underground Railroad, kurz N-UR. Die ist gratis und bringt einen in Minutenschnelle in andere Ungewöhnlichen-Städte. Einmal im Monat nehmen Mom und ich die N-UR nach New Eden, um unser liebstes Süßigkeitengeschäft und unsere Lieblingsbäckerei zu besuchen. Sie nennt das ›Naschen bis zum Umfallen‹. Ich möchte wetten, dass wir bald zu dritt hinfahren.«

Ich muss lächeln. »Gibt's da auch Karamell?«

»Glaub mir, wenn es keins gäbe, würden Mom und ich dort nicht hingehen. Wir lieben Karamell. Das Geschäft in New Eden hat Karamellbrunnen und …«

»Hey, das kannst du doch nicht einfach so sagen, als wäre es nichts. Karamellbrunnen?«

Alex grinst und nickt. »Brunnen mit Karamell, Schokolade, Vanille und Erdnussbutter. Mom hat den Laden zu meinem siebten Geburtstag gemietet, und da durfte ich sogar meinen Kopf in den Karamellbrunnen halten. Ich glaube, da habe ich die Ahnen gesehen. Es war unfassbar.«

Ich male mir aus, wie ich Karamellkuchen-Stücke in den Karamellbrunnen halte. »So muss es im Himmel sein.«

»Okay, Quizstunde«, sagt Alex. Ich ziehe fragend die Augenbrauen hoch. »Wir haben ja sowieso nichts anderes zu tun. Da können wir uns auch besser kennenlernen. Tacos oder Pizza?«

»Pizza Tacos. Also ich meine nicht, Taco-Toppings auf eine Pizza legen, sondern Pizza-Belag in …«

»Eine Taco-Shell! Das mache ich auch!«, sagt er.

»Gibt's ja nicht. Trauben- oder Orangensaft?«

»Traube und Orange zusammen«, sagt er. »Mom nennt das …«

»Traurange!«, rufen wir im Chor.

»So mag ich es auch am liebsten! Es muss ungefähr zu siebzig Prozent Traubensaft sein und nur …«, beginne ich.

»… eine Spur Orange, damit es säuerlicher wird«, beendet Alex meinen Satz.

»Stimmt.« Ich muss lächeln. Diese Zwillingssache ist gar nicht so schlecht. »Was ist deine liebste Eissorte?«

»Schwierige Frage. Eis ist an sich okay, aber noch lieber mag ich …«

»Schneebälle«, sagen wir wieder im Chor, »mit Sahneklecksen obendrauf!«

»Haben wir gerade …«

»Den Satz des jeweils anderen beendet? Ja«, sage ich. »Ich glaube, das versteht man unter …«

»Zwillings-Intuition«, ergänzt Alex.

»Super«, sagen wir beide grinsend.

»Sobald DD kein Problem mehr ist, müssen wir dich mal mit nach New Orleans nehmen«, erkläre ich ihm. »Das ist *die* Schneeball-Hauptstadt der Welt. Dad liebt Schneebälle auch. Er bestellt sich immer noch eine Extra-Portion Sahne obendrauf.«

»Das mache ich auch«, sagt Alex. Dann schweigt er kurz. »Wie ist er so?«

Es überrascht mich ein bisschen, dass er das wissen will. Aber wahrscheinlich ist es so, wie Dad immer sagt: »Um jemanden zu hassen, muss man Gefühle für die Person haben.« Er hat das damals wegen Sean Cole gesagt, dem Jungen, der ein Stück die Straße runter wohnte und immer die Mülltonnen umtrat. Aber mein einziges Gefühl in Bezug auf Sean war Empörung, also weiß ich nicht so genau, wie Dad das gemeint hat.

»Dad sagt gern kluge Sachen«, erkläre ich Alex. »Er unterrichtet mich zu Hause und nutzt jede Gelegenheit, um mir irgendwas beizubringen. Er ist auch ein totaler Blödmann, der sich für viel cooler hält, als er ist. Versteh mich nicht falsch, seine Sneakers-Sammlung ist spitzenmäßig, aber das war's dann auch schon mit dem Cool-Sein.

Er kann nicht singen oder tanzen, das könnte er nicht mal, wenn's um sein Leben ginge. Aber er versucht es, vor allem wenn er denkt, dass er mich damit zum Lachen bringt.« Ich blinzle heftig. »Er liebt es, mich zum Lachen zu bringen.«

Ich werde jetzt nicht weinen, ich werde jetzt nicht weinen …

»Wie ist das, von ihm zu Hause unterrichtet zu werden?«, fragt Alex. Seine Zwillings-Intuition muss ihm gesagt haben, dass ich einen Themenwechsel brauche.

»Das ist cool. Ich lerne Zeug, das ich in einer Gewöhnlichen-Schule nie lernen würde. Gerade haben wir zum Beispiel ein Kapitel über Höllenhunde abgeschlossen. Mir war gar nicht klar, dass er mich damit auf Cocoa vorbereitet hat. Er hat mir beigebracht, was sie fressen, in welcher Umgebung sie sich wohlfühlen, wie man sie fängt …« Ich verstumme und erinnere mich an weitere Einzelheiten aus Dads Unterrichtsstunde. »Höllenhunde … Riesenhaar. Holy Moly, Riesenhaar! Dad hat mir das doch beigebracht. Es ist eines der wenigen Materialien, das stark genug ist, um damit einen Höllenhund zu fangen. Er meinte auch, dass man nie versuchen sollte, einen Höllenhund bei kaltem Wetter zu fangen, weil Riesenhaar dann schwächer wird.«

»Oh boy Du Bois! Du hast recht!«

Ich schaue zu der Tiefkühltruhe, die in der Ecke des Raums brummt. Und mir fällt ein, was Dad immer wiederholt hat.

Dein Verstand ist die einzige Gabe, die du brauchst. Du selber bist die einzige Gabe, die du brauchst.

»Ich habe eine Idee«, sage ich zu Alex.

15

Durchgeknallte Zauberstäbe

Ich empfehle niemandem, mit hinter dem Rücken gefesselten Händen aufzustehen. Nein, kann ich überhaupt nicht empfehlen.

Ich rolle mich von einer Seite auf die andere und benutze einen Ellbogen, um mich aufzustützen. Höchstwahrscheinlich sehe ich dabei aus wie ein Fisch auf dem Trockenen. Das Riesenhaar schneidet in meine Handgelenke.

Alex liegt auf dem Rücken, hebt die Beine hoch und schleudert sie nach vorne, um mit Schwung hochzukommen. Aussichtslos. »Das Seil wird immer enger«, sagt er.

Ich halte kurz inne und hole tief Luft. Musste ich irgendwann schon mal mit hinter dem Rücken gefesselten Händen aufstehen? Nein. Habe ich jemals jemanden gesehen, der so aufgestanden ist?

Nein – Moment, doch! Bei einer dieser albernen Challenges, bei denen JP gerne mitmacht. Wenn ich mich recht erinnere, hat JP in der Bauchlage angefangen. Ich drehe mich also auch um. Dann schiebe ich ein Bein nach vorne und lehne mein ganzes Gewicht darauf, um auf beide Knie zu kommen. Aus der Position stehe ich auf.

»Wie hast du das so leicht hinbekommen?«, fragt Alex.

»Bedank dich bei JP«, sage ich.

Ich gehe zur Tiefkühltruhe. Den Deckel ohne meine Hände zu öffnen, ist nicht so leicht. Ich benutze mein Kinn, um ihn hochzudrücken, aber er fällt noch ein paarmal zu, bevor ich ihn richtig aufkriege. Als ich sehe, was da im Eis liegt, will ich ihn am liebsten wieder zuwerfen: da sind Gefrierbeutel mit der Aufschrift »Einhornfleisch« oder »Drachenohren« und sogar der Kopf eines Einhorns.

»Bösartige, die Natur hassende Dreckskerle«, murmele ich. Dann drehe ich mich mit dem Rücken zur Tiefkühltruhe, damit die eisige Luft an meine Hände kommt. Fast sofort merke ich, wie das Riesenhaar sich lockert. Es dauert nur Minuten, bis ich mich befreien kann.

Ich helfe Alex hoch und rüber zum Tiefkühler. Die kalte Luft lockert auch seine Fesseln, sodass ich seine Hände befreien kann. Er massiert sich die Handgelenke. »Gute Idee. Aber was jetzt?«

»Wir knacken die Schlösser«, sage ich und bin schon am Schreibtisch, um eine Schublade zu öffnen.

»Weißt du, wie das geht?«

»Klar. In unserem Haus in Atlanta – oder war es Memphis? Oder Washington? Egal, es war jedenfalls ein altes Haus. Ich hab mich da immer wieder aus meinem Bad ausgesperrt. Dad weigerte sich, mir ein Mojo beizubringen, um das Schloss aufzukriegen. Aber er hat mir gezeigt, wie man es mit einer Haarnadel knackt oder mit einer – ja!« Ich habe eine Handvoll Büroklammern gefunden.

Ich biege ein paar davon so zurecht, wie ich es von Dad gelernt habe. Kaum habe ich eine ins obere Schloss gesteckt, bricht das dünne Metall wegen meiner zitternden Hände ab.

Ich atme zischend aus und nehme mir dann eine Sekunde Zeit, um mich zu beruhigen und eine neue Büroklammer ins Schloss zu schieben. Dad nennt diese erste Klammer den Spanner. Der ersetzt den Schlüssel und funktioniert als Hebel.

»Hast du schon an vielen Orten gewohnt?«, fragt Alex.

Ich nehme mir eine zweite Klammer, meinen Dietrich, wie Dad sagen würde, und stecke ihn oberhalb des Hebels ins Schlüsselloch. Mit ihr muss ich die kleinen Zylinder anheben, die das Schloss sperren. »Sieben Städte, zehn verschiedene Viertel.«

»Klingt überwältigend.«

»Dad war bei mir. Er hat alles erträglicher gemacht, als es sonst gewesen wäre.« Ich ziehe meinen Dietrich ein bisschen zurück, schiebe ihn wieder vor. Zurück und vor, zurück und vor, bis …

Klick.

Alex kriegt vor Staunen den Mund nicht mehr zu. »Du hast es geschafft.«

»Eins geschafft, noch eins zu schaffen.«

Das zweite Schloss verlangt etwas mehr Aufwand. Es hilft auch nicht gerade, dass meine Hände zittern. Ich breche noch zwei Büroklammern ab. Bei der dritten klickt das Schloss. Ich drehe den Knauf und öffne die Tür.

Zuerst spähe ich vorsichtig hinaus. Gottseidank sieht der Rest der Hütte leer aus. »Raus hier«, sage ich zu Alex.

Ich pfeife nach Cleo und Cocoa. Sie folgen uns in einen großen Raum, der Küche, Wohn- und Esszimmer in einem ist. Mehrere geschlossene Türen führen zu anderen Zimmern. Da ist auch eine verglaste Hintertür.

Ich schaue hinaus und sehe einen See, in dem sich Gewitterwolken spiegeln.

»Hier hinten ist die Luft rein«, flüstere ich. »Wir können in den Wald laufen und …«

Schlüssel klimpern vor dem Haupteingang. Alex und ich wirbeln herum. Schon dreht sich der Knauf, und die Tür fliegt auf …

Es ist der alte, bärtige Hexenmeister, der uns vorhin mit dem Bann belegt hat.

»Was zum …« Als Erstes entdeckt er Cleo und Cocoa. »Höllenhunde! Wo wollt ihr denn hin?«

Ich vergesse zu atmen.

Der Hexenmeister reißt seinen Zauberstab raus und marschiert durchs Zimmer. Er zeigt mit dem Stab abwechselnd auf Alex und mich. »Ich hab gefragt, wo ihr alle hinwollt!«

Die Augen auf den Zauberstab gerichtet schlucke ich meine Angst runter. »Nirgends.«

Er bleibt direkt vor mir stehen und bohrt mir die Spitze des Zauberstabs in die Stirn. »Bist du dir da sicher?«

Ich fange an zu schielen, weil ich auf den Zauberstab gucke. Er braucht nur eine falsche Bewegung zu machen, und dann war's das.

Der Hexenmeister grinst klebrig. Er hat keinen einzigen Zahn im Mund. »Hast du Angst, kleine Manifestorin? Besser wär … Aaaah!«

Cocoa hat ihre kleinen, aber überaus spitzen Reißzähne in einen seiner Knöchel geschlagen.

Der Mann hüpft auf einem Bein herum und versucht, sie von dem anderen abzuschütteln. Aber meine Hündin tut so, als wäre sie beim Tauziehen und lässt nicht locker. Erst mit einem kräftigen Tritt wird er Cocoa los.

»Du kleiner Wicht!«, schreit er und zeigt mit dem Zauberstab auf sie.

Ich mache das Erste, was mir in den Sinn kommt – und greife mit beiden Händen nach dem Zauberstab.

Ein heftiger Ruck geht durch meine Handflächen und Handgelenke. Mir wird ganz heiß. Es blitzt, und ich sehe, wie der Hexenmeister den Zauberstab benutzt hat, um den Raum zu bannen. Beim nächsten Blitz sehe ich, wie er ihn schwingt und im Gesicht eines alten Mannes riesige Warzen wachsen. Noch ein Blitz und auf dem Parkplatz eines Supermarkts explodieren Autos. Blitz für Blitz sehe ich all die schrecklichen Dinge, für die dieser Stab benutzt wurde. Mir wird immer noch heißer.

Dann knackt es laut, und die Blitze hören auf. Ich bin wieder in der Hütte.

Der Hexenmeister glotzt mich an. Zu seinen Füßen raucht der Zauberstab.

Alex starrt mit offenem Mund zu mir. »Nic! Dein Leuchten!«

Ich schaue auf meine Hände und sehe, wie sich die letzte Spur der grünen Aura ins Gold der Manifestoren verwandelt. Als ich Alex anblicke, verblasst gerade das rote Kreuz an seinem Hals. Er beobachtet mit großen Augen, wie meins ebenfalls verschwindet.

»Du hast den Bann gebrochen«, sagt er ehrfürchtig.

»Was hast du mit meinem Zauberstab gemacht?«, schimpft der Hexenmeister. »Antworte mir, du kleines Monster!«

Alex holt mit einer Hand aus und schleudert ihm Blitze an den Kopf. Der Mann fliegt durch den Raum, knallt gegen die Wand und rutscht bewusstlos daran herunter.

Ich starre noch mal auf meine eigenen Hände. Dad hat mir erklärt, dass der Bann, den ein Zauberstab erschaffen hat, gebrochen wird, wenn man ihn zerstört. Aber ich weiß leider nicht, wie ich das geschafft habe.

Cocoa springt so fröhlich um mich herum, als wollte sie sagen: »Gut gemacht!« Doch dann wird ihr Bellen zu einem Jaulen. Ein roter Lichtstrahl schießt durch den Raum und verfehlt sie nur um Zentimeter.

Die Hexe, die mich vorher festgehalten hat, steht grinsend mit einem Zauberstab in der Tür. »Beim nächsten Mal treffe ich den Köter.«

Da springt Cleo schützend vor Cocoa und brüllt so laut, dass man sie wahrscheinlich noch drei Bundesstaaten weiter hören kann. Ihr Körper leuchtet, als wäre er mit glühenden Kohlen gefüllt. Ihr schimmerndes Fell verwandelt sich in schwarzen Rauch. Jetzt sieht sie aus wie eine dunkle Wolke in Hundegestalt mit glühend roten Augen.

Die Hexe wird vor Schreck kreidebleich. »Ihr habt den Bann von ihr genommen.«

Tatsächlich ist auch das rote Kreuz, mit dem Cleo gebrandmarkt war, verschwunden. Sie schleicht auf die Hexe zu, und schwarzer Sabber tropft aus ihrem Maul.

»Braves Mädchen«, beschwichtigt die Hexe sie. »Du würdest mir doch nichts tun, oder?«

Schon springt Cleo quer durch den Raum und stößt die Frau um, die kreischend hintenüberfällt. »Vögel! Überall Vögel!«, schreit sie, wälzt sich auf dem Boden und hält sich die Ohren zu.

Dabei sind da überhaupt keine Vögel.

So was können Höllenhunde. Sobald sie einmal ausgewachsen sind, können sie Menschenseelen quälen. Ich habe gehört, dass DDs Daddy sie dafür benutzt. Um die Leute das sehen zu lassen, wovor sie die größte Angst haben.

Draußen ertönt ein gellender Schrei, als Cleo sich auf ein neues Opfer stürzt. Man hört trampelnde Schritte, und jemand brüllt: »Die Manifestoren haben Cleo befreit!«

Ich suche nach etwas – irgendwas –, das uns helfen kann. Aber das Einzige, was ich sehe, ist der Zauberstab der Hexe.

Magie ist unmoralisch und böse, das weiß ich. Dad wäre außer sich vor Wut, wenn er wüsste, dass ich auch nur überlege, sie zu nutzen, aber mir bleibt keine andere Wahl. Ich kann also nur hoffen, dass das einer dieser seltenen Fälle ist, in denen er sagen würde, dass der Zweck jedes Mittel erlaubt.

Ich hebe schnell den Stab vom Boden auf. Wieder spüre ich die Wärme mein Handgelenk hochsteigen und fürchte einen schrecklichen Moment lang, ich würde auch diesen zerbrechen. Ich kann nichts anderes denken als: »Bitte, bitte, zerbrich nicht.«

Als könnte der Zauberstab meine Gedanken lesen, lässt die warme Welle nach. Gerade rechtzeitig, denn in der Tür erscheinen drei Hexenmeister mit erhobenen Zauberstäben.

Schnell schwenke ich meinen.

Eine unsichtbare Kraft hebt sie sofort in die Luft. Sie schreien, doch da schleudert dieselbe Kraft sie schon durch das halbe Camp.

Alex blinzelt erschrocken. »Das kann Magie?«

»Anscheinend.«

Wir laufen mit Cocoa aus der Hütte.

Draußen herrscht absolutes Chaos. Regen prasselt, Blitze zucken über den Nachthimmel, und Cleo zischt in ihrer verschwommenen Gestalt umher. Einige der Großen Hexenmeister rennen schreiend vor Dingen davon, die gar nicht da sind.

»Schafft diese Clowns weg!«, schreit ein Grauhaariger.

Ein anderer steht stocksteif auf der untersten Treppenstufe vor einer Hütte. »Hilfe! Ich bin zu weit oben! Ich werde abstürzen!«

»Schlangen!«, ruft eine stämmige Frau und rennt durch den Morast an uns vorbei. »Die wollen mich fressen!«

Diejenigen, die Cleo noch nicht angegriffen hat, versuchen, sie mit ihren Zauberstäben zu stoppen. Ein Baum verwandelt sich in Stein, ein Fels in einen Strauch. Außer Regentropfen fallen auch Watteböllchen vom Himmel. Große Krater tun sich auf und verschlucken ein paar Hexenmeister, nur um sie gleich wieder auszuspucken.

So was passiert, wenn Gewöhnliche Magie anwenden, die sie nicht wirklich beherrschen.

Einer der Hexenmeister bemerkt Alex und mich. »Diese Manifestoren haben einen Zauberstab!«

Zischschsch! Der rote Strahl eines Banns saust an meinem Ohr vorbei. Alex und ich ducken uns gerade noch rechtzeitig, bevor der nächste Lichtstrahl über unsere Köpfe zischt. Ich schwinge meinen Zauberstab, und der Boden vor den Hexenmeistern explodiert, sodass sie durch die Luft geschleudert werden.

Doch das Chaos ruft nur noch mehr von ihnen auf den Plan: ungefähr zehn stürmen, ihre Zauberstäbe schwingend, aus den Hütten und dem Wald. Ich schnappe mir Cocoa und gehe zusammen mit Alex hinter dem Wagen des Sheriffs in Deckung.

Ein glatzköpfiger Hexenmeister kommt von links auf uns zugerannt. Alex macht eine peitschende Handbewegung, und schon wickelt sich ein Seil aus Licht um den Mann und fesselt ihn.

»Wir müssen von hier verschwinden!«, ruft Alex. Ein Schrei ertönt, als Cleo sich ihr nächstes Opfer vornimmt. »Wir brauchen ein Ablenkungsmanöver.«

Ich packe den Zauberstab fester. Das Ding scheint ja auf meine Gedanken zu hören, deshalb werde ich es um noch etwas bitten: Hilf uns zu fliehen.

Ich zeige mit dem Stab in Richtung der Hexenmeister und mache eine weit ausholende Bewegung.

Ein lautes Knistern wie von Feuer ist zu hören, dazu pfeifender Wind. Die Hexenmeister heulen und kreischen.

»Lauft weg!«, schreit einer von ihnen.

Ich spähe hinter dem Auto hervor und muss ein paarmal blinzeln, bevor ich meinen Augen traue.

Eine hohe Feuersäule rast wie ein Tornado durch das Camp und verschlingt mit ihren Flammen alles, was ihr in den Weg kommt.

Hütten, Autos, Picknicktische. Einige der Hexenmeister werden weggeschleudert und kreischen, während andere versuchen, das Feuer mit ihren Zauberstäben zu bannen. Aber Flammen in der Form von Armen wachsen seitlich aus dem Feuerwirbel und schlagen sie einfach beiseite.

»Wie hast du das gemacht?«, fragt Alex bewundernd.

»Keine Ahnung.«

Cleo kommt angesaust und schmiegt sich an mich. Es fühlt sich an, als stünde ich vor einem offenen Kamin.

»Kannst du uns helfen, unseren Freund zu finden?«, frage ich sie.

Sie schüttelt sich leicht und sieht sofort wieder wie ein normaler Höllenhund aus. Dann senkt sie den Kopf, was ich als »Steigt auf!« verstehe.

Sie nimmt Cocoa mit ihren Zähnen hoch, während Alex und ich auf ihren Rücken klettern. Dann rast Cleo mit uns durchs Camp. Die Hexenmeister sind viel zu beschäftigt damit, der Feuersäule auszuweichen, um uns auch nur die geringste Beachtung zu schenken.

Cleo bringt uns in den Wald, der aussieht, als hätte dort ein Krieg getobt. Überall sind Bäume gefällt und nur kurze Stumpen stehen gelassen oder riesige Löcher gegraben worden. So viel Zerstörung, nur um Holz für Zauberstäbe zu finden.

»JP!«, rufe ich von Cleos Rücken aus.

Bumm … bumm … bumm.

Cleo blickt sich um. Das Geräusch ist wie ein Herzschlag, dröhnend und gleichmäßig, aber viel zu laut, um von mir zu kommen.

»Hörst du das?«, fragt Alex.

»Ist ja nicht zu überhören.« Als hätte der Wald einen Puls.

Cleo rennt in die Richtung, aus der das Geräusch kommt. Es lässt den Boden unter uns vibrieren. Ich spüre es genauso deutlich, wie ich es höre.

Dann … ist da Licht.

Ein heller Schein pulsiert im selben Rhythmus wie das Geräusch. Auf der Lichtung vor uns erkenne ich die Umrisse eines dicken Baums, den ein Regenbogen aus Licht umgibt. Von dort kommt das Geräusch.

Cleo bleibt neben dem Stamm stehen, Alex und ich springen von ihrem Rücken. Wir können den Blick nicht von dem Baum lassen. Er ist nicht der dickste oder höchste im Wald, aber er ist perfekt. Der Stamm ist perfekt gerundet, die Äste sind alle gleich lang und jedes Blatt sieht aus wie von einem Künstler gemalt.

»Er ist wunderschön«, sagt Alex.

Das ist noch untertrieben. »Das ist ein Baum mit Zauberstabholz.«

Ich weiß nicht, wie jemand wollen kann, dass man ihn für Zauberstäbe fällt. Aber wenn man etwas so Seltenes und Machtvolles zerstören muss, um Zauberstäbe daraus zu machen, erklärt es, warum Magie unehrenhaft ist.

Cleo und Cocoa schnüffeln herum. Es ist keine Spur von Ralphie und den anderen Hexenmeistern zu sehen, die JP verschleppt haben. Aber weil Cleo uns hierhergebracht hat, müssen sie irgendwo in der Nähe sein.

»JP?«, rufe ich. »*JP?*«

»Ich glaube nicht, dass sie hier gewesen sind, Nic«, sagt Alex. »Der Baum aus Zauberstabholz ist unbeschädigt.«

Ich sehe Cleo an. »Warum hast du uns hierhergebracht?«

Sie schnauft ungeduldig und stößt dann mit ihrer Schnauze gegen meine Kniekehle. Ich stolpere vorwärts und trete auf irgendwas Hartes.

Mir wird ganz schlecht. Es ist ein Handy mit einer *Stevie-James*-Hülle.

Ich bücke mich und hebe es auf. »JP.«

Cleo und Cocoa knurren beide, während sich ihr Fell sträubt.

Ich stecke JPs Handy in meine Tasche. »Was ist denn, Girls?«

Die Luft um uns herum schillert und schimmert. Wachen in Weiß und Gold tauchen auf. JP schwebt, bis zum Hals mit Seilen aus Licht gefesselt, neben ihnen. Ralphie und ein paar der Hexenmeister schweben genauso fest verschnürt in seiner Nähe.

JP versucht, trotz seiner verschlossenen Lippen einen Schrei auszustoßen.

Ohne Vorwarnung schleudern die Wachen Seile aus Licht auf uns. Ich presse mich so flach gegen den Boden, dass sie mich verfehlen. Aber mein Bruder wird an Händen und Füßen gefesselt. Er stürzt.

»Nic, hilf mir!«, ruft er, bevor ein Juju ihn verstummen lässt.

Die Wachen heben ihre Hände, um noch mehr Jujus auf mich zu schleudern. Ich schwinge den Zauberstab.

Schon schießt eine Feuerwand aus dem Boden, und ihre Wucht drängt mich ein paar Schritte zurück. Die Wand trennt mich von den Wachen, Alex und JP. Durch die Flammen sehe ich die entsetzten Gesichter meines Bruders und meines bestens Freunds. Ich weiß nicht, was ich tun soll, außer den Zauberstab noch mal zu benutzen. Aber bevor ich das kann …

Weiß glühendes Licht trifft mich am Hinterkopf, sodass ich nach vorne stürze. Der Zauberstab fällt mir aus der Hand. Alex und JP versuchen zu schreien.

Mein Körper fühlt sich an, als würden Flammen mich verschlingen. Meine Augen schwellen zu. Das rechte ein bisschen schneller als das linke. Ich kann nicht schreien – meine Kehle brennt auch – und mich nicht rühren.

Knirschende Schritte auf trockenem Laub. Dann dreht mich jemand auf den Rücken. Mit meinem linken Auge sehe ich Althea Sharpe über mir stehen. Sie hat einen Zauberstab in der Hand und grinst grausam. Die Flammenmauer lodert wild und trennt uns von den anderen. Sie hat mich von hinten angegriffen.

»Ich habe gehört, dass magische Bannsprüche grausam sind«, sagt sie. »Ich sollte meine Haltung zu Zauberstäben vielleicht noch mal überdenken.« Sie beugt sich mit einem triumphierenden Glitzern in den Augen näher zu mir. »Es käme nicht gut an, wenn die L.O.R.E. wüsste, dass ich einen Zauberstab gegen dich eingesetzt habe. Also werde ich sagen, dass du diesen kleinen Zauberstab, den du gestohlen hast, aus Versehen gegen dich selbst gerichtet hättest.«

»Lügnerin!«, krächze ich.

»Dein Wort gegen meins. Und wer wird einer außer Kontrolle geratenen Straftäterin eher glauben als …«

Eine schwarze Rauchwolke zischt durch Generalin Sharpe hindurch und wirft sie zu Boden.

Cleo.

Es gelingt mir, mich aufzusetzen. Generalin Sharpe kniet jetzt und heult wie ein Baby mit Bauchschmerzen.

»Bitte«, jammert sie, »bitte gib mir noch eine Chance!«

Ich krabbele ein Stück weg, aber das ist eigentlich gar nicht nötig. Althea Sharpe scheint nicht mehr wahrzunehmen, dass ich überhaupt da bin. Sie streckt die Hände nach irgendeiner unsichtbaren Person aus.

»Du bist der einzige Mensch, der je an mich geglaubt hat! Bitte gib mich nicht auf!«

Cleo nimmt wieder ihre normale Höllenhundgestalt an und kommt mit Cocoa auf dem Rücken zu mir getrabt. Sie senkt den Kopf.

Ich schaue zu Alex und JP und fühle mich so machtlos. Ich bin zu schwach, um ihnen zu helfen. Und wenn ich auch gefangen genommen werde, ist alles aus. Dann wird Dad bestraft und wir auch.

Ich werde rausfinden, wie ich sie retten kann. Das werde ich. Doch im Augenblick kann ich nichts anderes tun, als von hier zu verschwinden. Ich bin die einzige Chance, die uns noch bleibt.

Mit letzter Kraft klettere ich auf Cleos Rücken und hasse, was ich gleich sagen werde. »Bring mich zur … Underground Railroad. Irgendwo in Sicherheit.« Ich kann nur hoffen, dass Cleo weiß, wo das ist.

Sie rennt los. Eine Sekunde lang ist der Wald noch verschwommen zu sehen, dann wird es stockfinster. Ich klammere mich, so fest ich kann, an Cleos Fell, aber meine Finger gehorchen mir kaum noch.

Ich werde ohnmächtig. Als ich mein nicht zugeschwollenes Auge wieder aufschlage, sind wir an der Station Irgendwo in Sicherheit angekommen und Bertha, der Zug, steht nur ein paar Schritte entfernt.

Ich rolle mich von Cleos Rücken. Mein Kopf ist so schwer, dass ich ihn kaum heben kann. Irgendwie schaffe ich es, mich aufzurichten und in Richtung Zug zu wanken.

Da entdecke ich Hufspuren im Staub.

»Lange nicht gesehen«, sagt eine Stimme.

Ich drehe mich um und schaue mit meinem einen Auge in die glutroten Augen von Hairy Man Junior.

Er zieht mir seinen Jutesack über den Kopf.

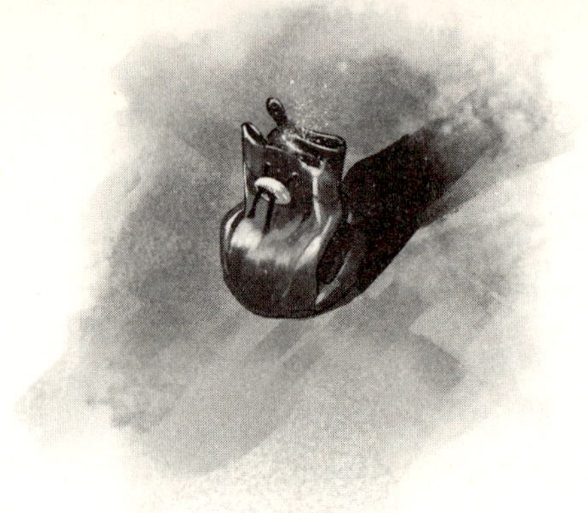

16

Der Boss

Ich träume, dass ich durch eine riesige Höhle renne.

Zumindest glaube ich, dass es eine Höhle ist. Große Tropfsteine hängen von der felsigen Decke über mir, aber ich laufe einen gepflasterten Weg entlang. Dabei komme ich an einem Park mit verrosteten Spielgeräten vorbei und an zugenagelten Ladenfronten. Eine verlassene Stadt … in einer Höhle?

Um mich herum wirbelt Staub auf. Ein riesiger Schatten lauert über mir.

»Finde mich, Nichole«, sagt eine Stimme. »Finde mich!«

Erschrocken wache ich auf.

Ich brauche eine Sekunde, um wieder zu Atem zu kommen, aber drei Dinge werden mir schnell klar:

Erstens, ich bin nicht tot.

Zweitens, ich kann wieder mit beiden Augen sehen.

Drittens, ich liege auf dem Sofa im Zug Bertha.

Eine flauschige Decke ist über meine Beine gebreitet, und wenn ich aus dem Fenster schaue, ist da der verlassene Bahnhof von Irgendwo in Sicherheit zu erkennen.

Ich strample die Decke weg. Meine Kleider kleben mir verschwitzt an der Haut. Der kräftige Duft von gebratenen Kartoffeln und Gewürzen hängt in der Luft. Mein Magen knurrt. Es fühlt sich an, als hätte ich seit Tagen nichts gegessen.

Cleo und Cocoa springen herein. Cocoa hüpft mir auf den Schoß, Cleo reibt sich an meinem Bein. Ich streichle sie beide.

»Hey, Girls«, sage ich mit rauer Stimme. »Wo sind denn alle?«

»Gut. Du bist am Leben«, sagt eine Stimme. »Das musst du auch sein, um dich bei mir revanchieren zu können.«

Hairy Man Junior bringt ein Tablett mit dampfendem Essen herein. Er trägt eine Kochmütze und eine Schürze, auf der steht: »Den Koch nur mit Erlaubnis küssen«.

Er stellt das Tablett auf den Beistelltisch. »Du brauchst Kraft, damit du leisten kannst, was du mir schuldig bist. Deshalb habe ich dir meine Spezialität gekocht: Beef Hash – gebratenes Rindfleisch mit Kartoffeln. Ich weiß schon, was du jetzt denkst: Der macht Rindfleisch, wenn er die da hat?« Er hebt seine Hufe, damit ich sie sehen kann. »Aber ich bin keine halbe Kuh, ich habe nur hässliche Füße. Außerdem ist mein Beef Hash vegan. Ich hab allerbeste Jackfrucht verwendet. Du wirst den Unterschied zu echtem Fleisch gar nicht merken.«

So gut das Essen auch riecht, es wurde mir von einem rotäugigen, haarigen Monster serviert, das Menschen frisst. »Was willst du hier?«

»Ich bringe dir dieses köstliche Mahl, und das ist das Erste, was du sagst? Kein ›Dankeschön‹? Ganz schön undankbar! Ich werde nichts mehr für dich tun!«

Ich spähe zur Tür. Sie ist gar nicht so weit weg. Mein Plan ist, darauf zuzurennen, aber als ich auch nur versuche, mich aufzusetzen, bin ich so schwach und zittrig, dass ich gleich wieder nach hinten falle.

Junior schiebt mich in eine sitzende Position und stopft mir ein Kissen in den Rücken. »Keine Ahnung, wo du hinwillst. Iss erst mal. Du brauchst es ja offensichtlich.«

Jetzt habe ich richtig Herzrasen. »Ich frage dich noch ein einziges Mal: Was willst du … Aaah!«

Er hat mir einfach eine Gabel voll »Beef« Hash in den Mund geschoben. Und ob ihr's glaubt oder nicht, es schmeckt wirklich köstlich und ich kann tatsächlich keinen Unterschied zu Fleisch erkennen.

»Iss«, sagt er noch mal.

Ich esse. Aber nicht, weil er es gesagt hat, sondern weil ich Hunger habe und es schmeckt. Zwischendurch mache ich gerade lange genug Pause, um meine Frage zu Ende zu stellen: »Was willst du hier?«

»Ich will mir zurückholen, was mir gehört! Ich bin euch auf der Spur, seit ihr den Sumpf verlassen habt. Ich wollte es euch richtig heimzahlen, dass ihr mein Zuhause zerstört habt, aber gestern haben die Höllenhunde dich dann total fertig zurückgebracht. Und du nützt mir ja nichts, wenn du tot bist.«

Langsam kommen die Erinnerungen zurück. »Cleo … hat mich hergebracht?«

»Yep. Und meine Therapie macht sich echt bezahlt. Ich hatte nicht so große Angst vor ihr, wie das früher der Fall gewesen wäre. Sie hat zugelassen, dass ich dich in meinen Sack packe. Du bist immer wieder bewusstlos geworden. Sieht aus, als hätte dich Magie getroffen.«

»Yeah, das war Generalin …« Jetzt fällt mir alles schlagartig wieder ein. Das Camp der Hexenmeister, der Baum aus Zauberstabholz, Alex, JP. Dann wird mir bewusst, was Junior vorhin erwähnt hat. »Hast du gerade gesagt, dass das alles gestern passiert ist?«

»Yeah. Vor mehr als 24 Stunden.«

Ich springe auf und … schlechte Idee. Mir ist zu schwindelig, um geradeaus zu gucken. Ich falle wieder zurück auf das Sofa. »Ich muss Alex, JP und meinen Dad retten!«

»Ich bin mir nicht sicher, ob das möglich ist.«

»Warum sagst du das?«

Junior tippt auf seine Uhr, und mir fällt auf, dass sie ein holografisches Zifferblatt hat – sie ist Giftech. Das Mini-Hologramm einer Nachrichtensprecherin schwebt nun über seinem Handgelenk.

»Die Wachtruppen waren fassungslos, als sie das teilweise zerstörte Camp der Hexenmeister sahen«, sagt die Frau. »Einige Gebäude standen aufgrund eines Feuersturms in Flammen, den vermutlich Nichole Blake mithilfe illegaler Zauberstab-Magie ausgelöst hat. Die Zwölfjährige ist weiterhin mit der Msaidizi auf der Flucht. Ihr Bruder Alexander und ein noch nicht identifizierter Gewöhnlichen-

Junge wurden in Gewahrsam genommen. Die Minderjährigen sind in Haft, um verhört zu werden. Generalin Sharpe und Aloysius Evergreen, Mitglied des Ältestenrats, hatten dazu Folgendes zu sagen.«

Das Hologramm verwandelt sich in Generalin Sharpe, die allerdings nicht so selbstgefällig aussieht wie sonst. Sie hat Schatten unter den Augen und trägt ihr Kinn nicht ganz so hoch. Sie wirkt, als hätte sie immer noch mit dem Streich zu kämpfen, den Cleo ihr gespielt hat.

»Wir haben die Kontrolle über das Hexenmeister-Camp übernommen und alle Zauberstäbe beschlagnahmt«, sagt sie. »Und wir suchen die Gegend ununterbrochen nach Alexis Nichole Blake ab. Wir haben allen Grund zu glauben, dass sie sich noch in der Nähe aufhält. Schließlich …« Jetzt scheint Althea Sharpe mich direkt anzustarren. »Schließlich würde sie ihren Bruder und ihren besten Freund doch nicht einfach so im Stich lassen. Oder?«

Ich spüre einen dicken Kloß im Hals. »Ich … natürlich … ich wollte doch nicht …«

Das Hologramm verwandelt sich noch mal und wird zu dem alten, kahlköpfigen Mann mit Kinnbart: Aloysius Evergreen.

»Ob ich Calvin Blake immer noch für schuldig halte? Ha! Fliegen Blitzvögel bei Gewitter? Er ist absolut schuldig! Und jetzt ist sein Kind da draußen unterwegs und begeht auch Verbrechen? Ts! Das wird sich auf seinen Fall nicht im Geringsten positiv auswirken. Wir werden dafür sorgen, dass er morgen die Höchststrafe erhält.«

Die Moderatorin erscheint wieder. »Man nimmt an, dass Präsidentin DuForte in Kontakt mit den Wachtruppen ist, um die Freilassung ihres Enkelsohns und des Gewöhnlichen-Jungen zu erwirken.

Was Nichole Blake angeht, sieht es danach aus, als hätte die junge Dame ihre Komplizen tatsächlich im Stich gelassen. Denn momentan fehlt jede Spur von ihr.«

Junior schaltet die Nachrichten ab. »Wie ich gesagt habe.«

Meine Augen füllen sich mit Tränen. Ich sehe den gefesselt in der Luft schwebenden JP vor mir und wie Alex gefangen genommen wird. Ich sehe ihre verängstigten Gesichter. Das schlechte Gewissen schüttelt mich wie ein Erdbeben. »Ich hab sie im Stich gelassen. Und jetzt wird Dad morgen Früh bestraft.«

»Genau genommen«, korrigiert Junior mich, »wird er heute bestraft. Die Nachrichtensendung war von gestern Abend. In einem anderen Beitrag hieß es, sein Prozess beginnt um neun Uhr morgens. Jetzt ist es gegen fünf.«

»Damit bleiben mir nur noch vier Stunden, bis …« Ich kann es nicht mal aussprechen, weil ich dann losheulen müsste. »Ich geh eine Runde spazieren.«

Ich verlasse schnell den Zug, bevor Junior mich weinen sieht.

Der verlassene Bahnhof von Irgendwo in Sicherheit ist der perfekte Ort, um den Kopf hängen zu lassen. Er ist total leer, und so fühle ich mich auch. Wir sind wie füreinander gemacht.

Ich hocke auf der Bahnsteigkante und lasse die Beine ins Gleisbett baumeln. In meinem ganzen Leben hatte ich nur zwei Freunde. JP und Rebecca, das Mädchen aus meiner Homeschooling-Gruppe in Atlanta. Versteht mich nicht falsch, Rebecca ist cool – sie hat mich zu ihrer Bat Mitzwa nächstes Jahr eingeladen –, aber mein *bester* Freund ist JP. Und trotzdem habe ich ihn im Stich gelassen, als er mich am dringendsten brauchte. Alex ist zwar nicht das, was ich mir unter einem Bruder vorgestellt habe, aber immerhin *ist* er mein Bruder, und auch ihn habe ich im Stich gelassen.

Cocoa und Cleo kommen angetrabt und springen auf den Bahnsteig. Abwechselnd lecken sie mir über die Wangen.

Ich höre die Hufe von Junior auf den Steinplatten klappern. Er hat sich seinen Sack über die Schulter geworfen. In sicherem Abstand zu den Höllenhunden bleibt er stehen. Ich schätze, dass er seine Angst noch nicht ganz überwunden hat. »Bist du jetzt fertig mit Schmollen? Wir haben was Wichtiges zu besprechen.«

Ich wische mir mit dem Ärmel den Höllenhundsabber vom Gesicht. So gern ich Cocoa und Cleo habe, aber meine Tränen wären mir lieber. »Was meinst du damit?«

»Du schuldest mir ein Haus«, sagt er.

»Hä? Ich schulde dir kein Haus.«

»Doch, tust du. Du hast mein Zuhause zerstört!«

»Nein, hab ich nicht. Das waren die Alligatoren.«

»Die hast du angelockt, als du mich ins Wasser geworfen hast.«

»Weil du uns fressen wolltest!«, rufe ich. »Das hast du gesagt!«

»Damit wollte ich euch bloß Angst einjagen. Ich bin Veganer. Hab seit Jahren kein Fleisch mehr gegessen.«

»Ein Veganer mit einem Haus voller Knochen, der mich gestern in seinen Sack gesteckt hat!«

»Ich sammle eben gern Knochen!«, behauptet er. »Die sind eine hübsche Deko. Und mein Sack ist mit einem Mojo belegt, damit man damit schwere Lasten heben kann. Ich wollte mir doch nicht den Rücken kaputtmachen, als ich dich getragen habe. Und hör auf, ständig vom Thema abzulenken. Wegen dir besitze ich jetzt fast gar nichts mehr! Du schuldest mir ein Haus!«

Ich habe Dad im Stich gelassen, JP und Alex sitzen wegen mir in Haft, und jetzt erzählt Junior mir, dass ich auch sein Leben ruiniert hätte.

Das Schluchzen bricht einfach so aus mir heraus.

»Wage es nicht!«, faucht Junior. »Hör auf zu heulen und besorg mir ein neues Haus!«

»Wie denn? Ich bin erst zwölf!«, schniefe ich.

»Ich weiß, wer du bist! Ich hab die L.O.R.E.-Nachrichten gesehen. Du bist die Enkelin der Präsidentin. Du wirst ihr sagen, dass sie mir ein Haus besorgen soll, sonst mach ich ein Essen aus dir!«

»Dafür kenne ich sie nicht gut genug!«

»Ist mir doch egal!«, knurrt Junior und wühlt in seinem Sack. Dabei schmeißt er ein paar feuchte Klamotten, Töpfe und Pfannen, einige durchweichte Bücher, nasse Fotos von sich mit seinem Dad und die Landkarte von Jackson auf den Bahnsteig. Schließlich holt er einen G-Stift heraus. »Du wirst ihr sofort schreiben und ihr mitteilen, dass sie mir ein Haus geben soll!«

Er hält mir den G-Stift hin, aber es ist seine rechte Hand, die meine Aufmerksamkeit weckt. Vorher habe ich es nicht gesehen, weil das zu große Hemd seines Vaters drüber hing. Aber jetzt erkenne ich, dass ein schwarzer Baum auf seinen Handrücken tätowiert ist. Der Stamm befindet sich in der Mitte, die Äste, auf die kleine rote Rubine gezeichnet sind, erstrecken sich bis zu den Fingern.

Das Zeichen des Garten Eden. Das Tattoo, das High John auf der Hand der Person gesehen hat, die die Msaidizi gestohlen hat.

Ich weiche ein Stück zurück, und mein Herz schlägt wie verrückt. »Du bist das.«

»Was bin ich?«, schnaubt Junior.

Das Blut rauscht in meinen Ohren. Ms. Lena meinte, der Dieb sei in New Orleans gesehen worden. Junior hat in New Orleans gelebt. High John meinte, der Dieb sei klein und rundlich gewesen. Junior ist klein und rundlich. Und dann noch das Tattoo …

Taumelnd komme ich auf die Beine. »Wo ist sie?«

»Wo ist was?«

»Du hast die Msaidizi gestohlen! Wo ist sie?«

»Was?«, ruft Junior empört. »Ich hab sie nicht gestohlen!«

»High John hat dich damit in New Orleans gesehen. Das hat er mir selbst gesagt. Er meinte, du hättest eine Maske getragen, aber er hat das Zeichen des Garten Eden auf deiner Hand gesehen. Du warst es!«

»Nein, ich war's nicht. Ich bin nicht derjenige, dem der Boss gesagt hat, er soll sie verstecken!«

Die Zeit kommt quietschend zum Stehen.

Er ist nicht derjenige …

»Du weißt, was mit der Msaidizi passiert ist?«

»Ich habe nichts gesagt, du hast nichts gehört.«

Ein seltsames Gefühl durchdringt mich bis ins Mark oder vielleicht reicht es sogar noch tiefer. Es ist unglaublich aufregend, und es ist etwas, das ich schon lange nicht mehr gespürt habe: Hoffnung.

»Wer ist dieser Boss, Junior?«

»Du lässt besser die Finger von der Sache! Sonst bringst du dich in richtig große Schwierigkeiten.«

»Das ist mir egal! Die L.O.R.E. glaubt, mein Dad hätte die Msaidizi gestohlen, und man wird ihn in ein paar Stunden dafür büßen lassen, wenn ich nichts unternehme.«

»Mich geht das überhaupt nichts an! Du hast ja keine Ahnung, mit wem du es da zu tun kriegst. Das ist nicht irgendein Bösewicht wie aus dem Märchenbuch. Lass lieber die Finger davon!«

Ein Bösewicht wie aus dem Märchenbuch? Mir fällt da einer ein, den man so nennen könnte. Und zwar, weil Uncle Ty ihn in seinen Büchern beschreibt. »Der Boss ist Roho, stimmt's? Hat er jemanden die Msaidizi stehlen lassen?«

»Ich sage gar nichts. Und übrigens ...« Er kommt ein Stück näher. »Ich habe plötzlich Lust auf Fleisch. Entweder gibst du mir ein Haus oder du landest in meinem Kochtopf!«

Hoffnung muss Mut mit sich bringen. Nur so kann ich mir erklären, warum ich plötzlich nach den Klamotten von Juniors Daddy grapsche. »Komm noch einen Schritt näher und ich vernichte die hier!«

Er erstarrt. »Das würdest du nicht tun.«

»Ich werde Cleo befehlen, sie zu verbrennen«, sage ich. Die Hündin stellt sich neben mich und stößt knurrend Rauch aus, als ob sie meine Drohung bestätigen möchte. Cocoa knurrt nicht ganz so furchterregend mit.

Junior bleckt seine Zähne, behält aber die Höllenhunde im Blick. Er kann sich so wild aufführen, wie er will, er hat immer noch Angst vor ihnen. »Ich verspeise dich zum zweiten Frühstück, noch bevor du irgendwas vernichtet hast.«

»Du hast zu viel Angst vor meinen Hunden, um das auszuprobieren. Außerdem hättest du längst die Gabe gegen mich benutzt, wenn du wirklich vorhättest, mir etwas anzutun. Aber das wirst du nicht, weil du ja ein Haus willst. Tja, und ich will Antworten. Also rede!«

Junior brummt nur.

Er will es anscheinend nicht anders. Na schön. Ich ziehe ein orangefarbenes Seidenhemd aus dem Kleiderhaufen. Das hat Junior an dem Tag getragen, als wir uns das erste Mal begegnet sind. Ich halte es Cleo hin.

»Leg das weg! Das war das Lieblingshemd meines Daddys!«

»Mein Daddy wird sich bald nicht mehr an sein Lieblingshemd erinnern, wenn du jetzt nicht anfängst zu reden!«

Junior schaut eher das Hemd als mich an. Wüsste ich es nicht besser, würde ich sagen, da ist Panik in seinem Blick. »Was willst du wissen?«, fragt er.

»Warum haben du und die Diebin oder der Dieb das gleiche Tattoo?«

»Die meisten von uns tragen das Zeichen des Garten Eden.«

»Wer ist ›uns‹?«

»Du hast schon eine Sache selber rausgekriegt, da kannst du darauf auch noch selber kommen.«

Das Zeichen des Garten Eden befindet sich auf der Msaidizi, der Waffe, die Roho so gut wie unbesiegbar gemacht hat. Es würde Sinn ergeben, dass eine Bande bestehend aus seinen Anhängern sich das als Tattoo zugelegt hat.

»Ihr seid Rohos Gefolgschaft«, sage ich.

»Waren wir«, knurrt Junior. »Kannst ja keinem folgen, der nicht mehr weiß, wer er ist.«

»Wie konnte er dann jemandem befehlen, die Msaidizi zu stehlen?

Hatte er zu dem Zeitpunkt, als sie verschwunden ist, nicht schon sein Gedächtnis verloren?«

»Manche Befehle brauchen eben Zeit, um ausgeführt zu werden«, sagt Junior. »Er hat den Befehl vor seinem Kampf mit Doc Blake gegeben. Er hatte so eine Vorahnung, dass der Doc ihn besiegen würde.«

»Warum hat er jemandem befohlen, sie zu stehlen? Wem hat er den Auftrag erteilt?«, frage ich. »Und wo wurde sie versteckt?«

»Ich hab dir schon mehr als genug gesagt! Jetzt gib mir meine Klamotten!«

»Gib du mir erst mehr Antworten!«

Junior schüttelt seine Handgelenke, und auf seinen Handflächen erscheinen Feuerkugeln. »Wenn du meine Kleider verbrennst, fackel ich deinen Zug ab. Du hast die Wahl.«

Ich halte Cleo noch mehr Sachen hin, nur um zu sehen, ob er blufft. Wir starren einander an, und die Feuerkugeln in seinen Händen wachsen auf die doppelte Größe an.

Er meint es ernst. Mehr werde ich nicht aus ihm rauskriegen.

Also strecke ich ihm die Kleider hin. Junior reißt sie mir weg und stopft sie in seinen Sack, während er irgendwas über Häuser zerstörende Bälger vor sich hinmurmelt.

Meine Hoffnung will sich verabschieden, aber ich halte sie fest. Die Puzzleteile liegen alle vor mir. Ich muss sie nur noch zusammensetzen.

Ich falte die Hände oben auf meinem Kopf. »Roho hat jemanden dazu gebracht, die Msaidizi von der L.O.R.E. zu stehlen«, sage ich leise vor mich hin. »Wo würde er sie verstecken wollen?«

Junior packt einen seiner Töpfe ein. »Du solltest besser hoffen, dass du da nicht draufkommst. Ich hab dir schon gesagt, du bringst dich nur in Riesenschwierigkeiten.«

Ich schaue zu, wie er seine gusseiserne Pfanne einpackt, und betrachte seine übrigen Sachen, die noch verstreut herumliegen. Weiteres Kochgeschirr, ein Teddybär. Und die Landkarte von Jackson. Von all den Dingen, die er hätte retten können, warum diese Karte?

Junior folgt meinem Blick. Die Karte liegt nur zwei Schritte von mir entfernt. Leider ist auch er nicht weiter von ihr weg.

Seine roten Augen begegnen meinen.

Wir stürzen gleichzeitig los, aber zum Glück für mich läuft man auf Hufen nicht so schnell wie auf Menschenfüßen. Ich schnappe mir die Karte.

»Gib mir meine Landkarte!«, schreit Junior.

Ich rase auf Bertha zu, und Junior stürmt mit klappernden Hufen hinter mir her. Cocoa und Cleo halten ihn bellend auf Abstand. Sobald ich nah genug am Zug bin, springe ich ab, lande an Bord und knalle die Tür hinter mir zu.

»Ruf diese Hunde von mir weg!«, schreit Junior.

Ich schiebe Ms. Lenas Sessel vor die Tür und breite dann die Karte auf dem Tisch aus. Jede Faser meines Körpers sagt mir, dass diese Karte etwas mit Roho zu tun hat. Es muss so sein.

Die Karte ist feucht, und ein bisschen von der Tinte ist verschmiert, sodass man manches nur schwer erkennen kann. Rechts unten ist ein fetter roter Fleck, aber durch die Tinte hindurch lässt sich der Straßenname in der roten Schmiere trotzdem entziffern: High Street.

»Das ist im Stadtzentrum«, murmele ich. Das weiß ich, weil Dad immer die High Street nimmt, um zur Gouverneursvilla zu gelangen, wenn er dort was zu reparieren hat. Er meinte mal, die Straße hieße einfach nur deshalb High Street, weil sie in einer großen achterbahnartigen Kurve nach oben führt. Er hat gesagt: »Das liegt am Vulkan unter der Stadt. Wegen ihm ist die High Street so hoch.«

Moment mal.

Ich starre auf die Karte. Dieser Fleck … ist in der Nähe der High Street, wo der unterirdische Vulkan liegen müsste.

Wie würde so ein unterirdischer Vulkan überhaupt aussehen …

Mein Traum fällt mir wieder ein: Er würde aussehen wie ein Berg in einer riesigen Höhle.

»Holy Moly«, murmele ich. »Holy Moly, könnte das … der Ort sein, wo sie versteckt ist?«

Meine Hoffnung ist jetzt ein flammendes Inferno, das tief in mir lodert. Das Problem ist, ich weiß nicht viel über Roho. Außer dass er die Welt der Ungewöhnlichen zerstören wollte.

Aber …

Ich weiß eine Menge über eine Buchfigur, die auf ihm basiert. Tatsächlich arbeite ich an einem Wiki mit, das tonnenweise Information über diese Figur enthält.

Junior hämmert an die Tür. »Ich schwör dir, es ist besser, wenn du mir jetzt meine Karte zurückgibst!«

Ich taste nach meiner Tasche. Darin steckt immer noch JPs Handy, das ich im Wald gefunden habe. Obwohl das Display zerbrochen ist, lässt es sich wundersamerweise noch hochfahren.

Uncle Ty meinte, die Seelensense in den *Stevie*-Büchern wäre quasi Einans Msaidizi, die ihn so gut wie unbesiegbar macht. Im neuen Band stehlen Stevie, Kevin und Chloe sie. Um etwas zu stehlen, muss man natürlich wissen, wo es aufbewahrt wird. Ich bedauere ernsthaft, das Buch noch nicht gelesen zu haben. Aber JP ist damit fertig, und ich wette, er hat auch schon eine Zusammenfassung hochgeladen.

Leider ist sein Handy passwortgeschützt. Ich versuche es mit 0426 für den 26. April, seinen Geburtstag.

Funktioniert nicht. Aber das Handy gibt mir einen Hinweis: »ein großartiges Datum«. Außerdem warnt es mich, dass ich nur noch zwei Versuche habe, bevor für eine Stunde lang weitere Eingaben ausgeschlossen sind.

Etwas Schweres kracht an die Tür, als würde Junior mit seiner Schulter dagegenrammen. Cocoa und Cleo bellen wütend. »Ich schwöre, das wird dir noch leidtun, Girl!«, ruft Junior.

Meine Hände zittern, aber ich schaffe es, die Zahlen 1225 einzutippen. Der erste Weihnachtstag. JPs liebster Feiertag. Funktioniert auch nicht. Noch ein Versuch.

Ich kenne weder das Geburtsdatum von JPs Eltern noch das seiner Schwester. Sein zweitliebster Feiertag ist Thanksgiving, aber der fällt jedes Jahr auf ein anderes Datum. Jetzt kann ich mir nur noch ein weiteres Datum vorstellen, das er großartig finden könnte.

Ich gebe 0527 ein. 27. Mai. Mein Geburtstag.

Damit ist das Handy entsperrt.

Mein Herz explodiert in meiner Brust. Ich könnte mir keinen besseren Freund wünschen.

Doch der Triumph ist schnell verflogen – es gibt hier kein Netz. Keine Chance, das Wiki zu öffnen.

Moment. JP meinte doch, er würde noch an der Zusammenfassung des Buchs arbeiten. Er hat nicht erwähnt, dass er sie schon hochgeladen hat.

Ich öffne die App für Notizen und scrolle darin nach unten, bis ich seine unfertige Zusammenfassung von *Stevie James und die Seelensense* finde.

»Lasst mich in Ruhe!«, schreit Junior inzwischen die beiden Hündinnen an. »Girl, ich schwör dir, ich mache diesen Zug zu meinem neuen Haus und deine Knochen werden meine erste Deko!«

Schnell öffne ich die Zusammenfassung und überfliege sie. Das Buch beginnt damit, dass Einan die Seelensense benutzt, um einem Lehrer die Seele zu nehmen. Menschen in Panik, bla, bla, bla. Stevie, Kevin und Chloe entscheiden, dass der beste Weg, um Einan zu stoppen, der wäre, ihm die Sense wegzunehmen …

Ich zucke zusammen, als ich höre, wie Hufe gegen die Tür donnern und Cocoa und Cleo knurren. »Wenn ich mit dir fertig bin, wirst du es bereuen!«, droht Junior.

Ich versuche, mich wieder auf den Inhalt des Buchs zu konzentrieren. Nach einigem Herumschnüffeln kommen Stevie, Kevin und Chloe dahinter, dass Einan die Seelensense in seinem Unterschlupf aufbewahrt. Und sie finden heraus, dass der in …

… in einem erloschenen unterirdischen Vulkan liegt.

»Das ist es«, murmele ich. »Das ist es!«

Da fliegt die Tür auf. Junior stößt den Sessel weg. Cocoa und Cleo haben sich in seine Kleidung verbissen, aber er kümmert sich gar nicht darum. »Gib mir meine Landkarte!«

»Die Msaidizi ist in Jackson!«

Junior bleibt wie angewurzelt stehen. Es wirkt fast, als wären Cocoa und Cleo auch geschockt, denn sie lassen von ihm ab. »Woher weißt du das?«, fragt Junior.

Wenn ich mir nicht schon sicher gewesen wäre, würde sein entsetztes Gesicht es mir jetzt bestätigen.

»Ich hab's rausgekriegt«, sage ich. »Rohos Unterschlupf war in dem erloschenen Vulkan unter der Stadt, stimmt's? Ich wette, er hat befohlen, die Msaidizi da zu verstecken.«

Juniors Schweigen reicht mir als Antwort.

Ich breche in Tränen aus. Nach allem, was Alex, JP und ich durchgemacht haben, weiß ich jetzt endlich, wo die Msaidizi ist. »Ich werde Dad retten«, murmele ich und kann es selbst kaum fassen. »Ich muss nur noch zu dem Unterschlupf kommen …«

»*Nur*?«, spottet Junior. Er lacht, als wäre das ein Witz, den ich nicht verstanden habe. »Der ist nicht leicht zu finden, wenn man nicht genau weiß, wo man hinmuss. Und es ist auch nicht leicht, da reinzukommen. Die L.O.R.E. ist bis heute ahnungslos.«

»Weißt du mehr darüber?«

»Wenn es so wäre, warum sollte ich es dir sagen? Vor allem nach der Sache mit meinem Haus.«

»Aber mein Dad …«

»Nicht mein Problem! Ich hab dir sowieso schon zu viel erzählt!«

»Fürchtest du dich vor Roho? Junior, der weiß nicht mal mehr, wer er ist.«

»Du unterschätzt ihn«, meint Junior grimmig. »Er hat die Gabe genutzt wie niemand sonst. Wenn irgendjemand sich sein Gedächtnis und die Gabe zurückholen könnte, nachdem die L.O.R.E. ihm beides genommen hat, dann der Boss. Außerdem sind manche Leute ihm im Geheimen immer noch treu ergeben. Die dürfen nicht rausfinden, dass ich dir geholfen habe, an die Msaidizi zu kommen, nachdem er sie hat verstecken lassen.«

Die Vorstellung, dass Roho oder seine Anhänger erfahren, dass ich die Msaidizi an mich genommen habe, lässt mich erschauern. Hoffentlich begegne ich denen nie.

»Ich verspreche dir, unter keinen Umständen irgendwem zu sagen, dass du mir geholfen hast. Aber ich bin verzweifelt, Junior. Du hast deinen Dad sehr geliebt, oder?«

Junior schlägt die Augen nieder. »Er war der Beste. Alle denken, er war böse, aber man hat ihn missverstanden. Dieser Mann hat mich von ganzem Herzen geliebt. Ich hätte mir keinen besseren Vater wünschen können.«

»Gegenüber meinem Dad haben auch alle Vorurteile. Stell dir vor, deiner hätte sich plötzlich nicht mehr daran erinnert, wer du bist. Das könnte bald mein Alltag sein. Aber du kannst mir helfen, es zu verhindern. Was muss ich für dich tun, damit du mich zu dem Unterschlupf bringst?«

»Hast du ein Haus, das du mir geben kannst? Das ist das Einzige, wofür ich im Gegenzug bereit wäre, dir zu helfen.«

»Wie um alles in der Welt soll ich das machen? Ich habe nur das, in dem ich lebe …« Moment. *Ich habe das, in dem ich lebe*! »Wärst du bereit, nach Jackson umzuziehen?«

Er sieht mich misstrauisch an. »Warum fragst du?«

»Weil da mein Haus steht. Das kannst du haben.«

»Du gibst mir dein Haus?«

Wahrscheinlich sollte ich Dad fragen, bevor ich es hergebe, aber verzweifelte Situationen erfordern eben verzweifelte Maßnahmen. »Wenn du mir hilfst, die Msaidizi zu bekommen, tue ich das.«

»Ja, klar! Du trickst mich wieder aus! Das erste Mal hast du mich reingelegt, als ich mich in verschiedene Tiere verwandeln sollte. Jetzt kommt dein zweiter Trick. Und mit dem dritten wirst du mir endgültig den Rest geben.«

»Hä?«

»Du kennst doch die Geschichte über meinen Daddy! Dieser Wiley-Junge hat ihn dreimal reingelegt. Und nach dem dritten Mal musste Daddy ihn in Ruhe lassen. Bei mir versuchen das auch alle. Niemand will mich in der Nähe haben.«

»Klingt schlimm.«

»Mir geht's prima!«, meint Junior schnippisch. »Ich hatte mich im Sumpf eingerichtet. Musste mir keine Sorgen machen, dass Freunde vorbeikommen, alles durcheinanderbringen und meine Ruhe stören. Es war perfekt.«

Ich möchte ihm sagen, dass sein Haus auch so schon durcheinander war, aber ich behalte es für mich.

Es ist zwar gemein, doch ich kann verstehen, warum niemand in Juniors Nähe sein will. Sein Anblick ist furchterregend. Allerdings weiß ich auch, wie es ist, das fremde Kind zu sein, mit dem niemand befreundet sein will.

»Ich war ein bisschen wie du«, sage ich zu Junior. »Ehrlich gesagt, bin ich es immer noch. Gewöhnlichen-Kinder halten mich für seltsam. Erst als ich nach Jackson umgezogen bin, habe ich meinen besten Freund, JP, kennengelernt. Er wohnt direkt nebenan. Und ich wette, er würde auch dein Freund sein. Dann ist da noch Ms. Lena. Sie ist eine Visionärin. Du könntest in ihrem Lokal abhängen. Mr. Zeke und die anderen Stammgäste sind cool. Du würdest gut zu ihnen passen.«

»Und wo ist der Haken?«, fragt Junior. »Das Haus steht sicher in so einer Wohnanlage wie in der Serie *Desperate Housewives,* oder? So will ich ganz bestimmt nicht wohnen!«

Ich habe keine Ahnung, wer die *Desperate Housewives* sind, aber egal. »Es gibt keinen Haken, und das ist auch kein Trick. Ich würde dir tausend Häuser geben, um meinen Dad zu retten.«

Junior sieht mich lange an.

»Ich hätte für meinen Daddy das Gleiche gemacht«, sagt er dann. »Ich werde dich zum Eingang der alten Kolonie vom Boss bringen, aber das ist es. Nicht mehr und nicht weniger. Abgemacht?«

Er streckt mir seine Hand hin.

Ich schüttele sie. »Ich dachte, das wäre ein Unterschlupf, keine Kolonie.«

»Der Boss hatte große Pläne. Dann werde ich dem Zug mal die Wegbeschreibung geben.«

»Warte. Zuerst muss ich meinen Bruder und meinen besten Freund retten.«

Junior mustert mich von unten bis oben. »Girl! Was? Wie um alles in der Welt willst du das schaffen? Dein Juju-Beutel könnte vielleicht ganz praktisch sein, aber …«

Ich sehe ihn an. »Wie?«

»Du hast hier irgendwo einen Juju-Beutel. Der riecht nach Schnee.«

Zuerst weiß ich gar nicht, wovon er spricht. Doch dann fällt mir der Beutel wieder ein, den ich zu meinem Geburtstag bekommen habe. Ich schnappe mir meinen Rucksack und wühle darin herum, bis meine Finger auf den kleinen Lederbeutel von *Miss Peachy* stoßen.

Junior schnuppert in meine Richtung. »Yep. Das ist ein Schneesturm.«

»Das kannst du nur am Geruch erkennen?«

»Manchmal. Miss Peachy überdeckt den Geruch vieler Beutel, weil wir Rougarous daran leicht erkennen können, was enthalten ist. Aber hin und wieder ist das Juju darin so stark, dass der Geruch sich nicht kaschieren lässt. Ich bin mir fast sicher, dass das hier ein Schneesturm ist. Der friert alles ein, bis auf die Person, die den Beutel in der Hand hält.«

»Und warum ist das so?«

»Der Beutel schützt dich vor jedem Juju oder Mojo, das du beim Öffnen daraus entlässt. Steht im Kleingedruckten.«

Ich drehe den Beutel um, und tatsächlich ist unten in winziger Schrift eine Warnung aufgedruckt.

Achtung: Dieser Beutel enthält ein machtvolles Mojo oder Juju, das deine Umgebung verändern wird. Die Firma Miss Peachy *haftet nicht für jegliche Verletzung oder Schäden, die durch den Beutel entstehen. Indem du ihn öffnest, übernimmst du die volle gesetzliche Verantwortung für dein Handeln. Um Verletzungen vorzubeugen, halte den Beutel fest, wenn das Mojo oder Juju freigelassen wird. So wird das Schutz-Mojo aktiviert. Willst du den Schutz auf andere erweitern, berühre sie einfach mit dem Beutel.*

»Es ist aber nicht immer ein Schutz-Mojo dabei«, warnt Junior. »Mein Uncle Larry wurde mal von einem Mojo-Beutel bewusstlos geschlagen, der es Goldbarren vom Himmel regnen ließ. Als er ein Jahr später wieder zu sich kam, hatte seine Frau den ganzen Gewinn schon ausgegeben. Eine Schande war das. Er hat zwar eine Menge durch die Sammelklage zurückbekommen, aber auch das hat sie ihm schließlich bei der Scheidung abgeknöpft. Daddy hatte ihm von Anfang an gesagt, er solle keine Todesfee heiraten.«

Das ist vielversprechend. Der Inhalt des Beutels, meine ich. Nicht die Seifenoper rund um Juniors Onkel. »Es könnte funktionieren.«

»Ha! Du wirst mehr brauchen als diesen Beutel, um die Wachen außer Gefecht zu setzen«, sagt Junior. »Die werden dich in dem Moment mit Seilen aus Licht fesseln, in dem du versuchst, ihn zu öffnen. Die kannst du nicht austricksen, wie du es mit mir gemacht hast.«

Sie austricksen? Hmm.

»Ehrlich gesagt glaube ich schon, dass ich sie austricksen kann.«

17

Rohos Rückkehr

Nachdem Cleo mich im Wald abgesetzt hat, schreibe ich mit dem G-Stift eine Nachricht an Generalin Sharpe.

TRACKEN SIE MEINEN STANDORT UND TREFFEN SIE MICH HIER. BRINGEN SIE ALEX UND JP MIT. ICH HABE ETWAS, DAS SIE WOLLEN.

Über mir schimmert die frühe Morgendämmerung in Pink- und Violetttönen. Ich bin so nervös, als hätte ich einen Schwarm Schmetterlinge auf Red Bull in meinem Bauch. Ich schiebe die Hände in die Taschen und nehme sie gleich wieder heraus. Zum hundertsten Mal versichere ich mich, dass mein Juju-Beutel noch da ist.

Ein kräftiger Wind peitscht durch die Bäume. Er wirbelt Staub und Blätter auf. Zuerst sehe ich gar nichts, doch dann taucht über mir ein Luftschiff der Wachtruppe auf. Goldfarben, V-förmig und so groß wie ein Düsenjet.

Als es landet, erleuchten die Scheinwerfer die Lichtung. Eine Seitentür öffnet sich, und eine Treppe wird ausgefahren. Dann erscheint Generalin Sharpe in Begleitung von sechs Wachen an jeder Seite. Zwei der Wachleute tragen Alex und JP, die beide gefesselt sind.

Zwei weitere Wachen strecken ihre Handflächen in meine Richtung, aber ich schreie: »Wenn ihr die Msaidizi wollt, werdet ihr mich nicht fesseln.«

»Haltet euch zurück«, befiehlt Generalin Sharpe ihnen, und sie lassen die Hände sinken. »Wo ist sie, Girl?«

»Wissen Sie, es wundert mich, dass Sie mich überhaupt gefunden haben.« Ich klinge ziemlich forsch für jemanden, der vor Angst fast den Verstand verliert. »Ich war mir nicht sicher, ob Sie es schaffen würden, mich zu orten. Mein Dad hat immer gesagt, Sie wären nicht mal dazu in der Lage, bei einem Platzregen Wasser aufzufangen.«

»Wie bitte?«

»Sie haben mich schon gehört. Dad und ich haben uns immer darüber amüsiert, wie doof Sie sind. Sie haben Jahre gebraucht, um ihn zu schnappen, und Tage, um ein paar Kinder zu fangen. Sind Sie sicher, dass Sie wirklich Generalin sein sollten?«

»Little Girl …« Sie räuspert sich. Das klingt nicht nach der Generalin Sharpe, die ich bisher kannte. »Ich werde dieses Spielchen nicht mitspielen. Du hast gesagt, dass du etwas hast, das ich will. Ist es die Msaidizi?«

»Chillen Sie mal, Althea«, sage ich. Und nur fürs Protokoll, das ist das einzige Mal überhaupt, dass ich eine Erwachsene beim Vornamen nenne. Dad mag das gar nicht. »Bevor ich Ihnen die Msaidizi gebe, muss ich erst sehen, dass mein Bruder und mein bester Freund okay sind.«

Generalin Sharpe schnippt mit den Fingern, und die zwei Wachen, die JP und Alex festhalten, tragen sie nach vorne. »Siehst du? Ihnen geht's gut. Wir haben ihnen zu essen gegeben und sie durften sich waschen, was dir auch ganz guttun würde. Wir hätten dich allein nach deinem Geruch orten können.«

»Wow, jetzt geben Sie es mir aber, was? Sie wissen schon, dass ich erst zwölf bin, oder? Und Sie? Fünfzig? Fünfundsechzig?«

»Ganz falsch! Ich bin genauso alt wie deine Eltern!«

»Das würde ich aber niemandem sagen.«

Eine der Wachen schnaubt.

»Lach ruhig und schau, was dann passiert«, warnt Generalin Sharpe. Die »offizielle« Stimme, die sie bis eben benutzt hat, ist jetzt weg. »Hör mal gut zu, du kleines Gör …«

»Yo, Momma.«

Generalin Sharpe zieht scharf die Luft durch die Zähne. »Du hast dreißig Sekunden, um meine Frage zu beantworten. Was genau hast du für mich?«

»Erst muss ich von JP und Alex hören, dass sie okay sind.«

»Lasst sie reden«, befiehlt sie.

Die beiden Wachen bei JP und Alex machen eine Handbewegung. Schon können die beiden ihre Münder wieder öffnen.

»Wir sind okay, Nic«, sagt Alex.

»Nic, ihr großes Luftschiff ist so cool!«, sagt JP. »In den Duschen wirst du mit verschiedenen Seifen eingesprüht. Und dieses Mikrowellen-Ding kannst du nach irgendwas zu essen fragen, und es wird gleich von ihm gemacht. Das Fernsehen ist in 4D, wovon ich gar nicht wusste …«

»Das reicht!«, ruft Generalin Sharpe genervt und verschließt die Münder von JP und Alex wieder. »So, jetzt zeigst du mir, was du hast, oder wir fesseln dich.«

In der Nähe knirscht Laub. Ganz leise nur, und ich glaube, ich bin die Einzige, die es hört. Gut. Das ist mein Zeichen.

»Sind Sie sich hundertprozentig sicher, dass Sie möchten, was ich habe?«

»Hör auf mit dieser Hinhaltetaktik und zeig mir, was es ist!«

Wenn sie drauf besteht …

»Na schön«, sage ich und pfeife durch die Finger.

Jetzt knistert das Laub unüberhörbar. Generalin Sharpe und ihre Wachen drehen sich ruckartig um und stehen nun mit den Rücken zu mir. Eine Gestalt bewegt sich zwischen den Bäumen.

»Wer ist da?«, schreit Generalin Sharpe. »Zeig dich!«

Ein großer, muskulöser Mann mit hellem goldenem Leuchten tritt hervor. Er steckt von Kopf bis Fuß in einer eng anliegenden schwarzen Rüstung. Nur seine Augen, rauchgrau und katzenähnlich, sind auf Generalin Sharpe gerichtet.

Die Wachen schnappen nach Luft, und Alex und JP zucken zusammen.

»R-Roho!«, stottert Generalin Sharpe.

»Ooooh, der ist das?«, frage ich. »Ich glaube, ich habe schon mal von ihm gehört. Ich kenne mich mit Ungewöhnlichen-Angelegenheiten leider nicht so aus, weil ich ja in der Welt der Gewöhnlichen lebe.«

Die Wachen heben ihre Hände.

»Nein, nicht feuern!«, befiehlt Generalin Sharpe ihnen. »Wie hast du ihn gefunden, Girl?«

»Er hat mich gefunden. Hat mir erzählt, dass er lange vergessen hatte, wer er ist, sich jetzt aber wieder erinnert.«

»W-w-was? Wie das denn?«

»Keinen Schimmer. Er ist ein mächtiger Typ. Er hat gehört, dass ich die Msaidizi habe. Er wirkte so nett, da hab ich sie ihm gegeben, und sie ist zu seiner Rüstung geworden. Cool, was?«

»Weißt du, was du angerichtet hast?«, schreit sie.

»Sie wollten die Msaidizi, da ist sie«, sage ich. »Na los, holen Sie sie sich.«

Roho kommt auf sie zu, und Generalin Sharpe zittern die Knie. Die Wachen heben wieder die Hände, und Roho hebt seine. Ich hole den Juju-Beutel raus …

»Generalin, auf Ihren Befehl!«, sagt ein Wächter.

Die Generalin zittert. »F-f-f…«

Ich reiße den Beutel auf.

Eisiger Wind und blaues Licht schießen heraus. Ich werde nach hinten geschleudert und schütze meine Augen. Eigentlich rechne ich mit lautem Geschrei.

Aber es ist auf unheimliche Weise still und auf einen Schlag eisig kalt.

Also setze ich mich auf und öffne die Augen. Der Wald hat sich in den Nordpol verwandelt. Schnee bedeckt den Boden, und alles ist von einer dicken Eisschicht überzogen. Die Bäume, die Wachen, Generalin Sharpe, JP, Alex und Roho.

Zu ihm gehe ich als Erstes. Er ist mit der Hand vor seinen Augen eingefroren. Genau wie die anderen in ihrer jeweiligen Bewegung erstarrt sind, als ich den Beutel geöffnet habe. Alex und JP haben die Augen fest zugekniffen. Generalin Sharpe scheint gerade »Nein« schreien zu wollen. Alle haben Eiszapfen an Nase und Kinn. Es sieht aus wie in einem Garten mit Skulpturen.

Ich berühre Roho mit dem Beutel, und er taut sofort auf. Das Gleiche mache ich bei Alex. Das Eis und die Lichtseile schmelzen gleichzeitig. Ich schätze, das Schutz-Mojo wirkt auch auf sie.

Alex fährt vor Schreck zusammen. »Roho!«

»Chill«, sage ich. »Kapierst du den Witz? Chill – das heißt auch ›kalt‹! Aber egal, das ist jedenfalls nicht er.« Ich nicke Roho zu. »Mach schon.«

Roho schließt die Augen, und die Rüstung verschwindet. Er schrumpft, während struppiges Haar an seinen Armen und Beinen wächst und seine Füße sich in Kuhhufe verwandeln.

»Hab euch doch gesagt, dass ich mich in alles und jeden verwandeln kann«, meint Junior.

»Was macht der denn hier?«, ruft Alex. »Und warum hat er sich in Roho verwandelt?«

Mir war klar, dass ich Generalin Sharpe und die Wachen ablenken musste. Und wer wäre dafür besser geeignet als Roho? Also fragte ich Junior, ob er sich auch in ihn verwandeln könnte. Er weigerte sich, bis ich ihm versprach, bei meiner Grandma für ihn einen Einkaufsbummel in einem schicken Modegeschäft in Uhuru klarzumachen.

»Das erklär ich dir später«, sage ich zu Alex und berühre JP mit dem Juju-Beutel. »Alles in Ordnung, Kumpel?«

Er schlingt bibbernd die Arme um sich selbst. »Yeah, aber ich werde nie mehr Eis am Stiel essen.«

»Bist du okay?«, fragt Alex mich.

»Yeah. Tut mir leid, dass ich euch im Stich gelassen habe, Jungs.«

»Ist schon okay. Die Wachen hätten dich ja sonst auch verhaftet. Und wozu wäre das gut gewesen?«, sagt er. »Ich bin bloß froh, dass du wiedergekommen bist.«

Ich muss lächeln. »Bin ich auch.«

Da lächelt er zurück.

Ich gehe zu dem Eiszapfen, der früher mal Generalin Sharpe war. »Mann, das war echt eiskalt von mir, was?« Ich muss losprusten. »Eiskalt! Verstehen Sie?«

Ihre Augen werden schmal, und sie gibt ein gedämpftes Geräusch von sich.

»Tja, das klingt nicht sehr nett«, sage ich. »Ich würde Ihnen gerne noch ein bisschen einheizen – ich wette, das wünschen Sie sich gerade buchstäblich –, aber ich muss los. Sie sollten in ein paar Stunden wieder auftauen. Oder vielleicht dauert es auch bis morgen. Wer weiß? Wenn Sie mich jetzt bitte entschuldigen würden, ich muss los und meinen Dad retten.«

Zurück bei der Underground Railroad steigen Alex, JP, Junior und ich in den Zug. Cocoa und Cleo begrüßen JP und Alex mit Luftsprüngen und lecken ihnen vor Freude die Gesichter. Junior läuft nach vorne, um Bertha den Weg zur Kolonie anzusagen, während ich Alex und JP in der Sitznische der Küche auf den neuesten Stand der Ereignisse bringe. Ich schildere ihnen meinen Traum von der

Höhle und erzähle ihnen von meiner Ahnung, er könnte mit dem Vulkan und Rohos Kolonie zu tun haben.

»Ich kann nicht glauben, dass Rohos Kolonie sich unter Jackson befindet und dass unter der Stadt ein Vulkan liegt«, sagt JP.

Ich staune ja selber darüber. Jackson schreit nicht gerade »Ich bin das Versteck des Bösen«. New York oder Los Angeles? Klar. Dad meint, dass die Mannschaften der Knicks und Clippers jeden Menschen in den Wahnsinn treiben würden. Aber Jackson? »Es ist ein Ort, an dem niemand ein Versteck vermuten würde«, sage ich.

»Genau das wird der Grund sein«, meint Alex. »Jetzt ist nur die Frage, was uns da unten erwartet? Ich bezweifle, dass es leicht sein wird, an die Msaidizi zu kommen.«

Alle schweigen. Es könnte sein, dass wir uns gerade auf unser Grab zubewegen.

Nein, ich kann Alex und JP dieser Gefahr nicht aussetzen. »Ich werde alleine gehen.«

»Was? Nein!«, widerspricht Alex.

»Kommt nicht infrage, Nic!«, fügt JP hinzu.

»Ich habe euch beide schon genug in Schwierigkeiten gebracht.«

»Na und?«, sagt Alex. »Wir hängen da alle mit drin. Wenn einer von uns in die Kolonie geht, kommen die anderen mit. Ohne Wenn und Aber.«

»Ganz deiner Meinung«, stimmt JP ihm zu. »Kevin und Chloe würden Stevie auch nicht allein lassen. Wir sind jetzt genau wie sie – auf der Suche nach einer mächtigen Waffe. Es wird uns drei brauchen, um sie zu finden.«

Es ist ein seltsamer Augenblick, um dafür dankbar zu sein, dass ich die beiden habe. Aber yeah, das bin ich. Uff, jetzt geht das schon wieder los mit der Heulerei. Ich hasse es wirklich, so sentimental zu sein.

»Na gut«, sage ich, »dann lasst uns die Msaidizi holen.«

18

Fallen und Rap

Wir kommen gegen sieben Uhr morgens in Jackson an. Uns bleiben also noch zwei Stunden, um Dad und Uncle Ty zu retten.

Bertha fährt langsamer und rollt auf eine Ziegelsteinmauer zu. Daran hängt ein gelbes Schild, auf dem zwei Wörter stehen: *Dead End*. Sackgasse?

»Die Strecke ist hier nicht wirklich zu Ende, oder?«, frage ich Junior.

»Nicht, wenn man weiß, was zu tun ist.«

Er macht eine Handbewegung, und die Ziegelsteinmauer teilt sich wie eine Schiebetür. Der Zug fährt durch die Öffnung in einen Tunnel, dann knallt die Mauer hinter uns wieder zu. Schimmel, Moos und Wurzeln haben hier alles in Besitz genommen. Außerhalb von

Berthas Scheinwerferkegeln ist es stockdunkel. Supergruselig, aber hey, so habe ich es vom Eingang in die Kolonie eines bösen Manifestors auch erwartet.

Bertha bremst und bleibt schließlich stehen.

»Ich hab euch wie versprochen zum Eingang gebracht«, sagt Junior. »Den Rest des Wegs müsst ihr allein zurücklegen.«

Ich starre in die Dunkelheit vor uns und wische mir die feuchten Hände an der Hose ab. »In die Kolonie gehen, die Msaidizi finden. Kolonie, Msaidizi. Das schaffen wir.« Denke ich. Hoffe ich. »Junior, lass dich von Bertha zu Ms. Lena bringen. Ihr gehört der Zug. Sie kann dich zu meinem Haus führen.«

»Dann werden wir Nachbarn«, sagt JP. »Ich will dich nur vorwarnen – meine Eltern werden dich in unsere Kirche einladen. Das machen sie bei allen. Und sie werden versuchen, dich zum Beitritt zu bewegen.«

»Solange ich im Chor singen darf, könnt ihr auf mich zählen«, sagt Junior. »Man hat mir gesagt, ich hätte eine Stimme wie ein Engel.«

Darauf wäre ich jetzt nie gekommen, aber gut.

Alex, JP und ich suchen unsere Sachen zusammen. Cocoa klettert freudig in meinen Rucksack, aber Cleo bleibt bei Junior stehen.

Ich mache eine auffordernde Kopfbewegung. »Come on, Girl. Du kannst uns begleiten.«

Sie bellt. Ich verstehe die Sprache der Höllenhunde nicht, aber ich bin mir ziemlich sicher, dass es hieß: Ich komme nicht mit. Sie hat Sachen zu erledigen, und es gibt Orte, die sie besuchen will. Verständlich. Nachdem sie so lange bei diesen Hexenmeistern festsaß, will sie jetzt umherstreifen und die Welt sehen.

Sie dreht sich um und ist schon im Begriff zu gehen, da springt Cocoa aus meinem Rucksack. Ich möchte sie eigentlich zu mir zurückrufen, aber als Kind, das selbst seine Mom vermisst hat, verstehe ich, warum sie bei ihrer bleiben will. Ich kann sie einfach nicht zwingen, mit mir zu kommen.

Doch Cleo schubst sie mit ihrer Pfote zurück. Cocoa jault. Da schnaubt ihre Momma genervt, als wollte sie sagen, »Dieses Kind ist eine Prüfung«. Sie packt Cocoa mit den Zähnen am Nackenfell und lässt sie vor meinen Füßen wieder fallen. Ich muss ihre Sprache nicht beherrschen, um auch diese Botschaft zu verstehen: »Pass auf sie auf.«

»Das werde ich«, versichere ich ihr.

Cleo reibt ihre Schnauze an Cocoas. Anscheinend ein Momma-Kuss unter Höllenhunden. Dann stürmt sie davon. Wir sehen noch, wie sie sich in eine Rauchfahne verwandelt, um eine Ecke biegt und in einem anderen Tunnel verschwindet.

»Keine Sorge«, sage ich zu Cocoa. »Wir werden sie wiedersehen.«

»Nic?«, meint Alex. »Wir sollten Mom Bescheid geben, wo wir sind. Nur für den Fall … du weißt schon.«

Für den Fall, dass etwas richtig Schlimmes passiert. Ich hole meinen G-Stift heraus. Sobald ich Zoe eine Nachricht schreibe, kann sie meinen Standort lokalisieren, wie sie es schon einmal gemacht hat. Ich weiß, die Wachtruppen können das dann auch, aber ich hoffe, dass die den Tunneleingang nicht finden. Ich stelle mir meine Mom vor, während ich schreibe:

WIR SIND IN SICHERHEIT. WIR WISSEN, WO DIE MSAIDIZI IST. DU FINDEST UNS IN JACKSON.

Es gibt noch so vieles, was ich ihr erzählen möchte, aber eine Nachricht mit dem G-Stift ist dafür nicht die richtige Form.

Also stecke ich den Stift wieder in die Tasche. Ich werde das hier überleben und es ihr einfach persönlich erzählen. Ich werde *nicht* in Rohos Kolonie sterben.

Mir das zu sagen, macht es für mich leichter, aus dem Zug zu steigen und den Tunnel zu betreten.

Bertha beginnt, rückwärts zu rollen. Junior grinst hinterhältig aus der Tür. »Viel Glück!«

Der Ton, in dem er das sagt, und sein Grinsen sorgen dafür, dass sich mein Magen zusammenzieht. »Was verschweigst du uns?«

Aber er winkt nur, während der Zug durch die Öffnung in der Mauer rollt. Die schließt sich hinter ihm geräuschvoll wieder und sperrt Alex, JP, Cocoa und mich in den finsteren Tunnel ein.

JP aktiviert die Taschenlampe an seinem Handy. So kann ich jetzt wenigstens die anderen sehen, aber viel mehr auch nicht.

»Ist es sicher, weiterzugehen?«, fragt Alex.

Ich stecke Cocoa zurück in meinen Rucksack. »Wahrscheinlich nicht, aber wir können ja schlecht hier stehen bleiben.«

»Wir müssen die Augen nach Fallen offenhalten«, sagt JP. »Fallen, die man mit dem Verstand umgehen muss. Bei denen die Gabe nichts nützt.«

»Wie kommst du darauf?«, will ich wissen.

»Wegen der *Stevie*-Bücher natürlich! Als Stevie, Kevin und Chloe versuchen, in Einans Unterschlupf zu gelangen, müssen sie Fallen ausweichen, die Logik erfordern. Und zwar die Logik eines Bösewichts.«

Diesmal hoffe ich, dass er sich irrt.

Wir folgen den Schienen und bewegen uns langsam vorwärts. Über uns brummen Autos, und man hört dieses typische Geräusch, das sie machen, wenn sie durch ein Schlagloch fahren.

Dann sind die rostigen Schienen zu Ende, aber der Tunnel führt weiter. JP breitet die Arme aus, um Alex und mich zu stoppen. »Da, wo keine Gleise mehr sind, ist ein großes Loch. Seht ihr das nicht?«

Ich kneife die Augen ein bisschen zu, sehe aber nur festen Boden. »Nein?«

»Das muss eine Illusion sein«, sagt Alex. »Du kannst durch sie durchsehen, aber wir ohne meine Brille nicht. Erinnerst du dich?«

»Yeah, aber es hätte euch stutzig machen sollen, dass die Gleise einfach so enden! Logik, Leute!«

Ich hebe einen Kieselstein auf und werfe ihn in die Illusion. Er verschwindet, und es dauert lange, bis wir ihn unten aufschlagen hören. »Wie kommen wir da rüber?«

Ein leises Rumpeln sorgt dafür, dass wir uns umdrehen. Die Wand hinter uns kommt langsam näher. Genau wie die Wände links und rechts von uns.

»Keine Panik, keine Panik«, sagt Alex, obwohl er offensichtlich in Panik ist. »Was machen wir?«

Ich blicke mich um und weiß nicht, ob wir diese Grube wirklich überwinden müssen. Es ist nichts zu sehen, was uns hinüberbringen könnte. Und es gibt keine Möglichkeit, außen herumzulaufen. Ich schaue hinunter, und da sehe ich eine Leiter aus dem Boden ragen. Da es sich um keinen echten Boden, sondern um eine Illusion handelt, muss sie in die Grube führen. Ich mache Alex und JP darauf aufmerksam. »Wir klettern da runter.«

»Nein!«, sagt JP. »Logisch betrachtet sollten wir die Leiter nehmen, aber hier handelt es sich um die Logik eines Bösewichts. Also müssen wir springen.«

»In ein bodenloses Loch?«, kreischt Alex.

»Ja! Um zu Einans Unterschlupf zu kommen, mussten Stevie, Kevin und Chloe tun, wovor sie sich am meisten fürchteten. Roho würde nicht erwarten, dass jemand mutig genug ist, um zu springen. Deshalb müssen wir genau das tun.«

Alex schüttelt den Kopf. »Nein! Ich springe nicht. Wir wissen nicht mal, was uns da unten erwartet!«

»Dann werden uns diese Wände zermalmen«, sage ich.

Er weicht zurück. »Ich springe nicht in diese Grube!«

Ich gehe auf ihn zu. Bei allem, was wir schon durchgemacht haben, habe ich Alex noch nicht so entsetzt gesehen. »Wir tun es zusammen, in Ordnung?«

»Ich kann nicht, Nic!«

»Doch, du kannst! Ich glaube an dich.«

Die Wände bewegen sich schneller. Uns läuft die Zeit davon. Ich strecke meine Hand nach Alex' aus.

Er starrt darauf und holt tief Luft. »Okay, ich vertraue dir.«

Er sagt nicht »ich hab dich lieb«, aber es fühlt sich beinahe so an.

Dann nimmt er meine Hand. JP greift nach meiner anderen Hand und führt uns weiter.

»Wir zählen bis drei«, sage ich. »Eins …«

»Warum hab ich mich darauf eingelassen?«, stöhnt Alex.

»Zwei!«

»Wenn ich jetzt sterbe, bring ich euch beide um!«

»Drei!«

Wir springen alle gleichzeitig.

Ich bin auf einen schnellen Aufprall auf hartem Boden gefasst – aber es ist eine Illusion, genau wie JP gesagt hat. Ich kneife die Augen zu und denke, dass ich in wer weiß was stürze und möglicherweise zerschmettert werde, doch dabei falle ich gar nicht. Ich schwebe. Als ich die Augen öffne, sehe ich JP und Alex wie Flaumfedern in einer Brise neben mir hergleiten. Sanft landen wir auf unseren Füßen.

Alex öffnet nur ein Auge. »Wir sind nicht tot?«

»Noch nicht«, antworte ich.

JP leuchtet mit seiner Taschenlampe die Umgebung ab. Wir sind in einem weiteren Tunnel gelandet.

Vor uns liegt eine Gabelung. Der Weg setzt sich in drei Tunneln fort.

Ein lautes *Wuuusch* ertönt, und Hitze weht über unsere Köpfe. Wir ducken uns, aber als ich hochschaue, sehe ich, dass Flammen aus der Wand schießen, an der sich die Leiter befindet. Das Metall ist glutrot.

»Deshalb wäre die Leiter eine schlechte Idee gewesen«, sagt JP. »Wir wären jetzt knusprig gegrillt.«

»Schöne Aussicht«, sage ich.

Misstrauisch nähern wir uns der Gabelung. Die drei Tunnel sehen alle gleich aus – sie sind aus Stein gebaut und von Kerzen beleuchtet, bei keinem ist ein Ende zu sehen. Es lässt sich nicht sagen, welcher der gefährlichste ist. »Was ist hier die bösartige Logik?«

»Ich bin mir nicht sicher«, gibt JP zu.

Alex sammelt ein paar Kiesel auf und wirft sie in die verschiedenen Tunnel. Sie schlagen einfach auf dem Steinboden auf. »Immerhin keine Jujus, die von Bewegung ausgelöst werden.«

»Ihr beiden schaut in denen nach«, JP zeigt auf zwei Tunnel. »Ich nehme den hier.«

»Äh, nein«, sage ich. »Schon mal einen Horrorfilm gesehen? Man darf sich nie trennen! Dann passieren die schlimmen Sachen.«

»Wir gehen nicht weit, Nic«, sagt Alex. »Dann können wir doch rufen, wenn wir Hilfe brauchen. Aber wir müssen herausfinden, welcher Tunnel der beste ist, um weiterzukommen. Und wir würden Zeit verlieren, wenn wir das gemeinsam machen. Also müssen wir uns trennen.«

Ich hasse es, zuzugeben, dass er recht hat. »Okay, aber ihr schreit sofort, wenn euch etwas komisch vorkommt, abgemacht?«

»Abgemacht«, sagen die beiden.

Zögernd nähert sich jeder seinem Tunnel. Meiner riecht feucht, und aus ihm kommen Geräusche, die wie eine sanfte Meeresbrise klingen. So wie das Rauschen in einer Muschel. Ich halte die Luft an und betrete den Tunnel.

Nichts passiert.

Ich gehe noch einen Schritt weiter.

Die Kerzen verlöschen, und ich bin in totale Finsternis gehüllt.

Ich drehe mich um. Der beleuchtete Bereich, aus dem ich gerade gekommen bin, ist verschwunden. Da ist nur noch Dunkelheit. »Alex? JP?«

Keine Antwort.

Mein Körper fühlt sich taub an. »Alex! JP!«

Absolute Stille.

Mein Herz hämmert wie wild. Ich kann meine Hand nicht vor Augen sehen. Es sollte eigentlich unmöglich sein, aber der Tunnel vor mir wirkt noch dunkler.

Das ist keine natürliche Dunkelheit. Es muss ein Juju sein.

Ich möchte loslaufen, doch ich sehe nicht, wo es langgeht. Ich verliere beinahe die Nerven, aber ich muss Ruhe bewahren.

Also breite ich die Arme aus und taste durch die Luft, doch meine Hände finden die Tunnelwand nicht. Als wäre die irgendwie verschwunden und ich befände mich im Nichts.

»Die endlose Dunkelheit wird dich für immer blenden, außer du bist so klug, deine Gabe zu verwenden«, rappt eine kalte Stimme.

»Wer ist da?«, frage ich.

Doch da ist niemand, nur Dunkelheit.

»Sie kann sie nicht nutzen, sinnlos, sie zu drängen«, meint eine schrillere Stimme. »Eine Schande, sie Manifestorin zu nennen.«

Dann lachen beide Stimmen dreckig.

Ich halte mir die Ohren zu. Sie existieren nicht wirklich. Das ist so was Ähnliches wie der Dämonentrick, den DD bei mir angewendet hat.

»Wir existieren, können deine Ängste spüren. Aber wir sind keine Dämonen und auch keine Toten«, rappt die erste Stimme rhythmisch. »Unsre Macht ist dein schwindender Mut, in deinem Kopf leben wir richtig gut.«

»Verschwinde dahin, wo du hergekommen bist«, ruft die höhere Stimme, »oder sieh, was in deinem Herzen verschlossen ist.«

Ich weiß nicht, was das soll, aber ich muss hier weg. *Sofort.* JP meinte, man muss in der Logik des Bösen denken. In diesem Fall muss ich das Gegenteil von dem tun, was die Stimmen sagen. Ich renne also weiter, aber da tauchen plötzlich wie aus dem Nichts zwei Gestalten vor mir auf.

Ich taumle ein paar Schritte rückwärts. »D-Dad? Zoe?«

Die Erleichterung, die ich bei ihrem Anblick spüre, ist kaum zu beschreiben. Doch sie hält nicht lange an – denn beide starren hasserfüllt in meine Richtung. Ich will auf sie zugehen, doch sie heben abwehrend die Hände, als wäre ihnen schon der Gedanke zuwider, mich zu berühren.

Das würden meine Eltern nicht tun. »Es ist nur eine Illusion.«

»Wenn doch bloß du eine Illusion wärst und nicht unsere Tochter«, faucht Zoe. »Warum habe ich meine Zeit damit verschwendet, nach *dir* zu suchen?«

»Ich hätte nicht *dich* mitnehmen sollen«, sagt Dad. »Dein Bruder ist offensichtlich der bessere Zwilling.«

Tränen brennen in meinen Augen. »Hör nicht auf sie«, sage ich mir. »Das ist nicht real.«

»Und wie real das ist.«

Ich wirble herum. Alex lehnt höhnisch grinsend an der Tunnelwand.

»Alex!« Ich laufe zu ihm, aber er weicht zurück. »Wir müssen hier raus.«

»Warum? Mir gefällt's hier«, sagt er und geht zu unseren Eltern hinüber. Zoe drückt ihn liebevoll an sich, und Dad betrachtet ihn voller Stolz.

»Machtlos und schwach, du bist nichts wert, ach, ach.« Die Stimmen sprechen jetzt aus meinen Eltern. »Wir bedauern zutiefst den Tag deiner Geburt!«

Mit ihren Worten reißen sie mir das Herz heraus und zertrampeln es in winzige Stücke. »Nein. Nein, das stimmt nicht.«

»Alles, was du wolltest, habe ich«, sagt Alex. »Alles, was ich bin, das bist du nicht.«

Er lacht gemeinsam mit unseren Eltern, während noch mehr Personen erscheinen. Meine Grandma, die Präsidentin … General Blake … Sarah. Da sind auch noch andere, die ich nicht erkenne, von denen ich aber weiß, dass sie zu meiner Familie gehören. Sie alle umringen Alex liebevoll und sehen ihn an, als wäre er das Kronjuwel … Und dann starren sie mich an, als würde es sie schon beleidigen, dass ich nur existiere. Plötzlich wünsche ich, ich würde das nicht.

»Du bist eine Schande!«, sagt General Blake.

»Ich schäme mich dafür, dass du meine Nachfahrin bist!«, sagt Sarah.

»Wie kann ich nur mit so einer Niete als Enkeltochter geschlagen sein?«, klagt meine Grandma.

Ich weiche mit Tränen in den Augen zurück. »Nein! Ich bin keine Niete!«

Alle schreien weiter, wie schrecklich ich bin, wie sehr ich sie enttäuscht habe. Ich bettele und flehe sie an, aufzuhören, und weiche dabei immer weiter zurück …

… bis mein Fuß ins Leere tritt.

Schreiend stürze ich durch die Dunkelheit. Wind peitscht um

mich herum und treibt mir noch mehr Tränen in die Augen. Meine Familie ist verschwunden, aber die Stimmen lachen dreckig.

Das war's. Ich werde sterben und kann nichts mehr tun, um mich zu retten. Vielleicht ist es sogar gut, wenn Dad sich bald nicht mehr an mich erinnert. Dann muss er wenigstens nicht trauern.

Ich mache mich auf den Aufprall gefasst und bete, es möge so schnell gehen, dass ich nichts spüre.

Doch da spüre ich etwas. Eine Hand ergreift meine.

»Nic!«

Alex beugt sich über mich – es ist der echte Alex, ohne das höhnische Grinsen oder das gemeine Lachen. In der anderen Hand hält er eine Kugel aus Licht, die sein Gesicht beleuchtet.

Ich schnappe nach Luft. Vor einer Sekunde bin ich noch durch die Luft gestürzt, jetzt sitze ich auf festem Boden. »Wie … ich bin gefallen …«

»Nein, bist du nicht. Das war eine Selbsttäuschung.«

Er hilft mir beim Aufstehen, aber ich zittere und er muss mich festhalten. Es ist immer noch dunkel, aber dank Alex' Lichtkugel sehe ich ihn immerhin bis zur Taille.

»Bist du in Ordnung?«, fragt er.

Ich nicke, obwohl ich es nicht bin. »Was ist eine Selbsttäuschung genau?«

»Man nennt es auch innere Illusion. Anstatt wie bei einer Illusion das zu sehen, was jemand anders sich ausgedacht hat, hörst, siehst und fühlst du bei einer Selbsttäuschung deine schlimmsten Befürchtungen. Sie bedient sich an Dingen, die in deinem Kopf sind. Du dachtest, du würdest fallen, dabei saßest du die ganze Zeit am Boden.«

»Oh.« Ich hätte wissen sollen, dass es nicht real war, aber es hat sich so echt angefühlt.

»Nic? Bist du wirklich okay?«

Es war nicht der echte Alex, der vorhin diese Gemeinheiten gesagt hat, aber es fällt mir trotzdem schwer, ihn jetzt anzusehen. »Yeah. Wie bist du aus deinem Tunnel rausgekommen?«

»›Dunkelheit führt am Ende ins Licht.‹ Für diese Fallen braucht man nicht die Logik des Bösen. Man braucht Weisheit. Ein Grund, warum Roho die L.O.R.E. nicht mochte, war, dass er ihren Mitgliedern vorgeworfen hat, sie hätten sich von der Tradition abgewandt. Er war ein Fan uralter Sitten und Vorstellungen und bekannt dafür, die Redensarten der Ältesten zu benutzen. Das sind Redewendungen, die unsere Vorfahren noch aus Afrika mitgebracht haben.«

»Das verstehe ich nicht.«

»Wir sind doch vorhin in den Abgrund gesprungen. Mir ist klargeworden, dass das ein Verweis auf eine der Redensarten war: ›Stürz dich ins Unbekannte, um deinen Weg zu finden.‹ Diese Tunnel? ›Dunkelheit führt am Ende ins Licht.‹ Und dass es darin immer dunkler aussieht, je weiter man kommt, und dass die Selbsttäuschung es einem schwer macht, weiterzulaufen? Da kommt noch eine Redensart ins Spiel: ›Stärke findest du im Angesicht von Furcht.‹ Ich bin an meiner Selbsttäuschung vorbei und weiter ins Dunkle gerannt. Da kam ich in einen hellen Bereich. Von dort aus bin ich in deinen Tunnel, um dich zu suchen.«

Das ergibt absolut Sinn. »Wir müssen JP finden.«

Alex erzeugt in seiner anderen Hand eine weitere Lichtkugel. Er ist so gut darin, die Gabe zu nutzen. Im Gegensatz zu mir.

Das muss sich ändern. Aber jetzt folge ich Alex und seinem Licht. Wir kommen in einen hell erleuchteten Bereich, zu dem alle drei Tunnel führen. Um zu JP in den Tunnel zu gelangen, müssen wir zurück in die Dunkelheit.

Seine Schreie führen uns zu ihm. Er liegt zusammengekrümmt da und heult wie ein Baby.

Ich gehe vor ihm in die Hocke. »JP? Alles gut.«

Er schlingt die Arme um meinen Hals. »Ich habe alle verloren!«

Ich erwidere seine Umarmung. »Nein, das hast du nicht.«

»Doch! Es wurde dunkel und da war kein Ausweg. Diese Stimmen haben mir gesagt, ich wäre allein, und dann habe ich dich gesehen und alle anderen, die mir am Herzen liegen. Ihr seid verschwunden. Ich dachte, ihr wärt alle tot ... so wie Leah.«

Er schluchzt an meiner Schulter, und meine Augen werden auch feucht. Selbsttäuschungen funktionieren anscheinend auch bei Sehern.

»Mich wirst du nicht los, Alter. Niemals«, sage ich.

Ich lasse ihn weinen, solange es ihm guttut. Nach ein paar Minuten können wir ihn aufrichten, und Alex führt uns zurück in den hellen Bereich. Diesmal gibt es nur eine Richtung. Vorwärts.

Wir laufen gefühlte Meilen weit schweigend weiter. Der Tunnel wird immer breiter. Der Weg führt erst ein Stück bergauf, dann wieder hinunter, bis wir an eine riesige Grube kommen.

Nein, streicht das, es ist keine Grube, sondern eine verdammte Schlucht. Es gibt nur zwei Möglichkeiten, sie zu überwinden – eine alte wackelige Brücke oder einen Baumstamm. Die Brücke führt zu einem weiteren Tunnel, in den wir nur hintereinander passen würden. Der Stamm endet vor einem viel breiteren Tunnel. Ich wäre bereit, es damit zu versuchen, um nicht in den schmalen Tunnel zu müssen. Ich hasse enge Räume.

Ein seltsames Zischen echot aus der Schlucht herauf. Ich spähe hinunter und bereue es sofort. Hunderte – vielleicht sogar Tausende – Schlangen kriechen da unten herum.

Ich sehe Alex an. »Kennst du dazu auch ein Sprichwort?«

»Wofür braucht er ein Sprichwort?«, fragt JP.

Alex erklärt ihm die Sache mit den alten Weisheiten und geht dann in die Hocke, um sich die Schlucht näher anzusehen. »In die können wir definitiv nicht springen. Wir müssen uns für einen der beiden Wege entscheiden, um sie zu überqueren.« Er schaut von der Brücke zum Baumstamm, und es ist verrückt, wie sehr er Dad ähnelt, wenn er angestrengt nachdenkt. Schließlich schnippt er mit den Fingern. »Wir nehmen die Brücke zum kleineren Tunnel.«

»Alter, ich will nicht in einem Tunnel stecken bleiben«, sage ich.

»Nic, das ist wieder eine uralte Redewendung. ›Breit ist der Weg, der zur Zerstörung führt.‹«

»Ist mir egal. Wir sollten nachschauen, ob wir nicht vielleicht einen Weg übersehen haben.«

Ich will den Weg ein Stück zurück gehen, aber meine Füße finden nicht genug Halt. So rutsche ich wieder runter und komme erst ein paar Zentimeter vor dem Rand der Schlucht wieder zum Stehen.

»Es gibt kein Zurück«, sagt Alex. »Du willst doch unserem Vater helfen, oder?«

Grrr. Dass er mir damit kommen muss. Natürlich liebe ich Dad mehr als ich enge Räume hasse. »Na schön.«

Alex macht den ersten Schritt auf die Brücke. Die knarzt unter seinem Gewicht, und mir bleibt das Herz stehen, als ich mir ausmale, wie sie zusammenbricht. Das passiert aber nicht. Er atmet aus und wagt den nächsten Schritt. JP und ich folgen ihm langsam. Cocoa bellt aus der Sicherheit meines Rucksacks Rauch in Richtung der zischenden Schlangen.

Die Schlangen unter uns sorgen dafür, dass wir uns sehr beeilen. Keine Sekunde zu früh erreichen wir den Tunnel, denn da bricht die Brücke auch schon in die Tiefe.

JP stützt sich keuchend auf seine Knie. »Leute, das ist ganz schön heftig.«

Kann man wohl sagen. Allein die Fallen wären schon ein Grund, vor dieser Kolonie eher wegzulaufen als weiter auf sie zuzugehen. Ich habe Angst, was uns dort noch erwartet.

Doch wir haben keine andere Wahl, als weiterzugehen – hinein in den engen Tunnel. Moos und Baumwurzeln streifen uns. Je weiter wir kommen, desto niedriger wird die Decke. Erst müssen wir uns ducken, dann kriechen. Es fühlt sich an, als würde auch die Luft aus dem Tunnel gesaugt.

»Ich bin nicht klaustrophobisch, ich bin nicht klaustrophobisch«, rede ich mir ein. Dabei bin ich genau das.

»Denk an deinen Dad, Nic«, sagt JP. »Du machst das hier für ihn.«

Ich stelle ihn mir vor, und das hilft tatsächlich beim Weiterkriechen. Nach einer Weile sind die Tunnelmauern nicht mehr ganz so eng, und irgendwann ist wieder so viel Platz, dass wir aufstehen können.

Am Ende erwartet uns ein verrosteter Aufzug. Die Türen öffnen sich.

Ich bleibe kurz stehen, als mir bewusst wird, dass ich hier in mein Grab steigen könnte. In dem Traum damals habe ich nicht gesehen, wie die Sache ausgeht. Doch um Dads willen betrete ich schließlich den Aufzug.

JP und Alex folgen mir vorsichtig. Es gibt nur zwei Knöpfe: einen mit einem Pfeil nach oben, einen mit einem Pfeil nach unten. Ich drücke auf abwärts.

Da schließen sich die Türen, und der Aufzug rumpelt ohne Vorwarnung rasend schnell nach unten.

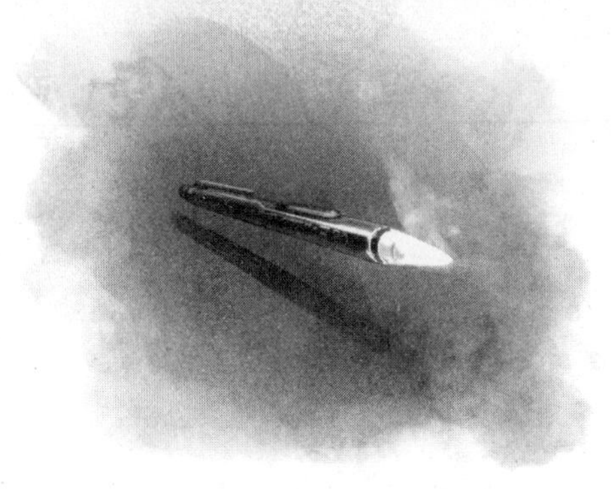

19

Die Geschichte der Msaidizi

Mein Magen und mein Verstand bleiben auf der Höhe des Tunnels zurück. Alex und JP kreischen, während wir raketenschnell in die Tiefe sausen.

Dann geben Alex' Knie nach. »Mir wird schlecht.«

»Wir kommen in die Hölle!«, heult JP, der schon zusammengekrümmt am Boden liegt. »Ich will nicht in die Hölle!«

Da soll mir noch jemand sagen, Jungs wären nicht dramatisch veranlagt.

Ich kneife die Augen so fest zu, dass ich Sterne sehe. Cocoa gähnt gegen meinen Nacken. Wie meine Hündin in so einem Moment schläfrig sein kann, werde ich nie verstehen. Nach ein paar Minuten wird der Aufzug langsamer und kommt zum Stehen. Dann …

Ding! Die Türen öffnen sich, und wir schnappen vor Staunen nach Luft.

Auf einen Schlag gehen Hunderte Laternen an und beleuchten gepflasterte Wege sowie Dutzende und Aberdutzende von Gebäuden aus Stein, die in der felsigen Landschaft verteilt sind. Das Ganze ist ungefähr so groß wie eine Kleinstadt. Es gibt einstöckige Häuser, aber auch ein paar mehrstöckige. Die Wege führen rund um die Gebäude bis zu dem riesigen Vulkan, der am entferntesten Ende alles überragt.

»Was hatte Roho vor?«, frage ich.

»Die L.O.R.E. zu zerstören und sein eigenes Regime zu errichten«, sagt Alex. »Ich wette, das hier sollte die neue Hauptstadt sein.«

Das kann ich mir vorstellen. Seltsamerweise erinnert mich der erloschene Vulkan an ein Kapitol, weil er so über der Stadt thront. In eine seiner Flanken sind Steinstufen gehauen, die zu einer Doppeltür aus Messing führen.

Ich mache Alex und JP darauf aufmerksam. »Ich wette, dass diese Türen zu Rohos Unterschlupf führen. Da sollten wir als Erstes suchen.«

»Äh, hat Junior gesagt, ob die Kolonie verlassen ist oder nicht?«, fragt JP.

Wenn ich so darüber nachdenke, hat er dazu nichts gesagt. Aber alles liegt so still und reglos da, dass ich mir nicht vorstellen kann, dass außer uns noch jemand da ist. »Ich finde, es sieht ziemlich verlassen aus.«

»So ein Anblick kann täuschen«, warnt Alex. »Lasst uns zusammenbleiben.«

Bevor wir den Aufzug verlassen, prüfe ich den Untergrund davor mit meiner Sneakerspitze. Hey, ich bin gerade fast in eine Schlucht gefallen, da gehe ich jetzt kein Risiko mehr ein. Aber ich trete auf soliden Stein. Keine Illusion.

Draußen nehme ich sofort einen starken Geruch wahr. Es riecht hier wie ein neuer Gürtel oder ein Paar Schuhe oder das Innere eines schicken Autos. Nach Leder.

Alex schnuppert. »Seltsamer Geruch.«

Dem kann ich nur zustimmen. Wenn's nach mir geht, finden wir jetzt diese Msaidizi und verschwinden dann *sofort* von hier.

Wir folgen einem der gepflasterten Wege in die Kolonie. Während wir gehen, flammen immer mehr Laternen auf. Giftech-Lampen mit Bewegungsmelder, erklärt Alex. Die Gebäude hier sehen aus wie in einem Geschäftsviertel. Es gibt eine Bank, ein paar Läden und einen Imbiss. Manche Dächer sind eingestürzt, andere sehen verkohlt aus, als hätten sie mal gebrannt. Dieser Ort erinnert mich immer mehr an die Kleinstädte, durch die Dad und ich gefahren sind, wenn wir auf dem Weg in eine neue Stadt waren. Er meinte, dort wäre früher wahrscheinlich mal viel los gewesen, aber jetzt wären sie total in Vergessenheit geraten.

»Warum Rohos Anhänger die Kolonie wohl aufgegeben haben?«

»Tja, nachdem Grandpa Doc Roho besiegt hatte, hat die L.O.R.E. auch die meisten seiner Anhänger verhaftet. Dann haben sie deren Gedächtnis gelöscht oder ihnen zeitweise die Gabe beziehungsweise die Kraft genommen. Damit waren vermutlich nicht mehr genug übrig, um das hier am Laufen zu halten.«

»Eine Stadt unter Jackson«, murmelt JP. »Wie konnten sie die bauen, ohne dass jemand was gemerkt hat?«

»Ich bin mir sicher, dass das nicht schwer war. Gewöhnliche sind superunaufmerksam«, sagt Alex. »Ich finde es faszinierend, wie sie Sachen nicht mitkriegen oder versuchen, sie wegzuerklären. Nehmen wir zum Beispiel Erdbeben. Die Hälfte davon verursachen Riesen.«

»Wirklich?«, fragt JP.

»Oh ja. In der Wüste Kaliforniens befindet sich eine Riesen-Stadt. Oder was dachtest du, warum es dort so viele Erdbeben gibt? Da müssen nur ein paar von denen eine Rauferei anfangen, und zack – Erdbeben.«

»Boah.« JP sieht mich staunend an. »Meinst du, an dem Tag im Museum haben Riesen das Erdbeben ausgelöst?«

Das hatte ich schon ganz vergessen. »Nein. In diesem Teil des Landes gibt's keine Riesen. Es ist zu feucht. Die mögen lieber trockenes, warmes Wetter.«

»Es gab hier ein Erdbeben?«, hakt Alex nach.

»Ja, und zwar während Nic und ich mit Mr. Blake und Mr. Porter im Museum waren. Das Seltsame war, dass es nur beim Museum gebebt hat und keine anderen Stadtteile betroffen waren. Eine Boo Hag hatte uns attackiert und …«

»Hey, hey«, Alex hebt eine Hand. »Eine Boo Hag?«

»Genau. Die wollte uns gerade angreifen, als das Erdbeben begann«, sage ich. »Es dauerte nicht lang. Ich glaube, als Dad und Uncle Ty auftauchten und die Boo Hag stoppten, war es schon wieder vorbei.«

Alex runzelt die Stirn. »Hm, das ist wirklich seltsam.«

Ein tiefes, schwaches Rumpeln lässt den Boden erzittern. Wir bleiben abrupt stehen.

Ausgerechnet, während wir gerade von Erdbeben sprechen! Es fühlt sich wie ein Mini-Beben an und lässt mich die Sache von wegen »zu feuchtes Klima für Riesen« noch mal überdenken.

»Ich hoffe sehr, sehr, sehr, dass das kein Riese war«, sage ich.

»Riesen haben einen ganz bestimmten Geruch, und der ist ganz anders als das, wonach es hier riecht«, meint Alex.

»Was war es dann?«, fragt JP.

»Wahrscheinlich eine tektonische Bewegung.« Alex schluckt. »Ja, so was in der Art.«

Das hoffe ich auch. Ich habe jetzt jedenfalls irgendwie Angst, mich zu bewegen. Trotzdem biegen wir um eine Ecke und durchqueren ein Wohnviertel der Kolonie. Wir stoßen auf idyllische Häuser mit verstaubten Dreirädern in den Vorgärten. Auf einem Spielplatz stehen verrostete Rutschen und Schaukeln. Mitten auf einer Kreuzung, an der sich vier Wege treffen, befindet sich ein Pavillon mit Schaukelstühlen und Tischen zum Schachspielen.

»Ich kapier's nicht«, sage ich. »Roho war böse. Aber dieser Ort sieht überhaupt nicht nach ›böse Kolonie für einen bösen Manifestor und seine Anhänger‹ aus. Er erinnert mich eher an eine Vorstadt. Fehlen nur noch ein paar Coffeeshops.«

»Kann irgendwer ein bösartiges Genie verstehen?«, fragt Alex zurück.

»Ich kann es versuchen. Böse wollen normalerweise, dass es den Leuten schlecht geht«, sage ich. »Aber an diesem Ort hier ist nichts Schlechtes.«

JP zeigt geradeaus. »Was ist das da?«

Weiter vorne den Weg entlang befindet sich noch ein Park. Der

Kunstrasen ist von blauem Glitzer überzogen. In der Mitte des Parks liegen große Steine in einem Kreis. Wie eine Art Vogelnest, nur aus Fels.

Wir gehen näher heran. Der ledrige Geruch ist hier am stärksten, aber aus dem Nest stinkt es außerdem nach Verwesung.

Ich will wissen, was das ist, und will es gleichzeitig auch nicht. Ich klettere an den Steinen hoch und spähe in das Nest. Mir wird übel. Ich schaue Alex und JP an. »Dieses Ding ist voller Knochen.«

»Aber keine Menschenknochen, oder?«, fragt JP.

»Dafür sind sie zu klein. Ich glaube, das sind Rattenknochen.«

»Aber wahrscheinlich nur, weil das, was sie gefressen hat, nichts anderes hatte«, meint Alex. »Leute, wir müssen von hier verschwinden.«

Ich klettere wieder nach unten, dabei bleibt etwas von dem Glitzer an meinen Händen hängen. Ich sehe ihn mir näher an. Er strahlt heller und ist gröber als der übliche Glitzer. Als wäre er aus zerkleinerten Edelsteinen gemacht.

»Was ist das?«, fragt JP.

»Keine Ahnung«, antworte ich, wobei ich das Gefühl habe, es eigentlich wissen zu müssen.

Ein ohrenbetäubendes Gebrüll schallt durch die Kolonie.

JP zuckt zusammen, ich falle fast hin und Alex schreit auf.

»Bitte sagt mir, dass das der leere Magen von einem von euch war«, flüstert JP.

Ich richte mich wieder auf und überlege fieberhaft. Die verkohlten Dächer, der starke Ledergeruch. Der Glitzer. Das steinerne Nest.

»Holy Moly«, murmele ich. »Das ist ein Drache!«

»Was?«, ruft Alex.

»Die Dächer sind verkohlt, weil er Feuer spuckt. Der Geruch? Klassischer Drachengeruch. Drachenhaut ist wie Leder, und wenn er sich häutet, entsteht dabei Glitzer. Drachen leben in Felsnestern, und ich glaube, es ist klar, woher diese Knochen kommen. Hier gibt's einen Drachen!«

Die Bestie brüllt wieder, und Erdklumpen prasseln auf uns herab.

Wir rennen zu einem verlassenen Haus und stürmen hinein. Der Boden zittert von dem lauten Donnern, das durch die Kolonie dröhnt.

Wir ducken uns hinter ein verstaubtes Sofa.

Die Schritte des Drachen kommen näher, und er wirbelt mit seinen Bewegungen Dreck auf. Ich bete, dass Cocoa nicht bellt und uns so verrät, aber sie interessiert sich mehr dafür, an meinen Haaren zu schnuppern. Alex jammert und JP legt ihm die Hand über den Mund, um das Geräusch zu dämpfen.

Vielleicht bin ich zu neugierig, aber ich spähe hinter dem Sofa hervor.

Da muss ich mir einen Aufschrei verkneifen. Der Drache ist so groß, dass ich durch das Fenster nur die geschuppten blauen Beine und Füße sehen kann. Eine seiner Klauen würde genügen, um uns alle drei gleichzeitig zu zermalmen.

Wie ein Riesenmonster in einem alten Horrorfilm steigt er über das Haus und tappt rundherum. Ich dachte, es wäre albern, wenn Leute in solchen Filmen tun, als hätten sie zu viel Angst, um sich zu bewegen. Jetzt verstehe ich es. Angst zieht meinen Körper runter wie ein Anker.

Da heben sich die Drachenfüße vom Boden, und man hört seine

Flügel schlagen. Er wirbelt wieder Erde auf, und dann entfernt sich das Geräusch der Flügel rasch.

JP keucht. »Von einem Drachen hat Junior nichts erzählt.«

»Wundert mich nicht«, meint Alex. »Wir müssen zurück zu dem Aufzug und weg von hier.«

»Durch diese Fallen kann man nicht zurück«, erinnere ich ihn. »Wir müssen einen anderen Weg nach draußen finden. Und dann können wir auch genauso gut noch die Msaidizi mitnehmen, wenn wir schon mal da sind.«

»Wir reden hier von einem Drachen, Nic! Ich wette, der bewacht die Msaidizi«, sagt Alex. »Wie sollen wir an dem vorbeikommen?«

Wenn es Kreaturen gibt, mit denen ich mich auskenne, dann sind das Drachen. »Drachen sind gefährlich, aber man kann sie austricksen.« Ich überlege laut. »Sie lassen sich leicht verwirren und neigen zu Schwindel, Gleichgewichtsstörungen und Übelkeit. Ihre Ohren sind empfindlich, und zu viel Lärm macht sie schwindelig.«

»Woher weißt du das alles?«, fragt JP.

»Weil ich immer einen als Haustier wollte. Und natürlich einen Höllenhund!«, füge ich schnell hinzu, weil Cocoa schon knurrt. Diese Hündin … »Dad meinte, dafür müsste ich sie erst mal studieren.«

»Okay, dann machen wir eine Menge Lärm, um den Drachen aus dem Gleichgewicht zu bringen«, sagt Alex. »Dafür könnten wir JPs Handy benutzen und laute Musik spielen, während wir suchen.«

Ich schüttle den Kopf. »Nein. Einer von uns lenkt den Drachen ab, die zwei anderen suchen.« Ich schlucke. »Ich mach das mit der Ablenkung, ihr sucht.«

»Nein!«, antworten die beiden gleichzeitig.

»Wir lassen dich nicht alleine, Nic«, sagt JP.

»Du könntest verletzt werden!«, meint Alex.

Ich weiß nicht, wie ich das den beiden erklären soll, weil ich es selbst nicht so richtig verstehe, aber es kommt mir vor, als wäre mir diese Aufgabe vorbestimmt. Als wäre genau dieser Moment der wahre Grund für mein Studium der Drachen gewesen. »Ich weiß am meisten über Drachen, da ist es sinnvoll, wenn ich das mache. Mir wird nichts passieren.«

»Es gefällt mir nicht, dich allein zu lassen«, sagt Alex und JP nickt.

Ach, *jetzt* möchten sie sich nicht aufteilen? Ich könnte schwören, dass sie das vor den drei Tunneln des Schreckens noch völlig in Ordnung fanden. »Ich weiß eure Fürsorge zu schätzen, aber wir haben keine Zeit zum Diskutieren. Dads Prozess beginnt in …« Ich greife nach JPs Hand, um auf sein Handy zu schauen. Das hätte ich besser nicht getan. »In einer Stunde. Und ich weiß nicht, wie lange wir brauchen werden, um nach Uhuru zu gelangen. Wir haben keine Zeit zu verlieren.«

In der Ferne erschallt Gebrüll. Dreimal dürft ihr raten, von wem das kommt. Ich schiebe JP und Alex aus dem Haus. »Geht!«

JP lässt mir sein Handy da, und dann laufen die beiden den gepflasterten Weg entlang, der sich den Vulkan hinaufschlängelt. Zurück bleiben nur Cocoa und ich. Und der Drache.

Holy Moly, nur ich, Cocoa und der Drache! Ich spähe über meine Schulter zu Cocoa, und die schmiegt ihren Kopf für ein Nickerchen an meine Schulter. Insofern sind es eigentlich nur der Drache und ich. Meine Hündin steht gerade *nicht* zur Verfügung.

Ich verlasse das Haus und nehme einen Weg in die entgegengesetzte Richtung von JP und Alex, einen, der zurück zum Geschäftsviertel der Kolonie führt. Auf JPs Handy suche ich nach einer Techno-Playlist. Die sollte auch das unheimlichste Biest quälen. Als ich eine gefunden habe, stelle ich die Lautstärke auf Maximal und drücke »Play«.

So laufe ich durch die Kolonie, den Blick immer nach oben gerichtet. Noch keine Spur von dem Drachen.

»Euer Gnaden!«, ruft da eine Stimme.

Ich stolpere vor Schreck über einen Stein, kann mich aber noch ausbalancieren, bevor ich der Länge nach hinschlage. »Wer ist da?«

Keine Antwort.

»Wer ist da?«, rufe ich noch mal.

Ein Schatten fällt auf mich. Er bewegt sich viel zu schnell, als dass ich seine Umrisse erkennen könnte, aber das brauche ich auch gar nicht.

Der Drache.

Ich renne los, doch der Schatten folgt mir. Der Schlag seiner Flügel wirbelt Staubwolken durch die Kolonie. Die felsige Decke ist nicht mehr zu sehen, ich kann nur noch den blau glitzernden Bauch der Kreatur erkennen. Ihre Schwingen sind so breit wie King-Size-Betten, und der Hals ist so dick wie ein Baumstamm. Ich kann meinen Kopf gar nicht so weit in den Nacken legen, dass ich ihren sehen könnte.

Ich werfe einen Blick in Richtung Vulkan. JP und Alex haben gerade begonnen, die Treppe hinaufzusteigen. Ein Glück, dass der Drache sie noch nicht entdeckt hat.

Ich habe deutlich weniger Glück. Die Technomusik scheint das

Vieh nicht zu stören – es fliegt stur weiter. Typisch für mich, dass ich ausgerechnet auf *den* Drachen treffe, der schon mal bei einem Rave war.

Ich stürme in das verlassene Imbisslokal.

»Euer Gnaden!«

Vor Schreck stürze ich über einen Stuhl, komme aber rasch wieder auf die Beine. Dann presse ich mich an eine Wand und schalte JPs Handy auf stumm.

Die Erde bebt, als der Drache in der Nähe landet. Bei jedem seiner Schritte wackelt das Gebäude. Meine Knie zittern immer heftiger, je näher er kommt.

Doch dann stoppen die Schritte. Der Drache faucht, und es erklingt das Geräusch von Flügelschlagen. Staub wirbelt auf. Er fliegt davon, als hätte irgendwas anderes seine Aufmerksamkeit erregt.

Alex und JP.

Ich rase aus dem Imbiss und suche den Himmel ab. Kein Drache. Aber der nächste Blick verrät mir, dass JP und Alex die halbe Treppe zum Vulkan hinauf zurückgelegt haben. Sie schauen in meine Richtung und machen entsetzte Gesichter.

»Nic, lauf!«, schreit Alex. »Er ist hinter dir!«

Ich erstarre.

Diese Szene habe ich schon mal gesehen. In Ms. Lenas Vision.

Warmer Atem streicht über meinen Nacken. Ich zwinge mich dazu, mich umzudrehen.

Mein Spiegelbild funkelt mir aus riesengroßen orangefarbenen Augen mit vertikal geschlitzten Pupillen entgegen. Die metallischen Hörner glitzern genauso wie seine blau schimmernde Haut. Der

Drache öffnet sein Maul, und ich rechne mit flammendem Gebrüll, das mich in Brand stecken wird, doch er ruft nur: »Euer Gnaden!«

Mir stockt der Atem.

Der Drache spricht?

»Ich bin die Helferin«, sagt er. »Ich bin die Gabe in ihrer reinsten Form.«

Ich bemühe mich, normal zu atmen, als der Drache seinen Kopf in meine Richtung senkt. Zwischen seine Augen ist ein Baum tätowiert, an dessen Ästen rote Tupfen schimmern. Das Zeichen des Garten Eden – das Symbol, von dem es hieß, wir würden es auf der Msaidizi finden.

»Ja, die bin ich«, sagt der Drache. »Ich bin die Eine, die deine Leute die Msaidizi nennen. Ich habe auf dich gewartet, Kind.«

»Auf m-mich?«

»Ja, auf dich, Alexis Nichole Blake. Dieser Moment wurde vom Schicksal schon vor deiner Geburt bestimmt.«

Sie öffnet ihr Maul weit, und regenbogenbunte Flammen schießen heraus. Sie umgeben uns wie eine Wand. In den Flammen sind lebensgroß die Umrisse von Menschen zu sehen: ein kräftiger Mann, der mit einem Hammer auf eine Eisenbahnschiene schlägt, eine riesengroße Frau mit einem Stakholz an Bord eines Boots, ein Mann, der einen Pflug über ein Feld führt. John Henry, Annie Christmas und High John. Da sind noch andere Umrisse, die ich nicht zuordnen kann. Zum Beispiel ein Krieger, der eine Bestie mit einem Speer bekämpft, ein Soldat, der Kinder mit einem riesigen Schild schützt, eine Prinzessin, die sich mit einem Schwert gegen eine ganze Armee stellt.

»Jahrhundertelang habe ich Ungewöhnlichen geholfen, große Dinge zu vollbringen«, sagt die Msaidizi. »Genau dafür wurde ich geschaffen. Aber manche haben mit meiner Hilfe noch viel Größeres bewirkt als die meisten anderen.«

Eine neue Gestalt wird in den Flammen sichtbar: groß, muskulös, kahlköpfig und umgeben von Dutzenden anderer Figuren. Der Mann schlüpft in eine schwarze Rüstung und vollführt eine Handbewegung. Daraufhin brechen die anderen leblos zusammen.

»Roho«, sage ich.

»Verglichen mit der Zeit, die ich mit anderen verbracht habe, war unsere kurz«, sagt die Msaidizi. »Roho hat herausgefunden, wem ich als Nächstes dienen sollte. Deshalb hat er mich an diesen verborgenen Ort gebracht. Ich bin geblieben, weil du und ich uns genau hier begegnen sollten. Aber ich habe dich beschützt, so gut ich konnte.«

Die Umrisse von mir und JP im Museum tauchen in den Flammen auf. Die Boo Hag kriecht auf uns zu, und der Boden bebt.

»Du hast das Erdbeben bewirkt.«

»Ja, Euer Gnaden. Ich spüre immer, wenn du in Gefahr bist, auch wenn meine Fähigkeit, dir zu helfen, von hier aus begrenzt war.«

Ich höre jedes Wort, das sie sagt, aber mein Verstand kommt nicht mit. »Warum hilfst du mir?«

Ihre großen orangefarbenen Augen blitzen amüsiert. »Ich glaube, du weißt, warum, Nichole.« Die Flammenmauer erlischt, als sie den Kopf zu meinen Füßen neigt. »Ich bin die Msaidizi«, sagt sie, »und ich höre auf dich.«

20

Heimkehr

Meine Liebe zu Drachen erwachte, als ich fünf war.

Dad und ich lebten damals in Harlem. Zu unserem Wohnblock gehörten ein Park, eine Bodega und eine Pizzeria. Viel besser kann man es in New York City nicht treffen. Dad liebte es dort, weil alle in unserem Haus Exilanten waren, so wie wir. Im Flur uns gegenüber wohnte die Manifestorin Ms. Clayton mit ihren Mini-Höllenhunden. Sie war eine freiwillig im Exil lebende Bibliothekarin, deren Zimmer mit Büchern über die Geschichte der Ungewöhnlichen gefüllt waren. Gleich neben ihr wohnten der Rougarou Mr. Sam und die Vampirin Ms. Shante mit ihren drei Teenagern Jordy, Jamal und Jasmine. Die drei tranken Blut-Smoothies und verwandelten sich bei Vollmond immer in Werwölfe. Dad meinte, sie wären ins Exil gegangen, weil es manchen Ungewöhnlichen nicht gefällt, »wenn verschiedene Arten von Ungewöhnlichen sich mischen«.

Dann gab es noch Mr. Prince, einen Manifestor, der die Wohnung neben uns hatte. Auch er war freiwillig im Exil. Als Handwerker getarnt fing er alle möglichen Kreaturen ein, um die Gewöhnlichen in Harlem zu schützen. So kam Dad in diese Branche. Einmal richtete ein Ghul während einer Vorstellung im *Apollo Theater* Chaos an. Mr. Prince fing ihn ein und behielt ihn. Er bildete ihn so aus, dass er ihm die Wohnung sauber hielt.

Die Feiertage verbrachten alle im Haus zusammen, als wären sie eine große Familie. Einmal führte Mr. Prince zu Weihnachten stolz sein Drachenbaby Simeon vor, das er auf einer Reise nach Ägypten gefangen hatte. Simeon war erst ein paar Wochen alt und trotzdem schon größer als Ms. Claytons Mini-Höllenhunde. Er versuchte alle zu beißen, nur mich nicht. Stattdessen rollte er sich auf meinem Schoß ein, als wäre das sein neues Zuhause.

Mr. Prince ließ mich dann jeden Tag mit Simeon spielen. Der jagte mich die Treppen rauf und runter, und wir spielten auf den Fluren Fangen. Manchmal stibitzte ich für ihn rohes Hühnchenfleisch aus unserem Kühlschrank. Gewöhnliche, die uns zusammen sahen, dachten, ich würde mit einem Katzenbaby spielen.

Als Dad und ich eines Abends aus dem Park kamen, hing an unserer Wohnungstür ein Blatt Papier. Dad riss es ab, bevor ich es genau sehen konnte. Aber ich weiß noch, dass ich flüchtig unsere Gesichter darauf erkannte. Weil ich damals noch klein war, dachte ich, jemand hätte Fotos von uns gemacht, die Dad nicht gefielen. Jetzt weiß ich, dass es ein Steckbrief war.

Dad scheuchte mich in die Wohnung und sagte, wir müssten weg. Sofort. Er erzählte niemandem, dass wir gehen würden, nur Mr. Prince. Der ältere Mann kam und half Dad beim Packen. Ich saß in unserem Wohnzimmer auf dem Boden, hielt Simeon auf dem Arm und heulte, bis mir schlecht wurde.

Als es Zeit wurde, aufzubrechen, löste Mr. Prince behutsam meine Finger von dem Drachen. Ich weiß noch, dass es mitten in der Nacht war. Aber als Dad und ich uns vom Gebäude entfernten, konnte ich Mr. Prince und meinen schuppigen besten Freund unter einer Straßenlaterne stehen sehen. Sie blickten uns nach. Damals schwor ich mir, eines Tages einen eigenen Drachen zu besitzen.

John Henry hat sich den stärksten Vorschlaghammer im ganzen Land gewünscht, und die Msaidizi war genau der für ihn. Annie Christmas hat sich nach einem kräftigen Stakholz für ihr Boot gesehnt, da verwandelte die Msaidizi sich für sie in eines. Ich habe mir immer einen Drachen gewünscht, also wurde sie einer. Nur für mich.

Ich berühre ihre Wange. Sie schmiegt sich an meine Handfläche. Ihre Haut fühlt sich kühl an und viel glatter, als ich gedacht hätte.

»Du gehorchst mir«, höre ich mich sagen, doch die Worte kommen mir unwirklich vor. »Aber …«

»Nic, wir kommen!«, schreit Alex. Er und JP rennen auf mich zu. Alex hat ein Seil aus Licht in der Hand, JP einen Stock, den er irgendwo gefunden haben muss.

Er schwingt ihn in Richtung des Drachen, als wäre er ein Nunchaku. Ein Jahr Kampfsporttraining, und schon hält er sich für Bruce Lee. »Lass sie in Ruhe, du Bestie!«, ruft er.

»Jungs, Jungs, chillt! Das ist nicht bloß ein Drache. Es ist die Msaidizi.«

Alex lässt sein Seil sinken, aber JP schwingt weiter den Stock. Bis Alex danach greift, damit er aufhört.

»Hast du gerade gesagt, das ist die Msaidizi?«, fragt Alex.

Die Msaidizi schiebt sich in ihre Richtung. JP quiekt. Alex stolpert erschrocken rückwärts und landet auf dem Rücken.

»Beruhigt euch. Es ist okay. Sie wird euch nichts tun, außer wenn ich es ihr sage.« Keine Ahnung, woher ich das weiß, aber ich weiß es eben. Als würde ich automatisch wissen, wie sie funktioniert.

Alex stützt sich auf seine Ellbogen hoch. »Was meinst du mit, außer wenn du es ihr sagst?«

Ich weiß nicht, wie ich ihnen erklären soll, dass sie mir gehorcht. Ganz ehrlich, ich weiß nicht mal, was oder *wie* ich denken soll. Meine Gedanken sind so durcheinander wie ein riesiges Wollknäuel.

»Nic?«, fragt Alex. »Was ist denn … Aaah!«

»Was ist … Aaaah!« Ich fahre zusammen, als vor mir die Nachrichten eines G-Stifts erscheinen.

NICHOLE!
HIER IST MOM!
WO SEID IHR?!?!?!
ICH HAB EUREN STANDORT GETRACKT, ABER ICH SEH EUCH NICHT!
SEID IHR UNTER DER ERDE?!?!
WARUM SEID IHR UNTER DER ERDE?!?!?!

Alex schnappt nach Luft. »Sie muss echt außer sich sein, wenn sie so viele Frage- und Ausrufezeichen benutzt. Mom ist eine totale

Rechtschreibfanatikerin. Wir sollten uns beeilen, wieder nach oben zu kommen.«

»Wie genau machen wir das?«, fragt JP.

Ich schaue die Msaidizi an. »Weißt du, wie wir hier rauskommen?«

Die Msaidizi führt uns zu einem weiteren Aufzug an der anderen Seite der Kolonie. Als ich gerade denke, dass sie da unmöglich reinpasst, schrumpft sie auf die Größe einer Eidechse und ich kann sie zu Cocoa in meinen Rucksack stecken. Mein Welpe beschnüffelt sie erst, dann leckt er sie ab. Auf Höllenhundisch heißt das, Cocoa mag sie.

Mit diesem Aufzug nach oben zu fahren, ist nicht halb so schlimm wie die Fahrt nach unten mit dem anderen. Ich nehme mir vor, Junior einen Tritt vors Schienbein zu verpassen. Dabei sollte es mich nicht wundern, dass er uns nicht zum angenehmeren Eingang gebracht hat. Der Mistkerl.

Die Türen des Aufzugs öffnen sich in einem kleinen Tunnel, von dem aus eine Leiter an der Wand nach oben führt. Wir steigen sie hinauf und gelangen über einen Gully auf dem Parkplatz des Mississippi-Vergnügungsparks an die Oberfläche.

Ich schirme mit der Hand meine Augen ab. Wir waren so lange im Untergrund, dass es einen Moment dauert, sich wieder ans Sonnenlicht zu gewöhnen. »Siehst du Zoe?«, frage ich Alex.

Aber sie entdeckt uns zuerst. »Nichole! Alex!«

Sie und Uncle Ty kommen über den Parkplatz gelaufen.

»Mom!«, ruft Alex.

»Meine Babys!« Zoe umarmt uns, dann küsst sie immer abwechselnd meine und Alex' Stirn. »Geht's euch gut?«

»Yeah.«

Das reicht noch nicht. Sie drückt uns fest an sich. »Ich dachte …« Ihr stockt die Stimme, und sie vergräbt ihr Gesicht in meinem Haar. »Ich kann dich nicht noch mal verlieren.«

Mein Magen zieht sich zusammen, obwohl der Rest meines Körpers sich in ihren Armen entspannt. Ich hätte nicht gedacht, dass es so eine Erleichterung sein würde, sie zu sehen. Nach allem, was wir durchgemacht haben.

»Geht's dir auch gut, Sweetheart?«, fragt sie JP.

»Mir geht's großartig! Wir sind mit etwa 200 Meilen pro Stunde in der Underground Railroad rumgefahren. Zuerst war das für mein Verdauungssystem ein bisschen viel, wenn Sie verstehen, was ich meine, aber nach einer Weile habe ich mich daran gewöhnt. Es war natürlich kein Spaß, von einem Vampir, Hairy Man Junior und der Tochter des Teufels attackiert zu werden. Und dass Dämonen die Leute gegen uns aufgebracht haben und wir von den Großen Hexenmeistern entführt worden sind, war furchterregend. Die Verhaftung war dann gar nicht so schlimm. Aber alles in allem war es besser als jeder Ferien-Campingausflug mit der Bibelschule.«

Zoe blinzelt. »Ihr wurdet von wem attackiert?«

Ihr das zu erzählen, dürfte interessant werden. »Jetzt geht's uns gut, ist das nicht am Wichtigsten?«

»Nein!« Sie umfasst meine Wangen und sieht mich streng an. »Bist du verletzt? Wann hast du zuletzt etwas gegessen? Oder gebadet? Oooh, darauf brauchst du nicht antworten. Du müffelst.«

»Noch wichtiger wäre die Frage«, mischt Uncle Ty sich ein, »woher ihr jetzt kommt.«

»Aus Rohos Kolonie«, antworte ich. »Wir haben die Msaidizi gefunden.«

Ich hole sie aus meinem Rucksack, und die beiden schnappen vor Staunen nach Luft. Obwohl sie im Moment nur ein Mini-Drache ist, kann man das Zeichen des Garten Eden auf ihrer Stirn gut erkennen. Ich erkläre ihnen, dass Roho jemandem befohlen hatte, der L.O.R.E. die Msaidizi zu stehlen. Während ich erzähle, springt der eidechsengroße Drache auf meine Schulter und leckt mir die Wange. Ich lache (und ignoriere Cocoas Knurren – so eifersüchtig ist sie?).

»O mein Gott«, sagt Uncle Ty und fängt langsam an zu grinsen. »Du hast sie gefunden. Aber warum ist sie ein Drache? Ich brauche keinen Drachen. Glaub ich jedenfalls. Aber ist ja auch egal. Du hast sie gefunden! Zoe, weißt du, was das bedeutet? Sie wird mir gehorchen und ich kann sie nutzen, um den wahren …«

»Wir müssen nach Uhuru«, sagt sie abrupt.

»Aber Zoe …«

»Wir besprechen das später, Ty. Calvins Prozess hat vor ein paar Minuten begonnen …«

Das trifft mich wie ein Faustschlag. »Was?«

»… und ich wage zu behaupten, dass der Rat die Wahrheit erfahren muss. Selbst wenn es um einen gemeinen, dreckigen, kinderstehlenden …«

»Zoe«, mahnt Uncle Ty und zeigt mit einer Kopfbewegung auf uns. Das ist unter Erwachsenen das Signal für »Vergiss nicht, dass hier Kinder sind«.

»Stimmt«, sagt sie. »Lasst uns gehen.«

Alle Gedanken über die auserwählte Person und die Msaidizi werden aus meinem Kopf verdrängt. Wir laufen rasch zu Moms fliegendem Auto. Sie nimmt auf dem Fahrersitz Platz, Uncle Ty neben ihr. Alex, JP und ich steigen hinten ein. Ich schiebe meinen Rucksack mit Cocoa und der Msaidizi unter den Vordersitz, damit die beiden gefahrlos chillen können. Während am Armaturenbrett Bildschirme aufleuchten, schließen sich automatisch Gurte um uns.

»Bring uns nach Hause«, sagt Zoe.

Das Auto hebt ab. Aus meinem Fenster sehe ich zu, wie wir höher und höher steigen. Jackson bleibt unter uns zurück, und ich schaue auf die Sporthalle mit ihrem großen Dach, die Wolkenkratzer, die Gouverneursvilla und die Kirchen im Stadtzentrum genauso hinab wie auf die volle Autobahn und die verschlafenen Vororte. Bald sieht alles wie Spielzeug aus. Wir schießen durch die Wolken, und die Morgensonne erstrahlt neben uns.

Die Fenster verdunkeln sich und leuchten dann auf wie Fernsehbildschirme. Die Frontscheibe zeigt klaren blauen Himmel, der über eine Kamera außen am Auto aufgenommen wird. Auf den anderen Scheiben werden verschiedene TV-Sendungen übertragen.

»Zeig uns den Prozess«, sagt Zoe.

Daraufhin blinken alle Fensterdisplays, bevor meine Großmutter, die Präsidentin, auf ihnen erscheint. Durch ein großes Fenster hinter ihr sieht man die Skyline einer Stadt, wo Autos herumfliegen.

»… und darum sollte man nie eine Meerperson zu einem Schwimmduell herausfordern«, sagt sie.

»Ich habe Momma gebeten, den Prozess zu verzögern, während

ich unterwegs bin, um euch drei zu holen«, erklärt Zoe. »Anscheinend gehen ihr die Geschichten aus, wenn sie schon davon erzählt, wie sie gegen eine Meerperson geschwommen ist.«

Die Kamera schwenkt auf den Ältesten Aloysius Evergreen, den ich schon aus den Nachrichten kenne. Dad würde ihn in seinem Aufzug mit Anzug und Krawatte »sonntagsfein« nennen. Gerade hält er die Arme fest verschränkt und sieht aus, als könnte er jeden Moment explodieren.

Die Kamera schwenkt noch mal und zeigt nun reihenweise ältere Schwarze Menschen mit goldenem Leuchten. Alle tragen ihren Sonntagsstaat: Man sieht farbenfrohe Kleider, große, dekorative Hüte, Anzüge und Seidenkrawatten. Ein paar der Leute kämpfen gegen den Schlaf an, das merkt man an ihren nickenden und schaukelnden Köpfen.

»Die Ältesten sind wirklich älter!«, sagt JP. »Aber dann haben wir gute Chancen! Alte Leute lieben mich.«

»Sei dir da nicht so sicher, Kid«, meint Uncle Ty. »Der Ältestenrat macht ja schließlich nichts anderes als Prozesse zu beaufsichtigen. Und ist schnell mit harten Urteilen bei der Hand.«

»Halt sie noch etwas hin, Momma«, sagt Zoe. »Wir sind fast da.«

Ich kenne den Weg nicht und weiß auch nicht, wie lange wir schon fliegen. Als wir einen Wald erreichen, fühlt es sich an, als hätte es bis dorthin gleichzeitig lange und kurz gedauert.

Ich sehe meilenweit nichts außer Bäumen. Keine Stadt weit und breit. Um ehrlich zu sein, ist das irgendwie enttäuschend, aber ich erinnere mich daran, was Dad mir einmal erklärt hat: Die Gabe versteckt Uhuru.

Das Auto weicht Bäumen aus und gleitet über einen Fluss. Uncle Ty holt tief Luft. Dann fährt er sich mit den Handflächen über seine Hosenbeine. Er holt noch mal hörbar Luft und lockert seinen Gurt ein bisschen.

»Hey.« Zoe berührt ihn sanft an der Schulter. »Ist es okay für dich, zurückzukommen?«

»Yeah.« Er nickt ein bisschen zuversichtlicher. »Yeah. Mir geht's gut. Nur viele Erinnerungen, und das ist nicht so toll.« Im Rückspiegel schenkt er mir ein schwaches Lächeln. »Aber das hier ist es wert, zurückzukommen.«

Ich versuche, sein Lächeln zu erwidern, doch es gelingt mir nicht. Die Wahrheit wird für ihn niederschmetternd sein. Warum muss die Msaidizi bloß mir gehorchen und nicht ihm?

Ein rhythmisches dumpfes Geräusch lässt den Boden unter meinen Füßen vibrieren. Die Vibration setzt sich durch meine Beine und meinen Bauch bis in die Ohren fort. Ich kann es genauso spüren wie hören. Trommeln. Sie erinnern mich an Stammestänze rund um ein Feuer und Gesänge in einer Sprache, die ich nicht kenne. Das sind lauter Dinge, die ich nie mit eigenen Augen gesehen habe. Trotzdem fühlt sich der Gedanke daran an wie zu Hause.

»Woher kommt das Trommeln?«, frage ich.

»Was für ein Trommeln?«, fragt Alex.

»Nur Nic kann es hören«, meint unsere Mom lächelnd. »Die Ahnen heißen dich zu Hause willkommen, Baby.«

Sonnenschein glitzert auf etwas direkt vor uns: Es ist ein goldenes Tor zwischen hohen schwarzen Onyxsäulen. Das Metall bildet geschwungene königliche Symbole und endet ganz oben im Zeichen des Garten Eden. Interessant, dass es nur ein Tor gibt und keinen Zaun.

Zwei Wächter stehen vor dem Tor. Ihre Gesichter sind hinter goldenen Stammesmasken mit Löwengesicht verborgen. Der größere der beiden trägt lange Locs, der stämmigere Cornrows, in die bunte Bänder geflochten sind.

Der mit den Locs hebt die Hand, damit wir anhalten.

»Sollen wir uns verstecken?«, fragt JP. »Wir sind schließlich auf der Flucht. Oder geben Sie uns einen Unsichtbarkeitstrank? So einen, wie Chloe ihn nach dem peinlichen Vorfall mit dem Ghul beim Schulball genommen hat. Ist das wirklich passiert, Ms. DuForte?«

Zoe wirft Uncle Ty einen finsteren Blick zu. »Wir unterhalten uns später noch mal ein bisschen über diese Bücher.«

»Danke, JP«, murmelt Uncle Ty und lässt den näher kommenden Wachmann nicht aus den Augen. »*Sollen* wir die Kids verstecken, Z?«

»Nein. Wir werden ehrlich sein. Lügen hilft uns nicht weiter.«

Der Mann nähert sich der Fahrerseite. Zoes Fenster senkt sich automatisch. »Guten Tag, Ms. DuForte«, sagt er.

»Hey, Dante. Hast du jetzt Dienst am Tor?«

»Yes, Ma'am. Wurde letzte Woche befördert. Ganz schön verpeilt, dass sie Marlon und mich hier draußen rumlungern lassen.« Er zeigt auf seinen Kollegen mit den Cornrows. Der zielt gerade mit einem holografischen Bogen auf einen holografischen Vogel, der um ihn herumschwirrt.

»Ich bin mir sicher, ihr macht das toll«, sagt Zoe. »Könntet ihr uns reinlassen?«

»Klar, lassen Sie mich nur kurz sehen, wen Sie da drin haben. Yooo!« Er presst sich seine Faust vor den Mund und zeigt dann auf Uncle Ty. »Das ist doch der Nicht-ganz-so-Auserwählte! Tyran Irgendwas!«

Uncle Ty seufzt. »Das hab ich kommen sehen.«

»Er heißt Tyran Porter und er ist mein Freund«, erklärt Zoe. »Ich wüsste es zu schätzen, wenn du es lassen könntest, ihn ›Nicht-ganz-so-du weißt schon was‹ zu nennen.«

»Mein Fehler, mein Fehler! Nett, Sie zu sehen, Mr. Porter. Und wen haben wir da noch?« Dante reckt den Hals, um ins Wageninnere zu sehen. »Gibt's ja nicht«, sagt er und hebt seine Maske an. Darunter sieht er viel zu jung aus, um eine Wache zu sein. Das pickelige braune Gesicht würde eher zu einem Highschool-Kid passen. »Willkommen zurück, kleine Ms. Blake.«

Ich brauche eine Sekunde, um zu begreifen, dass er mich meint. Mich hat noch nie jemand Ms. genannt. »Dankeschön.«

»Hey, nur damit das klar ist: Ich glaube die Sachen nicht, die die in den Nachrichten über Sie gesagt haben. Zu Marlon hab ich schon gesagt, dass da mehr dahinterstecken muss. Aber ooohweee, Sie werden den Ältesten trotzdem einiges erklären mü… hey, Moment mal!« Er macht einen Satz zurück und starrt JP an. »Ms. DuForte, der Junge hat kein Leuchten!«

Oh-oh. Ich hatte vergessen, dass Gewöhnliche nicht in Ungewöhnlichen-Städte dürfen. Werden sie uns jetzt verhaften, weil wir versucht haben, JP mitzunehmen?

Zoe wirkt nicht besorgt. »Ich weiß, dass er keins hat. Lasst uns durch.«

»Das ist gegen das Ge…«

»Ich werde später mit meiner Mutter sprechen und dafür sorgen, dass du und Marlon keine Schwierigkeiten bekommt. Tatsächlich könnte ich vielleicht sogar eine Lohnerhöhung für euch bewirken.«

Dante reibt sich seinen flusigen Bart. »Meinen Sie, es wäre vielleicht außerdem eine Beförderung drin?«

Mehr braucht es nicht, um JP nach Uhuru zu bringen.

Wir schweben durch das Tor in ein Dickicht aus noch mehr Bäumen. Das Trommeln wird schneller. Die Baumgrenze befindet sich am Rand von etwas, das wie eine Klippe aussieht. Wir rasen direkt darauf zu. Ich umklammere meinen Sicherheitsgurt und nehme mich zusammen.

Wir fliegen über die Kante hinaus und dann steil aufwärts. Ich sehe nur blauen Himmel, bis wir wieder in die Waagerechte zurückkehren. Der Fluss unter uns verbreitert sich zu einem See. Was ich als Nächstes erblicke, verschlägt mir den Atem.

»Willkommen zu Hause«, sagt Alex.

In der Mitte des Sees liegt eine riesige kreisrunde Stadt, über der eine Lichtshow flackert. Kleine Flüsse unterteilen die Stadt und trennen die vier Bezirke voneinander, wie wenn man einen Kuchen in Stücke schneidet. Einer der Bezirke ist mit bunten Blumenfeldern bedeckt. Links davon erstreckt sich einer mit grasbewachsenen Hügeln, das muss der Garten- und Landwirtschaftsbezirk sein. Der Tech-Bezirk sieht mit seinen Wolkenkratzern aus Glas und seinen schwebenden Gebäuden futuristischer aus, als ich ihn mir vorgestellt hatte. Rechts davon befindet sich der Handelsbezirk. Schon von hier aus sehe ich die schwebenden Plakatwände mit Werbung für Sonderangebote.

Alle vier Bezirke laufen auf einer Insel in der Mitte zusammen. Dort ist der Regierungsbezirk. Der ist die perfekte Mischung aus Grünflächen und steinernen Gebäuden. Ein Bauwerk mit Glaskuppel steht in der Mitte. Es ist das Hauptquartier der L.O.R.E., das ich schon in den Nachrichten gesehen habe. Genau darauf steuern wir zu.

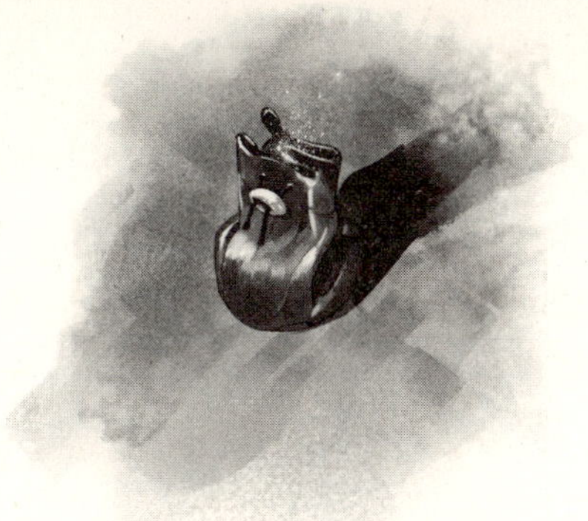

21

Die Manifestoren-Prophezeiung

Der Verkehr in Uhuru ist anders als alles, was ich je gesehen habe. Und das sage ich als jemand, der mal in Atlanta gelebt hat. Mit Verkehr kenne ich mich aus.

Was ich für eine Lichtshow über der Stadt gehalten habe, ist der sogenannte Skyway – der Himmels-Highway. Hunderte fliegender Autos gleiten durch Neonlichter, die wie Tunnel geformt sind. Einige überschneiden sich, und plötzlich sind sie über, unter und seitlich von uns. Holografische Schilder blitzen auf, um zu signalisieren, dass man zu schnell fährt oder um auf die nächste Ausfahrt hinzuweisen.

JP presst sein Gesicht ans Fenster. »Wieso können die Autos nicht fliegen, wo sie wollen? Warum müssen sie diese Tunneldinger benutzen?«

»Weil es sonst Chaos am Himmel gäbe«, erklärt Zoe. »Wenn man in alle Richtungen fliegen dürfte, würden die Leute zusammenstoßen. Außerdem sind die Lichter mit Mojos versehen, damit die Autos bei technischen Problemen nicht abstürzen. Das macht es sicherer für die Flieger.«

»Für wen?«, frage ich.

»Schau ein bisschen weiter nach unten«, sagt sie.

Ich presse mein Gesicht wie JP an die Scheibe. Wir fliegen jetzt über den Handelsbezirk, der voller Läden, Buden und schwebender Werbetafeln ist. Knapp über den Gebäuden, aber nicht ganz auf der Höhe des Skyways fliegen Leute. Einfach so.

»Ich hab in meinem Leben schon eine Menge gesehen«, sagt JP. »Aber das hier ist mit Abstand das Coolste.«

Da muss ich ihm recht geben.

Das Auto biegt in einen anderen Lichttunnel, der uns über den Regierungsbezirk führt. Mit den steinernen Bauwerken, Denkmälern und perfekt gestutzten Bäumen erinnert er mich an Washington, DC.

Wir landen auf einem Parkplatz neben dem L.O.R.E.-Hauptquartier und eilen in die Glaskuppel. Ich muss einfach nach oben schauen. Hunderte Etagen erstrecken sich ringförmig über uns, Aufzüge zischen in Glasröhren hinauf und hinunter. In der Eingangshalle laufen und fliegen Manifestoren zwischen Rougarous, Vampiren, Azizas und Ungewöhnlichen mit farbigen Auren, die ich noch nie gesehen habe, herum. Alle haben ein Leuchten, sodass JP schon sehr heraussticht.

»Hey! Da ist ein Gewöhnlicher!«, ruft ein Vampir.

Zoe nimmt JP an der Hand. »Komm einfach, Sweetie.«

Uncle Ty führt uns zu hohen Eisentüren. Ein elektronisches Schild darüber trägt die Aufschrift: »Beratungssaal – laufender Prozess.«

Ein haariger Rougarou in Security-Uniform verstellt uns den Weg. »Langsam! Ms. DuForte, Sie wissen doch genau, dass da drin gerade ein Prozess läuft, da können Sie alle nicht einfach reinplatzen.«

»Ich glaube, wir haben einen guten Grund, die Beratung zu stören, Roy«, sagt sie. »Wir haben die Msaidizi.«

Ihm fallen beinahe die Augen aus dem Kopf. »Wirklich?«

»Ja. Können wir jetzt rein?«, sagt meine Mom.

Roy schiebt die Türen zum Saal für uns auf.

Alle Augen richten sich sofort auf uns, und es sind Dutzende. Die älteren Leute in ihren Sonntagskleidern sitzen in Reihen, die den Raum wie die Ränge in einem Kolosseum umgeben. Wir stehen dort, wo die Arena wäre. Hinter den Leuten ist durch riesige Fenster die Skyline der anderen vier Bezirke zu sehen.

»Was zum Hades?«, sagt der Älteste Evergreen laut. »Wir befinden uns mitten in einem Prozess!«

Ich denke nicht an den Prozess und die Ältesten. Nur ein paar Schritte von mir entfernt, in einer schlichten schwarzen Hose und schwarzem Hemd, steht der Mensch, für den ich das alles getan habe. »Dad!«

Er dreht sich um. Seine Augen sind geschwollen und dunkel, als hätte er nicht viel geschlafen. Doch er strahlt. »Alex! Nichole!«

Ich renne zu ihm, und er umarmt mich ganz fest. In keiner Stadt, in der ich bisher gelebt habe, habe ich mich so zu Hause gefühlt wie in den Umarmungen von Dad.

Er umfasst mein Gesicht mit seinen Händen. Die stecken in silbrigen Handschuhen, die aussehen und sich anfühlen, als wäre Stahl in den Stoff gewebt. »Bist du okay?«, fragt er. »Wo warst du?«

Ich heule wie ein kleines Kind. »Wir haben sie gefunden, Dad. Wir haben die Msaidizi gefunden.«

»Nichole?«, ruft jemand mit gütiger Stimme. Die Präsidentin, meine Großmutter, steht von einem Sessel auf, der noch plüschiger aussieht als die der anderen. Während sie die Stufen zu mir heruntersteigt, beobachtet sie mich, als fürchte sie, ich könnte wieder verschwinden.

»Grandma?«

Ein Lächeln erhellt ihre Miene. »Ja, Baby Girl. Willkommen zurück.«

Sie umarmt mich fest, und irgendwie fühlt sich ihre Umarmung auch nach Zuhause an. Sie strafft ihre Schultern, bevor sie sich den Ältesten zuwendet. »Gute Leute des Rats, ich entschuldige mich für diese Unterbrechung. Wie Sie sehen können, gibt es dafür einen fantastischen Grund. Nach zehn langen Jahren ist meine Enkelin Nichole endlich nach Hause zurückgekehrt.«

»Ihre Enkelin, die Kriminelle in Ausbildung!«, ätzt Evergreen. »Wir sollten ihr wegen dem ganzen Chaos, das sie verursacht hat, sofort den Prozess machen.«

»Ältester Evergreen, ich bin mir sicher, dass meine Enkelkinder das erklären können.« Da erblickt sie JP. »Zoe, warum ist ein Gewöhnlichen-Junge hier?«

Auf den Rängen wird Gemurmel laut.

»Er hat kein Leuchten!«, sagt ein Ältester.

»Wer hat ihn reingelassen?«, fragt ein anderer.

JP weicht ein paar Schritte zurück, aber ich gehe zu ihm und ergreife seine Hand. Alex stellt sich auf der anderen Seite neben ihn. Uns ist egal, wie sehr sie sich darüber aufregen. Wir wollen ihn hierhaben.

»Was für eine Frechheit!«, schreit der Älteste Evergreen. »Ein Gewöhnlicher in unserer Stadt? In unserem Hauptquartier?«

»Reg dich ab, Aloysius«, sagt ein Mann aus den Rängen, der zwar älter, aber nicht ältlich ist. Seine dunkle Haut hat nur wenig Falten, und er ist lässig in Jeans und T-Shirt gekleidet. Auf dem Kopf hat er eine Baseball-Cap.

»Das ist Grandpa Doc«, flüstert Alex mir zu. »Dads Dad.«

Das ist der mächtige Manifestor, der Roho bezwungen hat? Ich hätte jemand Majestätischen erwartet. Ihr wisst schon, jemanden mit flatterndem Bart und Haar, einer Brille und einem langen Mantel. Einen alten Weisen, wie man ihn aus Filmen und Büchern kennt. Er mustert Alex und mich und nickt uns dann kurz zu. Alex winkt zurück. Ich frage mich, warum er nicht wie Grandma hergekommen ist und mich umarmt hat. Vielleicht ist das nicht seine Art.

»Es ist nicht das erste Mal, dass ein Gewöhnlicher sich in diesem Gebäude aufhält«, erklärt er. »Also gibt es keinen Grund, so ein Theater darum zu machen.«

»Dieser Junge ist eine Sicherheitslücke«, behauptet Evergreen. »Er sollte nicht einmal wissen, dass Uhuru existiert!«

»Aber er ist ein Seher«, sage ich.

Leises Gemurmel auf den Rängen.

Der Älteste Evergreen schnaubt. »Das ist keine Entschuldigung. Es gibt Gesetze für ei… Was um alles in der Welt?«

Die Eisentüren schwingen auf, und der Sicherheitsmann schreit einer Person hinterher, sie solle stehen bleiben. Doch die Frau marschiert einfach weiter.

Als Generalin Sharpe mich erblickt, fangen ihre Zähne an zu klappern. »D-d-du!«

»Althea, wie schön, dich zu sehen«, sagt Zoe.

»K-k-komm mir nicht so! Diese G-g-göre hat mich und meine Offiziere mit einem J-j-juju-Beutel eingefroren! Es hat St-st-stunden gedauert, bis wir aufgetaut waren!«

»Hui, das ging dann aber schnell«, sage ich. Mom und Grandma werfen mir strenge Blicke zu. Dad schnaubt und Grandpa Doc hüstelt, um sein Lachen zu verstecken.

Mit zitterndem Zeigefinger deutet Generalin Sharpe auf mich. »Du kleines …«

Schnell legt Grandma beruhigend ihre Hände auf meine Schultern. »Warten wir mit einem Urteil, bis wir die ganze Geschichte erfahren haben.«

»Pah!« Evergreen lacht gekünstelt auf. »Ich habe die ganze Geschichte hier.« Er tippt auf die Anstecknadel an seinem Jackett, und eine holografische Schriftrolle erscheint vor ihm. »Mit der Msaidizi geflohen …«

»Wir hatten sie nicht!«, sage ich. »Die Plünderer haben das Video manipuliert, damit es so aussieht.«

»Brandstiftung in New Orleans …«

»Der Teufel hat das Haus seiner Tochter selbst in Brand gesteckt. Das waren nicht wir.«

»Illegale Verwendung eines Zauberstabs gegen Gewöhnliche …«

»Nur um uns zu verteidigen!«

»Ohne Erlaubnis die Underground Railroad benutzt …«

»Wir wussten nicht, dass man dafür eine Erlaubnis braucht!«

»Die Wachen angegriffen …«

»Angegriffen? Ich habe nur einen Beutel geöffnet!«

»Und wäre die Störung eines Prozesses illegal, würde ich das auch noch auf diese Liste setzen«, faucht der Älteste Evergreen. »Das ist die ganze Geschichte, und sie beweist, dass die Kinder schuldig sind!«

Ich mag ihn echt nicht.

Grandmas zusammengepresste Lippen verraten mir, dass es ihr genauso geht. »Eine Erklärung ist ein großartiger Anfang, Älteste. Und Fairness ist einer unserer Grundsätze, nicht wahr?«

»Ja«, knurrt Evergreen. »Ist sie.«

»Dann werden wir jetzt meinen Enkelkindern und ihrem Freund erlauben, sich zu erklären. Ihr habt das Wort, Kinder.«

Ha! Da guckst du, was, Evergemein?

Die Ältesten betrachten uns mit einer Mischung aus Neugier und Missfallen. Ist das einschüchternd? Ja. Ich trete trotzdem vor. »Wir waren nicht mit der Msaidizi auf der Flucht. Wir haben sie gesucht.«

»Das sollen wir dir glauben?«, ruft Generalin Sharpe. »Also bitte! Damit willst du doch eindeutig deinen Vater decken.«

»Nein, will sie nicht!«, meldet Alex sich zu Wort. »Ich dachte auch, er hätte sie gestohlen, aber das war jemand anderes. Wir haben herausgefunden, dass sie in New Orleans gesichtet worden ist.«

»Genau«, sage ich. »Also haben wir uns auf den Weg dorthin gemacht. Im Untergrund hat uns ein Vampir bedrängt, aber dann tauchte die Tochter des Teufels auf und …«

Ich erzähle ihnen alles. JP und Alex ergänzen Einzelheiten, die ich sonst vergessen hätte. Juniors Namen erwähne ich nicht. Ich spreche nur von einer »anonymen Quelle«, die uns verraten hat, dass Roho die Msaidizi von jemandem hat stehlen lassen. Als ich den Ältesten berichte, dass wir sie gefunden haben, wird auf den Rängen durcheinandergeredet.

Evergreen rutscht auf seinem Sessel nach vorne. »Ihr habt sie?«

»Ihr habt sie *gefunden*?«, hakt Generalin Sharpe nach.

»Yeah«, sage ich, »und sie kann Ihnen sagen, dass mein Dad sie nicht gestohlen hat.«

Ich nehme meinen Rucksack ab und stelle ihn auf den Boden. Cocoa liegt zu einem kleinen Ball eingerollt darin. Sie schläft fest. Die eidechsengroße Msaidizi klettert am Rand des Rucksacks hoch und schwingt sich auf meine Hand.

»Bitte erzähl ihnen, wie du verschwunden bist«, flüstere ich.

Die Ältesten recken die Hälse und kneifen die Augen zusammen, um die kleine Kreatur auf meinem Arm zu sehen. Aber sie müssen sich nicht lange plagen. Bald ist sie zu ihrer normalen, riesigen Größe angewachsen. Die Ältesten quieken erschrocken.

»Allmächtiger!«, ruft Evergreen. »Das ist ja ein Drache!«

»Ich bin die, die ihr Msaidizi nennt«, sagt der Drache mit dröhnender Stimme, die den Saal zum Beben bringt. »Ich wurde von jemandem aus der Gruppe der Manifestoren gestohlen, der Roho gehorchte. Er befahl, mich in seiner Kolonie zu verstecken.«

Generalin Sharpe sieht aus, als würden ihr gleich die Augen aus dem Kopf fallen. Hoffentlich wird ihr jetzt klar, dass sie die ganze Zeit hinter der falschen Person her war.

»Willst du uns damit sagen, dass Calvin Blake dich nicht gestohlen hat?«, fragt Evergreen nach.

»Ganz recht. Er hat mit meinem Verschwinden nichts zu tun.«

»Verstehe«, erwidert Evergreen mit säuerlicher Miene. Ich habe den Eindruck, dass er sich schon darauf gefreut hat, Dad für diese Tat zu bestrafen. »Dann nenne uns den Namen der Person, die dich gestohlen hat.«

»Ich weiß weder den Namen, noch habe ich ihr Gesicht gesehen. Ich weiß nur, was sie getan hat.«

Evergreens Kiefer zuckt. »Na schön. Dann nenne uns den Namen der Person, der du als Nächstes gehorchen wirst.«

Hä? Warum will er das wissen?

»Ich kann nur offenbaren, was diese Person mir gestattet«, sagt die Msaidizi.

Da kommt Zoe zu mir und nimmt mich entschlossen bei der Hand. »Pumpkin, wir sollten jetzt gehen«, flüstert sie.

»Warum?«

»Nenn uns den Namen, Msaidizi«, fordert Evergreen.

»Ich kann nicht, außer …«

Evergreen schlägt wütend mit der Faust auf den Tisch. »Sag uns den Namen des oder der Manowari!«

»Des was?«, frage ich.

»Meinen Sie nicht, den des Auserwählten?«, erkundigt sich Uncle Ty. »Es hieß doch, dass sie dem als Nächstes gehorcht.«

»Nein! Wir haben dieses Gerücht in die Welt gesetzt, weil die Menschen in Panik geraten würden, wenn sie die Wahrheit wüssten«, sagt Evergreen. »Gemäß der Prophezeiung wird sie als Nächstes dem oder der Manowari gehorchen!«

»Aber … aber ich dachte, Roho wäre der Manowari gewesen«, sagt Alex.

»Dann hast du eben falsch gedacht«, meint Evergreen schnippisch. »Der oder die Echte wird erst noch kommen! Und aus irgendeinem Grund wird die Msaidizi dieser Person als Nächstes gehorchen. Sag uns, wer es ist, Msaidizi!«

Mir wird eiskalt.

»Ältester Evergreen, das genügt«, sagt Grandma. Sie zittert leicht. »Diese Kinder brauchen solche Dinge nicht zu hören!«

Ich kann nicht atmen und mich nicht rühren.

Manowari.

Die Prophezeiung besagt, dass die Msaidizi dem oder der Manowari gehorchen wird.

Aber die Msaidizi gehorcht doch …

Sie gehorcht …

Für mich bleibt die Zeit stehen, aber für alle anderen vergeht sie weiter.

Jemand schlägt vor, eine Pause einzulegen, um über Dad und die Entführung zu diskutieren. Grandpa Doc möchte persönlich mit der Msaidizi sprechen, während die Ältesten beraten. Sie schrumpft wieder auf Eidechsengröße und lässt sich von ihm in die Hand nehmen. Der Älteste Evergreen bedankt sich bei uns dafür, sie zurückgebracht zu haben, wirkt aber immer noch sauer. Dann drehen sich die Sessel der Ältesten und gleiten mit ihnen durch Türen, die sich für sie öffnen, in einen anderen Raum. Auch Generalin Sharpe geht hinaus. Zurück bleiben meine Großeltern, meine Eltern, Uncle Ty, Alex, JP und ich.

Jemand berührt mich am Arm, und ich zucke zusammen.

»Pumpkin«, sagt Zoe mit belegter Stimme, »alles wird gut.«

Ich blinzle ein paarmal. Mehr kann ich nicht tun. »Aber … aber die Msaidizi … sie gehorcht jetzt mir.«

»Ich weiß, Baby.«

»Was?« Ich schaue Dad an, und sein tränenfeuchter Blick gibt mir den Rest. »Ihr wusstet das?«

Er geht vor mir in die Hocke. »Hey, hey, hey. Sieh mich an. Es wird alles gut.«

Ich schüttle entschieden den Kopf. »Nein, nein, nein, nein, nein. Dad. Ich kann nicht … Das … ich kann doch nicht …«

»Du bist viel mehr als das, Nic Nac …«

»Du bist unser wunderbares, wunderhübsches Baby Girl …«

»Es spielt keine Rolle, was irgendeine Prophezeiung sagt …«

»STOPP!«, schreie ich so laut, dass mir davon der Hals wehtut. »Ich bin nicht die Manowari!« Verzweifelt sehe ich Alex an. »Das stimmt nicht. Es kann nicht sein.«

Aber mein Bruder weicht einen Schritt vor mir zurück und starrt mich entsetzt an.

»Alex«, krächze ich. Dann drehe ich mich zu JP. Doch auch der schenkt mir nicht wie sonst sein JP-Lächeln oder versichert mir, dass alles in Ordnung ist. Er steht einfach nur da und blinzelt nervös.

»Leute, ich bin's! Nic! Ich hab mich doch nicht verändert!« Ich wirble zu meinen Eltern herum. »Sagt ihnen, dass das nicht wahr ist!«

Grandma kommt herüber und legt meiner Mom eine Hand auf die Schulter. »Zoe. Es ist an der Zeit, dass sie die Wahrheit erfährt.«

Dad schließt schmerzerfüllt die Augen und senkt den Kopf. Zoe hält sich eine Hand vor den Mund, als könnte sie nur das daran hindern, loszuschluchzen. Dann fangen sie an zu sprechen, aber ich bekomme nur Bruchstücke davon mit.

»Ein Prophet kam zu uns, als du noch ein Baby warst …«

»… sagte, du wärst die Manowari und würdest zerstören …«

»… wussten nicht, was wir tun sollten …«

»… ich wollte es geheimhalten. Weil ich dachte, die L.O.R.E. würde dich töten …«

»… wollte es meiner Mutter sagen. Sie war gerade Präsidentin geworden …«

»… aber ich traute weder ihr noch sonst jemandem. Also nahm ich dich …«

»… aber Baby, hör mir zu. Das ändert nichts daran …«

»Das ändert alles!«, schreie ich. Dann presse ich mir eine Hand auf den Mund, damit ich mich nicht übergeben muss.

Ich bin die Manowari.

Ich werde die Welt der Ungewöhnlichen zerstören.

Ich möchte aus meiner Haut fahren, nicht mehr ich selbst sein oder die Zeit zu einem Punkt zurückdrehen, an dem noch nichts von dem hier passiert ist. Es würde mir schon genügen, wenn es nur ein paar Minuten wären. Da haben meine Eltern noch nicht so geschaut, als wäre die Welt gerade untergegangen.

»Wolltest du mich deshalb die Gabe nicht lehren?«, frage ich Dad schließlich. »Weil du Angst davor hattest, was ich damit anrichten würde?«

»Ich habe keine Angst vor dir, Nic Nac. Aber ich wollte kein Risiko …«

Er bricht mitten im Satz ab, doch da ist es schon zu spät. Es fühlt sich an, als hätte er ein Messer zwischen meine Rippen gestoßen.

Ich bin nur noch ein heulendes Häufchen Elend. »Ich bin ein Monster. Und du hast mich entführt, um mich vor …« Ich drehe mich zu Zoe, kann sie aber vor lauter Tränen kaum sehen. »Vor ihr zu schützen? Wolltest du mich etwa an die L.O.R.E. ausliefern?«

»Nein! Nein, nein, nein, Baby. Ich würde niemals zulassen, dass *irgendjemand* dir ein Haar krümmt. Ich wollte es nur meiner Mutter sagen.«

Wie aus dem Nichts heraus meldet Uncle Ty sich zu Wort. »Warum hat mir das niemand von euch beiden erzählt?«

Meine Eltern und ich drehen uns um. Die Kälte in seiner Stimme lässt mir die Härchen an den Armen zu Berge stehen.

»Ty, das hat nichts mit dir persönlich zu tun«, sagt meine Mom. »Wir hatten Angst.«

»Zu viel Angst, um es eurem besten Freund zu sagen? Aber wem versuche ich, was vorzumachen? Ich war für euch beide immer nur das fünfte Rad am Wagen.«

»Ty, komm schon, so war das nicht«, sagt Dad.

Uncle Ty fasst sich an den Kopf und beginnt, auf und ab zu marschieren. »›Du bist auserwählt, eine böse Macht zu bezwingen, die Zerstörung bringt.‹ Das hat der Prophet mir gesagt. ›Eines

Tages wirst du eine böse Macht zerstören.‹ Logisch, dass ich Roho nicht besiegt habe. Er war ja nicht der echte Manowari.« Uncle Ty bleibt abrupt stehen und starrt mich an. »Die sollte erst noch kommen.«

Meine Eltern stellen sich vor mich, und das erschreckt mich bis ins Mark.

»Ty, komm wieder runter, ja?«, sagt Dad.

Uncle Ty geht mit langsamen Schritten auf uns zu. Meine Eltern weichen zurück und zwingen mich, das Gleiche zu tun.

»Jahrelang drehte sich mein ganzes Leben um diese Prophezeiung«, erklärt er. »Man schimpfte mich einen Versager, weil die Leute dachten, ich könnte sie nicht erfüllen. Sie haben sich geirrt.«

»Tyran, bitte hör auf damit«, fleht ihn meine Mom an. »Sie ist ein Kind.«

»Sie ist die Manowari!«

»Sie ist dein Patenkind!«, erinnert ihn Dad. »Wir sollten wie Familie füreinander sein!«

»Und trotzdem hat niemand von euch mir die Wahrheit über sie gesagt! Es gefällt euch, dass man mich für einen Versager hält, stimmt's?«

»Nein!«

»Hör auf, dir was vorzumachen, Zoe! Schon in unserer Jugend hast du es gehasst, dass ich der Auserwählte war. Dass ich die ganze Aufmerksamkeit bekam und man dich nur als meine beste Freundin kannte, obwohl du so brillant warst. Niemand interessierte sich für deine Leistungen. Und wenn ich meine Prophezeiung erfüllt und mir einen noch größeren Namen gemacht hätte, dann wäre der

Schatten, in dem du standest, nur noch größer geworden. Und du, Calvin Blake. Du warst von dem Moment an neidisch, in dem man mich nach Uhuru brachte. Bis dahin kannte man dich als den Sohn von Doc Blake, dann warst du plötzlich nur noch Tyran Porters Kumpel. Eine Nebenrolle. Man traute dir nichts Großes oder überhaupt irgendwas zu … bis ich versagte. Da sahst du im Vergleich auf einmal doch ganz gut aus!«

»Tyran«, ruft Grandpa Doc und schiebt die Msaidizi in seine Tasche. Seine Stimme ist ruhig, aber warnend. Wie fernes Donnergrollen vor einem Gewitter. »So ist das nicht.«

Uncle Tys Gesicht zuckt. »Wage es nicht, ein Wort zu mir zu sagen. Nach allem, was du mir angetan hast! Jahrelang hast du mich trainiert und zugesehen, wie Roho mich wieder und wieder ins Visier nahm. Dann kommt der Moment, in dem ich allen beweisen soll, wer ich bin. Und da erscheint der tolle Doc Blake als Retter, nimmt mir die Chance und meinen Ruf!«

»Ich habe versucht, dich zu retten. Du hattest Angst.«

»Nein, du wolltest das Rampenlicht! Ist doch schön, was, Doc? Du kriegst den ganzen Ruhm dafür, Roho aufgehalten zu haben, aber musst dich nicht mit dem Trauma rumschlagen, jahrelang von dem Irren verfolgt worden zu sein. Und was habe ich bekommen? Einen neuen Namen – der *Nicht-ganz-so*-Auserwählte. Für die Leute bin ich eine Lachnummer!«

»Ty, wie man dich behandelt hat, ist schrecklich, okay?«, sagt Dad. »Da stimme ich dir tausendprozentig zu, Mann. Aber du kannst gerade nicht klar denken. Nichole ist doch nur ein Kind.«

Uncle Ty schüttelt den Kopf. »Nein, Calvin. Alles ergibt jetzt absolut Sinn. Mir war nie vorherbestimmt, Roho zu vernichten.« Er sieht mich an. »Mir ist vorherbestimmt, Nichole zu vernichten.«

Mein Verstand kann nicht verarbeiten, was er sagt, bis ein Blitz direkt auf mich zusaust.

Zoe reißt mich zur Seite, und das Juju trifft mit einem lauten Knall auf die Wand. Ein weißer Lichtstrahl schießt aus der Handfläche meiner Mom in Uncle Tys Richtung, doch er duckt sich vor ihrem Juju.

»Zoe, ich will nicht gegen dich kämpfen!«, ruft er.

»Du wirst auch gegen uns kämpfen müssen«, sagt meine Grandma und postiert sich zusammen mit Grandpa Doc zwischen mir und Tyran Porter. Alex und JP treten ebenfalls vor.

Da fällt ein Schatten über Tyrans Gesicht. »Dann sei es so.« Er holt einen schwarzen Stein aus seiner Tasche und wirft ihn in die Luft.

Im Versammlungssaal wird es stockdunkel.

22

Leider auserwählt

Jujus blitzen auf und Schreie sind zu hören. Ein Alarm ertönt und unzählige Füße trampeln in den Versammlungssaal.

»Mom! Dad!«, schreie ich. »Alex! JP!«

»Nichole«, ruft Mom links neben mir. Nein, rechts. »Bleib hinter mir!«

»Wo bist du?«

»Nic Nac!«, höre ich Dad rechts von mir. Glaube ich zumindest.

»Wo seid ihr alle?«, schreit Alex von … unter mir? Das kann doch nicht sein.

»Ich bin gleich hier!«, sagt JP hinter mir, doch als er dann aufjault, klingt das, als käme es von oben.

»Wir müssen Nichole hier rausschaffen!«, höre ich Grandpa Doc wie aus der Ferne. Vor ein paar Sekunden war er noch in meiner Nähe. Dieser Stein hat mehr bewirkt als nur den Raum in Finsternis zu stürzen. Er macht es fast unmöglich zu sagen, wo alles tatsächlich ist.

Ein Juju fliegt in der Dunkelheit auf mich zu. Ich ducke mich und kann ganz knapp ausweichen. »Hilfe!«

Da werde ich an der Kapuze meines Hoodies gepackt. Es reißt mich von den Füßen, und ich fliege durch die Luft, hoch über dem ganzen Chaos …

Dann lande ich auf einem geschuppten Rücken. »Halt dich fest!«, sagt die Msaidizi.

Am Hals des Drachen befinden sich Zacken wie eine Mähne. Ich umklammere eine davon. Mit feurigem Gebrüll bäumt der Drache sich auf und fliegt durch die Dunkelheit Richtung Sonnenlicht, das durch die Glasdecke fällt. Ich schließe die Augen und warte auf den Aufprall.

Doch der kommt nicht. Vor einer Sekunde waren wir noch im Versammlungssaal, jetzt steigen wir über dem Regierungsbezirk in die Höhe. Die Msaidizi hat das Glasdach zum Verschwinden gebracht. Auf den Straßen rennen und schreien Leute. Die Selbstflieger landen hastig, um uns nicht in die Quere zu kommen, als wir um die Gebäude zischen.

Ein Feuerball saust über meinen Kopf. Tyran ist uns auf den Fersen. Ein zweiter kommt auf mich zu. Ich ducke mich und spüre nur den heißen Luftzug über mir. Der Feuerball hat mich knapp verfehlt, doch er fliegt weiter und trifft ein Denkmal in einem Park. Das explodiert in tausend Stücke. Auf dem Spielplatz kreischen kleine Kinder.

Tyran ist nicht nur für mich eine Gefahr. »Bring uns aus der Stadt!«, sage ich zur Msaidizi.

Schon steigt sie Richtung Wolken, und meine Augen tränen vom scharfen Flugwind. Tyran kommt näher. Eiszapfen mit scharfen Spitzen fliegen an meinem Ohr vorbei. Einer trifft den Drachen am Kopf, doch der reagiert nicht darauf und steuert uns am Skyway vorbei.

Wir befinden uns jetzt über dem See und so weit oben, dass ich ganz Uhuru sehen kann. Aus allen Bezirken schießen goldene und weiße Strahlen in die Luft. Die Wachtruppen.

Vor uns erstreckt sich der Wald, und das Tor aus Onyx und Gold, das aus Uhuru hinausführt, glänzt zwischen den Bäumen. Wir müssen Uhuru verlassen. Außerdem wird Tyran irgendwann vom Fliegen müde werden, und je weiter wir kommen, desto …

Rote und orangefarbene Funken explodieren direkt vor mir. Brennender Schmerz schießt durch meine Hände. Ein Feuerball hat die Msaidizi am Rücken getroffen. Sie brüllt vor Schmerz. Der Einschlag war so dicht bei mir, dass ich ihn gespürt habe. Ich bewege meine Hände, und eine Sekunde zu spät wird mir bewusst, dass ich dabei die Zacke losgelassen habe.

»Euer Gnaden!«, ruft die Msaidizi.

Schreiend rutsche ich ihren Rücken entlang. Dabei versuche ich noch, nach einer anderen Zacke oder ihrer geschuppten Haut zu greifen, doch ich falle zu schnell, um mich irgendwo festzuhalten. Ich stürze über den Drachenschwanz ab, und der See rast auf mich zu. Uhuru sehe ich nur verschwommen, und die Msaidizi verschwindet in den Wolken.

Hilf mir, denke ich. Bitte!

»Kum yali, kum buba tambe!«, höre ich sie sagen, »Kum yali, kum buba tambe!«

Irgendwie weiß ich, dass das die uralten Worte sind, die der alte Toby zu meiner Vorfahrin Sarah gesagt hat. Ich spüre ihre Glückseligkeit, als die Plantage unter ihr immer kleiner wurde. Die Erleichterung, als die kühle Luft an ihr vorbeistrich. Die Hoffnung beim Anblick des strahlend blauen Himmels, durch den sie in die Freiheit gelangte. Ich breite die Arme aus und lasse mich von der Brise tragen, die schon meine Ahnin getragen hat.

Ich fliege. Verdammt noch mal, ich fliege! Und es fühlt sich … umwerfend ist nicht das richtige Wort. Es ist atemberaubend. Es ist das pure Glück. Es ist Freiheit. Wärme durchströmt meinen Körper von den Zehen bis in die Fingerspitzen. Plötzlich fühle ich mich, als wäre ich die Kraft selbst.

Ich fliege über den See, und der Wind pfeift leise an meinen Ohren vorbei. Doch dann trifft mich ein unsichtbarer Schlag. Ich verliere die Kontrolle und taumele über dem See in Richtung Wald.

Ich lande bäuchlings auf einer Lichtung. Nachdem ich mich vom Boden hochgedrückt habe, spucke ich erst mal Gras und Erde aus.

Die Msaidizi landet neben mir. Doch irgendwas stimmt nicht. Ihre Beine geben nach, und sie stürzt mit einem Rumpeln auf die Seite, das den Boden erzittern lässt.

Ich laufe zu ihr und mir wird ganz elend zumute. Ihr Rücken ist von dem Feuerball schlimm verbrannt. Silbrige Flüssigkeit sickert aus der Wunde. Drachenblut.

Ich überlege hektisch. Wie stoppt man eine Blutung? Was, wenn es mir nicht gelingt? Was, wenn sie verblutet oder sich eine Infektion holt? Was, wenn sie stirbt?

»Ich werde schon wieder, Euer Gnaden«, sagt sie, als hätte sie meine Gedanken gehört. »In ein paar Minuten ist das von selbst wieder geheilt.«

Doch ich fürchte, wir haben keine paar Minuten.

Die Bäume flimmern, und Dunkelheit hüllt uns ein. Aus dem Boden brechen Eiszapfen. Ich schreie auf und versuche, zu entkommen, doch sie umschließen mich und die Msaidizi wie lange, eisige Finger und machen uns bewegungsunfähig.

Ich suche den Himmel nach Wachen ab. »Hilfe! Irgendjemand muss uns helfen!«

»Die werden euch nicht finden!«, ertönt Tyrans Stimme von allen Seiten. »Mein Tarnungs-Mojo versteckt uns. Wer von oben herabschaut, sieht nur Wald.«

Ich kämpfe gegen die Eiszapfen, aber sie schlingen sich immer enger um mich. »Uncle Ty, bitte! Lass mich gehen! Ich brauche Hilfe für meinen Drachen.«

»Warum sollte ich?«, fragt er. »Ich habe dir meine Geschichte noch nicht erzählt.«

Das Laub raschelt, und ein dünner Junge tritt aus dem Dickicht. Er ist nicht älter als ich, hat kurze Twists und seine braune Haut strahlt goldenes Manifestor-Leuchten aus. Er trampelt mit seinen abgenutzten Sneakers auf den Waldboden, und sein zerfetztes T-Shirt ist schweißgetränkt.

Er rennt an mir vorbei, ohne mich wahrzunehmen. Dafür ist er zu beschäftigt mit dem, was ihn verfolgt.

Wusch! Ein Blitz zischt knapp an mir vorbei und trifft ihn mit einem Knall. Er fällt vornüber.

»Nein!«, schreie ich.

Der Schatten eines Mannes wird zwischen den Bäumen sichtbar. Groß. Muskulös. Er bleibt in der Dunkelheit verborgen, aber ich kann seine Augen erkennen – grau wie Rauch und katzenähnlich. Die gleichen Augen, die Junior hatte, als er in Roho verwandelt war.

»Hast du schon mal von Erinnerungsillusionen gehört?«, fragt Tyran. »Dazu gräbst du tief in deinem Gedächtnis und holst ein Erlebnis aus der Vergangenheit hervor. Diese Szene könnte dir bekannt vorkommen. Im ersten *Stevie*-Band lockt Einan Stevie ins Reich der Schatten. Das basiert auf einer Sache, die Roho mir tatsächlich angetan hat.«

Die jüngere Version von Tyran stemmt sich stöhnend auf die Knie hoch. Er versucht, wegzukrabbeln, doch Roho trifft ihn erneut. Er schreit vor Schmerz und fällt auf sein Gesicht.

»Aufhören!«, schreie ich.

»Schrecklich, nicht?«, sagt der erwachsene Tyran. »Da besaß Roho die Msaidizi noch nicht und war trotzdem schon so mächtig. Es war meine erste Begegnung mit ihm, aber bei Weitem nicht die letzte.«

Die Illusion flackert, und plötzlich bin ich in einer Scheune voll mit Stroh und Futtersäcken. Das Tor fliegt auf, und derselbe magere Junge kommt reingerannt. Er sieht jetzt ein bisschen älter aus, und seine Twists sind länger.

Ein anderer Junge und ein Mädchen folgen ihm. Der Junge ist größer als Tyran. Zuerst denke ich, es wäre Alex, doch er hat das

Haar zu Cornrows geflochten. Das Mädchen sieht fast genauso aus wie ich.

Natürlich waren meine Eltern mal jung, aber sie so aus der Nähe als Kinder zu sehen, das ist schon surreal. Sie drücken das Scheunentor zu und schieben einen Balken davor, um es zu sichern, dann weichen sie zurück, ohne es aus den Augen zu lassen. Dad und Tyran strecken ihre Handflächen vor, Zoe schnappt sich einen Holzpflock.

»Ich nehme mir den Vampir vor, ihr kümmert euch um die Rougarous«, sagt sie.

»Das sind zu viele!«, ruft der junge Tyran.

»Ty, wir werden mit denen fertig!«, sagt Dad.

Das Tor wackelt heftig, und auf der anderen Seite hört man Rougarous knurren. Meine Eltern und Ty weichen noch ein Stück zurück.

»Das habe ich bisher noch in keinem Buch verarbeitet«, sagt die Stimme des erwachsenen Tyran. »Roho hat eine kleine Armee von Rougarous und einen Vampir auf mich angesetzt. Ein Wunder, dass wir diesen Tag überlebt haben. Wer tut Kindern so etwas an?«

Das Scheunentor fliegt auf. Zoe schreit. Und egal, ob Illusion oder nicht, ich schreie auch. Doch da verändert sich die Szene wieder, und ich bin zurück im Wald. Der erwachsene Tyran wird auf der Lichtung sichtbar.

»Stell dir vor, du wirst Jahr für Jahr gequält und attackiert, Nichole«, sagt er. »Und dann erwarten alle von dir, dass du die geistige und emotionale Kraft hast, die Person zur Strecke zu bringen, die dir solche Dinge angetan hat. Es ist dir vorherbestimmt, heißt es. Also machst du weiter, trainierst, bereitest dich vor – aber am Ende gibt dir der Mensch, der an dich hätte glauben sollen, nicht die Chance, deinem Namen gerecht zu werden.«

Ich kämpfe gegen die Tränen an. So etwas sollte niemand durchmachen müssen. »Was hat das mit mir zu tun?«

»Siehst du das nicht? Du bist die Manowari! Das, was Roho mir angetan hat, wirst eines Tages auch du tun. Und Schlimmeres. Du bist genauso.«

»Ich bin nicht wie er!«

»Noch nicht. Roho hat ja auch nicht als Monster angefangen. Nein. Ich wette, er war mal ein witziges, unbekümmertes Kind. Der einzige Unterschied zu dir ist, dass ihn niemand rechtzeitig gestoppt hat.«

Die Eiszapfen kriechen meine Beine weiter hinauf, erreichen meine Taille, meine Brust, meinen Hals. Sie fesseln mich. Die Msaidizi ächzt vor Schmerz und ist zu schwach, um gegen die Eiszapfen zu kämpfen, die sie attackieren.

Tyran hebt die Hände. »Es wird schnell gehen. Du wirst überhaupt nichts spüren.«

Er irrt sich. Es tut jetzt schon weh. Nicht so sehr die Eiszapfen, sondern eher zu sehen, was aus dem geworden ist, der für mich ein Held war. »Aber du bist mein Pate! Du hast gesagt, du warst dabei, als ich geboren wurde. Wie kannst du mir da wehtun?«

»Es geht nicht um dich! Sondern darum, was zu werden dir vorbestimmt ist. Ich rette alle vor dir!«

»Die Prophezeiung könnte falsch sein! Oder der Prophet könnte mich mit einem anderen Baby verwechselt haben. Du könntest ein unschuldiges Kind verletzen. Wie wird man dich dann nennen?«

Er legt den Kopf schräg. »Du sagst, du bist nicht wie Roho? Du versuchst, mit meinen Gefühlen zu spielen. Das ist ein Schachzug, der typisch für ihn ist.«

Ich zucke zusammen. »Ich hab nicht … das ist nicht …«

»Es ärgert mich, dass ich nicht früher erkannt habe, wer du bist«, sagt er. »Nachdem ich mich so sehr mit der Manifestoren-Prophezeiung beschäftigt habe, hätte ich erkennen müssen, dass du einige der zwölf Anzeichen erfüllst. Darunter das Wichtigste.« Er schaut auf meine Hände. »›Denn die Person wird eine Kraft wie sonst niemand ausstrahlen.‹ An jenem Tag bei euch im Garten, da hast du mich berührt und mir beinahe die Gabe genommen. Calvin erzählte, du hättest auch eine Visionärin berührt und ihre Vision gesehen.«

»Da hast du doch gemeint, es könnte mit der Pubertät zu tun haben!«

»Ich habe gelogen. Nichts davon ist normal. Du *bist* die Manowari. Ich werde allen einen Gefallen tun.« Er streckt die Handflächen in meine Richtung. »Lebwohl, Nichole.«

Ich blicke noch mal suchend in den Himmel. Niemand kommt. Ich muss mich selbst retten. Aber wie? Ich weiß ja nicht, wie man die Gabe nutzt, und ich kann nicht wegfliegen. Die Eiszapfen hindern mich an jeder Bewegung.

Ich schaue meine Hände an.

Eine Kraft wie sonst niemand.

Ich weiß nicht, was für eine Kraft das ist, aber jetzt brauche ich sie.

Ich kneife die Augen fest zu und versuche, was auch immer *es* sein mag, in meine Hände zu lenken.

»*Du selber bist die einzige Gabe, die du brauchst*«, höre ich Dad sagen. »*Alles, was du brauchst, hast du in dir.*«

Jetzt verstehe ich das.

Die Kraft, um mich selbst zu retten, steckt in mir.

Wortwörtlich.

Hitze strömt aus meiner Magengrube und breitet sich im ganzen Körper aus. Ich öffne die Augen und sehe, dass meine Hände heller leuchten als der Rest von mir.

Die Eiszapfen schmelzen sofort. Die Schatten-Illusion, die uns umgibt, wechselt von Dunkelheit zu Helligkeit und zurück, als würde jemand einen Schalter bedienen.

»Was zum …«, sagt Tyran und schleudert ein Juju auf mich.

Es fliegt bis auf ein paar Zentimeter an mich heran, dann wird es von einer unsichtbaren Kraft abgelenkt und prallt gegen einen Baum.

Ich renne zu Tyran und packe seine Hände.

Zwischen uns beiden entlädt sich ein heftiger Ruck. Seine Aura flackert wie die Illusion und wird mit jedem Flackern schwächer.

Dann geben seine Knie nach. »Stopp«, nuschelt er. »Stopp!«

»Ich bin nicht wie Roho!«, rufe ich. »Aber du!«

»Nichole!«

Ich zucke zusammen und lasse Tyran los, der zu Boden stürzt. Die Illusion löst sich auf, und das Tageslicht kehrt in den Wald zurück.

Grandpa schwebt über den Baumwipfeln. Die Msaidizi steht unsicher auf, während die Blasen auf ihrem Rücken langsam verschwinden.

»Die Wachen sind schon unterwegs, Tyran«, sagt Grandpa. »Sie wissen nur, dass du die Enkelin von Präsidentin DuForte angegriffen hast, und ich bezweifle, dass das als harmlos gelten wird. Wir wissen beide, dass du nicht so bist. Deshalb denke ich, es wäre das Beste, wenn du jetzt verschwindest, solange du es noch kannst.«

Tyran kommt schwankend auf die Beine. »Ich brauche deine Hilfe nicht! Ich nehme es mit allen auf, das ist mir egal.«

»Es wäre dumm, das zu versuchen«, sagt Grandpa. »Lass dir nicht von *einer* schlechten Entscheidung dein Leben ruinieren.«

Tyran starrt mich aus zusammengekniffenen Augen an, während er rasselnd nach Luft ringt. »Ich weiß nicht, was du gemacht hast, aber du hast nur heute gesiegt«, knurrt er. »Ich *werde* meine Prophezeiung erfüllen.«

Er taumelt in den Wald. Dann heben seine Beine sich vom Boden, und er fliegt davon. Sekunden später nehmen Wachen in Weiß und Gold am Himmel seine Verfolgung auf.

Ich starre auf meine Hände. Was für eine Macht habe ich?

Grandpa Doc schwebt immer noch über der Lichtung, als ich zu ihm hochschaue. In den *Stevie*-Büchern hätte die auf ihm basierende Figur jetzt irgendwas Weises und Tröstliches zu sagen. Etwas, das ich mir für den Rest meines Lebens merken würde.

Aber er meint nur: »Netter Drache.«

23

Schicksal eines Vaters

Zurück im Versammlungssaal der L.O.R.E. drückt meine Mom mich so fest, dass mir fast die Luft wegbleibt.

»Ist alles in Ordnung?«, fragt sie. »Du bist doch nicht verletzt, oder?«

»Alles in Ordnung«, sage ich. Sie drückt mich trotzdem noch fester und küsst mich ab.

Zwischendurch hört sie gerade so lange damit auf, dass auch Dad mich umarmen kann. »Alles gut, Nic Nac?«, fragt er.

»Yeah, alles gut.«

Er küsst mich aufs Haar und wendet sich dann an seinen Dad. Grandpa Doc ist in meiner Nähe geblieben, als die Msaidizi und ich zum Hauptquartier zurückgekehrt sind. Nachdem der Drache wieder auf die Größe einer Eidechse geschrumpft war und ich ihn in meine Tasche gesteckt hatte, machte er nur »Hmm«. Und das war so ziemlich alles, was er zu mir sagte.

»Danke dir«, sagt Dad zu ihm.

»Keine Ursache.«

In der Mitte des Versammlungssaals zuckt mein Rucksack. Ich bin eine schreckliche Hundebesitzerin – Cocoa habe ich total vergessen. Als ich hinlaufe, bin ich auf das Schlimmste gefasst, doch da streckt sie den Kopf aus dem Rucksack und gähnt. Meine Hündin hat das alles verschlafen? Echt jetzt?

Ich kraule sie hinter den Ohren. »Dummer Hund.«

Alex und JP kommen zu mir gerannt. Mein Bruder hebt die Arme, als wollte er mich umarmen, lässt sie dann aber verlegen wieder sinken. »Bin froh, dass du okay bist, Nic.«

»Du meine Güte, an öffentlichen Liebesbekundungen ist doch nichts falsch«, sagt JP und umarmt mich extra fest. »Eine Umarmung hat noch niemandem geschadet.«

»Sag das mal meinen inneren Organen«, ächze ich. Er lässt mich los, und ich kann wieder frei atmen. Puh! »Bei euch beiden alles gut?«

»Yeah. Wir haben uns Sorgen um dich gemacht. Wir dachten, Tyran hätte …« Alex verstummt. »Danach spielte die Prophezeiung keine Rolle mehr.«

»Spielt sie jetzt eine Rolle?«

»Nein«, sagt Alex. »Du bist immer noch meine Schwester.«

»Und meine beste Freundin«, sagt JP.

Ich umarme sie beide gleichzeitig. Heute habe ich die schlimmste

Neuigkeit meines Lebens erfahren, aber auch die beste erkannt: Ich habe mehr als nur einen Bruder und einen besten Freund. Mit Alex und JP habe ich Familie.

»Ähem, ähem!« Evergreen räuspert sich extra laut. Er und die anderen Ältesten sind zurück auf den Rängen, genau wie meine Großeltern. Auch Generalin Sharpe ist wieder da. »Wir haben wichtige Dinge zu besprechen«, sagt Evergreen. »Angefangen bei Tyran Porter. Wurde er gefasst?«

»Nein, Sir«, meldet Generalin Sharpe. »Meine Offiziere berichten, dass er aus der Stadt geflohen ist. Wir glauben, er hat ein Unsichtbarkeits-Tonic genommen.«

»Tatsächlich? Was um alles in der Welt ist denn passiert?«, fragt Evergreen. »Warum hatte er es auf das Mädchen abgesehen?«

Mein Magen zieht sich zusammen. Dad fürchtete sich davor, wie die Mitglieder der L.O.R.E. reagieren würden, wenn sie wüssten, dass ich die Manowari bin. Es darf nicht sein, dass die Ältesten und Generalin Sharpe das wissen. Das würde auf keinen Fall gut ausgehen.

»Das war wegen mir«, sagt Grandpa Doc.

Ich schaue ruckartig hoch. Was?

»Was meinen Sie damit, Doc?«, fragt Evergreen.

»Es ist ja kein Geheimnis, dass Tyran mir grollt. Ich vermute, er war aufgebracht, als er erfuhr, dass Nic statt ihm die Msaidizi gefunden hat. Gehe ich recht in der Annahme, dass er sie suchen wollte?«

»Das wollte er«, sagt Generalin Sharpe. »Er bat mich, ihn deshalb losgehen zu lassen.«

»Na, da haben wir's«, sagt Grandpa. »Ich bin mir sicher, es ist schwer für ihn zu akzeptieren, dass ihm wieder jemand aus der

Familie Blake ›zuvorgekommen‹ ist. Das hat sein Urteilsvermögen getrübt.«

Seltsamerweise ergibt das genug Sinn, dass ich die Geschichte auch selbst glauben würde.

Der Älteste Evergreen schüttelt traurig den Kopf. »Möge der Allerhöchste bei dem Jungen Gnade walten lassen. Generalin Sharpe, bitte sorgen Sie dafür, dass er gefunden wird. Ein Kind anzugreifen, das ist kein Vergehen, das man auf die leichte Schulter nehmen sollte.«

»Moment mal«, sagt Generalin Sharpe. »Warum hat die Msaidizi denn *ihr* geholfen?«

Ich schlucke schwer. Ich hätte mir denken können, dass das zu gut lief.

»Die Msaidizi erfüllte einen heiligen Pakt«, erwidert Grandpa Doc. »Hilfe gegen Hilfe. Nichole hat der Msaidizi geholfen, indem sie sie hierher zurückbrachte. Die Msaidizi hat ihre Schuld beglichen, indem sie sie vor Tyran beschützte. So einfach.«

»Klingt ziemlich korrekt«, sagt Evergreen. »Althea, könnten Sie bitte die Msaidizi an sich nehmen und in die gesicherte Einrichtung bringen?«

»Ja, Sir«, antwortet Generalin Sharpe.

Als sie bei mir ist, lege ich die eidechsengroße Msaidizi vorsichtig in ihre Hände. Da kommt sie ganz nah an mein Gesicht heran und flüstert: »Ich habe keine Ahnung, was hier vor sich geht. Aber ich werde es rauskriegen.«

Meine Knie zittern, doch ich reiße mich zusammen. Generalin Sharpe darf niemals erfahren, wer zu sein mir prophezeit ist.

Bevor sie mit der Msaidizi den Raum verlässt, späht der Mini-Drache an ihr vorbei und lächelt mich an. Ich bemühe mich, zurückzulächeln. Ich weiß, dass ich sie wiedersehen werde. Auch wenn ich mir nicht vorstellen möchte, wie und wann. Aber ich hatte gehofft, sie als Haustier behalten zu können. Wir hatten ein paar schöne Momente miteinander … okay, wir hatten auch einige traumatische. Jedenfalls werde ich sie vermissen.

»Und jetzt zu Ihnen, Calvin Blake«, sagt der Älteste Evergreen. »Entführung ist ein schweres Verbrechen. Der Rat hat einige Dinge in Betracht gezogen, als wir unsere Entscheidung hinsichtlich Ihres Schicksals getroffen haben. Haben Sie etwas zu Ihrer Verteidigung zu sagen, bevor wir diese verkünden?«

»Ich glaubte, das Beste für meine Tochter zu tun«, sagt er. »Zoe und mich erreichte eine Prophezeiung, wonach Nichole in Gefahr war. Ich stehe zu meiner Entscheidung, sie mitgenommen zu haben, aber die Art und Weise, wie ich es tat, war inakzeptabel.«

Zoe schlingt die Arme um sich selbst. »Yeah. Das war sie.«

»Ich weiß. Und ich hätte die Dinge mit dir besprechen sollen, anstatt impulsiv zu entscheiden«, sagt Dad. »Ich hätte dir vertrauen und nicht zehn Jahre mit unserer Tochter rauben sollen. Mein Herz hatte vielleicht recht, aber es war eine grausame Entscheidung. Alex, Baby Boy, es tut mir leid, dass ich nicht für dich da war. Das werde ich für den Rest meines Lebens bereuen. Du hast Besseres verdient als das, was ich dir gegeben habe. Wenn du nichts mehr mit mir zu tun haben willst, würde ich dir das nicht verübeln. Aber ich würde dich gerne kennenlernen und mir das Recht verdienen, dein Vater zu sein.«

Alex beißt sich auf die Lippe und wendet den Blick ab.

Dann sieht Dad mich an. »Es tut mir leid, Nic Nac. Ich habe dir eine großartige Mom und einen großartigen Bruder vorenthalten – ganz egal, aus welchen Gründen. Auch du hast Besseres verdient als das, was ich dir gegeben habe.«

Da breche ich in Tränen aus. Denn es ist doch so: Er hat mir etwas Fantastisches gegeben – nämlich Schutz. Er hatte selbst auch kein Zuhause und keine Familie, und das nur, weil er mich in Sicherheit wissen wollte.

Wie kann ich ihm da böse sein?

Ich umarme seine Mitte. »Hab dich auch lieb.«

Er streicht mir über den Rücken und küsst mich oben auf den Kopf.

»Älteste, was meint ihr?«, ruft Grandma.

»Calvin Blake«, sagt Evergreen in förmlich offiziellem Ton, »der Ältestenrat verurteilt Sie hiermit zu fünf Jahren Hausarrest. Und zwar im Haus Ihres Vaters, Doc Blake. Außerdem haben Sie fünf Jahre Sozialdienst zu leisten. Sollten Sie das Anwesen in einem Notfall verlassen müssen, ist dafür die Erlaubnis der Wachtruppe erforderlich.«

»Das ist alles?«, fragt Dad.

»Wie *alles*? Wir können Sie auch in ein anderes Reich verbannen, wenn Sie möchten!«, meint Evergreen schnippisch. »Aber Ms. Zoe DuForte hat den Rat um eine gewisse Milde bei Ihrer Bestrafung gebeten.«

»Das hat sie getan?«

»Habe ich«, sagt Zoe. »Es war sehr, sehr, sehr verlockend, dich in ein anderes Reich zu schicken. Aber egal, was du getan hast«, sie sieht mich und Alex an, »verdienen unsere Kinder ihre *beiden* Eltern in der Nähe.«

Mein Herz verdoppelt seine Größe. Ich umarme als Nächstes ihre Taille und presse mein Gesicht an ihr Shirt. »Danke.«

»Alles, was du möchtest, Pumpkin.«

Grandma tupft sich mit einem Taschentuch die Wangen ab. »Ich denke, das ist dann alles für …«

»Zum Hades, nein!«, unterbricht Evergreen sie. »Wir haben noch über diesen Gewöhnlichen-Jungen zu reden.«

JP zeigt auf sich selbst. »Über mich?«

Evergreen lässt sich nicht beirren. »Er hat zu viel gesehen. Wir müssen seine Erinnerung an die letzten paar Tage löschen, bevor wir ihn zurück in die Welt der Gewöhnlichen schicken.«

»Nein, bitte nicht!«, ruft JP.

»Er ist ein Seher«, werfe ich ein. »Er sieht schon sein ganzes Leben lang seltsame Sachen. Sag's ihnen, JP.«

»Yeah! Mit drei hab ich eine Fee gesehen, und dann mit vier …«

»Ich habe nicht gemeint, dass du deine ganze Lebensgeschichte erzählen sollst!«, unterbreche ich ihn.

»Es geht nicht darum, was er gesehen hat, sondern darum, was er weiß«, sagt Evergreen.

»Brems deinen Drachen ein, Aloysius. Lass uns das erst mal besprechen«, meldet Grandpa Doc sich zu Wort. »Harriet Tubman war eine Seherin, und wir haben eine Schule nach ihr benannt. Der alte Toby war auch ein Seher. Und wir haben diese Leute und ihre Fähigkeit immer geschätzt. Der Junge könnte uns sogar nützlich sein.«

»Da hat er recht«, meint Grandma. »Seher besitzen Fähigkeiten, die wir gerade erst erforschen. Dieser junge Mann könnte uns vielleicht wertvolle Informationen liefern.«

»Ja! Ich bin sehr wertvoll«, sagt JP. »Nennt mich den Spieler mit dem vollsten Wert!«

»Meinst du den wertvollsten Spieler?«, frage ich.

»Ist doch ein und dasselbe.«

Ich verdrehe die Augen. Dieser Junge …

Grandmas Mundwinkel zucken, aber sie verbeißt sich das Lachen. »Ich stimme zu, dass er ein Sicherheitsrisiko darstellen könnte«, sagt sie dann. »Deshalb schlage ich vor, ihn eine Geheimhaltungsvereinbarung unterschreiben zu lassen.«

»Solange die mit einem Juju verknüpft ist …«, sagt Evergreen.

JP schluckt hörbar. »Wie denn verknüpft?«

»Solltest du die Vereinbarung brechen und irgendwem von Uhuru oder der Welt der Ungewöhnlichen erzählen, könntest du für den Rest deines Lebens von Warzen bedeckt sein oder irgendwas in der Art«, erklärt Grandma.

»Das wäre ja noch eine leichte Strafe.« Evergreen grinst höhnisch. »Wir können auch viel schlimmer, Junge.«

JP schüttelt rasch den Kopf. »Nein, nein, das ist gar nicht nötig! Warzen sind furchterregend genug. Ich werde meinen Mund halten.«

»Das überzeugt mich nicht«, sagt Evergreen.

»Dann lasst uns doch darüber abstimmen«, schlägt Grandma vor. »Alle, die dafür sind, dass das Gedächtnis dieses jungen Sehers gelöscht wird, melden sich jetzt.«

Evergreen und weniger als die Hälfte der Ältesten heben die

Hände. Generalin Sharpe meldet sich auch. Aaaaber: *weniger als die Hälfte*. Das bedeutet …

»Diejenigen, die dafür sind, dass der Seher seine Erinnerungen behalten darf und die L.O.R.E. ihn scharf im Blick behält, melden sich jetzt.«

Die meisten der Ältesten zeigen auf. Alex und ich ebenfalls.

»Dann ist es entschieden«, meint Grandma lächelnd.

»Diese ganze Rechtsverdrehung«, knurrt Evergreen. »Na schön! Aber, Junge, wenn du auch nur einer Menschenseele …«

»Werde ich nicht! Außerdem würde mir sowieso niemand glauben. Fliegende Autos und fliegende Menschen? Da würden meine Eltern höchstens meine Therapiestunden verdoppeln.«

Stimmt.

Grandma kichert. »Treffendes Argument. Wir werden die Vereinbarung aufsetzen lassen und dich dann über die Sicherheitsmaßnahmen informieren, bevor du ausreist. Ihr Ältesten, wir werden dafür sorgen, dass ihr regelmäßig den neuesten Stand zum Fall Tyran Porter mitgeteilt bekommt. Ich werde mich persönlich darum kümmern, dass die Wachtruppe rund um die Uhr nach ihm fahndet.«

»Und wenn sie ihn nicht finden?«, frage ich.

Grandma sieht mich mit einem Lächeln an, das ihre Besorgnis kaschieren soll. »Hoffen wir einfach, dass es ihnen gelingt. Die Sitzung ist geschlossen.«

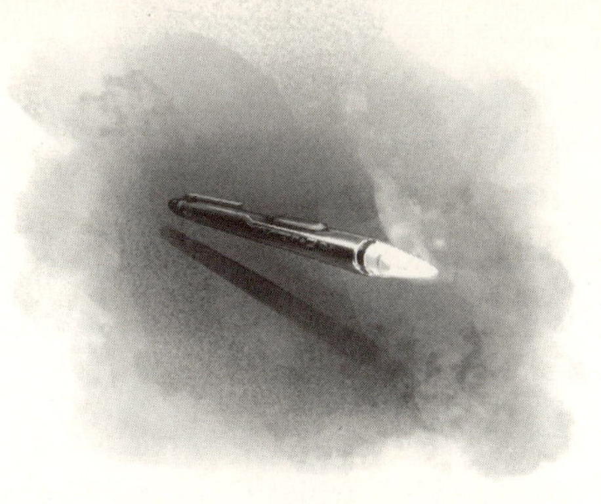

24

Kein Abschied für immer

Es ist schon Nacht, als wir in Jackson ankommen.

Mom landet ihr Auto ein paar Häuser von JPs entfernt, und das neueste Schlagloch lässt uns herumschaukeln. Ich frage mich, ob die Msaidizi die hinterlassen hat, als sie zu mir wollte. Wenn das so ist, habe ich ein schlechtes Gewissen gegenüber den Autofahrern von Jackson.

Wir biegen in die Einfahrt der Williams. Aus den Fenstern zur Straße fällt noch Licht, und man sieht die Schatten von JPs Eltern, die sich hinter den Vorhängen bewegen.

»Ach, Mann, warum können sie nicht in der Kirche sein?«, jammert JP. »Sie sind doch immer in der Kirche! Ich kann sie nicht gut anlügen. Und zwar im wahrsten Sinne des Wortes. Mom hat einmal darum gebetet, dass ich nicht imstande sein soll, die Unwahrheit zu sagen. Und jedes Mal, wenn ich es versuche, wird mein Hals ganz eng und ich kriege Ausschlag. Gottes Wege sind schon rätselhaft.«

»Wir können ihnen nicht die Wahrheit sagen, JP«, warne ich ihn.

»Nic, das muss ich aber. Die Wahrheit zu verschweigen ist nach ihren Regeln eine Lüge.«

»Du kannst ihnen die Wahrheit ruhig erzählen, Sweetie«, sagt meine Mom. Sie öffnet das Handschuhfach. Zwei Einschübe mit winzigen Phiolen, die bunte Flüssigkeiten enthalten, gleiten nach vorne. Zoe nimmt eine lavendelfarbene mit silbrigem Glitzer heraus.

Alex richtet sich neugierig auf. »Oh boy Du Bois! Ein Gedächtnis-Tonic!«

»Werden Sie ihr Gedächtnis löschen?«, fragt JP, und ich bin mir nicht sicher, ob ihn das ängstlich oder neugierig stimmt.

»Du wirst ihnen die Wahrheit erzählen, und dann werde ich ihre Erinnerungen *ändern*. Sind deine Eltern eher Tee- oder Kaffeetrinker?«

»Mein Dad darf keinen Kaffee mehr trinken. Koffein ist schlecht für seinen Blutdruck, den treibt die Kirchengemeinde schon genug in die Höhe. Mit dem ganzen Drama, das die Leute in seinem Büro aufführen.« JP schüttelt den Kopf. »Meine Mom trinkt morgens Grüntee und abends Kamillentee. Hin und wieder trinkt sie auch Eistee. Dad nicht. Er ist der einzige Südstaatler, der ihn hasst. Können Sie sich das vorstellen?«

»Wir nehmen Wasser«, sagt Zoe.

Dann steigen wir aus. Neben dem Haus der Williams liegt mein ehemaliges Zuhause im Dunkeln. Eine Umzugsfirma aus Uhuru soll später in der Nacht unsere Sachen holen. Ich weiß auch nicht, eigentlich sollte ich wegen meinem Leben »auf der Flucht« doch ans Umziehen gewohnt sein. Aber es ist immer schwer, sich von einem Zuhause zu verabschieden. Das Einzige, was noch schwerer ist: sich an ein neues gewöhnen.

Ich versuche, mir jede Einzelheit des Hauses einzuprägen. Die hohe Tanne, die ich schon einen Block entfernt sehen konnte und die mir den Weg nach Hause gewiesen hat, das Blumenbeet, das Dad jedes Jahr misslungen ist, die Visionärin, die auf der Veranda sitzt …

Die Visionärin, die auf der Veranda sitzt? »Ms. Lena?«, rufe ich.

Sie schaut von einem Buch auf. »Wurde auch langsam Zeit, dass ihr aufkreuzt!«

Wir laufen durch die Einfahrt in den Garten. Ms. Lenas bronzefarbenes Leuchten erhellt die Veranda. Sie nimmt eine mit Edelsteinen verzierte Brille ab und legt ihr Buch beiseite. *Der narrensichere Weg zum Rap-Star.*

»Was machen Sie hier?«, frage ich.

»Ich hab den haarigen Kerl hergebracht, wie du mich gebeten hast.« Sie zeigt mit dem Daumen auf das Fenster hinter sich.

Junior winkt uns fröhlich von drinnen und hält einen Huf in die Höhe, damit wir sehen können, dass er Sneakers von Dad trägt. O Mann, der wird austicken, wenn er erfährt, dass Junior sich seine Sammlung geschnappt hat. Aber wer würde es für möglich halten, dass Jordans auch an Hufe passen?

»Dachte mir, dass ihr alle kommen und den Seher nach Hause bringen würdet«, sagt Ms. Lena. »Ich wünschte, ich hätte eine Vision gehabt, die mir die genaue Uhrzeit gezeigt hätte. Jetzt hocke ich hier schon so lange herum, dass mir der Hintern eingeschlafen ist.«

»Okaaay«, sagt meine Mom gedehnt.

Ms. Lena grinst, sodass ihre Goldzähne in der Dunkelheit schimmern. »Du musst Zoe sein. Oh ja, diese Kleine ist dir ja wirklich wie aus dem Gesicht geschnitten. Typisch Calvin, dass er es mit einer wunderschönen Frau verbockt hat.«

»Danke«, sagt Zoe und es klingt eher nach einer Frage als nach einer Antwort. »Tut mir leid, ich habe Ihren Namen nicht mitbekommen.«

»Ich hab ihn auch nicht gesagt, aber ich bin Lena. Mir gehört der Juke Joint drüben an der Farish. Ist eine Stammkneipe für Exilanten.« Sie schaut JP und Alex an. »Bin froh, dass ihr alle überlebt habt. Bei Nic war ich mir sicher, aber bei euch beiden nicht so. Vor allem bei diesem kleinen Angsthasen nicht.« Sie zeigt auf Alex.

»Ich war mir auch nicht sicher«, gibt Alex zu.

»Sie hatten eine Vision, dass ich überlebe?«, frage ich. »Wieso haben Sie mir das nicht gesagt?«

»Immer mit der Ruhe, Girl. Ich hatte keine Vision. Ich wusste, dass du überleben würdest, weil ich weiß, aus was für einem Holz du geschnitzt bist. Du bist eine Wucht, Nic Blake. Vor allem, wenn du vor Hunger schlechte Laune hast. Dann heißt es aufpassen.«

»Stimmt!«, meint JP. »Ihr solltet sie mal erleben, wenn es bei *Five Guys* eine Schlange gibt.«

»Es heißt ja schließlich *Five* Guys«, verteidige ich mich. »Dann sollten es auch fünf sein, die da Burger zubereiten, damit in der Schlange was vorangeht.«

Alex runzelt die Stirn. »Warum heißt es denn *Five Guys*, wenn die nicht zu fünft sind?«

»Aus dem gleichen Grund, aus dem ich ein Produkt von Apple nicht essen kann«, sagt Ms. Lena. »Gewöhnliche scheren sich nicht um den Sinn. Aber ich bin nicht hergekommen, um mit euch darüber zu plaudern. Bertha hat mir erzählt, sie hätte euch alle zu Rohos Kolonie gebracht.«

»Ihr Zug spricht?«, fragt JP. »Warum hat sie dann mit uns nicht gesprochen?«

»Habt ihr sie denn was gefragt?«

Ich ziehe die Augenbrauen hoch. »Wir wussten nicht, dass das möglich ist.«

»Jetzt wisst ihr es. Sie meinte auch, ihr wärt nicht die schlimmsten Gäste gewesen, die sie je hatte, aber ihr hättet ein bisschen ordentlicher sein können. Sie war nachsichtig mit euch, weil ihr so viel um die Ohren hattet, aber beim nächsten Mal benehmt euch besser so, als hättet ihr Manieren.«

Ein Zug hat uns getadelt, wow.

»Nur damit ich richtig verstehe«, sagt Zoe. »Bertha ist ein Zug. Ihr Zug. Und Sie lassen damit drei Kinder herumreisen? Unbeaufsichtigt?«

Ms. Lena stützt eine Hand auf ihre Hüfte. »Yeah, gibt's deiner Ansicht nach was dagegen einzuwenden? Sie sind doch alle im Ganzen wieder zurückgekommen, oder?«

Darauf weiß meine Mom nichts zu sagen.

»Mmmhmmm. Das dachte ich mir. Und habt ihr die Msaidizi gefunden?«, fragt Ms. Lena weiter.

»Yes, Ma'am«, sage ich.

»Gut. Du wirst sie brauchen.«

Sie ergreift meine Hände. Plötzlich blitzen Bilder durch meinen Kopf. Eine Stadt unter Wasser. Eine Ruine. Grandpa Doc, der bewusstlos daliegt.

Ich schnappe nach Luft und reiße Ms. Lena meine Hände weg.

»Mein Job hier ist erledigt«, verkündet sie laut. Dann steht sie auf, nimmt ihr Buch und geht die Straße hinunter davon.

Die Unterhaltung mit JPs Eltern verläuft so: Die Williams sind schockiert, JP zu sehen, und fragen, wie er nach Hause gekommen ist. Zoe sagt, sie hätte ihn gebracht, und stellt sich gleich selbst vor. Die Williams sagen höflich, es sei nett, sie kennenzulernen, und natürlich auch, dass ich »ihr wie aus dem Gesicht geschnitten« sei. Wie schon Ms. Lena vorhin. Südstaatler eben. Die Williams begreifen nicht, warum Zoe JP bei sich hat. Da erzählt JP ihnen, dass er mit mir und Alex den Bundesstaat verlassen hätte, um eine mächtige Waffe zu finden.

Das ist das Stichwort für erschrockenes Schweigen. Die Williams glauben, das sei ein »TokTok«-Streich. Alex fragt mich, was TokTok ist. JP erklärt ihnen, dass es das nicht sei, und schildert unsere Begegnung mit der Tochter des Teufels, den Großen Hexenmeistern und dem Drachen unterhalb von Jackson. Pastor Williams und seine Frau stehen schweigend da. Alex holt für sie Gläser mit Wasser, und als sie gerade nicht hinsehen, schüttet meine Mom das Gedächtnis-Tonic hinein. Sie setzen sich hin, nippen an ihren Gläsern, und das Tonic lässt sie sofort einschlafen. Meine Mom flüstert ihnen ins

Ohr, dass sie JP von seinem Camping-Ausflug abgeholt hätten. Wenn sie in ein paar Minuten aufwachen, werden sie sich nur daran erinnern.

Während sie ihnen diese Lügen – ich meine, die neuen Erinnerungen – erzählt, gehen Alex, JP und ich raus auf die Veranda und setzen uns auf die Stufen. Grillen zirpen laut, und in der Ferne hört man Sirenen und Autohupen. Dad meinte immer, Jackson könne so still wie ein Dorf und so laut wie eine Großstadt sein, es hänge nur davon ab, in welcher Stimmung es sei.

»Eure Grandma meinte, ich kann euch besuchen, Leute«, sagt JP. »Sie muss das noch mit den Wachen regeln. Aber wäre das nicht cool?«

»Yeah.« Ich bemühe mich, begeistert zu klingen, aber es gelingt mir nicht. Schlagartig wird mir klar, dass JP und ich nicht mehr Tür an Tür wohnen werden.

Ich glaube, ihm fällt das auch gerade ein. »Ich mag Abschiede nicht«, sagt er.

Meine Augen brennen. »Was denn? Das ist kein Abschied. Eher ein ›man sieht sich‹.«

»Exakt«, sagt Alex. »Grandma hält ihr Wort. Du wirst uns besuchen, und Nic und ich werden Wege finden, dich zu besuchen.«

»Und ich kann dir jeden Tag mit meinem Tablet Nachrichten schreiben«, füge ich hinzu. »So leicht wirst du mich nicht los.«

Er senkt den Kopf. »Es wird trotzdem nicht das Gleiche sein.«

Weil ich noch nie einen Freund wie JP hatte, ist diese »man sieht sich«-Sache für mich ganz neu. Aber sie gefällt mir nicht, das kann ich euch sagen.

»Hey, hier«, sagt Alex. Ich reibe mir die Augen und sehe, wie er JP den Ohrstöpsel gibt, der zu seiner G-Brille gehört. Er hat noch einen als Ersatz in Zoes Auto. »Die Brille findet automatisch die Einstellung, die du gerade brauchst. Du kannst sie benutzen, um uns Holo-Nachrichten zu schicken.«

JP schaut ihn verblüfft an. »Du schenkst mir deine G-Brille?«

»Klar. Ich hab noch zehn andere.«

»Wow, danke«, sagt JP. »Warte mal, ich hab auch was für dich.«

Er rennt ins Haus und kommt Augenblicke später mit einem Magic 8 Ball zurück. »Das hat nichts mit Magie oder der Gabe zu tun, aber für uns Gewöhnliche ist das schon nah dran. Du stellst der Kugel eine Frage, drehst sie um, und dann gibt sie dir eine Antwort.«

»Hmm.« Alex untersucht das altmodische Spielzeug, das wie eine schwarze Billardkugel mit der Nummer 8 aussieht. »Werde ich in diesem Schuljahr nur die besten Noten schreiben?« Er schüttelt die Kugel und schnappt nach Luft. »Nein? Was? Das kann nicht stimmen!« Aufgebracht schüttelt er sie noch mal.

»Die ist nicht zuverlä…« Ach, wisst ihr was? Soll er es doch glauben, wenn er will.

Lachend kommen meine Mom und JPs Eltern auf die Terrasse heraus. Man würde nicht glauben, dass die beiden noch vor ein paar Minuten von einem Tonic außer Gefecht gesetzt waren.

»Ich freue mich so, dass wir Sie endlich kennenlernen konnten, Ms. DuForte«, sagt Mrs. Williams. »Es tut mir leid, dass der Besuch jetzt so kurz ausfällt, aber die Fahrt zu dem Campinggelände hat uns ziemlich angestrengt.«

Alex, JP und ich tauschen Blicke. Es hat funktioniert.

»Das verstehe ich vollkommen«, sagt Zoe. »Wir haben selbst noch eine lange Fahrt vor uns. Wahrscheinlich falle ich sofort ins Bett, kaum dass ich ins Haus komme.«

Pastor Williams legt den Kopf schräg. »Woher kommen Sie noch mal?«

»Aus einer Kleinstadt«, sagt Zoe. »Von der haben Sie noch nie gehört. Sagt gute Nacht, Alex und Nic.«

JP und Alex klatschen sich ab. Ich ignoriere die Tatsache, dass sie drei Anläufe brauchen, bis es klappt. Sie sind beide nicht besonders gut in Koordination.

Dann dreht sich JP zu mir. »Ich werde das *Stevie-James*-Wiki löschen und meine Bücher wegwerfen.«

Ich schlucke und nicke. Es fühlt sich an, als wäre Stevie James heute gestorben. Die Bücher kann ich nie mehr lesen. »Gute Entscheidung.«

»Wir werden uns jeden Tag sprechen, und du berichtest mir von den coolen Sachen, die du machen wirst, ja?«, fragt JP.

»Solange du versprichst, mir alles zu erzählen, was du siehst und was du und Junior so treibt.«

»Abgemacht.« Er hält mir seine Hand hin, damit ich einschlage.

Ich sehe seine Hand an, dann ihn. Diesen Fliege tragenden, ein Wiki schreibenden Jungen von nebenan. Die Msaidizi hat mich nach Jackson gerufen, aber am Ende habe ich dort etwas viel Besseres gefunden: einen Freund.

Ich falle ihm um den Hals. »Danke, dass du der beste Freund bist, den ich je hatte.«

»Du musst es ja wissen.«

Dann strecke ich ihm meine Faust hin, und er braucht nur einen Versuch, um sie mit seiner zu treffen.

Meine Mom führt mich zu ihrem Auto. JPs Eltern kratzen sich ratlos die Köpfe, als sie es sehen. Ich höre Pastor Williams noch sagen, dass das bestimmt eins von diesen elektrischen Autos ist – ein Tessa, so nennt er es.

Als wir vom Haus der Williams wegfahren, sehe ich JP und seine Eltern uns noch von der Veranda aus nachwinken. Ich glaube, dass JP auf seine G-Brille zeigt. Wie um mich daran zu erinnern, dass wir in Verbindung bleiben werden. Aber wegen der Tränen in meinen Augen ist das schwer zu sagen.

Ich schaue auf seine verschwommene Gestalt, bis wir zu weit weg sind, um noch etwas von ihm erkennen zu können.

Am nächsten Morgen knabbert Cocoa an meinem Ohr, um mich aufzuwecken. Manche Dinge ändern sich nie. Aber *wo* sie mich weckt, das ist definitiv eine Veränderung.

Ich gähne und strecke mich in meinem Bett. Es ist rund und doppelt so groß wie mein altes. Im Moment fühlt es sich kuschelweich an, aber mit einem Befehl kann ich es steinhart, so luftig wie eine Wolke oder seine Oberfläche so unruhig wie Meereswellen bei einem Sturm werden lassen. Keine Ahnung, warum ich das wollen sollte, aber es ist cool, dass ich es könnte.

Ich kraule Cocoas Rücken. Sie springt vom Bett und bellt einer Sternschnuppe hinterher, die gerade vorbeisaust. An den Wänden und der Decke leuchten noch mehr Sterne und Planeten. Gestern Abend habe ich entschieden, im Weltraum zu schlafen. Wie das Bett kann ich auch das Aussehen meines Zimmers nach Wunsch total verändern.

»Guten Morgen, Nichole«, sagt eine Stimme. »Hast du gut geschlafen?«

Ich setze mich auf und reibe mir die Augen. Das ist Vic-E, die virtuelle Assistentin, die sich um Moms Wohnung kümmert. Zoe sagt, ich könne sie um fast alles bitten.

Mir war gar nicht klar, dass Frühstück auch dazugehört. »Kann ich Karamellkuchen bekommen?«

»Tut mir leid, für diese Speiseauswahl wäre die Zustimmung deiner Mutter nötig.«

So viel dazu, ich könnte sie um »alles« bitten.

»Dann Waffeln, gebratener Speck und ein Glas Milch.«

»Was für Milch? Vollmilch, Mandel, Hafer, Lavendel?«

»Äh … die von einer Kuh.«

»Ich denke, das ist eine ausgezeichnete Wahl. Ich habe noch nie Milch oder eine andere Flüssigkeit zu mir genommen. Das wäre nicht gut für mein System. Dein Essen wird innerhalb der nächsten fünf Minuten fertig sein und in der Küche auf dich warten. Möchtest du vielleicht nach draußen schauen? Das Wetter im Tech-Bezirk ist heute umwerfend gut.«

Ich zucke mit den Achseln. »Warum nicht?«

Da verblassen die Sterne und die Planeten an einer Wand, und ein Fenster, durch das man eine sonnenbeschienene Skyline sieht, erscheint. Hohe Gebäude aus Glas ragen im Tech-Bezirk auf. In der Ferne fliegen Autos durch die bunten Lichttunnel des Skyways.

Ich gehe ans Fenster und blicke hinaus. Die Straße kann ich von hier oben aus Moms Wolkenkratzer nicht sehen. Nur die Dächer niedrigerer Gebäude. Nicht weit entfernt planscht eine Familie in einem Dachpool. Auf einem anderen Dach steht ein Gewächshaus, und ein älteres Paar versorgt darin seine Pflanzen und Blumen. Eine holografische Plakatwand schwebt vorbei. Darauf sind Alex und ich abgebildet. Wir lächeln und der Text verkündet: ALEX UND NICHOLE BLAKE KEHREN MIT DER MSAIDIZI NACH HAUSE ZURÜCK. Das Bild verschwindet, und als Nächstes ist ein Foto von Tyran mit der Überschrift TYRAN PORTER AUF DER FLUCHT zu sehen.

»Nicht schlecht die Aussicht, was?«

Mom lehnt am Türrahmen meines Zimmers. Sie trägt ein Sommerkleid und lächelt. Ihr dicker Pferdeschwanz fällt über eine Schulter nach vorn. Goldene Haarspangen schimmern darin.

»Yeah, cool.«

»Warte, bis du den Gartenbezirk an einem Sommermorgen siehst. Ich kenne den Anblick schon mein Leben lang, aber er wird mir nie langweilig.«

Ich spähe in Richtung der blauvioletten Tupfen weit hinter den Wolkenkratzern. »Ist das der Bereich dort drüben?«

Sie tritt zu mir ans Fenster. »Genau. Das sind die Indigofelder. Kennst du die Geschichte, wie unsere Vorfahren die Gabe mithilfe von Indigopflanzen in blaue Glasflaschen füllten?«

»Yeah, Dad hat sie mir …« Ich verstumme. Wahrscheinlich ist es keine gute Idee, Dad zu erwähnen.

»Es ist okay, wenn du über ihn sprichst. Du kannst ihn auch jederzeit gern besuchen.«

»Wirklich?«

»Absolut. Er ist dein Vater. Daran hat sich nichts geändert. Obwohl du heute vielleicht keine Zeit für einen Besuch hast. Deine Grandma hat einen Feiertag ausgerufen, der mit einem Willkommensbrunch im Präsidentinnenpalast beginnt. Wichtige Menschen aus aller Welt werden dabei sein.«

Ein weiteres holografisches Plakat mit einem Bild von mir zieht vorbei, und ich beiße mir auf die Lippen. Das alles würden sie nicht tun, wenn sie wüssten, dass ich die Manowari bin.

»Das ist ganz schön viel für mich«, flüstere ich.

Zoe legt ihr Kinn auf meine Schulter. »Du hast das und noch mehr verdient. Lass dir da nichts anderes einreden.« Dann küsst sie mich wie zur Bekräftigung auf die Schläfe.

»Danke, Mom.«

Sie holt scharf Luft.

Ich sehe sie an. »Alles in Ordnung mit dir?«

Sie lächelt ein bisschen. »Klar. Warum ziehst du dich nicht an und kommst zum Frühstück runter?«

Ich nicke, und sie drückt mir einen Kuss auf die Stirn. Bevor die Tür hinter ihr zugeht, sehe ich, wie sie sich über die Augen wischt. Erst da wird mir bewusst, dass ich sie eben Mom genannt habe.

Mein Willkommensbrunch ist eher ein Empfang.

Eine fliegende Limousine hat mich, Mom und Alex zu einer Villa auf einem grünen Hügel geflogen. Dieses Gebäude hat mehr Balkone und Säulen, als ich zählen kann, und die Fenster reichen vom Boden bis an die Decke. Normalerweise würde ich mir an so einem

Ort wie eine Außerirdische vorkommen, aber Vic-E hat mir geholfen, ein hübsches Kleid mit Blumenmuster auszusuchen, in dem ich mich fühle, als würde ich überall dazugehören. Für eine virtuelle Assistentin hat sie einen guten Geschmack, auch wenn sie kein Fan meiner knöchelhohen Turnschuhe war. Aber damit wird sie sich schon noch abfinden.

Grandma Natalie stellt mich einem langweiligen Würdenträger nach dem anderen vor. Ein bulliger Mann mit einem voluminösen Afro und karibischem Akzent schüttelt mir kräftig die Hand. Er sagt, er sei der Bürgermeister der Unterwasserstadt New Atlantis und ich wäre dort jederzeit für einen Besuch willkommen. Er bietet sogar an, den Wasserpark einen Tag zu schließen, damit ich, Alex und JP ihn ganz für uns haben. Als Belohnung dafür, dass wir die Msaidizi gefunden haben. Eine Gruppe von Delegierten aus N'okpuru, einer unterirdischen Stadt, gratuliert mir zu meinen »Heldentaten«.

»Es ist traurig, was aus Tyran Porter geworden ist«, meint eine kahlköpfige Frau mit brauner Haut. »Er ist darüber empört, dass ihr die Msaidizi gefunden habt? Was für eine himmelschreiende Schande. Hoffentlich schnappen ihn die Wachtruppen bald.«

Ich nicke und schiebe mir einen Bissen Waffel mit Hühnchen in den Mund.

Nach einer Stunde springt eine Band bestehend aus älteren Manifestoren, Rougarous und einem Vampir auf die Bühne. Der Vampir ist der Sänger. Seine Band spielt ein paar alte Funk-Songs, und die Erwachsenen sind total begeistert. Niemand merkt, wie ich auf den Flur hinaushusche.

Ich setze mich auf eine Bank und hole das Gewöhnlichen-Handy raus, das Mom mir gegeben hat. Sie meinte, damit könnte ich JP anrufen, weil er vielleicht noch eine Weile brauchen wird, um sich an die G-Brille zu gewöhnen. Außerdem wäre es dann wahrscheinlich nur eine Frage der Zeit, bis er seinen Eltern erklären muss, wo das Hologramm von mir in seinem Zimmer herkommt. Katastrophe!

Ich schreibe ihm eine Nachricht.

Gerade den Bürgermeister von New Atlantis kennengelernt. Er hat angeboten, den Wasserpark für uns zu schließen!

Drei Pünktchen erscheinen. Dann: WAS?!?

Als Nächstes schreibe ich Dad. Ich bin froh, dass er sein altes Handy noch hat. Die Wachen lassen ihn noch kein Giftech nutzen. Ich wünschte, er könnte hier sein. Deshalb schicke ich ihm schon den ganzen Tag über Nachrichten.

Grandma hat irgend so eine alte Band hier.

Die spielen einen Song über den Kampf gegen Funk?

Er antwortet ziemlich schnell.

LOL!

Das sind Smoky Mack and the Cool Cats.

Die Lieblingsband deiner Grandma.

Dann hat sie also auf was Altmodisches gesetzt.

Zu alt für mich, schreibe ich zurück.

Alex steckt den Kopf aus dem Saal. Er schaut in beide Richtungen, bevor er mich entdeckt. »Hast du auch eine Pause gebraucht?«

»Unbedingt. Ist es immer so, das Enkelkind der Präsidentin zu sein?«

Er setzt sich zu mir auf die Bank. »Bei offiziellen Anlässen? Ja.

Aber die meisten Tage sind normal. Eine Wache begleitet mich zur Schule und hält die Paparazzi auf Abstand. Danach bin ich bei irgendwelchen Freizeitaktivitäten. Wenn die draußen stattfinden und Mom da ist, versammeln sich manchmal Leute zum Zuschauen. Unsere Wacheskorte sorgt dann dafür, dass sie keine Fotos oder Autogramme verlangen.«

»Das nennst du normal?«

Alex zuckt mit den Achseln. »Normal ist subjektiv. Aber ich bin ja da und helfe dir mit allem. Dazu hat man schließlich einen Zwilling, oder?«

»Stimmt.«

Ich strecke ihm eine Faust hin. Er stößt mit seiner dagegen, wir lächeln. Es wird schön sein, jemanden zu haben, der einen versteht.

Die Tür zum Speisesaal geht wieder auf, und Mom steckt den Kopf heraus. »Da seid ihr«, sagt sie. »Es ist Zeit, Kinder.«

»Zeit für was?«, frage ich.

Alex grinst. »Für den Teil, der Spaß macht.«

Er zieht mich über den Flur zu einer Doppeltür aus Glas, die auf einen Balkon hinausführt. Zwei Wachen stehen zu beiden Seiten. Grandma Natalie kommt aus dem Saal und gesellt sich zu uns.

»Dieser Moment hat so lange auf sich warten lassen, Baby Girl«, sagt sie. »Deshalb verdienst du eine ordentliche Begrüßung.«

Sie nickt den Wachen zu, die die Türen zum Balkon öffnen. Ich höre die Menge schon jubeln, bevor ich sie sehe. Mom, Grandma und mein Bruder treten nach draußen.

Ich zögere. Schließlich bin ich, wovor sie alle jahrelang gewarnt wurden. Kann ich mich ihnen stellen, obwohl ich das weiß?

Doch gleichzeitig bin ich auch das Kind, das nie lange an einem Ort bleiben durfte. Das Kind, das nie eine Familie hatte. Jetzt scheint meine Familie größer zu sein, als ich es mir je vorgestellt habe. Und sie wartet darauf, mich zu begrüßen. Dafür lohnt es sich, zu vergessen, wer zu sein mir vorbestimmt ist. Wenigstens für eine Weile. Ich hole tief Luft und mache einen Schritt nach vorn …

Plötzlich tauchen große rot leuchtende Buchstaben vor mir auf und erschrecken mich dermaßen, dass ich nach hinten auf meinen Po falle.

DENKST DU, DU KOMMST DAMIT DURCH, DASS DU GEFUNDEN HAST, WAS ICH VERSTECKT HABE?

Ich versuche, durchzuatmen, aber die G-Stift-Nachricht geht noch weiter.

GENIESS RUHIG DIE FEIERLICHKEITEN.
SIE WERDEN BALD VORÜBER SEIN.

Die Botschaft verschwindet, und statt eines Namens erscheinen als Unterschrift zwei Wörter:

DER LEHRLING.

Ich sitze am Boden, und mein Herz hämmert, während die letzten Buchstaben der G-Nachricht verblassen.

Junior hat mich gewarnt, dass es gefährlich sein würde, die Msaidizi zu finden.

Mir war nur nicht bewusst, wie gefährlich.

Tyran Porter könnte dabei noch mein geringstes Problem sein.

»Nichole?« Mom kommt zurück nach drinnen und eilt zu mir. Sie und eine der Wachen helfen mir auf. »Baby, was ist los?«

»Ich …« Ich suche nach Worten. Doch dann denke ich daran, was sie alles durchgemacht und wie sehr sie sich um mich gesorgt hat … Das hier würde sie durchdrehen lassen.

Ich kann es ihr nicht sagen. Nicht jetzt. Ich muss rauskriegen, wie ich damit umgehe.

Ich *werde* rauskriegen, wie ich damit umgehe.

»Alles in Ordnung.« Ich zwinge mich zu einem Lächeln. »Bin nur ein bisschen nervös.«

Sie streicht mir das Haar aus der Stirn. »Es gibt nichts, wovor du Angst haben musst.«

Schön wär's …

Schließlich greife ich nach Moms Hand und lasse mich von ihr unter tosendem Jubel auf den Balkon führen.

Dank

Über die wahre Gabe dieses Buchs verfügen diejenigen, die es ermöglicht haben:

An erster und wichtigster Stelle Gott. Danke für deinen Sohn Jesus und dafür, dass du mich ausgesucht hast, um diese Geschichte zu erzählen. Ich bin gespannt, wohin du sie und mich noch führen wirst.

Meine Mom Julia, die Ms. Lena in meinem Leben. Danke, dass du die Vision siehst, bevor ich das tue.

Meine Lektorin Donna, meine persönliche Seherin, die immer die guten Sachen findet. Du bist eine wirklich bemerkenswerte Gabe.

Meine Agentin Molly Ker Hawn. Danke, dass du ein menschgewordenes Mojo bist. Ich hoffe, JP ist nur halb so großartig wie du.

Ich danke auch Martha Perotto-Wills, Victoria Cappello und Aminah Amjad.

Meine Filmagentin Mary Pender-Coplan. Du bist besser, als Magie jemals sein könnte. Danke, dass du über mich wachst.

Meinen Umschlag-Designer*innen und Illustrator*innen Jenna Stempel-Lobell, Alison Donalty und Setor Fiadzigbey. Danke, dass ihr etwas Besseres kreiert habt, als ich mir je hätte vorstellen können.

Die bemerkenswerten Menschen bei Balzer + Bray/HarperCollins: Paige Pagan, Jennifer Corcoran, Mark Rifkin, Shona McCarthy, Ronnie Ambrose, Dan Janeck, Robby Imfeld, Emily Mannon, Delaney Heisterkamp, Patty Rosati und Mimi Rankin. Ich brauche keine Giftech, solange ich euch alle habe. Dankeschön.

Meine Assistentin Marina und mein Social-Media-Manager Cody. Ohne die Arbeit, die ihr leistet, hätte ich dieses Buch nicht fertigbekommen. Dankeschön.

Ich danke Jackson, Mississippi. Trotz allem bist du ein bemerkenswerter Ort. Möge die Welt das durch dieses Buch erfahren. Danke, dass du mich zu der gemacht hast, die ich bin.

Und ich danke Kobe, dem lebenden Vorbild für Cocoa. Du wirst nicht mal wissen, dass ich das hier geschrieben habe, aber danke, dass du mich immer wieder daran erinnerst, dass das Leben selbst eine Gabe und ein Geschenk ist.

© Imani Khayyam

Autorin

Angie Thomas ist in Jackson, Mississippi, aufgewachsen und lebt auch heute noch dort. Als Teenager tat sie sich als Rapperin hervor. Thomas hat einen Bachelor-Abschluss im Fach Kreatives Schreiben an der Belhaven-Universität. Ihr preisgekröntes Debüt »The Hate U Give« erntete ein überschwängliches Presse- und Leserecho und schaffte es auf Anhieb auf Platz 1 der New York Times-Bestsellerliste, ebenso wie ihre Folgeromane »On the Come Up« und »Concrete Rose«. »The Hate U Give« wurde 2018 mit dem Deutschen Jugendliteraturpreis ausgezeichnet und mit der »Tribute von Panem«-Darstellerin Amandla Stenberg in der Hauptrolle verfilmt.

© privat

Übersetzerin

Henriette Zeltner-Shane, geboren 1968, lebt und arbeitet in München, Tirol und New York. Sie übersetzt Sachbücher sowie Romane für Erwachsene und Jugendliche aus dem Englischen, u. a. Angie Thomas' Romandebüt »The Hate U Give«, für das sie mit dem Deutschen Jugendliteraturpreis 2018 ausgezeichnet wurde.